novum pocket

John Quincy Adams

Die Aufklärung, die Vision, die Realität

Die Welt von morgen. Aus dem Leben unserer Kinder und Enkel.

novum pocket

Bibliografische Information
der Deutschen Nationalbibliothek:

Die Deutsche Nationalbibliothek
verzeichnet diese Publikation in der
Deutschen Nationalbibliografie.
Detaillierte bibliografische Daten
sind im Internet über
http://www.d-nb.de abrufbar.

Alle Rechte der Verbreitung, auch
durch Film, Funk und Fernsehen, fotomechanische Wiedergabe, Tonträger, elektronische
Datenträger und auszugsweisen
Nachdruck, sind vorbehalten.

Gedruckt in der Europäischen Union
auf umweltfreundlichem, chlor- und
säurefrei gebleichtem Papier.

© 2023 novum Verlag

ISBN 978-3-903382-61-9
Umschlagfoto:
Sergeevspb | Dreamstime.com
Umschlaggestaltung, Layout & Satz:
novum Verlag

www.novumverlag.com

*Gewidmet Michael Oliver zum
50. Geburtstag im September 2021*

Inhaltsverzeichnis

Einleitung 9

KAPITEL 1 12

KAPITEL 2 17
Allgemein 20
Pandemie 31
Technik 39
Umwelt 68
Migration 138
Kommunikation 142
Justiz 147
Politik 154
Wirtschaft 224
Gesellschaft 260
Steuern 294
Militär 301
Heimat 307
Zusammenfassung 309
Fazit 316

KAPITEL 3 317
Enrico 318
Nelly 342
Familie 359
Arbeitswelt und Aufgabengebiet 372

Abschluss 392
Kriminalität 393

KAPITEL 4 398
Lebensgeschichte 399

KAPITEL 5 405
Epilog 409

Einleitung

Gottvater hat sich bisher nicht um die häufigen menschlichen Katastrophen gekümmert, nicht um die vielen Kriege, in Syrien, im Jemen, den Völkermord in Afrika, den millionenfachen Tod durch die Nazis, sogar der Klimawandel hat ihn nicht von seinem Mittagsschlaf abgehalten. Als nun aber manche Staatenlenker in der Welt begonnen haben, selbst den lieben Gott spielen zu wollen, reagierte der Allmächtige und sandte das Coronavirus in die Welt, damit die Menschen wieder zur Vernunft kommen und hat die Schwächen autokratischer, antidemokratischer Herrscher aufgedeckt, die immer häufiger und dann nur zur Unterdrückung der eigenen Bevölkerung, zum ausschließlichen Machterhalt auftreten, die ihnen anvertrauten Bürger, deren Interessen sie vertreten sollten, als Feinde betrachten und bekämpfen, die Eidespflichten der Amtseinführung missachten, verletzen und korrupt unermessliche private Vermögen ansammeln, und Gottvater hat damit ebenso die wirtschaftlichen Exzesse in der Privatwirtschaft offen gelegt, solche mit Betrügereien, die Milliardenvermögen vernichtet haben und solche mit skandalösen Versprechungen.

Das Virus ist irgendwann besiegt, das heißt, die Chemie hat einen Impfstoff entwickelt und der Mensch trotz Infizierung mit dem Virus überlebt. Bis in den nächsten, ferneren Generationen sich ein neues Virus auf den Weg macht, um die Menschen wieder zum Innehalten und Nachdenken zu zwingen und um sich wieder, wie vom lieben Gott gewollt, auf die eigentlichen Werte des Lebens zu besinnen.

In dieser Krise zeigt sich gutes wie schlechtes Regierungshandeln. In Krisenzeiten sehnen sich die Menschen nach seriösen Politikern, nicht populistische, krankhaft-narzisstische Verführer mit ihren falschen Versprechungen, unberechenbaren, wechselnden Entscheidungen, nur auf den eigenen Vorteil bedacht. Auf solche Leute können die Menschen verzichten, auf Schreihälse, Lügner, Wahlfälscher, besessene Kriegstreiber.

Narzissmus und Populismus gefährden langfristig Wohlstand, im eigenen Land und für die gesamte Menschheit. Die besonderen Merkmale der Populisten Selbstverliebtheit, Realitätsverlust, Lügen, Verleumdungen, Beschimpfungen, inkompetente Regierungsarbeit, bei Problemen sind grundsätzlich andere, bisweilen Unbeteiligte verantwortlich mit abwegigen Begründungen und böswilligen Behauptungen. Sie streben unbedingte Macht an, wollen sie auf Dauer erhalten, aber niemals selbst Verantwortung übernehmen. Das genaue Gegenteil von dem, was die Menschen in Wirklichkeit von regierungsverantwortlichen Politikern erwarten.

Nun steht die Menschheit nach dem Kampf gegen das Virus und zugleich gegen diese Verherrlicher und unverantwortlichen Verführer wieder am Anfang, beginnt erst Freude über das Leben, Zufriedenheit empfinden, nachbarliche Unterstützung zu schätzen und allmählich wieder Wohlstand zu schaffen, vergleichbar wie in Deutschland nach dem letzten Weltkrieg. Resilienz ist jetzt das neue Stichwort. Die Krise bewältigen und sie zur Erneuerung nutzen.

„Es muss sich alles ändern, damit alles so bleibt wie es ist", sagt Tancredi, der Neffe des Fürsten Don Fabrizio Salina im Film „Der Leopard" aus den sechziger Jahren des letzten Jahrhunderts. Später wandelt der Fürst die Aussage noch ab: „Es muss sich einiges ändern, damit alles bleibt, wie es ist". Wir sehen im Film die Macht und Kultur der herrschenden Klasse schwinden, wie der Untergang des einflussreichen Adels nicht mehr aufzuhalten ist, wie heute die Macht der autokratischen Systeme endet, welche die Gesellschaft angeblich zum Besseren ändern wollen, aber nur eine Veränderung zum Schlechteren bewirken.

Und am Ende des Lebens muss man erkennen, mit dem jetzigen Wissen zu Beginn oder vielmehr mit dem Erwachsenwerden, hätte doch einiges, nicht unbedingt alles anders geregelt werden können. Denn es ist ein Phänomen des Menschen, immer wieder die gleichen Fehler zu machen. Daran will ich erinnern. Auch am Ende eines Lebens kommt diese Einsicht nicht zu spät: „Wenn morgen die Welt unterginge, würde ich heute noch einen Baum pflanzen", wie Martin Luther schon gesagt haben soll, oder auch ein gutes Buch lesen oder zum Erstaunen vieler eine gute Geschäftsidee noch verwirklichen wollen oder, weit liebenswürdiger, meinen nächsten Angehörigen, Freunden, geliebten Menschen irgendeine nette Geste zeigen.

KAPITEL 1

Haben kriegerische Auseinandersetzungen zwischen den Ländern und Nationen für die geschundene Bevölkerung jemals einen Vorteil erbracht? Es blieben nur Armut, Hunger, Not der betroffenen Menschen, Verwüstung des Landes, die Zerstörung der Kultur, Migration und damit verbunden Leid, Mühsal auf der Flucht vor dem Krieg, dazu Gewalt und Verfolgung, Verstümmelung, Vergewaltigung und Tod, Anfeindung im unfreiwillig gewählten Exil.

Wo bleiben die Erfahrungen, die zur Einsicht, zu Vernunft und Zufriedenheit mit dem Erreichten, Bestehenden führen sollten? Sobald der Mensch mit einer Katastrophe konfrontiert, wieder in den Alltag zurückgekehrt ist, das Leben wieder seinen gewohnten Gang gefunden, der Alltagstrott den Ablauf im Leben übernommen hat, schwindet jegliche Einsicht. Die schrecklichen Erlebnisse verkommen zu einer nur noch bruchstückhaft vorhandenen Lebensgeschichte, lediglich in der Erinnerung unangenehm und werden mit Zeitablauf verdrängt. Die Lernbereitschaft ist auch in weniger kriegerischen Auseinandersetzungen kaum ausgeprägt. Eine leichtfertig behauptete, nicht existente Erfindung oder eine angeblich neue bahnbrechende Idee zu verbreiten, nimmt für sich immer die Neuartigkeit und Aufmerksamkeit in Anspruch. Handelt es sich jedoch um falsche Behauptungen oder vermeintliche Neuigkeiten; der Initiator wird früher oder später überführt, gleich wie umsichtig er selbst agiert oder verblendet von seinen Taten sich überzeugt zeigt.

Wie im Geschichtsunterricht an den Schulen, aus schulpolitischen Vorgaben und wegen Zeitnot oft nur auf die Benennung der jeweiligen Eroberer beschränkt und angereichert mit reinem Faktenwissen, ohne im Einzelnen über die Zusammenhänge, Entwicklungen, kriegerischen Absichten und Fehlentwicklungen zu unterrichten, den Wandel in der Entwicklung der Menschheit zu beschreiben, werden später im Erwachsenenleben die Kriegsherren verherrlicht, das Schlachtengetümmel, gewaltsame Eroberungen, die Bewegung der Massen mit Soldaten und Kriegern beurteilt und nur selten die Friedenszeiten hervorgehoben, geschaffen von bewusst friedliebenden, von der Sorge um das Gemeinwohl getriebenen Herrscher für ihre Untergebenen und die Mitbürger.

So gestalten sich vorwiegend in der Boulevard-Presse auch die Informationsmitteilungen durch die Medien. Die Sensation, die Gier nach besonderen Vorkommnissen und Schilderungen stehen im Vordergrund. Auch der objektive Teil der Presse ist nicht davor gefeit, entscheidet sich für manch martialische Berichterstattung; die Leserschaft, die Informationsempfänger verlangen lüstern die Sensation. Um im Konzert der Nachrichtenüberbringer bestehen zu können, die Auflagen zu sichern oder sogar zu fördern – freilich verpflichten Wirtschaftlichkeit und Überleben alle Medien zur notwendigen Auflagenstärke – fühlen sich auch manche konservative grundsätzlich der reinen Sensationsgier abgeneigte Medien in gewissem Umfang zur übertriebenen Darstellung verpflichtet, verführt. Nur bringt diese Art der Berichterstattung ohne Korrektiv und Selbstbeschränkung in ihrer reinsten Form der Sensation Aufwiegelung, Populismus, Verschwörungstheorien, führt zu Gewaltbereitschaft mancher Teile der Bevölkerung. Die seriösen Medien widerstehen dieser Gefahr, schon alleine durch die unabhängigen, gebildeten und der freien Presse verpflichteten Mitarbeiter, Journalisten, Kritiker, Herausgeber und schließlich der betreffenden Leser dieser Blätter.

Muss man als Mitbürger zu jedem Ereignis sofort, ohne vorher nachzudenken, eine Twitter-App abfeuern und überflüssige Gedanken möglichst sensationell und beleidigend und überhaupt als erster von sich geben, zudem tausend- und mehrfach vervielfältigt, für den zweifelhaften Beifall der dazu bereiten Empfänger solch geistig beschränkter Auswüchse. Im Übrigen bedrohen und bedrängen die Gefahren den Menschen von allen Seiten, von Populismus, Rechtsextremismus, diktatorischen Strukturen, der staatskapitalistischen Form des Kommunismus, krankhaftem Nationalismus.

Wird die Menschheit sich dereinst selbst ausrotten, alleine schon durch die politische Gefahr gegenüber den bisherigen demokratischen, die Interessen der Menschen ausgleichenden Errungenschaften und den mühsam erkämpften rechtsstaatlichen Strukturen, durch populistische, nationalistisch-egoistische Entwicklungen, die in ihrem Wirken und politischem Ergebnis den Untergang herbeiführen können, in ihrem Leugnen des Klimawandels, der tatsächlich bevorstehenden Apokalypse mit der endgültigen Umweltzerstörung? Denn gerade diese Verschwörer bestreiten, trotz aller Nachweise und wissenschaftlichen Belege, die selbstverursachte Zerstörung unseres Planeten durch den Menschen. Die derzeit die

Erde bevölkernden Generationen schaffen den sofortigen Kollaps noch nicht. Dies wäre aber keine Gewähr dafür, dass die Zerstörung dann nur bis zur nächsten oder späteren Generation aufgeschoben wird, die Menschheit selbst dann den Schlusspunkt für die Schöpfung setzt.

Die Auswanderung auf den Mars oder etwa weiter, sogar Lichtjahre entfernte erdähnliche Planeten ist ein Trugschluss geschäftstüchtiger Zukunftsvermarkter, entspricht aber nicht der Realität und dem technischen Entwicklungsstand oder den behaupteten weiteren technischen Möglichkeiten. Zuvor schon wäre bei der aktuellen weiter schädigenden Entwicklung die Menschheit bereits endgültig verschwunden.

Schaffen wir es, die Kurve zu mehr Lebensqualität zu nehmen, überhaupt zum Überleben? Jeder Einzelne trägt eine Mitverantwortung bei der Bekämpfung der Klimakrise, bei der Bewahrung der Schöpfung, bei der Abwehr umweltschädigender, zerstörerischer, menschenfeindlicher Bestrebungen, beim Erhalt ausgleichender, alle Menschen gleich achtender politischer Systeme, denn die politische Führung ist trotz zuweilen guten Willens ohne Mitwirkung der Menschen, der Mitbürger erkennbar überfordert.

Zitat des chinesischen Künstlers Ai Wei Wei:
„Für das Überleben des Planeten wäre es in der aktuellen Situation hilfreicher ohne die Menschheit. Der Planet braucht die Menschen nicht; niemand und nichts würde sie vermissen, vor allem, wenn man bedenkt, wie viele Arten der Mensch schon ausgerottet, vernichtet hat. Und zur Erhaltung sind nicht nur die Regierungen, jeder einzelne ist gefordert."

Noch hoffen wir Menschen, die künftigen Herausforderungen zu meistern, ihnen erfolgreich zu begegnen, das Leben doch lebenswert zu gestalten und noch viele Jahre, Jahrzehnte und Jahrhunderte menschenwürdig zu überleben.

KAPITEL 2

Begeben wir uns deshalb in das Jahr 2071 und betrachten wir den Zustand der Welt in einem halben Jahrhundert, aus Freude über die Einsicht zum Überleben nach all den Katastrophen in der Umwelt und feindlichen Aggressionen zwischen manchen Ländern oder müssen wir zu unserem Entsetzen den Niedergang der Menschheit erkennen.

Der Versuch eines Blickes in die Zukunft aus der Sicht eines vom Überlebenswillen der Menschen überzeugten Mitbürgers. Wobei nicht jede Faser, jede einzelne Verästelung der Gesellschaft, eher allgemeine Linien und einzelne Schwerpunkte aufgezeigt werden. Auf den Anspruch der Vollständigkeit muss daher ausdrücklich verzichtet werden.

Jede Epoche benötigt nach Ansicht von Historikern mindestens eine weitere davon, um vollständig verstanden zu werden. Denn erst der Abstand der Jahre hilft beim Ordnen der Dinge, die zum Zeitpunkt des Geschehens nur ansatzweise offenbar werden. Dies gilt für den Erfolg der Politik, aber auch für den Erfolg von Wirtschaftssystemen. Deshalb auch der ständige Rückblick auf die heutige Zeit.

Manchem mag die nachfolgende Schilderung über den Zustand unserer Welt in fünfzig Jahren als heile Welt erscheinen. Wenn wir aber dieses Ziel einer befriedeten, umweltfreundlichen, menschlichen Umgebung nicht erreichen, indem wir gewissermaßen rückwärtsfahren und uns wieder besinnen auf die Zeiten vor den gravierenden Umweltsünden, die Technik als das angeblich allein Seligmachende nicht ausufern lassen, sondern als Hilfe und Unterstützung nutzen, überlebt die Menschheit nicht einmal das nächste halbe Jahrhundert. Die Erde wird überleben, für die Menschen wäre es zu spät. Die Natur erholt sich dann ohne die Menschen und ohne deren ruinöse Eingriffe schneller; möglicherweise wird die Erde mit den von Menschen verursachten Umweltkatastrophen aber auch nicht mehr weiter bestehen. Der Autor will nicht vermessen, allwissend oder unfehlbar erscheinen. Für ihn steht jedoch fest, dass die Fortsetzung der bisher vom Menschen geübten Lebenseinstellung in die Vernichtung führt, gleich welchen Bereich man erwähnt, die falsche ungesunde Ernährung, der übermäßige umweltschädliche Privatverkehr, die Bedrohung von Flora und Fauna, die lebensverachtende Technikgläubigkeit, der Irrglaube an ständig notwendiges übertriebenes Wirtschaftswachstum, feindliche Verschwörungstheorien, kriegerisches Machtstreben. Jeder Mensch auf diesem Globus muss sich in seinem Verhalten ändern, um die Apokalypse zu vermeiden.

Ein allgemeiner Hinweis:

Der Unterschied zwischen weiblicher und männlicher Endung eines Wortes oder einer Bezeichnung (gendern oder Gendering), in der deutschen Sprache eine unmögliche Verballhornung, wird im Jahre 2071 nicht (mehr) beachtet, vielmehr der Lächerlichkeit preisgegeben, zumal die Anrede der Zuhörer bei Vorträgen oder in parteipolitischen Veranstaltungen mit „liebe Freundinnen, liebe Freunde" völlig missverständlich gedeutet werden kann. Die weiblichen Zuhörer sind aus der Sicht des männlichen Redners nicht seine „Freundinnen", gleichbedeutend auch mit etwaiger enger, vielleicht intimer Beziehung, dann womöglich sogar mit allen Frauen in der Zuhörerschaft. Deswegen und weil dem Autor diese umständliche Zweiteilung der Bezugnahme auf Menschen beiderlei Geschlechts ebenfalls zuwider ist, wird in der Buchfassung und Schilderung der Buchgeschichte hierauf keinerlei Rücksicht genommen und werden also Menschen als „Menschen" bezeichnet und nicht als Menschinnen und Männchen-Menschen. In der italienischen Sprache wird bei der Anrede der männliche Ausdruck sogar dann verwendet, wenn sich in der angesprochenen gemischten Gruppe mindestens ein einziger Mann befindet.

Allgemein

Die Menschen des Jahres 2071 werden immer älter dank der Fortschritte in der Medizin, der Pflege, der Bewegung in der Natur, regelmäßiger sportlicher Aktivitäten. Die Erkenntnis, dass körperliche Inaktivität und ungesunde Ernährung zu frühzeitigen Sterbefällen führen kann, hat sich allgemein durchgesetzt. Bei falscher Lebenseinstellung drohen Herzinfarkt, Gehirnschlag, Diabetes, Krebs oder Demenz sowie Folgeerscheinungen negativer kognitiver Entwicklungen mit übermäßigem Tabakkonsum, Übergewicht und bei sonstigen zivilisatorischen Übeln. Im Rückblick erscheint die gesundheitsbewusste Einstellung der Menschen lebensfördernd und führt zu Ausgeglichenheit. Denn noch vor fünfzig Jahren verloren weltweit mehr Menschen das Leben wegen „Überfressen", nicht wegen Hungersnöte. Zwei Milliarden Menschen plagte Übergewicht und eine Milliarde mussten hungern, hatten nicht das Nötigste zum Essen. Die Weltbevölkerung hat sich aber nicht aus den genannten Gründen verringert. Entgegen den Vorausberechnungen und Schätzungen vor einem halben Jahrhundert, als man noch eine Entwicklung bis zum Ende dieses Jahrhunderts von 11 bis 12 Milliarden Menschen angenommen hatte, leben nun im Jahr 2071 erheblich weniger auf der Erde als vor fünfzig Jahren. Geburtenregulierung, staatlich verordnete Familienplanung, allgemeine Aufklärung über Geburtenkontrolle wirken erfolgreich und führten zu einer niedrigeren Bevölkerungszahl von Erdenbewohnern. Die interessante Nebenwirkung: Die geringere Anzahl der Menschheit entlastete im Laufe der letzten Jahrzehnte Klimakrise und Ressourcenverbrauch.

Nahezu jeder Haushalt verfügt heutzutage im Jahr 2071 über smarte Geräte zur Überwachung von Blutdruck, Blutzucker, Körpergewicht, zur medizinischen Vorsorge. Leistungsfähige, durchorganisierte Gesundheitssysteme mit Videosprechstunden beruhen auf den vereinten Säulen aus Krankenhaus, Arztpraxis und Labor mit modernster medizinischer Ausstattung und bestmöglicher Versorgung des Patienten. Umfassend ausgebildetes und angemessen entlohntes medizinisches Personal von Ärzten, Pflegern und Therapeuten sorgt sich um den Einzelnen, unterstützt von inzwischen vollständig integrierter Digitalisierung des Gesundheitswesens mit kombinierten Behandlungsformen wie Health Continuum (also Gesundheitsvorsorge, Prävention), Diagnostik, Therapie, Krankenhausversorgung, Rehabilitation. Häusliche Pflege begleiten den Menschen im Bedarfsfall sein ganzes Leben lang für die Gesundheit, bei ärztlichen Behandlungen, und sorgen für das individuelle Wohlbefinden, unterstützt mit den technischen Errungenschaften moderner diagnostischer Bildgebung, Patienten-Monitoring und Gesundheits-Informations-Technologie, ergänzt von der auch heute noch wichtigen Humanmedizin.

Eine Vielzahl von rüstigen Hundertjährigen leben geistig und körperlich gesund erhalten. Sie blicken auf ein erfülltes Leben zurück. Die Bevölkerung ist gealtert, nicht überaltert, länger aktiv, politisch, wirtschaftlich, gesellschaftlich interessiert und einsatzfreudiger als jemals zuvor. Achtzigjährige gründen Start-ups, die man vor Jahrzehnten nur mit jugendlichen Gründern in Verbindung gebracht hätte. Nicht deshalb sind sie bei der Gründung alt, weil sie wegen bürokratischer Auflagen und behördlicher Langsamkeit jahrzehntelang auf amtliche Entscheidungen warten mussten, sondern weil sie im Alter immer noch rüstig und interessiert agieren.

Die schlanke Bürokratie bewährt sich im Jahr 2071 jeden Tag und die demografische Entwicklung gestaltet sich langfristig in vernünftigen Bahnen. Der Befund über den Altersdurchschnitt hat keinen Einfluss auf das wirtschaftliche Wachstum eines Landes und auch nicht auf die Globalisierung. Denn das Arbeitsleben zieht sich bis in das hohe Alter; die Menschen arbeiten länger, sind gebildeter, produktiver als beispielsweise vor achtzig, siebzig oder auch vor fünfzig Jahren. Damals bereits deutete sich dieser Trend an. In den USA konkurrierten zwei Männer im Alter von 74 und 78 Jahren um die Präsidentschaft. Vor hundert Jahren wäre dies noch undenkbar gewesen, außer einem deutschen Bundeskanzler Adenauer (1876 bis 1967), der seine bundespolitische Karriere erst im Lebensalter von 73 Jahren begann und noch 14 Jahre regierte. Eine bemerkenswerte Ausnahme, denn früher gehörte man mit fünfzig, sechzig Lebensjahren schon nicht mehr zur begehrten Arbeitsbevölkerung.

Die Frauen des Jahres 2071 sind hochgebildet und nehmen im gleichen Umfang wie ihre männlichen Kollegen verantwortliche und mächtige Positionen im Berufsleben ein, sodass manche Zeitgenossen belustigend eine Männerquote fordern. Auch diese ausfüllende Berufstätigkeit der Frauen führte zu einem Rückgang der Weltbevölkerung, da vielen Frauen das Berufsleben wichtiger erscheint als die Mutterschaft. Eine unbeabsichtigte Folge zur Entlastung der Erde und der Umwelt mit weniger Menschen und geringerer Ausbeutung unseres Planeten; Veränderungen, die eine Überbevölkerung und drohende erhöhte Arbeitslosigkeit vermeiden, zu besserer Lebensqualität führen. Berufliche Tätigkeit, Bildung und sportliche Aktivitäten gelten für alle, sind entscheidend während der gesamten Lebenszeit; auch im hohen Alter helfen sie beizutragen, zu geistiger und körperlicher Unversehrtheit, genießen Bedeutung als wichtige, vorsorgende Grundlagen für soziale Sicherheit und Ausgewogenheit, unterstützen damit den Wohlstand.

Die Entwicklung zu mehr Lebensqualität war nicht frei von Rückschlägen und Enttäuschungen, von eigensüchtigen und gruppenbezogenen Problemen, von Machtstreben bis hin zu kriegerischen Auseinandersetzungen, um politischen und wirtschaftlichen Einfluss zu erzielen, oder von innenpolitischen Problemen abzulenken. Neben Rückschlägen wechselten sich in den letzten Jahrzehnten falsche Entwicklungen und bedenkliche autokratische Phasen mit der notwendigen Neuausrichtung ab, der Besinnung auf ursprüngliche menschliche Werte, dem Rückgriff auf geschichtliche Erfahrungen. Aber auch Erfolgserlebnisse erfreuten die Menschen immer wieder über gelungene demokratiefreundliche und umweltschonende Schritte zu gerechter Güterverteilung und geringerer Umweltbelastung.

Neue Konzepte und Strategien waren erforderlich – zum Vorteil und im Sinne des einzelnen Bürgers – für die Arbeitswelten und Büros, für die Innenstädte und den Einzelhandel, für den Tourismus und die Gastronomie. Es musste sich etwas ändern, bei aktuellen politischen Fragen und Bewertungen, im Sinne der Zukunft.

Eine gesunde Ernüchterung hat die Technikgläubigkeit abgelöst, die unkritische Globalisierungseuphorie ist Vergangenheit, stattdessen haben sich Nachhaltigkeit, Ressourcenschutz und vor allem soziale Gerechtigkeit in der globalen Herausforderung in den Vordergrund gedrängt, mit der Zustimmung der Bürger und nicht gegen sie. Die Technisierung in den Arztpraxen und in den Krankenhäusern hat die Humanmedizin keinesfalls verdrängt. Der Mensch hängt zur Gesundung und Genesung nicht ausschließlich an Maschinen. Der moderne Mediziner betrachtet den Patienten, den Menschen, den es zu untersuchen gilt, als Ganzheit und richtet die ärztliche Behandlung danach aus. Es hilft weder dem Patienten noch dem Behandler, wenn ein Symptom einer Krankheit behandelt wird und sich nur hierauf konzentriert und durch die einseitige Therapie dafür andere Teile des Körpers, andere Organe vernachlässigt, sogar angegriffen werden und der Mensch nach der Behandlung anstatt gesünder zu sein mehr Krankheiten als zuvor beklagt.

Algorithmus-basierte Trainingsmethoden und Telecoaching ergänzen ambulante Behandlungen, vernetzen Menschen mit seltenen Erkrankungen und krankheitsspezifischen Symptomen mit den spezialisierten Fachärzten. Patienten werden über einen längeren Zeitraum überwacht und bei Bedarf die Therapie aus der Ferne angepasst. Ärztliche Behandlung geschieht dann zeitsparend ohne Praxisbesuch und persönlichem Erscheinen zur Verbesserung der Patientensicherheit und nur in dringenden Fällen Untersuchung und Diagnose im Arztzimmer.

Die mit ausreichend Geld und Kompetenz ausgestattete Weltgesundheitsorganisation (WHO) ist nicht weniger wichtig als es die NATO war, die fortwirkt als Teil der UNO-Schutztruppe und für die ganze Welt zuständig ist. Mit der geschichtlichen Entwicklung in den letzten Jahrzehnten umfasst die Schutztruppe neben den USA und Kanada alle europäischen Staaten, den Subkontinent Indien, Japan, Australien, die Staaten der ASEAN-Union und erstreckt sich beratend und schützend auf den restlichen Teil der Welt. Für jede der beiden Institutionen, WHO und UNO-Truppe, gilt seit langem das Zwei-Prozent-Ziel des Bruttosozialprodukts als jährlicher Beitrag aller Länder beziehungsweise Gebietseinheiten, wie unter anderem die Europäische Union als Gesamtheit.

Auch das haben die politisch Verantwortlichen aus der Pandemie der Jahre 2020 und 2021 gelernt: Bürokratismus vermeiden. Statt auf bewährte Strukturen zu setzen wie dem in Deutschland damals bestehenden Hausärztenetz, um das viele andere Länder die Deutschen beneideten, waren anfangs staatliche Impfzentren vorrangig bedient worden mit komplizierter Terminvorgabe und begrenzter Effektivität. Vor lauter theoretischem Perfektionismus und bürokratischer, aber weltfremder Genauigkeit, blieb die Praxis hinter den Erwartungen zurück.

Nur solche Politiker werden heutzutage gefordert und gewählt, die langfristig denken und handeln. In einer Demokratie erhalten Politiker und Parteien vom Bürger durch Wahlen einen Vertrauensvorschuss. Das verpflichtet die Parteien, diejenigen in politische Ämter zu bringen, die der damit verbundenen Verantwortung gerecht werden. Erweisen sie sich dafür als ungeeignet, müssen sie zurücktreten. Verweigern sie sich dazu, schwindet das Vertrauen in die Partei, in die Politik allgemein und letztlich auch in die Demokratie. Der Bürger versteht solche Zusammenhänge sehr wohl; die Politiker haben diese Lehre in der Zwischenzeit gelernt und auch verinnerlicht. Erfolgreich sind Politiker heute mit der notwendigen Problemlösungskompetenz in der Umwelt-, Energie-, Verkehrs- und Klimapolitik. Sie besitzen Fachwissen und haben Interesse an der politischen Gestaltung, der Kooperation, an der digitalen Ausbildung, an der Sicherung der Wertschöpfung und Produktivität durch Künstliche Intelligenz. Lobbyismus, Korruption, Missbrauch eines Amtes oder von Macht sind im Wesentlichen eingeschränkt, und werden international strafrechtlich verfolgt und geahndet. Solche Umstände, menschliches Versagen, sie sind auch heute noch nicht vollständig beseitigt, nicht gänzlich verhindert.

Die Wahlthemen der früheren zwanziger Jahre im westlichen Europa, soziale Gerechtigkeit, Klima, Extremwetter, Wirtschaft, Rente, Bildung, Migration, Digitalisierung, Infrastruktur, führten zu einer Wende politischer, wirtschaftlicher und kultureller Art. Frei nach dem Kommentator Dipl.-Ing. Dr. Klaus Woltron in der österreichischen Tageszeitung „Kronenzeitung" hatten vor einem halben Jahrhundert diese Bereiche Europas die sieben „Plagen" heimgesucht. Pandemie, Klimaerwärmung, Zerstörung der natürlichen Lebensgrundlagen, Völkerwanderung und deren Folgen, Arbeitsplatzvernichtung durch Roboter und Künstliche Intelligenz, Inflation und Abschaffung des Bargelds, sowie Gefährdung der Demokratieformen. Ein politisches Klima war erzeugt worden, das man als Massenhysterie bezeichnen konnte, extreme rechtslastige Parteien und Gruppen sowie fanatische linksgerichtete Parteien und Gruppierungen streuten jeweils aus ihrer Sicht erfunden dreiste Lügen;

der Name Fake-News war damals in aller Munde. Twitter und Facebook boten eine weltweite Bühne für solch abwegige Zwietracht, Lüge und Hass durch Geschrei und Polemik. Diesen ungeheuren Herausforderungen konnte man nur mit Führungskraft und durch die Aufklärung der Bevölkerung begegnen und sie erinnern heute verschämt an dunkle Zeiten und menschliche Untiefen.

Antidemografische Stadt-Inseln waren damals entstanden, die im Gegensatz zur alternden Land-Bevölkerung die ökonomische Leistungsfähigkeit wachsen ließen, sich wirtschaftlich erfolgreicher entwickelten, in Deutschland seinerzeit deutlich zu beobachten in Teilen Bayerns, Baden-Württembergs, im Rhein-Main-Gebiet und in den Großräumen Hamburgs sowie besonders Berlins. Ein zweigeteiltes Deutschland der damaligen Jahre. Zum einen also eine relativ junge wachsende Bevölkerung in den Ballungszentren, wirtschaftlich erfolgreich; daneben die alternde Landbevölkerung, in der die ökonomische Leistungsfähigkeit bedroht ist und sich das stagnierende Deutschland in der technologischen Entwicklung zeigt, und die unakzeptable unterschiedliche wirtschaftliche Situation in West- und Ostdeutschland. Die Trendwende ist geschafft, vor allem im Verbund des wiedererstarkten Europa, der Europäischen Union. Stadt- und Landbevölkerung sind demografisch, altersmäßig, angeglichen, die Lebensplanung für alle Altersschichten gleichgesetzt, die Leistungsbereitschaft und Leistungsfähigkeit auf demselben Stand.

Alle gesellschaftlichen Bereiche waren bis in das Jahr 2071 immerzu begleitet von regelmäßig notwendiger Überzeugungsarbeit aller verantwortlichen Fachleute, Wissenschaftler, Gesellschaftskritiker für die Dringlichkeit einer Änderung zum Positiven. Weg vom umweltbelastenden Auto mit den Folgen der Luftverschmutzung mit Atemwegserkrankungen und Lärmbelästigung. Achtzig Prozent der Autos beförderten noch im Jahr 2020 eine einzige Person. Ein Beispiel für übermäßig belastende Umwelt und unnötige Platzverschwendung. Und nicht nur die Pandemie vor einem halben Jahrhundert, auch die Entwicklung von modernen Zivilisationskrankheiten, die Hitzewellen im Sommer zeigten, bewiesen, dass die Menschen Grünanlagen, Parks und Natur brauchten. Kein Abfall musste die Devise werden, also unverpackte Waren oder naturnahe, sich selbst auflösende Verpackungen mussten gefunden und entwickelt werden. Sogar essbare Verpackung wird heutzutage angeboten.

Und die Europäische Union? Die spürbare Verbindung zwischen den gemeinsamen, europäischen Entscheidungen und dem täglichen Leben, dem täglichen Bedarf des Bürgers war gefordert und geboten und nicht Machtstreben, Machterhalt nur um des Machtwillens wegen und all seiner negativen Seiten, der Korruption, der Vetternwirtschaft, der Einflussnahme durch unsaubere, illegale Tricksereien. Die Populisten in Polen, Ungarn, der Türkei mussten darüber belehrt werden, was für die Bürger wirklich von Interesse und für deren Überleben wichtig erscheint. Erfolge kamen erst nach deren jeweiligem Abgang von der politischen Bühne. Immer dann, wenn solche nur zur eigenen Machtausübung bereiten Politiker, vor einem halben Jahrhundert besonders anschaulich in Russland und der Türkei zu beobachten, die Verbindung zum realen Leben verlieren, sofern sie jemals eine solche besaßen, und vor allem wenn ihre Macht schwindet – dies gilt, wenn auch in beschränktem Maße noch heutzutage – ihre Regierungsarbeit versagt, werden sie erst richtig gefährlich und dieser Zustand artet aus in böswillige, krankhafte, maßlose, pathologische Exzesse gegen Opponenten, Kritiker, Andersdenkende im eigenen Land, in kriegslüsterne Aktionen gegen fremde Staaten. Der freiwillige Rücktritt ist ihnen unbekannt. Erst durch Abwahl, es sei denn sie manipulieren erfolgreich die Wahlergebnisse, durch Sturz oder Vertreibung aus den Ämtern, durch deren Tod im Amt ist man von ihnen befreit, hatte das Land, die Region die Möglichkeit der Erneuerung, günstiger politischer, gesellschaftlicher und ökonomischer Zukunftsaussichten.

Populismus, Extremismus, Fremdenfeindlichkeit sind zwar im Grunde überwunden. Aber empirisch nachgewiesen ist ein Drittel der Bevölkerung, gleich in welchem Land, heimlich latent extrem nationalistisch. Als Erfolg der weit überwiegend demokratisch gesinnten Mitbürger erklärt man sich, dass die extremistisch beeinflussten Menschen sich nicht dazu bekennen, weder öffentlich noch in der Anonymität, wie es vor Jahrzehnten übermäßig zum Ausdruck kam. Ursachen dieser nationalistischen, populistischen Einstellung sind unter anderem die Unfähigkeit, die Welt komplex und vielfältig zu sehen wie sie nun einmal besteht, das Verlangen nach einfachen Erklärungen – diesen Wunsch teilen sich im Grunde auch viele andere Menschen, sie lassen sich aber mit Argumenten von der Vielschichtigkeit unserer Welt überzeugen. Dieses schwarz-weiß-Denken in den populistischen Gruppen ist der wesentliche Unterschied zur denkenden Mehrheit der Bevölkerung.

Wer hat nun die Oberhand behalten zwischen den Bewahrern, die Vertrautes gegen Fremdes verteidigen, Stabilität in ihrem Leben und in der Gesellschaft als hohen Wert schätzen, heimatverbunden sind und auf der anderen Seite den Entdeckern, Aufgeschlossenen, Neugierigen, die sich vor Fremdem nicht ängstigen, kosmopolitisch die Vielfalt der Gesellschaft als Bereicherung sehen. Diese beiden Gruppen besitzen zwar kaum fassbare unterschiedliche Einstellungen und Meinungen zu Themen der nationalen Zugehörigkeit, Einwanderung, stimmen jedoch in den Vorstellungen zur politischen Situation allgemein, über das gemeinsame Leben, die Sicherheit, oder die Bereitschaft, andere Meinungen und Bedürfnisse zu akzeptieren, überein.

In den europäischen Ländern, der Europäischen Union, überwiegen mit einem leichten Vorsprung die Bewahrer, Verteidiger gegenüber den Entdeckern; beide Gruppierungen halten innerhalb eines Landes, einer Region jedoch streng und tapfer zusammen. Sie richten sich gemeinsam gegen Autokratie und politisch-autokratische Strukturen, gegen demokratiefeindliche, rechts-nationale ebenso wie gegen links-populistische Umtriebe und Gefahren. Sie bilden das starke Rückgrat der politisch ausgeglichenen Mitte, den überwältigenden Teil, nahezu die gesamte Bevölkerung, und vertreten die Demokratie als Ergebnis sachlicher Diskussion und den gemeinsamen Willen zum Kompromiss jedes streitbaren Problems, vereinen die Masse der Mitbürger und sie sind auch im Jahre 2071 unsere Zukunft.

Pandemie

Gegen Seuchen schützen nunmehr neu entdeckte wirkungsvolle und umfassende Impfstoffe. Schutz gegen Pandemiebedrohungen bietet nach der Erprobung und erfolgreichen Tests auch ein hilfreiches Medikament in Tablettenform. Denn mit der Seuchengefahr muss die Menschheit auch in diesem siebten Jahrzehnt weiterleben; Covid19, über Aerosole, das heißt über den Luftweg übertragen, und die verschiedenen zwischenzeitlich bekannten Varianten existieren nicht nur unter Menschen, sondern auch unter Tieren. Der Wildtierhandel ist deshalb verboten, menschenverachtende Arbeitsplätze als Gefahrenherde wie früher in Fleischverarbeitungsbetrieben nicht mehr erlaubt, die Natur zum höchsten Gut erklärt, genießt international Verfassungsrang. Die Schnittstellen zwischen Politik und Wissenschaft – das hat man aus der Pandemie der Jahre 2020 und 2021 gelernt – werden jetzt besser genutzt und gestaltet. Denn, so die Wissenschaftler der frühen zwanziger Jahre, mit der Pandemiebekämpfung in dieser Zeit war man nicht viel weiter als schon im 16. Jahrhundert mit Maßnahmen des sogenannten „Lockdown", zuweilen sogar für ein halbes Jahr. Das ist weder zeitgemäß noch überhaupt notwendig, wie fachlich begründet und wissenschaftlich nachgewiesen.

Der Kampf gegen die weltweiten Seuchen war nach all den damaligen Erfahrungen auch aus anderen Gründen dringend geboten. Die Pandemie bedrohte vor allem die Kinder dieser Generation, deren Bildung und Entwicklung und die Fortschritte bei der Bekämpfung von Armut. Denn Kinder und Jugendliche sind immer, zu jeder Zeit die Zukunft eines Landes, die Zukunft dieser Welt.

Nicht alleine der Siegeszug von E-Commerce und die Beschleunigung des Strukturwandels verursachten ein bis dahin unbekanntes Ladensterben. Die Pandemie vor einem halben Jahrhundert hatte diesen Vorgang noch erheblich beschleunigt und die Firmen der Alltagsökonomie lahmgelegt. Einzelhändler, Kinobetreiber, Gastronomiebetriebe verschwanden, die Vielfalt des Lebens und der Lebensgewohnheiten war gefährdet, Millionen von Arbeitslosen belasteten die Staatsfinanzen, die finanziellen staatlichen Unterstützungsmaßnahmen erwiesen sich als bürokratisches, unbewegliches Monster ohne wirklichen Erfolg. Selbst in dieser weltbedrohenden Krise verdienten die Großkonzerne minimal weniger als in den Vorkrisenzeiten, manche machten in der Krise hohe Brutto-Umsätze wie nie zuvor und standen vor Rekordgewinnen.

Eine weitere grundlegende Erkenntnis aus der Pandemie dieser Jahre, die strikte Hygiene des Menschen und die Bewahrung der Natur. Man hat gelernt, es zu vermeiden, immer tiefer in die selbst entlegensten Lebensräume der Erde, der Bereiche von Wildtieren vorzudringen. Besonders sorglos haben sich die Chinesen damit hervorgetan, dass sie Wildtiere auch noch auf ihrem Speiseplan hielten, ein gefährlicher, zuweilen tödlicher Bakterien-Cocktail. Der Mensch hat keine Abwehrkräfte und Mechanismen gegen solche vielfältigen fremden

Erreger. Er musste sich nun – gewarnt – mit der Natur im Gleichgewicht bewegen; er ist Teil davon und steht nicht darüber, es sei denn er hätte in seiner Verblendung riskiert, sich weiter solchen Gefahren auszusetzen, bis die Menschheit endlich untergeht. Weder die technisierte Entwicklung, unsere technischen Errungenschaften noch die technische Intelligenz waren imstande, mit den Verhaltensweisen vor fünfzig Jahren den Untergang durch eine Pandemie zu vermeiden. Nur Achtung und Demut vor der Natur, wie es die Umweltforderungen der Jugend verlangten, vermochten damals ein Umdenken der internationalen Politik, das Bewusstsein in der Bevölkerung zu schärfen, nicht die Überheblichkeit uneinsichtiger Staatenlenker.

Aus der Pandemie gelernt heißt auch: Zwei Drittel der Infektionen gehen auf den privaten Bereich zurück. Die Bevölkerung hat es damit selbst in der Hand, wie oft und wie lange eine Seuche sie lähmt. Neben dem Krisenmanagement der Regierungsverantwortlichen verlangt die Vorsorge, die Hygiene ein Mitdenken und Mitmachen aller Menschen. Der Kampf gegen die Pandemie war auch keine nationale Angelegenheit mehr. Nur mit Offenheit, von Staaten wie China und Russland sträflich vernachlässigt, zuweilen ausdrücklich unterdrückt, mit weltweiter Solidarität und gemeinsamen, international koordinierten Anstrengungen blieb die Chance und bewahrheiteten sich die Vorgaben aus den Jahren der Pandemie, erfolgreich gegen das Virus vorzugehen.

Entschlossenes und unbürokratisches Handeln auf die Herausforderungen hätte man schon aus der Epidemie nach dem 1. Weltkrieg wissen können. Mit den Kommunikationsmöglichkeiten stehen jetzt weltweite Dienste zur Verfügung. Auch der globale Gesundheitsschutz ist heute gegen die Pandemiegefahren gewährleistet. Besonders lernfähig erwies sich dabei die EU mit ihren damals 27 meist konträren Ansichten und Entscheidungen, wie auch die alte Bundesrepublik mit ihrem föderalen System der einzelnen Landesfürsten uneinheitlichen Regelungen ausgesetzt war.

Die wissenschaftliche, politische und gesellschaftliche Veränderung am Beispiel der Pandemie des Coronavirus wirkt sich bis heute aus:
- Der Ausbruch war anfangs von der Politik vertuscht (China) und verharmlost worden (USA, Großbritannien und Brasilien). Eine vergleichbare Situation wäre heutzutage undenkbar.
- Ehrliche Regierungsvertreter berichteten wahrheitsgetreu von Angst für die Bevölkerung und eigener persönlicher Erschöpfung.
- Fachleute hatten schon lange vor einer Pandemie gewarnt, ohne dass man die Gefahr ernst genommen hätte; vielmehr verdrängte die Politik die geschilderten Risiken.

Nach anfänglichen Erfolgen bei der Bekämpfung überwog wieder die Leichtsinnigkeit. Die Folge waren beim erwarteten Eintritt der zweiten, dritten, vierten Welle, gegenseitiges Unverständnis, wachsendes Misstrauen, besondere Probleme mit den unterschiedlichen regionalen Verhältnissen und nach allem kein kohärentes Vorgehen. Strukturelle Schwächen wegen fehlender Produktionskapazitäten und mangelnder Schutzausrüstung belasteten die medizinische Behandlung, es rächten sich jahrelang aufgeschobene Entscheidungen zur Vorkehrung, und nur Ärzte und das Pflegepersonal zeigten hilfreiche Kenntnisse und übermenschlichen Einsatz bei der Bewältigung der Krise, bestätigten allerdings auch einen erheblichen Mangel an benötigten Pflegehelfern, deren unangemessene Bezahlung und die erst mit dem Eintritt der Pandemie verdiente Wertschätzung, die allerdings nach dem Abflauen der Krise ebenso schnell wieder nachließ.

Missfallen beim Versuch, die Pandemie zu bewältigen, erregte die grassierende übertriebene Bürokratie mit den anfangs vielfach notwendig geprüften Berechtigungsscheinen für medizinische Masken und deshalb auch den Schlangen vorwiegend alter Menschen vor Apotheken, anstatt solche Masken zu versenden oder landesweit auf Marktplätzen kostenlos zu verteilen. Hinzu kamen unnötiger parteipolitischer Streit, wahltaktisches Kalkül und zu allem Überfluss auch noch unerlaubte Geldgeschäfte mit den Masken durch gewählte Abgeordnete.

Man hat aus all diesen geschilderten Fehlern und Mängeln gelernt und sie abgestellt, die Verhältnisse grundlegend geändert. Die Pandemie vor einem halben Jahrhundert zeigte denn auch, eine schnelle umfangreiche Impfkampagne kann das Virus erfolgreich bekämpfen und zurückdrängen. Nationale Strategien helfen jedoch allenfalls für den Moment, bringen keine langfristigen Lösungen. Es nützt wahrlich nichts, wenn hundert Prozent der Bevölkerung eines Landes geimpft ist, währenddessen gleich wo auf der Erde oder im benachbarten Kontinent mangels Impfstoffen neue, impfresistente Mutanten entstehen. Das Virus findet immer einen Weg zum Menschen.

Deshalb ist die Impf- und Tablettenproduktion des Jahres 2071 weltweit umfassend ausgebaut, in allen Erdteilen zentral organisiert und an Orten stationiert, von denen aus jeder noch so entlegene bewohnte Winkel eines Landes erreicht wird. Das Serum, die Tabletten können in kürzester Zeit geliefert und damit die notwendigen Behandlungen gerecht und sinnvoll durchgeführt werden.

Um der Pandemie auch künftighin wirksam zu begegnen, sie erfolgreich zu bekämpfen, erschien es außerdem unerlässlich, ihre Entstehung, die Entwicklung am Menschen, die Ausbreitung zu ergründen. Die Ursache der Pandemie vor nunmehr fünfzig Jahren beruhte entweder auf der Übertragung von Tier zu Mensch oder auf einem Unfall im Institut für Virologie in Wuhan/China. Eine endgültige Klärung der Frage war lange Zeit unmöglich, da sich China jeglicher Transparenz und Mithilfe erst verweigerte, dann einer internationalen Experten-Kommission nur teilweise Zutritt zum betreffenden Institut und möglichen Stellen in Wuhan gewährte, vor allem als wichtige und wesentliche Unterlagen und entscheidende Bestandteile nicht mehr greifbar und vorhanden beziehungsweise, so der sich aufdrängende Verdacht, beiseitegeschafft waren. Diese Vermutung einer Unterschlagung der wahren Gründe, von den chinesischen Behörden und Regierungsstellen durch deren Verhalten bekräftigt und naheliegend, hatte die USA veranlasst, geheimdienstliche Untersuchungen, nun unterstützt von der ursprünglich kritisierten Zurückhaltung der Weltgesundheitsorganisation, über die tatsächliche Ursache der Pandemie anzuordnen und schließlich zu intensivieren. Die Beschwerden Chinas dagegen bedienten sich alter Muster: erst alles pauschal bestreiten, politische Motive unterstellen und dann immer nur die unwiderlegbaren Nachweise verbunden mit einer Märchenerzählung einräumen. So verhielten sich auch die Autokraten in Russland, wenn man sich nach der aktuellen Situation der Bedrohung durch das Virus erkundigte, oder auf Korruptionsverstöße bei der Pandemiebewältigung, bürgerfeindliches Regierungsverhalten bei der Verteilung der Impfstoffe hinwies, harmlose Nachfragen zu konkurrierenden, besser wirkenden Arzneimitteln aus dem Westen stellte.

Behördliche Maßnahmen und die Entfernung aus der Öffentlichkeit erlebten auch die Ärzte in Wuhan, weil sie überhaupt auf den Ausbruch der örtlichen Seuche hingewiesen, die Bedrohung erläutert hatten. Sie waren allesamt bald von der Bildfläche verschwunden. Niemand kannte und kennt ihr weiteres Schicksal.

Die Herkunft des Corona-Virus musste jedenfalls aufgeklärt werden, trotz und entgegen der Blockadehaltung in China, das sich beim Ausbruch der Seuche und bei der WHO-Untersuchung zum Ursprung der Pandemie erst durch Intransparenz und Leugnung ausgezeichnet hatte. Feststand dann bald nach den Untersuchungen der USA: Das Virus und deren Entstehung waren zwar nicht Teil eines ausgeklügelten Plans der Regierung in Peking, um durch Verbreitung die USA und Europa zu schwächen oder weil es absichtlich hergestellt worden und dann außer Kontrolle geraten war – so Verschwörungstheorien. Vielmehr erkrankten Mitarbeiter des betreffenden Labors in Wuhan, zufällig und unabsichtlich, wegen zu geringer Schutzmaßnahmen und – unglaublich – staatlich vorgegebener Unachtsamkeit und der mangelnden Verantwortung bei der üblichen regelmäßigen Viren-Untersuchung und nicht also wie von manchen vermutet, aus militärischen Gründen oder von Staats wegen feindlich gegen andere Länder angeordnet.

Der gegen die Pandemie der Jahre 2020 und 2021 wirkende Impfstoff ist auf der Grundlage der sogenannten mRNA-Technik – das sind chemische Verbindungen, (die Erbinformationen bei Viren bezeichnet man mit RNA, Pendant beim Menschen DNA) – entwickelt und wird in Form von Boten-Ribonukleinsäure verabreicht. Forscher nannten diese Technik schon damals die Medizin der Zukunft und sie ist heutzutage als selbstverständlich etabliert, wird auch gegen andere Krankheiten erfolgreich eingesetzt und behandelt, bei Krebsleiden, HIV, Multiple Sklerose, Arthrosen, Bandscheibenleiden, Allergien, Diabetes, Malaria, Tuberkulose, sogar bei Alzheimer und Parkinson sowie koronaren Herzkrankheiten. Unfachmännisch und vereinfacht formuliert: Die menschlichen Zellen werden dabei angeregt, Proteine zu produzieren, die das Immunsystem lehren, körpereigene Strukturen als Abwehrmaßnahme gegen solche Krankheiten zu stärken.

Die unterschiedlichen Krebszellen bei Krebspatienten erfordern allerdings zusätzlich individuelle mRNA-Therapien und ungleich schwierigere Behandlungsmethoden. Zwischenzeitlich basieren mehr als die Hälfte aller zugelassenen Arzneimittel auf der mRNA-Technik.

Technik

Viele neue technische Ideen entstanden in den letzten Jahrzehnten, wurden häufig auch wieder verworfen, neu konzipiert, umgestaltet, verbessert und zum Teil doch wieder als ungeeignet zurückgestellt, vergessen. Zukunftsforschung berücksichtigt neben technischen Erneuerungen mehr als jemals zuvor auch psycho-soziale und daneben ökonomische Aspekte.

Die technischen Änderungen und Neuheiten umfassen und beeinflussen im Jahr 2071 jeden Lebensbereich. In der Küche arbeiten sämtliche das Leben erleichternde Maschinen und Haushaltsgeräte robotergleich auf Knopfdruck. Autonomes Fahren ist überall verbreitet, führte zu einer Minderung von Unfällen im Straßenverkehr, allgemein und – ironisch – auch im Bereich der Trunkenheitsfahrten, und Fehlverhalten ist damit nahezu ausschließlich auf technisches Versagen zurückzuführen. Sogar vielfach genutzte autonome Baufahrzeuge, landwirtschaftliche Geräte und Erntemaschinen arbeiten selbsttätig.

Der Mensch benötigt mehr Strom als jemals zuvor: für Elektroautos, Computer, digitalisierte Betriebe, klimasanierte Häuser, smarte Städte und vieles mehr. Solartechnik, Wasserstoff, Windkraft und auch Wasserkraft liefern die nötige Energie. Künstliche Intelligenz, Maschine Learning, synthetische Biologie und Life Science, Blockchain, Smart Contracts und Quantencomputer, alles Begriffe, hinter denen wesentliche Entwicklungen stehen, die den Tagesablauf bestimmen, das Leben beeinflusst und verändert haben. Software und Digitalisierung werden immer weiter erfolgreich miteinander verknüpft. Elektronik, Computer, Computerchips, Smartphone entwickelten sich immer preisgünstiger; die Miniaturisierung der Gegenstände und Einzelteile schreitet weiter fort. Grenzen des technischen Fortschritts, des technisch Machbaren? Man denkt immer, nun sei eine solche Grenze erreicht, bis eine neue Erfindung bekannt wird.

In den Hotels bringt ein Roboter statt eines Mitarbeiters die kühlen Drinks zum Zimmer und macht nicht mit Klopfen auf sich aufmerksam, sondern mit einem unüberhörbaren Pieps-Ton. Das ist sicherer und für das Hotel in jedem Fall billiger und spart das Trinkgeld. Ein Lächeln der Servicedame wäre den meisten Hotelgästen trotzdem lieber.

Öl- und Gasheizungen sind nicht mehr in Betrieb, keine Verbrenner im Automarkt, keine Atomkraftwerke; der Kohleausstieg liegt nun schon lange Zeit zurück. Intelligente Heizungen arbeiten im Heim und im Büro. Moderne Technologie schaltet den Heizkörper vollautomatisch herunter, wenn sich niemand im Raum befindet. Der Nutzer muss das System nicht selbst bedienen oder programmieren. Die Künstliche Intelligenz stellt sich selbstständig auf den jeweiligen Zustand im Zimmer ein. Sensoren an den Thermostaten erkennen, ob sich Personen im Raum aufhalten und dann die Temperatur hochfahren oder absenken müssen. Die Technik ist außerdem in der Lage, die Nutzungsgewohnheiten in den Räumen zu analysieren und dafür zu sorgen, dass die Räume rechtzeitig wieder auf eine angenehme Temperatur geheizt werden. Der Thermostat tastet dafür im Minutentakt Bewegung, Licht und Schall ab und erstellt so ein Nutzungsprotokoll für den Raum. Die wirtschaftliche Relevanz besteht darin, dass damit Emissionen, wovon der größte Teil auf das Heizen fällt, in erheblichem Ausmaß vermieden und zusätzlich bis zu fünfzig Prozent Heizenergie eingespart werden. Die Heizung springt rechtzeitig an, bevor der Wohnungsinhaber vom Büro nach Hause kommt und über das Handy erkennt die Steuerung, wenn die Bewohner einen Raum oder das Haus wieder verlassen. Schlafzeiten berücksichtigt die intelligente Heizung ebenso wie den Sonnenstand.

Digitale Helfer erleichtern die Gesundheitsvorsorge und den Alltag allgemein, unterstützen vor allem ärztliche Behandlungen; Hemden warnen vor Rückenschmerzen und enthalten zudem Sensoren zur Analyse von Vitalparametern. Im Gewebe befinden sich EKG-Sensoren sowie ein kleiner Computer, der die Herzfrequenz kontinuierlich überwacht und speichert und die Daten mit Zustimmung des Patienten direkt an den behandelnden Arzt in die elektronische Patientenakte übermittelt. Textilsensorische Teppiche schlagen Alarm, wenn Unbefugte sie betreten und verhindern Wohnungseinbrüche. Sensoren durchziehen auch Sportkleidung, Wundverbände und feste Materialien; sie kommunizieren mit den Menschen, beschleunigen Heilprozesse. Solch smarte Textilien werden zwischenzeitlich in allen, besonders in den medizinischen Bereichen eingesetzt. Die Elektronik ist dabei über Drähte in den betreffenden Textilien verwoben und bleibt von außen unsichtbar. Und Drähte in Windradrotoren melden, wenn eine Wartung ansteht oder notwendig ist. Solche vergleichbaren technisierten Gewebe warnen in Staumauern sogar vor Hochwasser.

Anzüge bemerken austretendes Gas und messen die Viren und Bakterien auf der Textiloberfläche. UV-Strahlen töten dann die Keime, indem ein mit Sauerstoff angereicherter Farbfilm auf der Oberfläche der Kleidung im Sonnenlicht aktiviert wird. Outdoor-Jacken sind mit einem Navigationssystem und integrierter Tastatur für das Smartphone bestückt und Handschuhe senden durch Elektrosimulation Impulse, die dann die Arm-Muskeln aktivieren, beliebt bei Sportlern.

Das T-Shirt misst die Wirbelsäulenform und analysiert Bewegungsmuster. Menschen mit Rückenproblemen können damit ihre Haltung zudem täglich kontrollieren und anpassen. Aus den Daten entwickelt ein Computer mithilfe Künstlicher Intelligenz einen 3D-Avatar, der dem Anwender seinen gesamten Tagesablauf zeigt und ihm ein Training vorschlägt, das auch auf die Haltungsschwachpunkte abgestimmt ist. Geeignet und vorteilhaft erweist sich dieses Kleidungsstück gegen Bewegungsmangel, insbesondere bei der Arbeit am Schreibtisch.

Die Sicherheitsdienste verwenden Wischtücher, die verbotene Substanzen wie Rauschgift und Sprengstoff auf Oberflächen anzeigen und an den angeschlossenen Computer übermitteln. Die Automobilindustrie verwendet leitfähige Garne, die als Heizquelle für Sitzpolster und zur Kühlung über die Klimaanlage Verwendung finden.

Neu entwickelte smarte Textilien dienen den Menschen bereits bei der Vorsorge gegen die Alterung durch rechtzeitige Hinweise auf Gefahren beim Gehen, um das Stolpern im Alter zu vermeiden oder bei typischen Alterserscheinungen wie erhöhter Blutdruck, Zuckerkrankheiten, zu reagieren. Sie dienen dem Muskelaufbau und empfehlen Bewegungstherapien. Allgemein umsorgen den Menschen und kümmern sich solche digitalen Unterstützer für die Gesundheitsvorsorge und die Sicherheit bei der alltäglichen Fortbewegung.

Lkw-Planen, ob am Fahrzeug oder am Aufleger beziehungsweise am Hänger, enthalten textile Solarzellen und erzeugen autark Strom für die Kühlaggregate im Fahrzeug. Mit dieser Technik werden außerdem ganze Gebäudefronten mit stromerzeugenden Textilien verkleidet. Da es sich um nicht statische Unterlagen wie bei starren Solarzellen handelt, werden statt Glas oder Silizium Textilien als Basis verwendet, die bis zu 200 Grad Celsius überstehen müssen, damit die Schichten direkt auf das Gewebe aufgetragen werden können.

Mithilfe von Sensoren werden die Zusammensetzungen, die Konsistenz, die Haltbarkeit von Beschichtungen festgehalten, elektronisch ausgedruckt, und auch in der Medizintechnik, bei Hygieneprodukten und sogar im Automobilbau, in der Gebäudetechnik und bei Möbeln diese Ergebnisse, notwendig für die Haltbarkeit und Verwendung, genutzt. In der Medizin dient ein smartes Gesundheitspflaster für die Fernkontrolle der Vitalfunktionen von Patienten mit Herzfehlern und Epilepsie. Hochleistungselektroden und leitfähige Lacke ermöglichen so die Aufzeichnung von Körperfunktionen wie Atmung, Herzfrequenz und Körpertemperatur, die über einen Sensor in der Mitte des Pflasters gesammelt und drahtlos an eine Cloud zur Datenspeicherung gesendet werden. Das Pflaster erleichtert die Arbeit des medizinischen Personals, da keine physischen Kontakte notwendig sind und die Patienten aus der Distanz beobachtet werden – wichtig bei Infektionsgefahr – und erhöht damit auch die Sicherheit der Patienten selbst. Diese Technologie wird zudem bei der Point-of-Care-Diagnostik (patientennahe Labordiagnostik-Untersuchung unmittelbar im Krankenhaus oder der Arztpraxis) eingesetzt.

Mediziner integrieren mithilfe von Data Science und Künstlicher Intelligenz ihre Behandlungsgespräche mit den Patienten und die Behandlungsmaßnahmen direkt in ärztliche Patientenakten, in den Arztpraxen genauso wie in Krankenhäuser oder bei Noteinsätzen.

Im Automobilbau, in der Gebäudetechnik und bei Möbeln dienen diese ausgedruckten Ergebnisse von Data Science, von den Sensoren über die Erfassung der Beschichtungen als Grundlage für ständige technische Verbesserungen in der Produktion und in der Wartung.

Die auf der Erde notwendige Energie liefern wie erwähnt Sonne, Wasserstoff, eingeschränkt Wind und auch noch die nicht versiegende Wasserkraft. Flugzeuge treibt wesentlich Sonnenenergie über Fotovoltaik an den Tragflächen an. In früheren Zeiten waren die Flugzeuge zum Betrieb auf Kerosin angewiesen, hergestellt aus Erdöl, und belasteten die Umwelt mit dem Ausstoß von CO_2. Die Versuche von Airbus, klimafreundliche Jets zu bauen, die grünen aus nachhaltigen Quellen erzeugten Wasserstoff nutzen, scheiterten an der Frage der Speicherung von gasförmigem Wasserstoff und die Außenflächen belastenden minus 253 Grad Celsius. Klimaschädliche Kondensstreifen, die zwar nicht mehr wie früher aus Ruß und Stickoxiden, sondern dann vom Wasserdampf stammen, würden dennoch verbleiben und es fehlte auch an der notwendigen Effizienz. Die Speicherung bei solchen Minusgraden erforderte riesige wärmeisolierte Tanks, die nicht mehr wie bisher in den Flügeln der Flugzeuge untergebracht werden konnten, sondern im Rumpf, und den Bedarf an enorm viel Platz mit zusätzlich schwerer Last und erheblichem Energieverbrauch bedeutet hätten. Auch die Alternative mit synthetischem Kerosin, ohne den Umbau der bisherigen Technik, aber deutlich weniger Energieeffizienz, ist überholt.

Mit neuartigen Fotovoltaik-Tragflächen, die tagsüber genügend Energie entwickeln, gleich welche Wetterbedingungen herrschen und für Nachtflüge aus der gespeicherten Sonnenenergie in den Speichergeräten der Tragflächen der Flugzeuge versorgt werden, waren alle andersartigen Versuche hinfällig geworden.

Neben Sonnenenergie versorgen Kleinstturbinen mit Wasserstoff Wohnungen, Häuser und kurze Schienenfahrzeuge mit dem nötigen Strom. Atomkraft und Kohlekraftwerke sind weltweit ausgeschaltet und bis auf wenige Bauruinen entsorgt. Die Bahn als jeden Kontinent überspannendes beliebtes Verkehrsmittel fährt weiter, umweltfreundlich und sicher mit Fotovoltaik und ergänzend mit Wasserstoff. Überdachte verschließbare Luftkissen haben den Transport früherer Taxen übernommen. Selbstfahrende Autos im Straßenverkehr sind nun eine ebensolche Selbstverständlichkeit wie Autos mit Propeller, eine Kombination von Fahrzeug und Hubschrauber im Privat- und Geschäftsverkehr.

Autos, mit Benzin oder Diesel betrieben, gibt es schon seit den dreißiger Jahren dieses Jahrhunderts nicht mehr, keine Häuser und keine Wohnungen, die mit Gas oder Öl heizen. Alle alten Heizungssysteme sind ausgetauscht. Häufig nutzen Hauseigentümer Wärmepumpen, betrieben mit erneuerbaren Energiequellen, für die Heizung und den Gebrauch von warmem Wasser. Der Anteil von Pelletheizungen verminderte sich zwischenzeitlich auf einen Restbestand.

Milliardenteure Energieimporte von Gas und Öl aus Russland oder aus den arabischen Ländern werden seither eingespart. Diese Umstellung brachte neue Fachberufe mit sich; neue Qualifikationen und Ausbildungsrichtungen waren notwendig. Es entstanden sogenannte Klimajobs der Zukunft; der Beruf des Solaranlagentechnikers und neue Lehrberufe im Digital-, Klima- und Umweltbereich bieten heute den Jugendlichen interessante Berufschancen.

Die deutsche Bevölkerung, über Jahrzehnte eine Nation mit unerschütterlichem Glauben an Diesel- und Benzin-Motoren, begann vor einem halben Jahrhundert sich auch für Elektroautos zu erwärmen. Diese Leidenschaft war unterstützt worden von einem erleichternden Einstieg in klimaschonende Elektromobilität. Statt Elektro-Autos zu kaufen kann man sie im Abonnement mieten – für einen Zeitraum von vier Wochen bis zu 12 oder 24 Monaten, alles inklusive außer Stromkosten. Denn die Technik in der E-Mobilität entwickelte sich rasant. Die Batterien wurden immer leistungsfähiger. „Warum jetzt für viel Geld ein Fahrzeug kaufen, das womöglich in kurzer Zeit nicht mehr dem Stand der Technik entspricht, anstatt für kurze Zeit nur zu mieten?", fragten sich viele Fahrzeugnutzer, auch wenn die Abo-Modelle für den Nutzer höhere Kosten verursachen und mit Kilometerbeschränkungen und finanziellen Aufschlägen bei Überschreitung belastet sind. Schon bei herkömmlichen Modellen verdrängten viele Auto-Fahrer beim Kauf den enormen Wertverlust ihrer Fahrzeuge in den ersten Jahren der Nutzung und die finanziellen Belastungen durch unvorhergesehene Reparaturen, neue Reifen, Versicherung, Wartung, regelmäßige technische Überprüfungen. Man hatte sich über die wahren Kosten des Kaufes eines neuen Modells häufig täuschen lassen.

Neben den Luftkissen bringen elektrisch betriebene Flugvehikel (Urban Air Mobility), auch als fliegende Taxen bezeichnet, die Fahr- beziehungsweise Fluggäste auf den Strecken zwischen den Metropolen ans Ziel und übernehmen den Verkehr im Umfeld von Städten.

Die bisher energiefressenden Senkrechtstarter, die mit Bodenauftrieb durch die Beschleunigung am Boden ihr gesamtes Gewicht gegen die Erdanziehungskraft nach oben stemmen mussten, überdurchschnittlichen Kraftaufwand benötigten und Energie verschwendeten, sind nun auch für Luftkissen und elektrische Flugvehikel interessant. Sie werden als elektrisch betriebene energiesparende Direktstarter deshalb wieder häufig angeboten, weil damit die Platz beanspruchende Start- und Landebahn entfällt. Die Buchung dieser Taxi-Art einfach per Handy und vom nahegelegenen Standort aus nutzbar, bedeutet für jeden Fluggast zeitsparendes und CO_2-freies Fliegen.

Die notwendige Änderung von lieb gewordenen Lebensgewohnheiten, bis dahin gültiger Systeme und Nutzung im Straßenverkehr und die radikale Abkehr von fossilen Energieträgern war für die Menschen schmerzhaft und kostete viel Überredungskunst der einsichtigen Politik, auch gegen die Lobby-Interessen der Wirtschaft. Europa, die Europäische Union hatte schließlich die Führungsrolle übernommen, und mit der neuen Technik im Autobau den entscheidenden Beitrag zur Klimarettung geleistet, dann mit den sichtbaren Erfolgen zur Klimaverbesserung auch die anderen Großmächte wie die USA, China, zudem Indien und Russland zur Unterstützung angeregt. Insbesondere die von der EU überzeugend dargelegte Tatsache, dass die Kosten mit nur zwei Prozent der Wirtschaftsleistung in den Umweltschutz für erfolgreiches Agieren zur Rettung der Welt ausreichen, inspirierte die restlichen Länder zur Nachahmung, denn diese als Kosten bezeichneten Ausgaben waren für jedermann nachvollziehbar in Wirklichkeit Investitionen in die Zukunft. Und überzeugend auch die Hinweise, dass Klimapolitik mit Sozialpolitik kombiniert werden muss, um zu erkennen, dass nur diese Politik im Verbund aller Menschen, auch solchen, die mit den notwendigen Ausgaben für den Klimaschutz besonders belastet werden, zum Erfolg führt. Nur mit entsprechenden Anreizen für die weniger begüterte Bevölkerung, mit einer Steuerermäßigung für den Verzicht auf großräumige umweltbelastende Fahrzeuge verbunden mit Steuererhöhungen der Besserverdienenden bei der Nutzung beispielsweise als SUV bezeichneter CO_2-Schleudern gelang in den letzten Jahren im Verkehrsbereich ein Umdenken und eine grundsätzliche Unterstützung der umweltfreundlich ausgerichteten Politik.

Und nicht der Verbrauch, sondern die verfügbaren Energien entscheiden über die Nutzung und weitere Entwicklung in diesen siebziger Jahren dieses Jahrhunderts. Energiegewinnung aus erneuerbaren Quellen findet nicht gleich- und regelmäßig statt, bei der Solartechnik, wenn die Sonne scheint, bei der Wind-Rädern, wenn Wind weht. Deshalb werden aktuell mit Hilfe von Künstlicher Intelligenz und physikalischer Modelle und dem Einsatz komplizierter Algorithmen Vorhersagen über den jeweiligen Energieverbrauch von begrenzten Stadtvierteln, im Probebetrieb von einzelnen Städten und sogar schon von ausgewählten Regionen, getroffen und die Energiesysteme daraufhin optimiert. Dabei geht eine Beobachtung des Energieverbrauchs voraus, werden der aktuelle Status analysiert und die Ergebnisse an ein zentrales Leitungssystem weitergegeben, zugleich Defekte erkannt und die dafür zuständige Haustechnik informiert, sowie die effiziente Energienutzung beim Kühlen oder Heizen eines Gebäudes beachtet und eingerechnet. Ergänzend wird weiter einkalkuliert, dass die Räume zum richtigen Zeitpunkt vorgewärmt oder nach Jahreszeit vorgekühlt werden, immer unter Berücksichtigung der physikalischen thermischen Trägheit der festen Gebäudeteile und des wärmeverursachenden Aufenthalts von Menschen in den Gebäuden.

Auf Initiative der EU mit dem Ziel, Unternehmen mit vielversprechenden Batterie-Produkten zu fördern, damit Europa bei Zukunftstechnologien wieder als ebenbürtiger Wettbewerber auftreten konnte, beteiligten sich schon vor Jahrzehnten europäische Firmen und investierten in die Zellenfertigung. Neben Mikrobatterien für akkubetriebene Haushaltsgeräte wie Staubsauger oder auch Werkzeuge, wie Bohrmaschinen und auch für Kopfhörer, wagten die Batteriehersteller in Europa den Sprung in die Fertigung großer Zellen für Batterien der Elektroautos. Innerhalb von nur sechs Minuten konnte anfangs mit den neu erfundenen Geräten die benötigte Leistung aufgeladen werden, nach der Weiterentwicklung in nur drei Minuten, vergleichbar schnell wie vordem die Betankung eines benzinbetriebenen Wagens. Elektrisch angetriebene Motorräder werden in einer einzigen Minute vollständig geladen.

Das Jahr 2021 war zudem ein Schlüsseljahr für die folgenden Generationen der Elektroautos. Damals hatten die Unternehmen für die Fahrzeugproduktion allgemein zu entscheiden und Investitionen zu planen, welche Art und Beschaffenheit eines Autos, eines Lastkraftwagens auf den Markt kommen sollte, mussten dafür erhebliche Vorleistungen erbringen, letztlich Milliarden-Summen investieren. Softwarehersteller, Halbleiterhersteller, Fahrzeughersteller waren für die notwendige Zusammenarbeit herausgefordert und standen in der Pflicht. Die Automobil-Giganten entwickelten sich mit ihren elektrisch betriebenen, vernetzten und autonom fahrenden Autos damit vom Fahrzeughersteller zum Technologie-Konzern.

Die Elektromobilität hat sich auf dieser Grundlage weltweit durchgesetzt; autonomes Fahren ist der Normalzustand und die Infrastruktur für Elektroautos, das Schnellladenetz der Elektro-Ladestationen mit Normal-Ladepunkten und Schnell-Ladepunkten erstreckt sich uneingeschränkt und ausreichend über die ganze Welt. Aber nicht allein die Elektrifizierung, die Digitalisierung und Künstliche Intelligenz haben die Entwicklung der Autos bestimmt. Seit Jahren schon sind in der Mehrzahl vollvernetzte Fahrzeuge auf den Straßen unterwegs und die selbstlenkenden Autos gestatten den Betreibern, nach einer ermüdenden beruflichen Beschäftigung angenehm und erholsam die Heimfahrt anzutreten oder die Fahrt mit Lesen, Konsumieren und sonstiger unterhaltsamer Beschäftigung zu genießen.

Software beim Elektro-Auto das Erlebnismoment des Fahrers schlechthin, ist die Qualität der Fahrassistenzfunktionen beim Kauf oder der Nutzung des vernetzten Autos für den Kunden entscheidend, von der Konnektivität (Verbindung von Kommunikationssystemen) bis zur Unterhaltung, dem Infotainment. Diese Assistenzsysteme, verpflichtend alltägliche Bestandteile des Autos, erkennen über den „automatischen Notbremsassistenten" Gefahrensituationen und wie der Name sagt, bremsen das Fahrzeug automatisch ab, um Unfälle, auch die lästigen Bagatellunfälle zu verhindern, zumindest abzumildern, Serienzusammenstöße zu vermeiden. Dieser Notbremsassistent erkennt andere Fahrzeuge, die sich als Hindernis bewegen, reagiert auf Radfahrer und Fußgänger als schützenswertes Gut. Der „Notfall-Spurassistent" hält das Auto in seiner Spur, wen es unvorhergesehen ausscheren sollte. Beim „intelligenten Geschwindigkeitsassistenten" wird der Fahrer darauf aufmerksam gemacht, wenn er selbst das Steuer übernommen und die für den jeweiligen Straßenabschnitt geltende Geschwindigkeitsbegrenzung überschritten hat, sei es, dass in dieser Gefahrensituation das Gaspedal pulsiert oder zusätzlich eine entsprechende Anzeige im Cockpit erscheint. Weitere Systeme befassen sich für die sportlichen Selbstfahrer mit der Müdigkeitserkennung. Notbremswarnung, Notbremslicht, Rückfahrassistent mit Monitor und Rundumsicht sind schon lange bekannt. Die „ereignisbezogene Datenaufzeichnung bei Unfällen" und die standardisierte Schnittstelle zum Einbau einer alkoholempfindlichen Wegfahrsperre haben seit der vollautomatisierten Bewegung des Autos ihre Bedeutung wieder verloren. Das Auto, zwischenzeitlich allgemein anerkannt, ein Rechner auf Rädern, stellt sich zum Beispiel schon vorher darauf ein, wenn in zwei Kilometern Regen niedergeht und die

Gefahr von Aquaplaning besteht. Der Computer macht also die Fahrt sicherer und komfortabler.

Telefahren mit dem Autopiloten ohne Insassen erschreckt niemanden mehr. Sämtliche Verkehrsteilnehmer, auch Fußgänger beim Überqueren der Straße haben sich daran gewöhnt, wenn ein Elektro-Fahrzeug ohne Fahrer, ohne Insassen, durch den Stadtverkehr dirigiert wird, sei es vom Auto-Lieferanten zum neuen Besitzer oder aus sonstigen Gründen, wenn Bremsen, Einparken oder Gas geben aus der Ferne funktioniert und bedient wird, für eine unfallfreie Fahrt zum gewünschten Ziel. Der entfernte Bediener sitzt vor einem Schirm, vergleichbar einem Rennsimulator, mit Lenkrad, diversen Pedalen und übersichtliche Displays, die einen 360-Grad-Blick der Kamera auf das Straßengeschehen gewähren.

Wie wurde nun das Problem gelöst, Elektroautos mit immer größeren Batterien auszustatten und größere Reichweiten zu ermöglichen? Die Batterieleistung kombiniert mit integrierten Solarzellen auf dem Autodach erbrachte ohne Batterieerweiterung schon Reichweiten bis zum nächsten Aufladen weit über eintausend Kilometer hinaus. Der sogenannte ökologische Rucksack oder Fußtritt besagt, bei der Batterieherstellung – für klimaschonende Fahrzeuge mit geringster CO_2-Belastung – entstehen umweltschädliches Klima-Gas, CO_2, Kohlendioxid-Emissionen und für den Bau der größeren Batterie-Alternative zusätzlich ein Stromverbrauch für ein einziges Fahrzeug vergleichbar mit dem eines Zweipersonen-Haushalts in zwei Jahren. Mehr Reichweite allein bedeutet also auch stärkere und schwerere umweltbelastende Batterien und durch das Gewicht mehr Straßenbelastung durch den Reifenabrieb, außerdem eine ressourcenbelastete Verwendung der benötigten Rohstoffe für die Herstellung der Batterien. Und der Abbau von zusätzlichem Lithium senkt den Grundwasserspiegel. Zur Belastung zählte auch die Abnutzung und Entsorgung nicht mehr wiederverwertbarer Batterien. Alles Gründe, die gegen die Luftverschmutzung früherer Verbrenner-Motoren stehen. Diese negativen Begleitumstände bei der Batterieherstellung hin zu noch mehr Umweltschutz werden aktuell intensiv bearbeitet, ständig erneuert und mit Erfolg verbessert.

Eine der Aufgaben besteht darin, den Herstellungsaufwand der Batterien so zu verringern, dass die Umweltbelastung sich noch im vertretbaren Maß hält, die wirtschaftlich gebotene Mehrfachnutzung und daher umweltschonende Anmietung von Elektrofahrzeugen zu fördern und ein weiterer wichtiger Aspekt, beim öffentlichen Nah- und Fernverkehr, auch bei Bahnfahrten die Nutzung mit großzügiger staatlicher Unterstützung für die gesamte Bevölkerung kostenfrei anzubieten. Denn beliefen sich die Kosten aller elektronischen Bauteile in Autos im Jahr 2010 auf 35 Prozent der Gesamtkosten, erhöhte sich dieser Kostenanteil im Jahre 2030 schon auf 50 und beträgt nunmehr etwa 80 Prozent.

Die klimafreundliche Mobilität berücksichtigt nach alledem immer auch die Gesamtschau und den Überblick zum Ausgleich zwischen privater Verkehrsnutzung und gewerblichem Fernverkehr. Die Alternative eines Antriebs mit Wasserdampf verursacht bei der Herstellung höhere Umweltbelastungen als beim Elektroantrieb und wird deshalb schon aus Kostengründen und mit Rücksicht auf die Beeinträchtigung der Umwelt vorwiegend nur im Schwerlastverkehr mit dem höchsten Energieverbrauch eingesetzt. Große Lastkraftwagen benötigten andernfalls zu aufwendige Batterieeinheiten.

Die Fabrik, die mitdenkt. Maschinen, die autonom durch Fabrikgänge navigieren, Algorithmen, die voraussagen, wann in einer Anlage ein Defekt auftreten wird, Roboter, die ihre eigenen Entscheidungen treffen, sind keine Visionen; sie gehören zum Alltag. Die vernetzte Fabrik bedient sich in der industriellen Fertigung und Produktion der Volldigitalisierung und des Einsatzes von Künstlicher Intelligenz. Algorithmen wie jene zur vorausschauenden Wartung sind imstande, anhand von Schwingung oder Temperatur Muster zu erkennen und bevorstehende Schädigungen oder Defekte vorherzusagen. Künstliche Intelligenz, die menschliche Tätigkeiten unterstützt.

Öffentliche Projekte sorgen dafür, dass Unternehmen ihre Daten mit ihren Marktbegleitern teilen – allerdings in einem geschützten und dezentralisierten Datenraum, der missbräuchlichen Wettbewerb und zugleich den Aufbau monopolartiger Strukturen durch Einzelkonzerne verhindert. In der vernetzten Fertigung können nicht nur die Maschinen innerhalb einer Fabrik, sondern auch die verbundenen Fabriken als Gesamt-Konstrukte miteinander kommunizieren.

Es existieren bereits Algorithmen, die nicht nur wie beschrieben die Defekte an den Maschinen vorhersehen; sie entwickeln mit den umfassenden Daten und Rechenpower sogar schon Künstliche Intelligenz-gestützte Prognosen für die Zukunft von wichtigen Wirtschafts- und Geschäftsfeldern wie beispielsweise die Finanzkrisen oder Pandemien in der Vergangenheit. Wie sehr sich diese Prognosen bewahrheiten werden, wird die Zukunft zeigen.

Der Quantencomputer, die Schlüsseltechnologie der letzten Jahrzehnte, hilft bei der Entscheidung in Finanzangelegenheiten, bei biochemischen Anwendungen und übernimmt im Bereich der Künstlichen Intelligenz die Routenplanung für Paketdienste und Flugzeugflotten, das Funktionieren der Lieferketten für die Versorgung mit Medikamenten und medizinischer Ausrüstung, in den Bereichen Medizintechnik, Pharmazie und Life Science, immer auch unter dem Aspekt der Kosteneinsparung. Selbst in der Telekommunikation und bisher in der Verteidigungsindustrie, bei Energieunternehmen, im allgemeinen Transportwesen und im öffentlichen Sektor lassen sich Quanten-Algorithmen gewinnbringend einsetzen.

Fossile Energieträger wie Kohle, Erdöl, Erdgas erhöhten früher die CO_2-Konzentration in der Atmosphäre und behinderten so die natürliche Wärmeabstrahlung. Das CO_2 wirkte wie das Glas in einem Treibhaus und erwärmte das Klima zusätzlich erschreckend stark. Es gab in der Erdgeschichte zwar bereits kältere und wärmere Perioden, aber noch nie einen derart rasanten Klimawandel wie vor nunmehr fünfzig Jahren, der zu Artensterben, Wetterextremen, Überschwemmungen oder Dürren und Eisschmelze führte. Klimatologen, Geophysiker, Ökologen, Soziologen, Wirtschaftswissenschaftler waren plötzlich gefragt und gefordert für technische Lösungen in dieser Notsituation und sind nun die wichtigsten Berater der Regierung. Eine politische und damit zugleich technische Entwicklung, die auch zu Verbesserungen von Gebäuden führte. Denn Häuser und Bürogebäude sind nun allesamt thermisch isoliert. Wärmedämmung, Mehrfachverglasungen von Fenstern, nachhaltige und moderne Heizsysteme unter dem Begriff „smart energy", sind beim Hausbau und Hauskauf entscheidend. Die technischen Lösungen für klimasparende Energien in und auf den Gebäuden kommen von Fotovoltaik, Luft- oder Erdwärmepumpen, zuweilen noch Pelletheizungen, in den Städten Fernwärme. Die Stromleitung erfolgt über Module und in den Stromspeichern lagern unzählige Mengen Energie, auch für die notwendige Vorratshaltung. Neubauten sind verpflichtend mit Solaranlagen auszustatten, mit einer Fotovoltaik- oder Solarthermie-Anlage, ebenso bei Dachsanierungen und bei allgemein erforderlichen oder mit technischer Ausstattung begründeten Renovierungen von Wohnhäusern und Gewerbeimmobilien.

Die Digitalisierung veränderte das Bauwesen nachhaltig mit neuen Innovationen und Transparenz. Der Einfluss wirkte sich aus auf Arbeitsprozesse, Produktionsformen, Geschäftsmodelle, sowie Dienstleistungen für den Kunden. Die Immobilienwirtschaft basiert auf drei Teilbereichen mit Planen, Bauen und Betreiben. Der Zeitraum des Betreibens einer Immobilie umfasst fünfunddreißig bis sechzig Jahre und mehr. Effizienzsteigerung sowie Fehlerreduktion lassen sich für diesen Bereich nur mit der Digitalisierung transparenter und belastbarer Daten beherrschen. Vorausgehende Planung, Ausschreibung und Ausführung arbeiten mit demselben Datenmodell der Digitalisierung. Die Errichtung und der Betrieb von Gebäuden, beeinflusst von Robotik, 3-D-Druck, Sensorik, Augmented Reality (erweiterte Realitätswahrnehmung) beziehungsweise Mixed Reality (wirkliche mit virtueller Realität vermischt), setzt heute zur Unterstützung auch auf den Einsatz von Drohnen zur Überwachung des Baufortschritts bei mehrstöckigen Anlagen oder zu Lieferzwecken kleinteiliger Gegenstände des Einbaus.

Wasserstoff galt als Hoffnungsträger für eine grüne Energiezukunft, außerdem dafür, optimierte Grundlagen für eine nachhaltige und emissionsfreie Energiewirtschaft bereitzustellen, die auf Wasserstoff basiert. Verbesserungen erhoffte man sich sowohl bei der Herstellung des Wasserstoffs als auch bei der Speicherung und letztlich bei der Umwandlung in Strom, also Elektrizität und Wärme mithilfe von Brennstoffzellen, und damit die benötigte Energie für alle Bereiche des Lebens bereitzustellen – von der Mobilität über den Haushalt bis hin zur Industrie – und die Verwendung fossiler Brennstoffe gänzlich zu vermeiden. Der für die Herstellung von Wasserstoff benötigte Strom sollte natürlich aus erneuerbaren Quellen stammen. Der Einsatz von Wasserstoff für den Betrieb von Flugzeugen scheiterte aus den bereits genannten Gründen. Für die Wasserstoffherstellung mussten auch Platin und Iridium als Katalysatoren genutzt werden. Um aber den Ressourcendruck zu minimieren und zugleich die Kosten zu senken, die Methode erschwinglicher und markttauglicher zu machen, sollten diese seltenen Metalle durch häufiger vorhandene Elemente ersetzt werden. Dieses Vorhaben scheiterte am Mangel der benötigten Ersatz-Metalle. Zudem fehlten Materialien beziehungsweise Formen für die Entwicklung und Verbesserung der Technologie, damit die Lebensdauer der Elektrolyse verlängert, die Alterungsprozesse der Katalysatoren und der Membranen hätten vermieden werden können.

Die mögliche Speicherung, vor allem Metallhybridspeicher, bei denen sich der Wasserstoff ohne hohen

Druck in Magnesium einlagert und bei der Wasserzufuhr wieder löst, forcierte zumindest dann die Entwicklung von Schwerfahrzeugen mit Wasserstoffbetrieb und zur anteiligen Dekarbonisierung des Straßenverkehrs. Nicht verwirklichen ließ sich die Absicht, durch stationäre Brennstoffzellen über den erzeugten Wasserstoff fossile Kraftwerke zu ersetzen und so konnte die Vision nicht verwirklicht werden, eine ganze Stadt mit Strom und Wärme über Wasserstoff zu versorgen.

Die Bedeutung von Wasserstoff zeigt sich aber in anderer Weise. Denn die Industrie ist nun auch in der Lage, umweltschonenden Stahl herzustellen mit einer CO_2-neutralen Produktion ohne den Einsatz von fossilem Kohlenstoff, mit grünem Wasserstoff sowie Biogas für die Direktreduktion und effizientem Einschmelzen. Mit der Hybridtechnologie unter Einsatz von „Elektrolichtbogenöfen" CO_2-Emissionen zunächst um mindesten 30 Prozent gesenkt, entstand dank weiterer technischer Entwicklungen eine absolut CO_2-neutrale Produktionsmöglichkeit. Der Einsatz von Strom und grünem Wasserstoff sowie mit dem klimaneutralen Vormaterial war im Stahlerzeugungsprozess damit für den jetzigen Erfolg gesichert.

Die Atomkraft, deren Ausstieg Anfang dieses Jahrhunderts Deutschland begonnen hatte, ist bekanntlich nicht beherrschbar. Frankreich eines der Länder, die europaweit die meisten Atomkraftwerke betrieben hatte, musste nach einigen gefährdenden Störfällen erkennen, dass jede Technik irgendwann versagen kann und auch der Mensch, wie bei den zuletzt beklagten Unfällen wieder einmal in Japan, Fehler macht und regional Verseuchung droht, die schnell ganze Landstriche belasten, bei ungünstiger Witterung – Extremwetterlagen beherrschten vor Jahrzehnten noch alle Teile der Erde – die Belastung einen gesamten Kontinent betreffen kann. Zudem, wie festgestellt und von namhaften Wissenschaftlern nachgewiesen, Atomkraft unter Berücksichtigung aller Gestehungskosten zur teuersten Art aller möglichen Energieerzeugungsformen mutiert ist, unabhängig davon, dass das größere Problem, die Entsorgung und Lagerung des Atommülls von allen diesen begeisterten atombetriebenen Energieherstellern entweder schlichtweg übersehen oder verantwortungslos verdrängt worden war. Atommüll belastet die Erde noch tausende von Jahren. Und auch als Brückentechnologie bedurfte es nicht mehr der Kernenergie, da sich die erneuerbaren Energiequellen schneller realisieren ließen als vor fünfzig Jahren noch vorausgesagt.

Chatbots, eine neue Erscheinungsform seit den zwanziger Jahren, die so tun als wären sie eine echte Person, treiben immer noch ihr Unwesen. Solche und ähnliche Systeme werden stark reguliert. Anrufe bei Behörden, Unternehmen, sofern Künstliche Intelligenz Telefonate entgegennimmt, müssen angezeigt werden und der Anrufer kann entscheiden, ob er den Kontakt dann weiter aufrechterhält, also etwaige pauschalierte Antworten oder Verbindungshinweise akzeptiert, Termine mit den vermeintlichen menschlichen Gesprächspartnern vereinbart. Verboten sind dabei nähere Fragen des automatischen Anrufbeantworters beim Anrufer über dessen Sozialverhalten, persönliche und familiäre Auskünfte, eine mögliche Manipulation durch rhetorisch gefärbte Fragen, oder die Gesichtserkennung des Gesprächsteilnehmers. Verboten ist zudem bei Chatbots die Anwendung Künstlicher Intelligenz im privaten Bereich, beim Thema Polizeisysteme, für die Jobauswahl, für die juristische Beratung.

Frühwarnsysteme für klimatische Veränderungen erkennen heutzutage Risiken und führen zu Gegenmaßnahmen, schützen vor Wetterunbilden und neuen Wetterphänomenen wie Kälteerscheinungen. Gewitterwolken in der Stratosphäre weit über minus 100 Grad Celsius hinaus bedeuten regelmäßig das Heranziehen von zerstörerischen Wirbelstürmen. Hierauf beruhende Wetter-Nachrichten informieren und warnen die Bevölkerung in den Nachrichten, in Wetterdiensten auf öffentlichen Anzeigen und Spruchbändern nahezu an jeder möglichen freien Hauswand. Diese Einrichtungen sind auch eine Folge der Unwetterkatastrophe und den Überschwemmungen in Westdeutschland (Ahrtal) im Jahre 2021.

Die Entwicklung der letzten Jahrzehnte brachte bekanntlich so manche überraschende Neuerung, an die niemand denken konnte, zu visionär erschien sie, sich zunächst nur konkret andeutete, zwischenzeitlich als unausgegoren darstellte; erneut verändert, verfeinert, schaffte die Neuheit doch den Durchbruch.

Um nur einige noch einmal explizit zu nennen.
- Smarte Textilien, die Daten erkunden und weitergeben, zum Beispiel erhöhte Temperatur, ankündigende wie abklingende Erkältungserscheinungen, Beeinträchtigungen der Haut bis zu notwendigen Heilbehandlungen gegen Hautkrebs, übermäßige Schweißbildung anzeigen.
- Hinweise der Kleidung zur notwendigen Körperpflege und sogar Empfehlungen für geeignete Pflegemittel wie Seifen, Duschgel und dergleichen.

- MDMA, in der Clubszene als Ecstasy und Molly bekannt, ist jetzt unter ärztlicher Begleitung und Behandlung für posttraumatischen Belastungsstress zur Anwendung erlaubt.
- Batterierecycling, die jeden Bestandteil wieder verwertet.
- Die Bestellung von Flugtaxen auf Knopfdruck über eine Standleitung am Türöffner.
- Mitdenkende Pflaster, die beim Heilungsvorgang helfen.
- Klimarobuste Pflanzen, die überlebt haben und die Gärten der meisten Hausbesitzer zieren.
- Government Technology, innovative Lösungen für die Verwaltung, die jeweiligen Behörden und Regierungsstellen.
- Das virtuelle Kraftwerk, eine zentrale Software, die in Sekundenschnelle regelt, ob sie bei zusätzlicher Stromerzeugung über beispielsweise Solarenergie Strom speichern muss oder bei geringer Erzeugung Strom abgibt oder den übermäßigen Bedarf sichert, wenn alle Elektrogeräte in Betrieb sind, sowie den geringen Verbrauch bei niedrigem Elektro- oder Stromeinsatz und den Umfang der Energieeinsparung bestätigt.

Die zwanziger Jahre gelten aus heutiger Sicht im Jahr 2071 als die Dekade der Disruptionen (Ersetzung, Veränderung von Dienstleistungen, Produkten oder Geschäftsmodellen) mit sprunghaft gestiegenen Rechnerleistungen, der Weiterentwicklung der Quanten- und DNA-Computer in den Bereichen der Medizin, Ernährungswissenschaft, in der Raumfahrt und für die Robotik. Alle diese technischen Neuerungen gehören nun zum Alltag, sind Allgemeingut.

Beispiele: Die Betriebswirtschaft hat ein digitales Betriebssystem eingeführt; die Finanzämter betreiben auch die Steuerfahndung mit Künstlicher Intelligenz. Neue Fertigungsverfahren und Betriebsformen beschleunigen die gesamtwirtschaftliche Dynamik. Chipfabriken entstanden zwischenzeitlich überall auf der Welt und sind nicht mehr auf die USA oder China oder damals noch Taiwan beschränkt. Die Technologie entwickelte sich vor allem in der Schnittmenge von Biologie und Informatik weiter.

In der Raumfahrt sind zwar noch immer die USA beteiligt, aber in der Forschung und Entwicklung längst von China überholt. Indien und Russland als zwischenzeitlich vermeintliche Konkurrenten haben sich aus diesem Unternehmen zurückgezogen, aus Kostengründen und da in ihren Bereichen andere dringendere Probleme für den Wohlstand der Bevölkerung zu bearbeiten sind und einer Lösung bedürfen.

Die Forschungsprojekte im Weltall lassen aufhorchen. In der neuen Raumstation ISS werden Stammzellen gezüchtet, die als menschliche Ersatzorgane eingesetzt werden können. Trägerraketen bringen Satelliten in den Orbit und ermöglichen damit viele neue Praktiken. Als Beispiel: Satelliten und Künstliche Intelligenz überwachen mit den erhobenen Daten Bodenabsenkungen und Umweltveränderungen auf der Erde, bedeutsam im Umfeld von Bahnschienen, erfassen Erdbewegungen, um Risiken für Rohrleitungen von Energieunternehmen zu ermitteln. Aus dem All beobachten Infrarot-Kameras mit entsprechender Technologie Waldgebiete, um etwaige Waldbrände frühzeitig zu erkennen und um auf Warnhinweise aus dem System Löschfahrzeuge in Bewegung zu setzen oder auch um kommerziell genutzte Wälder zu verwalten. Die Begründung für solche Aktivitäten durch Erdbeobachtungssatelliten: Das satellitenbasierte System ist um ein Vielfaches günstiger als Wachtürme auf und Beobachtungsflüge über der Erde. Autos im Straßenverkehr empfangen durch im Dach integrierte Spezial-Antennen Daten aus dem All über Verkehrsstaus, den Straßenzustand, Wetternachrichten.

Aus Kunststoff, Plastikteilen sich bildende Geisternetze wurden für viele Meeresbewohner zur Lebensgefahr. Nun gibt es in den Meeren wieder mehr Fische als Plastikmüll. Kunststoff dieser Art wird heutzutage grundsätzlich vermieden, im Übrigen soweit aus der Vergangenheit noch vorhanden einer Wiederverwertung zugeführt. Nach einem nunmehr schon längere Zeit angewandten Verfahren werden sämtliche Kunststoffmixturen recycelt, der Kunststoff pyrolysiert, also unter Luftabschluss erhitzt. Bei diesem Verfahren zerbrechen die langen Polymermoleküle und es entsteht ein Gas, das zunächst Verunreinigungen enthält, darunter Asche und oft auch Chlor. Das gewonnene Gas wird von allen diesen Fremdstoffen befreit und übrig bleiben reine Kohlenwasserstoffe. Danach wird das Gas abgekühlt und weitgehend verflüssigt. Das nunmehrige Endprodukt, hochreines Pyrolyse-Öl ersetzt fossile Kohlenwasserstoffe wie früher Erdöl und Erdgas und kann in dieser Form, falls benötigt, für neue Produkte in Kunststoff verwendet werden, lebt ohne die Umwelt zu belasten immerfort und ersetzt sich damit ständig von selbst.

Das internationale Forschungszentrum Cadarache in Südfrankreich betreibt den Fusionsreaktor ITER. Eine riesige Maschine, mehr als 20 Stockwerke hoch, simuliert in ihrem Inneren jenen Prozess, der in der Sonne abläuft und unser Gestirn seit mehr als 4 Milliarden Jahren mit Energien versorgt. Es handelt sich bei diesem Reaktor um die kontrollierte Verschmelzung von Wasserstoffkernen zu Helium. Eine schier unerschöpfliche Energiequelle soll damit geschaffen werden, ohne dabei das Klima durch den Ausstoß von Kohlendioxid zu belasten. Da keine langlebigen radioaktiven Abfälle entstehen, entfällt auch das Problem der Endlagerung. Unfälle wie bei einem Kernkraftwerk sind nicht zu befürchten. Die ideale Energiequelle also, zuverlässig Strom zu liefern und den ungebremsten Energiehunger der Welt langfristig zu sättigen und auch noch das Weltklima vor dem Kollaps zu bewahren.

Aber bis diese Kernfusion überhaupt einen nennenswerten Beitrag zur CO2-freien Stromerzeugung liefern kann, wird die Entwicklung noch weit bis in das 22. Jahrhundert andauern. Bisher demonstriert ITER nur zehn Minuten lang vergleichbares Sonnenfeuer und erzeugt noch keinen Strom. Erst der geplante Nachfolger DEMO, der als erstes kommerzielles Kraftwerk arbeiten soll, würde Energien liefern können. Also müssen wir weiter auf einen Erfolg der Forschung warten, Energie wie die Sonne anzubieten. Viele Forscher bezweifeln auch, ob auf der Erde überhaupt eine solche Energie wie sie in unserem Gestirn abläuft und von der Sonne zur Verfügung gestellt wird, herstellbar ist. Und warum soll man mit viel Aufwand, schon absurd hohen Kosten und unsicherem Ergebnis die Sonne nachahmen wollen, da sie doch schon vorhanden ist und uns Strom aus Sonnenenergie in einem Ausmaß liefert, wozu Vergleichbares, nicht einmal annähernd imstande wäre. Die riesige Menge an Energie durchdringt außerdem die Reaktorwand von ITER und wird nur durch eine Hülle aus Stahl, Kupfer und Beryllium gestoppt. Also doch eine Gefahrenquelle, die sich als nicht beherrschbar erweisen könnte. Vorerst sind wir auf der Erde von solchen Fragen und Problemen jedenfalls noch nicht betroffen.

Dass das Weltall dann einmal ein privates Wettrennen ehrgeiziger Erdenbewohner erleben würde, war so auch nicht vorstellbar, bis im Jahre 2021 drei Exemplare dieser Spezies zu einer solchen Auseinandersetzung antraten. Die Eroberung des Weltalls diente ohnehin manchen Staaten neben aktiven Amerikanern und Russen, vorübergehend Indien und insbesondere den übermäßig nach Ehrgeiz strebenden Chinesen nicht zuletzt militärischen Zwecken und dann plötzlich auch milliardenschweren Privatpersonen der Befriedigung eitler Interessen und angeblich überragender Bedeutung. Natürlich, für die vielen Wettersatelliten bestehen erhebliche Gründe. Denn für die Erkundung der Wetter- und Klimasituation und für die Beobachtung der Wetterphänomene sowie von Änderungen in der Beschaffenheit der Erde selbst ist die Bevölkerung dankbar und profitiert von der Überwachung und den Wetterprognosen.

Was bringt aber einen Erdenbewohner dazu, privat in den Weltraum zu fliegen, zunächst ohne jeglichen finanziellen oder ideellen Vorteil, außer sich wichtig zu machen. Der Hintergedanke, das darf nicht verschwiegen werden, waren doch im Wesentlichen materielle Gründe. Diese Geschäftsleute planten insgeheim oder doch bewusst offen, mit der geschäftsmäßigen Vermarktung solche Weltraumflüge für die Allgemeinheit beziehungsweise für die reichsten der Mitbürger gegen hohe Kosten anzubieten und davon noch finanziell zu profitieren. Dass nun Weltraumflüge von der Geschäftsidee sich zum Massentourismus entwickeln sollten? Den meisten Menschen graute davor, die damit beschäftigt waren, vor Überschwemmungen, Hitzewellen, Dürrekatastrophen und Hungersnot auf der aktuellen Erde in dort sichere Regionen zu wandern, ohne gleich die Zuflucht auf anderen Sternen zu suchen.

Weil nach einem einzigen Start mit nur vier Personen Berechnungen zufolge Kohlenstoffemissionen von 395 Transatlantikflügen ausgestoßen wird, Ressourcenschonung, Energieverschwendung sich jedoch als bedeutsamer, im Verlaufe der zwanziger Jahre dieses Jahrhunderts als überlebenswichtig erwiesen, blieb es vorerst nur bei der Idee einer allgemeinen Reiseveranstaltung in das Weltall. Der Tourismus zu den Sternen hat sich bisher jedenfalls, so wie von den geschäftstüchtigen Vermarktern auf die Schnelle geplant, nicht durchgesetzt. Nach einem kurzfristigen sprichwörtlichen Höhenflug hat sich die Sensationsgier wieder beruhigt. Reisen zum Mars dürften die Aufmerksamkeit erneut wecken, wie wir in einem späteren Artikel noch erfahren.

Auch Langweile nach dem aus ihrer Sicht erfolgreichen Leben und immer noch unzufrieden mit dem Erreichten spielte bei den privaten Unternehmungen in das Weltall eine bedeutende Rolle, wobei nicht nur die Fachleute, auch unsereiner bezweifelt, ob ein Flug damals vor fünfzig Jahren in 80 oder auch 100 Kilometer in den Orbit als Weltraumflug gilt, von der Erde aus gesehen nicht einmal bis an den Rand des Alls gelangt ist.

Die weiter aktive ISS befindet sich immerhin in einer Höhe von 400 Kilometern von der Erde entfernt.

Umwelt

Das Motto zu Beginn dieses Jahrhunderts: „Alle wollen zurück zur Natur, aber keiner zu Fuß." Wer übernimmt die Verantwortung für die Erhaltung der Umwelt, das Überleben und Fortbestehen der Erde und damit der Menschheit?

Der abendländische Weg in die Moderne erschien politisch und ökonomisch für die individuelle Freiheit des Menschen erfolgversprechend, ökologisch jedoch problematisch und gefährlich, umweltbelastend, seit der Mitte des letzten Jahrhunderts als Spätfolge des leichtfertig-verschwenderischen Umgangs mit Öl, Kohle, Gas. Bei dieser weiteren Entwicklung war zu befürchten, schon bis zum Jahr 2030 erleben die Menschen zunehmende Temperaturen, die den Mittelmeerraum versteppen, verwüsten lassen und im hohen Norden ein Klima wie bis dahin in Süditalien schaffen. Aber war es wünschenswert, oberhalb des Polarkreises Wein anzubauen?

Die Ursache, weil der Klimawandel, die Erderwärmung mehr Wasser auf der Erde verdampfen ließ als in früheren Jahren und die Luft damit mehr Wasserdampf aufnehmen musste. Damit steigt übermäßig Feuchtigkeit in die Atmosphäre, verursacht auch in den nördlichen Breiten tropische Sommerzeiten, stärkere Regengüsse gehen als weitere Folge vermehrt über den nördlichen Erdteil nieder, zugleich entstehen und häufen sich Hitzewellen.

Mit dem Beginn der Industrialisierung am Ende des 19. Jahrhunderts nahm die Konzentration von Treibhausgasen in der Atmosphäre erst unmerklich zu, mit der beginnenden Mobilität im folgenden Jahrhundert durch immer mehr Menschen zusätzlich und dann zu Beginn dieses Jahrhunderts mit der Energieverschwendung ungewöhnlich stark, ließ dadurch verursacht, die Temperaturen noch stärker ansteigen. Artensterben, Verlust der Biodiversität, alles hing voneinander ab.

Irgendwann seit den zwanziger Jahren dieses Jahrhunderts haben dann die allermeisten der Erdenbürger erkannt: Es gibt nur den einen Plan für die Zukunft unserer Welt und keine Alternative für den Klimaschutz. Um unseren Globus zu retten, waren wir alle gefordert, jeden Tag, jede Minute, und sind es auch heute, im Jahr 2071, noch – Wirtschaft, Politik und Mensch. Ob beim Einkaufen, der Geldanlage oder bei unserer Mobilität; wir alle haben einen Beitrag zu leisten für eine lebenswerte Gegenwart und Zukunft, im gemeinsamen Zusammenwirken, denn der Einzelne auf sich allein gestellt ist in unserer komplizierten, schnelllebigen Zeit nicht überlebensfähig. Die Politik hatte noch zu Beginn dieses Jahrhunderts den Klimaschutz lange Zeit nur als unbedeutende Altlast betrachtet, obwohl die Klimakrise von der Wissenschaft frühzeitig nachgewiesen war, hatte die Bedrohung erst spät erkannt, erfahren müssen, dass Appelle an die Freiwilligkeit des Menschen beim Verzicht auf umweltschädigende Produkte und Verhaltensweisen nicht reichen, Verbote zu erlassen sind, um das gemeinsame Leben zu strukturieren. Und erst mit den Rahmenbedingungen, vom Staat geschaffen, um klimafreundliches Leben einfach und überzeugend zu führen, gelang der Menschheit der Weg in eine umweltfreundliche Umwelt. Sie zu erhalten, drängte zu einem grundsätzlichen Umbau auf allen Gebieten der Politik, der Wirtschaft und des Alltags, auch und gerade zu einer Änderung der Energienutzung. Die Erderwärmung bedrohte als inzwischen größtes Problem das Leben auf der Erde. Es blieb anerkanntermaßen die Frage zwischen Glutofen oder Backofen, zwischen langsamem Verdursten und Verbrühen oder Ertrinken, bei abwechselnden Hitzewellen, Dürren, Starkregen, Überschwemmungen.

Einige besondere Beispiele zerstörerischer Eingriffe vor Jahrzehnten, die den Kollaps beschleunigt hatten:
- Vordringen in die letzten unberührten Wildnisse, Schatzkammern der Biodiversität.
- Brandroden der Urwälder für Weideflächen, für gigantische Monokulturen und für den Abbau von Bodenschätzen.
- Errichtung riesiger Mega-Städte.
- Zuchtfarmen, Wildtiermärkte, industrielle Massentierhaltung.

Die Umweltbelastungen zu Beginn dieses Jahrhunderts nach Gewichtung:
- die Bedrohung durch CO2-Emissionen,
- die Energiewirtschaft mit herkömmlicher Energieerzeugung aus Erdöl, Gas und Kohleverstromung,
- die Industrie allgemein, vor allem aber mit den energieintensiven Unternehmen der Stahl- und Aluminiumerzeugung,
- die Abstrahlung von Gebäuden,
- die Mobilität mit dem privaten Personenverkehr auf der Straße und in der Luft und
- die Landwirtschaft in der industriell betriebenen Art.

Der Zustand der Erde hatte bedenkliche, zerstörerische Ausmaße angenommen und forderte ein wirksames eiliges Handeln; jedes zögerliche Verhalten gefährdete das Überleben. Also Verbesserungen für Gebäude und Autoverkehr, Maßnahmen gegen die gefährlichen gewaltigen Stürme, gegen die regelmäßigen Wetterkapriolen, gegen die verheerenden Dürren. Denn Energie einzusparen und mit den Ressourcen schonend umzugehen erschien nicht mehr ausreichend. Berechnungen und Kalkulationen waren genug angestellt, aber mit Berechnungen allein ändert sich nichts, wird keinerlei Problem gelöst. Vor fünfzig Jahren waren die für jedermann unübersehbaren Umweltschäden dann allgemein spürbar, jeder einzelne war von den Beeinträchtigungen betroffen.

Die Zementindustrie für dreifach so viel CO_2 verantwortlich wie der Flugverkehr, aber Beton kam damals in der Bauindustrie wegen der wirtschaftlich noch unrentablen biologischen Baumaterialien weiterhin zum Einsatz. Gebäude mit Wohnungen, Büros und gewerbliche Räume haben jetzt mit luftgefüllten Wänden aus Aerogel (Hochporöser Festkörper, nahezu vollständig aus Poren bestehender Kunststoff), mit hauchdünnem Beton die innovationsträge Beton-Fertigung abgelöst. Zudem wird Beton häufig durch biologische Baumaterialien wie Holz, sogar Stroh oder Lehm ersetzt. Nur ein Viertel der vor fünfzig Jahren hergestellten und benötigten Betonmenge mit Holz auszutauschen, hätte jedoch bedeutet, neuen Wald anzupflanzen, der anderthalb Mal so groß gewesen wäre wie die Fläche Indiens. Die Zementherstellung, neben der Verwendung biologischer Baumaterialien, war zu verbessern, die Rezeptur zu verändern, eine energiesparende und weniger CO_2-intensive Herstellungsweise für Zement zu entwickeln, auch das Recycling von Alt-Beton in neuen Verfahren zu fördern, sparsamer mit dem Baumaterial umzugehen.

Knapp zweihundert Tonnen CO_2 pro Jahr gingen im Jahr 2021 noch auf das Konto der Industrie. Industriebetriebe, die vormachen wie eine vollständige Reduzierung funktioniert, sind Vorreiter in der Entwicklung. Dafür sorgen ihre Biogas- und Solaranlagen. Millionen von Pappeln in sogenannten Kurzumtriebs-Plantagen liefern Holzhackschnitzel zum Heizen, für Pumpen, für Beleuchtung, Waschanlagen. Die Chemieindustrie nutzte vor Jahren dann das Klimagas Kohlendioxid als Rohstoff, statt es in die Luft zu blasen. CO_2 wurde früher lange Zeit in Matratzenschäume eingebaut bis es gänzlich vermieden werden konnte. Umweltfeindliche Hüttengase der Stahlindustrie lieferten in der Vergangenheit wichtige Grundbaustoffe für die Chemie. In der Stahlerzeugung sind also neue Prozesse eingeführt, indem die Hochöfen keine Holzkohle mehr verfeuern und stattdessen Wasserstoff verwenden. Die Finanz hatte dann steuerliche Abschreibungsfristen verlängert, damit sich die umweltfreundlichen Investitionen in den Unternehmen rechnen, sich nicht nach kurzer Zeit schon amortisieren müssen und deshalb unternehmerisch als unrentabel erweisen. Und Effizienz-Netzwerke aus den verschiedensten Branchen hatten zur allmählichen Vermeidung des CO_2-Austosses zusammengearbeitet.

Und wer im Energiesektor Klimaneutralität erreichen wollte, musste die Versorgung mit Strom aus Sonne, Wind und Wasser anstreben. Etwa dreißig Prozent der Treibhausgas-Emissionen alleine in Deutschland stammten im Jahr 2021 aus der Energiewirtschaft, der höchste Anteil an den

Gesamt-Emissionen. Strom, aus Braun- und Steinkohle erzeugt, musste eingedämmt, der Anteil aus erneuerbaren Energien weiter gesteigert werden. Die Versorgung aus erneuerbaren Energien technisch möglich, ist jetzt auch ökonomisch effizient und in kurzer Zeit machbar; mit qualitativer Ertüchtigung der Stromnetze, dezentralen und flexiblen Leitungen, einem digitalisierten Energiesystem, mit intelligentem Lastmanagement (Aktive Steuerung des Stromverbrauchs), Speicheroptionen, denn der Wind weht nicht immer und überall und die Sonne scheint nicht ständig, eingebunden in ein zunächst europäisches und schließlich weltweites Verbundnetz der Versorgungssicherheit. Der massive Ausbau der Wasserkraft seit den Nachkriegsjahren in der Mitte des letzten Jahrhunderts brachte mit dem starken Eingriff in die Umwelt, in das Ökosystem und der Verbauung des Bodens Nachteile mit sich. Der Einsatz von Wasserkraft beschränkt sich deshalb auf die seit dieser Zeit bestehenden Kraftwerke.

Hundertsechzig Millionen Tonnen CO_2-Äquivalente an Treibhausgas-Emissionen verursachte der Verkehrssektor von 1990 bis zum Jahr 2021 jährlich nur in Deutschland. Nicht ein Wissensdefizit, um mit Konzepten und Technologie die Emissionen zu vermindern, sondern es bestand ein Umsetzungsdefizit. Ein Fehler der damaligen verantwortlichen Politiker, eine Fehlinterpretation, das Verkehrssystem vorwiegend auf das Auto auszurichten; die Auto-Konzerne mit der alten Technik wettbewerbsfähig zu machen und zu erhalten, anstatt sie auf eine nachhaltige Zukunft vorzubereiten. Die Politik mit der althergebrachten Straßenverkehrsordnung verhinderte eine flächendeckende Einführung von Geschwindigkeitsbeschränkungen und angemessene Kosten für das

Anwohnerparken. Investitionen waren vielmehr notwendig in die Schiene, zur Förderung der Bahn, für den Personen- und Warenverkehr. Das Fahrzeug verursacht auf der Straße Lärm, Abgase, Flächenverbrauch. Also musste bei der Stadtplanung, beim Überlandverkehr, bei den Verbrenner-Technologien angesetzt werden.

Aus der Landwirtschaft stammte im Jahr 2021 etwa ein Drittel der Treibhausgase weltweit, in der Nahrungsmittelproduktion auf dem Feld und im Stall. Wälder abholzen, um Ackerland zu gewinnen, Moore trockenlegen, Grünland umbrechen; bei allem entweicht CO_2 aus dem Boden. Zusätzlich entsteht Methan bei solchen mikrobiellen Umsetzungen im Boden, emittiert dadurch in die Atmosphäre und ist nach wissenschaftlichen Berechnungen dreihundertdreißig Mal so klimaschädlich wie CO_2.

Um CO_2 zu vermeiden, kultiviert man jetzt die Böden, durch verbesserte Fruchtfolge, organische Düngung (Festmist, Ernterückstände), durch Renaturierung von Moorböden. Tierhaltung erforderte immer mehr Fläche für den Futteranbau und auch Rinder als Wiederkäuer setzten Unmengen an Methan frei. Deshalb ist hoher Konsum von Fleisch und tierischen Produkten zu vermeiden, Lebensmittelverschwendung zu reduzieren. Verluste wie früher wegen unzureichender Lagerung, ungünstiger Transportmöglichkeiten, mangelnder Kühlung auf dem Weg der Wertschöpfungskette sind beseitigt, auch weil Biobetriebe länderübergreifend den Verkauf vielfach ab Hof anbieten.

Und „Bio" bedeutet: keine Verwendung von Pestiziden, Geflügelzucht verbietet Käfighaltung, für die Rinderzucht sind ökologische Standards eingeführt. Gentechnik, Genschere (Manipulation im Erbgut), neue Technologien, erwiesen sich in der Übergangszeit hilfreich für die Herstellung produktiver und robuster Getreidesorten gegen Klimastress; sie erübrigen sich mit dem schützenden Klima heutzutage.

Strom, Energie allgemein lieferten früher nicht erneuerbare Quellen. Die großen Energieverbraucher für Heizen mit Gas oder Öl, bei der Warmwasser-Bereitung im privaten Haushalt belasteten das Klima übermäßig. Anstelle von Gas und Öl werden die Wohnungen jetzt auch mit elektrisch betriebenen Wärmepumpen beheizt. Diese Aggregate nutzen die Umgebung als Energiequelle, indem sie Wärme der Luft, dem Wasser oder der Erde entziehen und wie ein umgekehrter Kühlschrank funktionieren. Staatliche Stellen fördern mit Zuschüssen und vergünstigten Krediten die Dämmung von Häusern für den privaten und gewerblichen Nutzer, auch zum Vorteil für den Einsatz der Wärmepumpen. Schon seit Jahren unterstützte der Staat den Austausch einer Ölheizung mit bis zu fünfzig Prozent an Fördermitteln und übernahm in der Vergangenheit die Kosten der vorherigen Energieberatung.

Geopolitische Spannungen, ein Wettlauf über die Kontrolle von Ressourcen und dominanten Technologien für die Verwirklichung des Klimawandels begannen vor einem halben Jahrhundert. Konflikte über die globalen Wasserreserven kündigten sich an. Das Schmelzen des Eises entfachte ein Wettlaufen der profitgierigen Länder um Rohstoffe und deren Gewinnung in der Arktis, ohne Rücksicht auf die Erhaltung der Naturgegebenheiten und dem schädigenden Einfluss auf die Erde.

Energieknappheit drohte, hervorgerufen gerade wegen übermäßiger Nutzung durch die Mobilität. Erst die unerlässliche Abkehr von fossilen Energieträgern nach einer Vielzahl tiefgreifender Änderungen umweltbelastender Vorschriften und Regelungen brachte Verbesserung und schließlich Entwarnung. Notwendige staatliche Förderung für kohlenstoffarme, kohlenstofffreie Wirtschaftsbereiche anstatt in die fossile Industrie halfen mit beim Umweltschutz, dringend in afrikanischen Ländern, von der Klimakrise am stärksten betroffen, mit der geringsten Verantwortung und den wenigsten Mitteln, aus der fossilen Wirtschaft auszusteigen. Der Begriff „Naturkapital" entstand, allumfassender Schutz der Erde, insbesondere gegen Luftverschmutzung und dadurch bedingter Gesundheitsfolgen.

Die Bedrohung des Menschen beschränkte sich aber nicht nur auf den Klimawandel, sein Leben war auch durch den drohenden Biodiversitätsverlust gefährdet. Biodiversität, das sind die verschiedenen Lebensformen der Tiere, Pflanzen, Bakterien und deren Lebensräume, also Wälder, Gewässer, Kulturen in der Natur.

In den zwanziger Jahren waren die Umweltbelastungen rasch fortgeschritten, zu einem bis dahin unbekannten Ausmaß an Bedrohung und Zerstörung der Umwelt. Die verheerenden Brände im Sommer 2021 in Südeuropa, in Italien und Griechenland, weltweit in Uganda, Kanada, Kalifornien, Russland, der Türkei; der nahezu aussichtslos erscheinende Kampf gegen das Feuer, die sommerliche Hitze bis zu 45 Grad Celsius sogar in der nördlichen Hemisphäre, belastend und folgenschwer wie in der Sahara, dramatische Szenen der vor dem Feuer flüchtenden Menschen; die eindringliche Warnung des Klimawandels, der Bedrohung der Erde als die Wohnstatt der Menschheit, deutlich genug, um die Lebensgewohnheiten umzustellen, die Natur und damit die Erde zu retten, unsere Heimat auf der Erdkugel bewohnbar zu erhalten, für die Menschen, für die Tierwelt, für die Pflanzen. Nicht nur Reaktion, Prävention war ausnahmslos nötig, gefordert.

Freiwillige, gemeinsam mit Anwohnern und Feuerwehrleuten bildeten damals in diesem Sommer 2021 mit Wassereimern hilflos wirkend eine Menschenkette gegen die Wand aus Flammen, die sich in den betroffenen Ländern den Ortschaften näherte. Junge Männer mit Rucksäcken und Masken, im Süden, in Griechenland nur im Urlaub zur Erholung, reihten sich freiwillig ein zur Unterstützung gegen die Feuersbrunst, währenddessen die bedrohten Ortschaften vollständig evakuiert werden mussten. Strom und Wasserversorgung waren in den Brandgebieten ausgefallen; die Feuerwehr musste nun das Löschwasser in Fahrzeugen anliefern. Löschfahrzeuge und Hubschrauber waren in ständigem Einsatz, beschränkt auf den Tag, und nachts schlugen die Flammen weiter aus, loderten die Feuer ungehindert fort. Wohnhäuser und Industriegebäude brannten in den bedrohten Ländern bis auf die Grundmauern nieder; der Staat musste alle Geschädigten finanziell unterstützen mit Beträgen, die den Staatshaushalt übermäßig stark belasteten. Der Mensch konnte in dieser Situation trotz aller technischen Errungenschaften, trotz der technischen Ausrüstungen die Waldbrände, die Überflutungen nicht beherrschen gegen die gefährdete, jedoch übermächtige Natur, die bis dahin geduldig alles ertragen, obgleich der Mensch sie jahrelang verletzt, geschunden, ausgebeutet hatte, durch Abholzung, Verbauung, Zerstörung, mit Luftverschmutzung und Erderwärmung durch unverantwortliches egoistisches Verhalten.

Die Fachleute waren sich einig darüber, dass die Erde aus rein naturwissenschaftlicher Sicht noch gerettet werden könne, es dazu aber auch politischer Aktivitäten und psychologischer Überzeugung der Menschen bedarf. Andernfalls wird schon die Hitze die Menschheit umbringen. Wenn der Körper die Energie und Wärme, die durch seine Tätigkeiten frei werden, nicht mehr abgeben kann, stirbt der Mensch daran.

Ziel aller, auch heutzutage noch wichtiger und unumstößlicher Umweltaktionen, zur Erhaltung der intakten, lebensfreundlichen Umwelt, war es zunächst, die überlebenstaugliche Temperatur wieder zu erreichen und dauerhaft zu erhalten. Um die Klimaneutralität zu schaffen, benötigte man also erst Übergangstechnologien. Beispielhaft war nicht nur der Austausch des Antriebs der Fahrzeuge von herkömmlich zu elektrisch oder anderer umweltschonender Getriebearten, das Verkehrsproblem allgemein, die Art der Fortbewegung musste geändert, den Umweltbedingungen angepasst werden. Und die CO2-Emissionen lediglich zu reduzieren, war zu wenig, nur die Reduktion permanenter Steigerung erschien nicht ausreichend.

Man musste sich im Prinzip mehr den Vorgaben unter anderem des Soziologen Harald Welzer anschließen. Er hatte schon vor hundert Jahren darauf hingewiesen und wurde erst vor einem halben Jahrhundert beachtet, wonach als Beispiel mit dem herkömmlichen Energiebedarf alleine die Chemie-Industrie, elektrifiziert, Strom verbraucht wie die ganze damalige Bundesrepublik. Und Wirtschaftswachstum bedeutete nach seiner Ansicht unwiderlegbar nachgewiesen, mehr Verbrauch von allem, mehr Energie, mehr Rohstoffe aus dem Boden, aus dem Meer, den Wäldern zu holen, mehr Energie für die Stoffumwandlung zur Produktherstellung, mehr Energie für den weltweiten Transport. Welzers Kritik am Kapitalismus nach dem Beispiel für die ständige Wachstumsförderung mit dem Fahrrad überzeugte ebenso, klang einleuchtend: „sobald ich aufhöre zu treten, kippt das Ding um". Klassische Ökonomie, so Welzer, habe aber nie von Wachstum gesprochen. Umdenken, innovatives Neudenken, nicht mehr nach bisherigen, monetären Kriterien sollte bilanziert werden, nur mit Zahlen das erfolgreichere, bessere Wirtschaften zu beweisen, sondern mit der Frage der Umwelt, der Berücksichtigung ökologischer und sozialer Entlastungen, nicht zuletzt der sozialen Gerechtigkeit gegenüber den Mitarbeitern.

Schon im Jahr 1972 hatten die Autoren des Club of Rome in der Studie „Grenzen des Wachstums" eine Richtungsänderung verlangt, geschehen ist nichts. Anpassung an veränderte Umweltbedingungen, das Leben auf diesem Planeten lebensfähig und lebenswert zu erhalten, wie es diese forderte, war unumgänglich, Voraussetzung überhaupt zum Überleben.

Ohne Zweifel schien es den Mitmenschen äußerst unangenehm, widerstrebend, das Leben zu ändern, auf vieles Gewohnte, auf bestimmte eingeübte Ansprüche zu verzichten, wollte man das 21. Jahrhundert überleben. Sich in der Lebenshaltung umweltbewusst anzupassen war notwendig und nicht die Problemlösungen nur den Fachleuten wie Techniker, Ingenieure zur eigenen Beruhigung zu überlassen, ohne sich selbst verantwortlich zu fühlen, alle Problemlösungen abzuwälzen.

Dringende Vorhaben der Vergangenheit; sie wirken auch heute noch fort.
- *Energie*: Flächen für erneuerbare Energien, verstärkte Dachflächennutzung und von ohne Umweltbelastung vorhandenen Freiflächen für Fotovoltaik-Anlagen mit Eigenverbrauch sowie privater, gewerblicher und industrieller Abnehmer; Windenergie, soweit überhaupt notwendig. Die Strom- und Wärmeerzeugung war anfangs der zwanziger Jahre dieses Jahrhunderts immer noch zu stark von den fossilen Energieträgern abhängig und bedeutender Verursacher der energiebedingten CO_2-Emissionen mit einem besonders hohen Nachhaltigkeitspotential.
- *Mobilität*: Verkehrsmittel mit klimafreundlichen Antrieben, verstärkter öffentlicher Personennahverkehr. Keine Subventionen für Verbrenner, dafür autonomes Fahren mit Geschwindigkeitsbeschränkungen. Förderung des Radverkehrs. Der Mobilitätssektor stand vor einem halben Jahrhundert insgesamt vor einem Wandel.
- *Gebäude*: Wärmeplanung und Verbot von Öl- und Gasheizungen. Ein zu hoher globaler Energieverbrauch ging vor fünfzig Jahren noch auf den Gebäudebestand zurück. Es reichte nicht aus, nur einzelne Gebäude oder deren Entstehung nachhaltiger zu gestalten. Die Stadtplanung allgemein musste neu überdacht, die natürliche Umwelt vor Ort bereits unterstützt werden.
- *Ernährung*: Regenerative Landwirtschaft mit umweltfreundlichen Subventionsregelungen. Umweltgerechte Tierhaltung, gesunde Ernährung und weitgehender Verzicht auf tierische Produkte.

- *Transformation:* Steuererleichterungen für umweltbewusstes Verhalten und Besteuerung der Konzerne mit hoher Umweltbelastung. Bildungsnotstand vermeiden und Politik nicht nur nach dem Machterhalt, dem Wahlergebnis zu betreiben.
- *Ökonomie:* Die Wirtschaftsleistung, die Arbeitsplätze waren bedroht, ohne Maßnahmen gegen den Klimawandel, ohne die Einschränkung der fossilen Energiegewinnung zum Schutz der Umwelt.

Energetische Gebäudesanierung, Förderung für den Erwerb von Elektroautos verursachten wie bei allen staatlichen Unterstützungsmaßnahmen Mitnahmeeffekte. Damit verlor die Effizienz vorübergehend, bis zur Verhinderung solcher unlauteren Eingriffe, an Wirkung. Die CO2-Bepreisung, eine Regelung zur Vermeidung solcher Mitnahme-Unsitte traf wiederum die finanziell durchschnittlich ausgestattete Bevölkerungsmehrheit in besonderem Maße und förderte die soziale Ungerechtigkeit.

Die EU-Kommission beschränkte sich dann auf gesetzliche Regelungen. Aber auch hier mussten Investitionen fördernd und gewinnbringend angeschoben werden und diesen Bereich unabhängig machen. Die Banken waren verpflichtet, mitzuwirken mit der umweltfreundlichen Auswahl günstiger Kredite und Finanzierungen, mit der Aufklärung über die Notwendigkeit privater Investitionen und Anteilserwerbungen in die Umwelttechnologie.

Die Politik mit der „Grünen Partei", regierungsunerfahren zwar, aber mit den richtigen und notwendigen politischen

Zielen, in den zwanziger Jahren dieses Jahrhunderts in die Regierung gewählt, schaffte erst mit Überzeugung, auch mit Geboten und Verboten die Wende zur Erhaltung der Erde. Freiwillige Versprechen der internationalen Regierungspolitik, auch in ständiger Wiederholung, versagten. Erst langsam und gleichsam zögernd, dann nach Jahren, Jahrzehnten mit Verve reagierte auch die Erde auf die umwelterhaltende politische neue Richtung, offenbar mit Einsicht und erholte sich. Zur Verwirklichung musste sich nicht nur das Leben jedes einzelnen Menschen, auch die Arbeitsweise jedes Unternehmens, die Methoden in allen Lebensbereichen ändern.

Und eine weitere interessante, erfolgreiche und wertvolle Parteigründung hat die Politik erneuert und ergänzt und zum Umweltschutz beigetragen, zur Entwicklung und Förderung eines einheitlichen Europas. Die Partei „Volt", vor fünfzig Jahren noch weitgehend unbekannt und nahezu unbedeutend ist heutzutage etabliert und regelmäßig in einer Koalitionsregierung, über das in Europa zuständige Europäische Parlament. „Volt" steht für liberale, soziale und ökologische Aspekte, in erster Linie für Klimaschutz, aber auch für Wettbewerbsfähigkeit, unternehmerische Eigenverantwortung. Diese Partei entwickelte sich vor einem halben Jahrhundert aus einer städtischen, jungen und hoch qualifizierten Klientel und strebte schon damals eine Europäische Republik an. Klimaschutz ist für die beiden genannten Parteien zudem die Grundlage für wirtschaftlichen Wohlstand. Denn Wohlstand der Weltbevölkerung und Klimaschutz auf der Erde stehen nicht zueinander in Widerspruch. Erfolgsfaktoren, die Volt nun für alle Gesellschaftsschichten und jegliche Altersgruppen prädestiniert, entstanden aus der paneuropäischen Perspektive und den Interessen der damaligen Generation, die heute bereits zur Rentnerschicht gehört; eine politische Idee, die immer noch alle Bevölkerungsgruppen anspricht, vor allem auch die jetzt jüngere Generation. Die Unzufriedenheit über die konservative Politik aller anderen Parteien der zwanziger Jahre für die Umwelt und deren unbefriedigende Ergebnisse für ein geeintes, gemeinsames Europa hatten den Aufschwung der „Grünen", von „Volt" überhaupt erst ermöglicht.

Viele fragten sich damals ob der Umweltbedrohungen, welche Bedeutung die Weltmächte in dieser kritischen Situation und angesichts der Natur-Katastrophen gemeinsamen Militärmanövern geben sollten, ob nun Streitkräfte Russlands und Belarus zusammen mit China oder die USA mit Südkorea, oder woraus die Atommächte den Sinn für militärische Machtspiele herleiten? Welche Bedeutung sollten in dieser höchst gefährlichen Zeit des nahenden Weltunterganges noch Sportveranstaltungen wie im Bereich des Profi-Fußballs haben, in denen überbezahlte junge Multimillionäre ihr Können mit den Füßen absolvieren?

Die Öffentlichkeit fragte sich auch, aus welchen Überlegungen heraus noch kriegerische Handlungen geplant und geführt werden müssen, wenn die Welt gegen die Katastrophe aus der Natur dringend und eilig zu schützen ist. Wollen diese Kriegstreiber unsere Erde bewusst, mit Absicht zusätzlich zerstören? Eine Sachbeschädigung des Planeten! Daraus folgende zivilrechtliche Haftung dieser Länder und ihrer Regierungsvertreter oder war solche Zerstörungswut durch Kriege schon als Tötungsdelikt, als Massenmord zu bezeichnen und zu bewerten? Die Menschheit frönte viel zu lange noch dem Vergnügen mit Fernseh-Schrott, übertriebenen Massenveranstaltungen im Sport, gedankenloser Nutzung umweltschädlicher Fortbewegung, massenhafter Urlaubsreisen, bis die Wende einsetzte und Wirkung zeigte. Einschneidende konkrete Maßnahmen durch die Politik, verantwortungsvolles Handeln aller Regierungen und nicht Vergnügungen vor Millionenpublikum zählten in dieser Zeit jahrelanger Pandemiegefahren und schlimmsten nachweisbar vom Menschen selbst verursachter Naturkatastrophen.

Heute sehen die Jugendlichen der nunmehr aktuellen siebziger Jahre den Klimaschutz, genauer die Erhaltung des erreichten verbesserten Zustandes der Erde auch weiterhin als die größte globale Herausforderung. Die Sorge, dass damals vor einem halben Jahrhundert große Teile, der gesamte Planet mit der Unbekümmertheit der großen Mehrheit und den Verschwörungstheorien, den Lügen mancher Vorfahren an den Hebeln der Macht unbewohnbar hätten werden können, schwingt noch in den Köpfen nach.

Die enorme Erhitzung der Erde war zu Beginn des Jahrhunderts keine Theorie mehr gewesen, die zum Teil tödlichen Hitzewellen ereigneten sich bis in die zwanziger Jahre tatsächlich. Der Meeresspiegel stieg wirklich hoch, durch das Abschmelzen der Eisberge an den Polarzonen und an den Küstenregionen drohten ernsthaft Überschwemmungen. Unschwer vorstellbar, dass die Migration sich mit den dann flüchtenden Bewohnern dramatisch verstärkt hätte. Der Temperaturanstieg, das Versiegen der Wasserquellen in Wüstenbereichen, Kriege um Trinkwasser, hätten zu menschlichen Katastrophen, zu weiteren Fluchtbewegungen geführt, die von den bevorzugten europäischen Ländern nie und nimmer hätten bewältigt werden können.

Klimaveränderungen in diesem Ausmaß, mit dieser Geschwindigkeit erscheinen als unerfreulicher Rekord in der Weltgeschichte, ohne die Möglichkeit der Anpassung des Menschen, der Tiere und Pflanzen an den neuen Klimazustand, wie sie bei üblichen Zeiträumen einer Veränderung des Klimas von vielen tausenden von Jahren immer zur Verfügung stand. Eine Welt wäre nicht genug gewesen, wenn wir weiter so gelebt und uns benommen hätten wie damals, vor einem halben Jahrhundert. Die Erde verträgt mit dieser Lebensart der zwanziger Jahre nach wissenschaftlichen Berechnungen 200 Millionen Menschen. Zu diesem Zeitpunkt befanden sich jedoch schon siebeneinhalb Milliarden Bewohner darauf. Und ein weiteres Alarmsignal in dieser Zeitspanne vor fünfzig Jahren: Der Regenwald, in Brasilien am Amazonas in gewaltigen Ausmaßen abgeholzt, von einem Despoten als Regierungschef gefördert, stieß plötzlich mehr Treibhausgase aus als er speicherte. Aus der grünen Lunge der Erde war ein glühender Ofen geworden. Dieser Wahnsinn, zunächst allgemein geduldet, konnte dann doch noch von der Weltgemeinschaft verhindert werden.

Und nur mit Verzicht auf Verzichtbares und zusätzlichen Anstrengungen in Technologie und Innovation kann man dem schädlichen Klimawandel begegnen, ihn bekämpfen, in Schranken halten und die Natur zurückführen zu einer lebenswerten Welt. Was war denn und ist verzichtbar: Konsum von Lebensmitteln, die um die halbe Welt kreisen, Produktionssteigerung von SUV-

Fahrzeugen, die von der Produktion bis zur Nutzung die Umwelt unnötig belasten, Kreuzfahrten mit den fossilen, maritimen umweltschädigenden Monstern, vorweihnachtliche Shopping-Flüge aus Europa nach New York, zum Golfspielen per Flugzeug nach Südafrika, Heli-Skiing in Kanada. Weltraumflüge weniger Reicher. Klimaschonendes Verhalten musste gefördert, klimaschädliches Verhalten erschwert, verhindert werden.

Energien liefern jetzt alle denkbaren natürlichen Quellen. Windräder, selbst mit vergrößertem, ausreichendem Abstand zu Wohngebieten nur noch in Ausnahmefällen, verstärkt aber Solar, Wasserstoff sparsam einsetzbar. Offshore-Energien haben als Energieform Bedeutung, da sie wegen der Beständigkeit und als Lieferant von regelmäßigem Strom auch für die Produktion von Wasserstoff verwendbar sind. Windkraft auf See war denn auch bis vor 30 Jahren die wichtigste Stromquelle der Internationalen Energiebehörde. Solarstraßen stehen jetzt vorwiegend an den Autobahnen und an Bahnstrecken; auch Bahnschwellen sind mit Solarmodulen bestückt und liefern ganztägig Energien, nur kurzzeitig unterbrochen mit den Zugfahrten darüber. Mit diesen Solarstraßen erübrigen sich zugleich umweltschonend zusätzliche Flächen für Stromnetze und Infrastruktur.

Ein in Europa besonders tragisches Erlebnis erfuhren die Menschen neben der globalen Gesundheitskrise im Jahr 2021 in Teilen Westdeutschlands und Belgiens durch sintflutartige Regenfälle, eine Katastrophe mit Schäden an Menschenleben, Sachschäden ungeahnten Ausmaßes – ganze Häuserzeilen wurden mit den darin befindlichen überraschten Bewohnern durch die apokalyptisch anmutenden Wassermassen einfach weggeschwemmt. Bis dahin errichtete massive Dämme brachen ein als wären sie nur im Sandkastenspiel vorhanden. Eine Folge der Klimakrise, des sich anbahnenden Umweltschadens mit für die Betroffenen tödlichem Ausgang. Der vorsorgende Katastrophenschutz, auch für Überschwemmungssituationen, hatte vollständig versagt; es gab keine Gefahrenmeldungen, keine Vorräte, keine einsetzbaren Fahrzeuge oder Hubschrauber für unzugängliche Stellen und Orte, keine einsetzbaren Hilfsorganisationen, in Deutschland keine eingeplante Unterstützung der Bundeswehr. Ein Armutszeugnis der deutschen Schutzvorsorge, da neun Tage vor der Katastrophe erste Zeichen und Hinweise eine Hochwasserkatastrophe erfassten und 24 Stunden vorher den zuständigen Behörden die betroffenen Gebiete präzise benannt und diese vorgewarnt worden waren. Seit dieser Flutkatastrophe, mit den bekannten und in anderen Ländern schon vorhandenen technischen Warnmitteilungen vermeidbar, sind nun sogenannte Cell-Broadcast-Warnsysteme weltweit, flächendeckend eingesetzt.

Jetzt plötzlich entdeckte man auch die fehlerhafte und unnatürliche Ausbeutung der Umwelt in diesen örtlichen Bereichen, dass in den Vorjahren Umweltschutzmaßnahmen unterlassen worden waren, man nicht funktionierende Stadtentwässerungen betrieben, unterbliebene Renaturierung, Bodenversiegelung durch massive Bebauung und Nutzung der Flächen für Gebäude, Straßen, Parkflächen herbeigeführt, und dadurch bedingte Verhinderung des natürlichen Wasserabflusses verursacht hatte, unnatürlich begradigte Wasserläufe, eingezwängt in Dämme, geschaffen worden waren. Und anstatt die Probleme nun anzupacken durch Vorsorge und überlegte Reaktion auf die Katastrophe, durch Bekämpfung der Klimakrise und Maßnahmen zum Umweltschutz, die Probleme beim Namen zu nennen, den Katastrophenschutz wenn schon nicht zu verbessern, dann zumindest die Umwelt besser zu schützen, reagierte die konservative Politik vorerst lediglich mit bescheidenen Soforthilfen für die Hochwasseropfer, so dringend notwendig dies auch war, mit verbalen Schlagworten wie nationaler Kraftakt, was auch immer darunter zu verstehen war außer einem vage bezeichneten Wiederaufbau, und unkonkreten abstrakt bezeichneten finanziellen Unternehmenspauschalen. Dennoch, langsam, zu behutsam stellte sich auch die konservative Politik, aufgerüttelt durch denkwürdige Wahlergebnisse, auf die ernsthaft drohende Weltuntergangssituation ein und musste von der Wissenschaft überdies gedrängt, geschoben werden hin zu einschneidenden Maßnahmen, zur Vorkehrung, zum umfassenden Umweltschutz.

Vorwürfe gegenüber Teilen der damaligen ausschließlich wirtschaftsgläubigen Politik mit den überzeugenden Zitaten der Klimaforscherin Helga Kromp-Kolb: „Wer zum Klimaschutz auf die Politik wartet, den bestraft die Klimakatastrophe". „Wir müssen denen die Motorsäge wegnehmen, die fest an dem Ast sägen, auf dem wir alle sitzen, und die immer noch meinen, unsere Natur wäre zum Plündern da". Unsere Natur ist aber das Herz unserer Mutter Erde.

Ein Konzept war auch dafür erforderlich, wie sich beim Klima Kosten einsparen ließen, beim Einkauf, beim Wohnen, bei der Fortbewegung, vor allem aber zur Vermeidung einer sozialen Spaltung, damit nicht wieder Menschen mit geringem Einkommen übermäßig mit den

Folgekosten des Klimaschutzes belastet werden, sondern die Belastungen alle verhältnismäßig nach Einkommen treffen. Steuerliche Entlastungen und Fördermittel für umweltschonendes Handeln, umweltbewusste Auflagen für Produktionsbetriebe und Vorteile für die Einhaltung umweltfreundlicher Maßnahmen. Der dramatische klimabedrohende Zustand der Erde war nach dieser Katastrophe in Rheinland-Pfalz in Westdeutschland keine wissenschaftliche Vision, die beängstigende Vernichtung der Lebensgrundlagen jeden Tag, für jedermann spürbar und bedrohlich genug, damit sich bei allen, von der Politik bis zum einzelnen Bewohner die Einsicht aufdrängte, die Lebensgewohnheiten tatsächlich umzustellen, zu mehr bewusstem nachhaltigen Wirtschaften, auch und vor allem im privaten Bereich und Lebensumfeld. Nur diese Erkenntnis, unmittelbar vor der Apokalypse zu stehen, führte wieder einmal zum Nachdenken und zur Änderung der Lebenseinstellung.

Weniger Umweltbelastung durch Einschränkungen im Reisen per Auto, im Flugverkehr, verstärkte Nutzung von öffentlichem Nah- und Fernverkehr, im bewussten Einkauf mit wiederverwendbaren Einkaufstaschen aus Stoff, der Benutzung von Mehrwegflaschen, bedeutend weniger, möglichst überhaupt keine Nahrungsmittel mehr in Plastik-Verpackungen; alles nur scheinbar kleine Fortschritte, in ihrer Massenbewegung und Beachtung durch alle vernünftig denkenden Menschen ein überwältigender Erfolg zur Rettung der Welt.

Endlich wird folgerichtig und in weiterer Entwicklung aus diesen Erfahrungen, in der jetzigen Zeit des siebten Jahrzehnts die Energie der Sonne auf der Erde umfassend genutzt. Auf der Erdoberfläche kommen ständig, jede messbare Sekunde eineinhalb Milliarden Terrawattstunden Sonnenenergie an und werden urbar gemacht, decken sie doch unseren Energiebedarf 10.000-mal mehr als die gesamte Menschheit in dieser Sekunde an Energie benötigt beziehungsweise verbraucht. Dazu bedarf es also nicht einmal mehr dem theoretischen Potenzial von zehntausend Terrawattstunden aus Windenergie. Und das unterbeschäftigte Großkraftwerk Sonne kann in dieser einen Sekunde auch gleich viel Energie erzeugen wie 1.500 Windräder in einem Jahr.

In den letzten Jahrzehnten erübrigte sich deshalb auch der zusätzliche Einsatz von Windrädern, blieben wenig störende Anlagen in Betrieb, die Neuerrichtung als ergänzende Energielieferanten ein Ausnahmefall. Das Aufstellen hatte sich nicht mehr gelohnt. Der Aufbau führt zur Versiegelung von Agrar- und Grünflächen pro Anlage von etwa 4.000 Quadratmeter; dazu der Bau von Zufahrtswegen für den Schwerlastverkehr extrabreit, notwendig gerodete Waldflächen, Betonfundamente tief in das Erdreich. Die riesigen Rotorblätter entwickelten sich zu Vogelfallen. Jede bebaute Fläche, mit allen ursprünglich geplanten Windrädern eine enorme Verschwendung von fruchtbaren Böden, erzeugt Überhitzung, vermindert in der Vielfalt wie früher angestrebt wertvolle Anbauflächen für regional produzierte Lebensmittel, die anstelle teuer und mit umweltschädlichen Auswirkungen importiert werden müssten, mit der Folge von CO2–Belastung und Beeinträchtigung des örtlichen Mikroklimas. Auch deshalb die Entscheidung überwiegend für Solarnutzung.

Der Wettbewerb zwischen den einzelnen Energielieferanten fällt damit seit Jahren eindeutig zugunsten der

Solarenergie aus. Die jeweiligen Nutzer können auch in unserer Zeit entscheiden zwischen Kauf und Miete von Fotovoltaik-Anlagen, immer unter dem Aspekt, dass eigens erzeugter klimaneutraler Strom am günstigsten ist. Für Strom aus der eigenen Solaranlage entstehen keine Steuern oder Abgaben, Umlagen oder sonstige Entgelte, eventuell bei gewerblich erzeugter Energie Umsatzsteuer auf den Eigenverbrauch. Bei der Entscheidung für die Miete hat der Betreiber den Anbieter für die Installation der Anlage auszuwählen, der dann auch die Anmeldung beim Netzbetreiber, die Wartung, Reparaturen oder Ersatzteilbeschaffung (Komponenten wie Module, Wechselrichter, Speicher) übernimmt zu einem Mietfestpreis für eine Laufzeit von üblicherweise zwanzig Jahren, immer dann, wenn man sich selbst mit der Planung, den technischen Details nicht beschäftigen möchte, dennoch für den Klimaschutz eintritt. Unterstützt wird die Finanzierung beim Kauf mit zinsgünstigen Krediten der Förderbanken. Der erzeugte Strom wird über Batteriespeicher eigenverbraucht, im Übrigen in das öffentliche Netz abgegeben, eingespeist. Für Neubauten besteht bereits seit vielen Jahren eine Solarpflicht. Entscheidend dafür sind aber auch jeweils die Dachflächen, ob schattenfrei, und in südlicher Richtung ausgerichtet.

Die Herstellung und Verwendung von Biomasse ist zwischenzeitlich rückläufig. Fachleute betonten die Sorge um das Waldökosystem mit der großen Nachfrage von Brenn- und Energieholz, der regelrechten Plünderung im Wald, der so seiner CO_2-Speicherfähigkeit beraubt wird und der Transport der erzeugten Energie über weite Transportwege. Bei der Verbrennung von derart hergestellten Pellets, Scheiten oder Holzbriketts wird zudem die Feinstaubbelastung befeuert. Und die radikale Form der Erzeugung von Biomasse führt zu Auswirkungen auf den Wasserhaushalt, den Humusvorrat sowie zu Belastungen des Mikroklimas und für das Bodenleben. Nur mit Holz aus Pappelplantagen werden noch Hackschnitzel für die Energiegewinnung produziert.

Beachtlich: Der Begriff der Nachhaltigkeit entstand sinngemäß schon in der ersten Hälfte des 12. Jahrhunderts. In Europa begann man sich um den Bestand des Waldes zu sorgen. Rodungen hinterließen Schneisen in die und durch die Wälder; im Vergleich zur heutigen Ausbeute zwar bescheiden, aber nach den damaligen Ansichten zu weitreichend. Anordnungen für die Schonung des Waldes wurden erlassen, „weil auch die Nachkommen dereinst des Holzes bedürftig sein werden". Nutzung, Aneignung und Gestaltung, Ausbeutung kennzeichnen also schon seit jeher die Beziehungen des Menschen zur natürlichen Umwelt, verstärkt seit er zusätzliche Ressourcen erschließt. Die Handlungen und Folgen dieser Ausbeutung haben sich heutzutage auch zu einem Thema der Umweltgeschichte, ein neues Lehrfach, entwickelt. Sie untersucht die Wechselwirkungen zwischen Mensch und Natur, zeigt die Langzeitwirkungen der Eingriffe durch den Menschen und veranschaulicht die Folgen umweltrelevanter Eingriffe über Generationen beziehungsweise Jahrhunderte hinweg.

Die österreichische Zeitung „Kurier" vom 17. Juni 2021 enthielt erfreulich demonstrativ die Berechnung wie viele Erdkugeln die einzelnen Länder zum Überleben benötigten, wenn sie ihre bisherigen Lebensgewohnheiten beibehielten. An erster Stelle rangieren die USA mit

5,03 Erdkugeln. Wie soll dieser Wert realisiert werden? Aber auch andere Staaten machten sich schuldig an der Zerstörung unserer Lebensgrundlagen, so Russland, das im Jahr 2021 immerhin 3,43 Erdkugeln bräuchte, selbst das angeblich vorbildliche Deutschland ist keineswegs ruhmreich aufgestellt mit dem Bedarf von 2,94 Erdkugeln oder Frankreich mit einer Forderung von 2,88 oder Großbritannien mit 2,63 Erdkugeln. China kann sich mit dem niedrigeren Wert von 2,32 nicht hervorheben oder Indien mit 0,75 angesichts der Größenverhältnisse des Landes und seinerzeit noch in der Entwicklung befindlichen Infrastrukturen.

Die einen in der Welt, Inselbewohner im Pazifik, Entwicklungsländer in Afrika, mussten unter dem Klimawandel besonders leiden und die anderen, mächtige Staaten wie USA, China, Brasilien, waren die stärksten Umweltsünder und Verursacher des Klimawandels. Die Situation vor einem halben Jahrhundert war dementsprechend anspruchsvoll, die von aktueller internationaler Politik vorgegebenen Klimaziele in verbindlichen Klimaschutzgesetzen einzuhalten, nach Ansicht der Wissenschaft frühzeitig erreichbar, wenn alle Staaten ihre Klimaversprechungen eingehalten hätten. Die Zusagen der Industriestaaten, jährlich Unsummen zur Klimafinanzierung ärmerer Länder bereitzustellen und damit Anpassungen an den Klimawandel, Hochwasserschutz in Küstengebieten, neue klimaschonende Technologien zu finanzieren, hatten sich im Laufe der Jahre aber als leere Versprechen, als peinliche Angeberei erwiesen. Die Gefahr, dass durch die Erhöhung des Meeresspiegels pazifische Inselstaaten verschwinden könnten und ganze Völker umgesiedelt werden müssten, wollte man sie nicht ertrinken lassen, war verdrängt worden. Unnötig stritten sich die Länder über das Verursacherprinzip, um die Frage wer für die Mengen an Treibhausgasen in der Atmosphäre historisch verantwortlich wäre und wer dafür haften sollte. Europa und die USA als die alten Industriestaaten und ursächlichen Umweltsünder, die weltweite Industrie gegenüber den Ölländern, weil ohne Öl und Gas deren Einnahmen wegbrechen würden, der reiche Westen gegenüber den Entwicklungsländern und früheren Kolonien! Bei regelmäßigen Klimagipfeln versammelten sich seit Jahrzehnten die Staats- und Regierungschefs aus der ganzen Welt, auf sogenannten „Earth Day Summit"-Treffen mit groß angekündigten Zielen. Bis aber endlich der Durchbruch begann, bis wirkungsvolle Maßnahmen ergriffen wurden, mussten zum Leidwesen der Menschen noch viele extreme Naturkatastrophen passieren. Eine Katastrophe war schon alleine das von der internationalen Politik aufgezwungene Abwarten, die schönen Worte ohne nachfolgende Taten.

Dank Europas Klimapolitik als Vorreiter für alle anderen kam in den letzten Jahrzehnten Bewegung in den Kampf gegen den Klimawandel. Das Klimagesetz der Europäischen Union in den zwanziger Jahren diente als Vorbild; mit den wichtigsten Partnern dabei die USA und nach salbungsvollen Worten, man staune, China, die zuletzt größte Dreckschleuder, der größte Umweltsünder der Welt. Eine praktische Demonstration des Multilateralismus, der sich ab diesem Zeitpunkt verstärkt fortsetzte.

Die Kommission der Europäischen Union blieb hartnäckig und setzte ihre konkreten Vorschläge durch, die

Emissionen zumindest bis zum Jahr 2030 um fünfundfünfzig Prozent zu senken, verglichen mit dem Stand von 1990. Und auf dieser Grundlage konnten die Einsparungen der schädlichen Emissionen weiter forciert werden, verspätet, aber erfolgreich bis zum heutigen emissionsfreien Zustand. Eine Vielzahl von Detailregeln waren in der Vergangenheit zum Schutze des Klimas notwendig, beschlossen, umgesetzt worden, im Emissionshandel, in der Industrie, für die Strombranche und auch für Teile der Luftfahrt. Die nationalen Reduktionsziele für den Verkehr sind angepasst, für den Gebäudesektor und die Landwirtschaft angeglichen, Einzelziele ausgegeben für die Erhöhung der Energieeffizienz und den Ausbau der erneuerbaren Energie oder vor einem halben Jahrhundert CO_2-Grenzwerte für die Autobranche. Diese Maßnahmen blieben in der EU erst wieder blockiert, in der Uneinigkeit der 27 Länder gefangen, schon in den Einzelinteressen und unterschiedlichen Bewertungen, auch durch die Industrie und die Autobranche. Jedes EU-Mitglied hatte andere Bedenken und Einwendungen. Manche Länder bemängelten die sozialen Folgen mit höheren Preisen für Wohnen und Autofahren, Frankreich wegen der „Gelbwesten-Proteste" der Vorjahre und Deutschland verwies auf den bereits vorhandenen nationalen, letztlich nicht wirksamen Emissionshandel. Die Europäische Union musste erneut Druck ausüben und sich endgültig durchsetzen. Die Entwicklung der Umweltbelastung, die unübersehbare Schädigung, die Bedrohung jedes Einzelnen durch die Wetterkapriolen ließ sich nicht verdrängen.

In den zwanziger Jahren das EU-Klimapaket aus zwölf Gesetzesvorschlägen, mit den Zielen der Klimaneutralität, Dekarbonisierung, der Reform des Emissionshandels, dem Ausbau erneuerbarer Energie, dem Ende des Verbrennungsmotors, setzte Europa an die Spitze der klimaneutralen Weltwirtschaft und bewirkte bald spürbar die Einsparung klimaschädlicher Treibhausgase und eine Verlangsamung der Erderwärmung. Verstärkt drang die Europäische Union auf die ökologische Transformation, denn Strom aus Wind und vor allem von der Sonne, Wasserstoff für die energieintensive Industrie und Elektrik für die Mobilität und Heizungen ohne fossile Brennstoffe war nun wirklich keine neue Erkenntnis, auch im Bewusstsein des Menschen verankert. Die Festschreibung dieser Klimaziele bestätigte die EU als verbindlich und verwies auf deren Vorteile. Emissionsfreier Strom zeigte sich bald als günstig und attraktiv. Mit dem Hinweis auf die andernfalls erheblichen Kosten der Klimaverschmutzung und deren Bekämpfung waren Kommission, Parlament und der Rat der Europäischen Union auch gewappnet, starke gegenstehende Lobby-Interessen zurückzuweisen.

Im Jahr 2071 entstehen nach den Angaben der einzelnen Verwaltungsregionen auf dem gesamten Planeten keine umweltbelastenden Emissionen mehr. Die Menschen bekennen sich übereinstimmend zu mehr Nachhaltigkeit bei Lebensmitteln, Geldanlage in nachhaltige Investitionen und Mobilität. Die Klimaziele, wie von der EU vorgegeben, sind erreicht, die Umwelt klimaneutral (Net-Zero), wie von der Wissenschaft gefordert, geschaffen. Alle Branchen und bekannten Technologien waren eingebunden zur Senkung der Emissionen, mit regelmäßigen Prüfungen der Veränderungen und des erwarteten Fortschritts.

Ausgewählte Maßnahmen der letzten Jahrzehnte:
- Pestizideinsatz in der Landwirtschaft vollständig vermeiden und die Nitratbelastung dauerhaft senken.
- Die Korallenriffe umfangreich schützen.
- Ausgewiesene Schutzgebiete an Land und Meer überwachen.
- Die Überfischung beenden.
- Den Ressourcenverbrauch einschränken.
- Das Artensterben vermeiden.
- Die Bedürfnisse indigener Gruppen und Bevölkerungsschichten schützen.

Klimawandel und Überfischung bedrohten vor 50 Jahren noch den Bestand an Meeresfischen; Umweltverschmutzung und Übernutzung hatten eine bis dahin unvorstellbare Belastung der Weltmeere verursacht. Die Fischbestände haben sich zwischenzeitlich erholt. Dass dieser Umstand infolge der Unmengen Plastik-Müll vor Jahren zunächst noch als ausgeschlossen galt, eine beruhigende Nachricht, auch wenn die Regenerierung immer noch nicht abgeschlossen und vergleichbar mit dem Fischbestand vor hundert Jahren noch lange nicht erreicht ist.

„Ein Himmel, der mit fliegenden Autos übersät ist, wäre ein Albtraum", erklärten vor fünfzig Jahren sinngemäß noch die meisten Menschen. Der Albtraum hat sich nicht bewahrheitet, aber fliegende Autos bewegen sich sehr wohl in der Luft. Fliegen hatte anfangs des 21. Jahrhunderts zu massiven negativen Auswirkungen auf das globale Klima geführt. Deshalb gab es lange Zeit Versuche, Flugzeuge klimafreundlich zu entwickeln. Einer dieser Versuche ist wegen des Ideenwettbewerbs erwähnungswert, auch wenn er sich nicht durchgesetzt hat, obgleich seine Erfindung eine gewisse Sympathie verdient.

„Forschende aus den USA berichteten im Jahr 2021 wie man aus Lebensmittelabfällen Treibstoff herstellen könnte. Dafür entwickelten sie damals schon bekannte und etablierte Methoden weiter, um zwei Probleme gleichzeitig anzugehen. Denn wenn nasser Biomüll verrottet, entsteht Methan, das in die Atmosphäre entweicht. Dort wirkt es als Treibhausgas bekanntlich weitaus stärker als die gleiche Menge CO_2. Beim Verfahren der damaligen Wissenschaftler wird der Methanausstoß gestoppt und flüchtige Kohlenwasserstoffe werden bei der Verrottung aufgefangen. Daraus lassen sich dann Treibstoffe produzieren. Und durch die Kombination von zweien dieser Kraftstoffe könnte ein Flugzeug nach den Studien der Zukunft auf bis zu 70 Prozent fossiles, klimaschädliches Kerosin – damals der einzige Treibstoff für die Flugzeuge – verzichten. Das hätte entsprechend große Mengen Treibhausgas eingespart". Es blieb bei der Idee und als Beispiel für den Erfindungsgeist der Menschen.

Tatsächlich verändert hat sich aber die Nutzung im Luftverkehr. Inlands- beziehungsweise Kurzflüge sind ersetzt durch ein besseres und schnelleres Bahnangebot. Auf Mittelstrecken werden in Europa neben den solarbetriebenen Flugzeug-Motoren, zuweilen eher zu Versuchszwecken, Wasserstoffflugzeuge und bei Langstrecken manchmal Flieger mit synthetischem Kraftstoff erprobt. Die mit Wasserstoff betriebenen Flugzeuge sind während des Einsatzes im Gegensatz zu Propeller- oder Jetmaschinen zwar extrem leise, mit Batterien beziehungsweise Wasserstofftanks aber erheblich beschwert und deshalb für Langstreckenflüge nicht geeignet, unerwartet flexibel jedoch auf Kurzstrecken und im Zubringerdienst zu den Drehkreuzen einsetzbar. Das Kapitel Technik enthält dazu weitere Informationen.

Die Herstellung von Wasserstoff beanspruchte anfangs noch zu viele Energien aus fossilen Quellen. Und zur Lagerung überschüssiger Energien aus Wasserstoff bedurfte es geeigneter Langzeitspeicher, die bei der Umwandlung zur Stromgewinnung mit Brennstoffzellen Energien im Übermaß verlieren. Die industrielle Produktion und Verwendung von Wasserstoff in energieintensiven Unternehmen beschränkt sich derzeit auf den Stahlbereich, erwies sich in der Chemiebranche und Zementindustrie als aufwendig und durch die lange Entwicklungszeit zu kostenintensiv. Wasserstoff zum Heizen, zumal in Privathaushalten, wird von energiesparsamen Technologien, häufig mit Wärmepumpen ersetzt. In Autos, im Personennahverkehr für Flugzeuge hat sich der Antrieb mit Wasserstoff gegen die Elektromobilität nicht durchgesetzt. Lkw-Hersteller im Schwerlastverkehr entwickeln aber Lastwägen mit Brennstoffzellen für den Wasserstoffverbrauch und bieten dazu entsprechende Tankstellen an. Wasserstoffeinsatz auf der Schiene für Fernzüge und den Warenverkehr mit Güterzügen scheiterte an den technisch schwierigen Voraussetzungen und nicht ausgereiften Technologien, die zudem als zu kostenintensiv die Hersteller in dieser Branche von der weiteren Entwicklung abhielten.

Bewährt hat sich der Einsatz von Wasserstoff bekanntlich im maritimen Bereich. Emissionsfreier und in Ausnahmefällen auch nur emissionsarmer Wasserstoff helfen in der Schifffahrt zu einem umweltfreundlichen Betrieb und neuartige Technologien ermöglichten die Umrüstung von kleinen Kreuzfahrtschiffen, soweit für solche Nachfragebedarf besteht, zu einem umweltfreundlichen Einsatz.

Die Schattenseite der Elektromobilität: Müll! Millionen aussortierter, tonnenweise vorhandener gebrauchter Lithium-Ionen-Batterien müssen jährlich verwertet werden. Chemiefirmen und Recyclingspezialisten entwickelten Verfahren und wiederverwenden Metalle wie Lithium, Kobalt und Nickel. Die wertvollen Stoffe gelangen dann zurück in die Produktion. Zum Erfolg der gesamten Elektromobilität gehört also auch funktionierendes Recycling dieser wertvollen Metalle. So lässt sich die Abhängigkeit von Rohstoffimporten aus anderen Regionen senken und die umfangreiche Verwertung der Batterien aus Elektrofahrzeugen verminderte zugleich die Emissionen von Millionen Tonnen CO2-Äquivalente für Neuprodukte. Lange Zeit hatten die Batterien je nach Hersteller eine andere Form und Verbindungstechnik und beim ersten Schritt, dem Zerlegen war dann oft noch Handarbeit gefragt. Die Wiederverwertung ist zwischenzeitlich technisiert, da alle Batterien, gleich von welchem Hersteller sie stammen, in Technik und Machart einheitlich konstruiert sind. Die Metalle können nun in hochreiner Form und großer Menge vereinfacht wiedergewonnen und aufbereitet werden, ohne Nebenwirkungen, geringen Abfällen, mit effizienten und nachhaltigen chemischen Verfahren. Die Wiederverwertung vermeidet außerdem wie in der Vergangenheit, diese wertvollen Metalle ausschließlich von Bergbaufirmen teuer fördern und importieren zu lassen. Auch das in den Batterien enthaltene

Grafit sowie Material aus dem Elektrolyt wird zurückgeführt, der Bestandteil, der den Ionenfluss ermöglicht und damit die für die Spannung notwendigen elektrotechnischen Prozesse. Das wiedergewonnene Lithium – Lithium-Ionen-Akkus sind das Herzstück jedes Elektromotors –, kommt auch in den Akkus für Smartphones und Laptops zum Einsatz.

So sieht in den Tagen des Jahres 2071 Kreislaufwirtschaft in der Elektromobilität aus, wenn wertvolle Stoffe, nahezu einhundert Prozent des Batteriematerials wieder in die Produktion zurück gelangen. Da mit diesen Methoden der Wiederverwertung das Einschmelzen entfällt, vermindert sich auch der Energieaufwand für die Entsorgung.

„Aus alt wird neu." Die Verwertung von Alt-Materialien, gesetzlich schon seit vielen Jahren vorgeschrieben, gilt auch für mineralischen Bauschutt wie Ziegel, Beton, Mörtel, den alten Holz-Dachstuhl, begrünte Dächer und Fassaden, alles Hauptbestandteile eines Hauses. Der amtliche Abbruchbescheid enthält die genaue Auflistung der im Altbestand vorhandenen Stoffe nach einer genauen Sortierung für die Wiederverwertung. Beton nimmt das Betonwerk zurück, Ziegel übernimmt der ursprüngliche Hersteller, sogenannte Mantelbetonsteine dienen als Rohstoffe für neues Mauerwerk. Dem Kreislauf in der meist regionalen Verwertung werden damit alle Bestandteile des Abbruchs, auch Glas und Metall, wieder zugeführt und selbst für alte Gipskartonplatten des Innenausbaus, früher als Sondermüll behandelt, gibt es nach der Zerlegung eine energetische thermische Recyclinglösung. Die mineralischen Stoffe aus dem Abbruch dürfen damit auch nicht mehr deponiert werden.

Gewonnenes Abbruchmaterial als einsetzbarer Rohstoff und am Verkauf des Abbruchmaterials verdientes Geld senkt außerdem die Neubaukosten.

Mit den in der Vergangenheit jahrelang eingelagerten und noch vorhandenen Hausmüllabfällen, Siedlungsreste, mit früheren, seit Jahren bestehenden Bauabfällen, siedlungsabfallähnlichen Gewerbemüll, Schlacken aus der Müllverbrennung und Klärschlamm aus der Abwasserreinigung, soweit dieser Müllabfall nicht recycelt werden kann, wird eine Schlacke-Auflage gebildet, die heute zu stabilen Hügeln gebaut, Humus bildet oder notfalls mit Humus zusätzlich angereichert wird. Diese so entstandenen Hügel eignen sich im Winter mit ausreichend Schnee für die kleinsten Erdenbewohner zum Schlittenfahren und bewaldet entstehen dem Aufenthalt dienende Parks. Der mit Tonmehl und Kies gemischte Betonkies, eine mineralische Dichtung, als Fundament eingesetzt, wirkt selbstheilend. Dringt Wasser ein, quillt das Material auf und dichtet sich selbst wieder ab. Spezialasphalt fungiert zudem als Wurzelsperre. Ist der Berg dicht, wird er mit Büschen und Bäumen rekultiviert. Diese Methode ist ökologischer als jede andere teure Verwertung.

Mikroplastik (in Kunststoffen enthalten) im Boden ist nicht rückholbar und verbleibt Jahrhunderte in der Natur. Damit gerieten Plastikhersteller ins Blickfeld und Abseits, vor allem die Produzenten für Einwegplastik, sogar deren finanzierende Banken und Anteilseigner. Einwegplastik stand für die gesamte sichtbare Belastung der Ozeane, und soweit es verbrannt wurde, für die Luftverschmutzung. Der überwiegende Teil des Einwegplastiks war früher tatsächlich verbrannt worden, ein beachtlicher Teil landete auf Mülldeponien und der Rest fand sich in den Weltmeeren wieder, Gesichtsmasken, Kaffeebecher, Strohhalme, Einkaufstüten und dergleichen. Nur ein Zehntel davon war vor fünfzig Jahren wieder aufbereitet worden. Alleine dreizehn Millionen Tonnen Einwegplastik endeten jährlich in den Ozeanen. Nahezu der gesamte Müll stammte aus diesen fossilen Stoffen, meist aus Öl hergestellt. Die zwanzig führenden Produzenten von Plastik, von Polymeren, und Anleger, die in Einwegplastik investierten, Banken, die solche Unternehmen finanzierten, wurden öffentlich angeprangert, von den Bürgern gemieden und somit zu einer Umkehr ihrer Vorhaben gezwungen. Zugleich formierten sich andere Firmen in einer Allianz gegen Plastikmüll und konnten Lösungen voranbringen, halfen ebenfalls mit, die Entsorgung von Plastik in der Umwelt, in den Weltmeeren erst zu verringern und endlich ganz zu vermeiden. Die Hauptfinanziers von Plastik aus Saudi-Arabien, China und den Vereinigten Arabischen Emiraten mussten ihre Geschäftspolitik auf diesen enormen öffentlichen Druck hin ändern.

Die Internationale Energieagentur war vor Jahrzehnten schon bestrebt, Investitionen in Öl- und Gasprojekte zurückzufahren, um Klimaneutralität zu erreichen. Ein ambitioniertes Ziel, den CO_2-Ausstoß auf null zu setzen; aber erst sehr viel später im Laufe der sechziger Jahre Wirklichkeit. Andernfalls hätte man schon vor fünfzig Jahren nicht mehr in die Versorgung mit fossilen Treibstoffen investieren, hätten damals weltweit keine neuen Kohlekraftwerke mehr beschlossen werden dürfen. Und bereits im Jahr 2030 hätten alle Fahrzeuge elektrisch betrieben werden müssen, keine Autos mit Verbrennungsmotor mehr zum Verkauf stehen dürfen und die weltweite Stromproduktion emissionsfrei sein müssen. So viele Fotovoltaik-Anlagen und Windkrafträder waren beileibe nicht vorhanden; die mehrfache Menge der tatsächlichen emissionsfreien Energieleistungen wäre notwendig gewesen. Weder die Energienutzung war also effizient genug in diesen Anfangsjahren noch waren damals alle neuen Gebäude CO_2-neutral heizbar und auch der weltweite Gebäudebestand hätte bei diesen staatlichen Plänen bereits thermisch saniert sein müssen.

Die notwendigen Technologien hierzu sind jetzt im Jahre 2071 vorhanden. Früher gab es sie kaum als Prototypen; meist nur in der Fantasie existierten sie, zumal entsprechende Investitionen für die nachhaltige Stromproduktion auch in den Industrieländern mit der nötigen Energieinfrastruktur fehlten, noch weniger in den Entwicklungsländern, in denen vor einem halben Jahrhundert viele Menschen überhaupt noch keinen Zugang zur Elektrizität besaßen.

Einflussreiche Länder und Unternehmen opponierten lange Zeit gegen Neuerungen in der umweltschädigenden Energiesituation, trotz politischer Bekenntnisse. Denn die erdöl-erzeugenden Länder sollten dabei bis zu achtzig Prozent ihrer Öl-Einnahmen verlieren – und viele waren trotz Kenntnis der notwendigen und bevorstehenden Entwicklung hin zu Klima- und Umweltschutz nicht wirklich darauf vorbereitet – und auch bei den erdöl-importierenden Ländern wären dann neunzig Prozent der Steuereinnahmen auf die Nutzung von Öl und Gas weggefallen.

Die öffentliche Meinung, die Medien hatten Brasilien als größten Umweltzerstörer im Bereich der Tropenabholzung an den Pranger gestellt, die riesigen Anbauflächen für den immensen Verbrauch von Soja (die Sojabohnen wurden zu Tierfutter verarbeitet und die EU war einer der größten Abnehmer), von Palmöl und Rindfleisch gerügt und die Verantwortung des Landes eingefordert. Die Folge der Abholzung war mitverantwortlich für die Steigerung des CO_2-Treibhausgases, für beschleunigtes Artensterben und die bestehenden Klimaschutzabkommen waren in ihrer Wirkung letztlich wertlos. Mit Beharrlichkeit und massiven Angriffen gelang es dann doch, vor allem die Abnehmer-Länder Brasiliens zu Einsparungen zu zwingen und maßgeblichen Einfluss in den Absatz zu nehmen.

Besonders verwerflich die Umweltsünden der chinesischen Unternehmen, Staatsbetriebe, immer nach demselben Muster. Sie übernahmen wie im betreffenden Fall im Jahr 2020 in Serbien als Investoren Bergbauunternehmen, wollten angeblich die örtlichen Arbeitsplätze retten, obgleich im Wesentlichen nur chinesische Arbeiter eingesetzt wurden, steigerten ohne Rücksicht auf Umweltschutzauflagen die Produktion und gefährdeten die Gesundheit der umliegenden Bevölkerung, ohne jegliche Skrupel nur dem Zweck geschuldet, den chinesischen Einfluss über Abhängigkeiten weltweit durchzusetzen. Mit der drastisch erhöhten Produktionsausweitung hielten etwaige Entschwefelungsanlagen und Sicherungseinrichtungen, so sie überhaupt benutzt wurden, nicht Schritt. Wen kümmerte es, nicht einmal die für die eigenen Bürger verantwortliche Regierung in

Belgrad, dass die Feinstaubbelastung alle Grenzwerte um ein Vielfaches überschritten hatte, die Verschmutzung der Luft, der Gewässer und des Bodens, diese schweren Umweltbelastungen eine tödliche Bedrohung der heimischen Bevölkerung bedeuteten – die Region mit der höchsten Sterberate in Europa. Seit der Übernahme durch die so bezeichneten chinesischen Freunde, der serbische Präsident begrüßte seine Gäste aus China sogar als Brüder, bedrohte dieses Unternehmen die Umwelt mit der schlimmsten Luftverschmutzung der letzten hundert Jahre. Die von chinesischen staatlichen Investoren übernommene veraltete Schmelze war der erhöhten Produktion nicht gewachsen; dadurch entwich verstärkt Schwefeldioxid und verpestete das gesamte Umland. Freilich, der Präsident wohnt weit genug entfernt ebenso der chinesische Staatschef. Jedenfalls waren in den zwei Jahren seit der chinesischen Übernahme die Grenzwerte für Schwefeldioxidemissionen bis zum Zehnfachen überhöht. Trauriges Fazit: Wenn das Werk vom serbischen Staat verantwortungsvoll geführt worden wäre, hätte das Unternehmen nie einen ausländischen Investor benötigt.

Wie immer in der Menschheitsgeschichte, wenn die Umkehr unumgänglich war, begann erst ein Umdenken. Mit dem Einsatz von Wissenschaftlern, verantwortlichen Unternehmern, den Bürgern und Bürgerinitiativen mit der Unterstützung durchsetzungsstarker Politik stellte die Welt-Gemeinschaft in der Folgezeit wirksame Regeln auf gegen die Erderhitzung, gegen das Artensterben, verhinderte die durch Klimakatastrophen und Armut verstärkte Massen-Emigration aus Afrika nach Europa, vermied die damit einhergehende lange währende Zersetzung des gesellschaftlichen Friedens und regelte die sozialen Probleme, gegen verantwortungslose Verschwörungstheoretiker, skrupellose Digitalkonzerne, die autokratischen Regime, die sich weder um Menschenrechte noch um Rechtsstaatlichkeit und überhaupt nicht um den Schutz der Umwelt scheren.

Mit der Gründung und Einsetzung eines Weltnaturerbe-Fonds, mit einer dauerhaften Grundfinanzierung über dreißig der wichtigsten Naturschutzgebiete, in Afrika, Asien und Lateinamerika bekämpfte man zusätzlich die Umweltkrise und sicherte in den letzten Jahrzehnten den gesellschaftlichen Frieden, den drohenden Verlust an Biodiversität, den Klimawandel und dessen Folgen, Maßnahmen auch für die Vorbeugung künftiger Pandemien.

Die Lebensmittel- und Biotechnologie fokussiert sich nunmehr ganzheitlich auf Ökologie, Ökonomie, Nachhaltigkeit und Gesundheit. Kunststoff gilt bei heute noch verwendeten Beständen nur auf der Grundlage von biobasierten Lacken, die unter anderem Lebensmittel länger haltbar machen durch die Beschichtung mit Biopolymeren in den Verpackungsmaterialien, also aus Biokunststoff. Ein Polymer entsteht auch in der Natur und ist ein langes Molekül, das aus vielen Einheiten, den Monomeren, zusammengesetzt ist. Auf ein Papier aufgetragen verschließt dieser biobasierte Lack die Poren der Oberfläche. Damit wird der Karton undurchlässig für Sauerstoff und Wasserstoff. Biolack-Materialien werden beim Papier-Cycling in Wasser ausgewaschen und die Papierfasern können ohne Qualitätsverlust zurückgewonnen werden; Material, das sich in Ländern mit großem Bedarf an Verpackungen für den Export eignet, weil die Umhüllung schneller verrottet und die Umwelt nicht länger belastet. Wissenschaftler forschen zudem an einer Lösung der Rest-Entleerbarkeit, damit in den Verpackungen keine Lebensmittelrückstände mehr verbleiben und von der Verpackung absolut keine Substanzen unbeabsichtigt in die Lebensmittel migrieren, wandern, sowie an einer Methode, dass während der Verarbeitung und Lagerung keine Zwischen- und Zerfallsprodukte entstehen.

Zur Sicherung von Umwelt-Maßnahmen haben alle Unternehmen freiwillig und ausnahmslos „Nachhaltigkeits-Beauftragte" bestellt, die zudem die Methoden der Ressourcen-Optimierung überwachen und außerdem für Ökodesign, sogenanntes Stoffstrom-Management und die Einhaltung der Grundlagen des Umweltrechts zuständig sind. Sogar unser staatliches System belastete die Erderhitzung, das Artensterben und das Wachstum der Weltbevölkerung zu Beginn des Jahrhunderts bis in die dreißiger Jahre bei gleichzeitigem Schrumpfen der Ressourcen. Die bekannte Folge, Migrationsströme aus den verdorrenden Regionen Afrikas in Richtung Europa, beginnende Verteilungskämpfe um Wasser, um Ackerflächen. Enorme Kosten drohten, Belastungen der Staatsfinanzen; gefordert waren auch wegen dieser Bedrohungen nachhaltiges Wirtschaften, intelligente Energienetze, Ausgaben für Renaturierung.

Die Politik bestand zu Beginn dieses Jahrhunderts und die Jahre danach jedoch im Wesentlichen darin, politische Ziele zu zerreden, von den Parteien, den Regierungen, den Ministerien, von Verbänden und Lobbyisten. Alle diese Gipfeltreffen von Kyoto, Kopenhagen, Paris vergleichbar mit unverbindlichen, hehren Sonntagsreden, ohne darauf folgende konkrete Maßnahmen; sie bewiesen nur Regierungsversagen, gleich welche Partei, welches Land beteiligt war. Wo blieben die Sicherheit und der Wohlstand für die künftigen Generationen. Erst bedeutende Entscheidungen der Gerichte und das Bewusstsein der Mitbürger für diese falsche Entwicklung politischer Tätigkeit, die erfolgreichen Wahlergebnisse für grüne Politik führten zu einer Revision. Der Vorwurf an die Politik. Immer nur die gegenwärtige, vielleicht noch die nächste Legislaturperiode im Blick; nur kurz- bis mittelfristige Entscheidungen. Dieser Politikstil bedeutete enorme Kosten, Belastungen und Risiken für nächste Generationen, die alle Versäumnisse zu tragen hätten. Der Weltbevölkerung war im Grunde bewusst, so würde nicht einmal das erwünschte Ziel gelingen, bis zum Jahr 2050 Klimaneutralität zu erreichen. Es war dringend notwendig, Entscheidungen in kurzen Abständen, regelmäßig an ihrer Effektivität und Nachhaltigkeit zu messen, ständig anzupassen oder gleich zu beenden, wenn sie überholt sind. Der lernende Staat, basierend auf wissenschaftlichen Erkenntnissen, blieb nicht Utopie, mit konsequenter und schneller Reaktion, langfristigem Denken.

Die Politik ändert und setzt nun seit Jahren schon die Prioritäten neu. Entscheidungsfindung auf der Grundlage von Datenanalysen; langwierige Kompromissentscheidungen, in Krisensituationen undenkbar und für die Gemeinschaft mit zeitraubenden Folgen verbunden, ersetzt durch schnelles Regierungshandeln. Die Politik konzentriert sich auf die maßgeblichen Probleme, neben

dem Umweltschutz und davon wieder abhängig und beeinflusst auch andere Politikfelder wie:
- ein Rentensystem, das auch die Enkel einer Generation noch finanzieren können,
- ein Schulbetrieb, der allen Kindern im Land dieselben Chancen und Möglichkeiten bietet,
- eine staatliche Verwaltung, die den Bürgern das Leben erleichtert statt erschwert,
- ein Gesundheitssystem, das sich am Bedarf statt am Profit ausrichtet,
- ein nachhaltiger Umgang mit der Natur, um die Lebensgrundlage der Menschen zu erhalten.

Der Politikstil passt sich diesen wesentlichen Herausforderungen und im Rahmen langfristiger Vorgaben und Strategien an. Entscheidungen treffen, in jeder Krise ohne langes Zögern und Hin- und Herwenden, politische Wegmarken setzen, nicht bis jede erdenkliche Kleinigkeit und Nebensächlichkeit erörtert, jeder Wunsch jedes einzelnen gehört und berücksichtigt ist, nicht erst abwarten, bis das Wohl der Gemeinschaft dabei völlig aus dem Blickwinkel entschwindet. Selbst bei den meisten Leugnern hatte sich irgendwann die Erkenntnis durchgesetzt, dass die eigenverschuldete Erwärmung der Erde das Weiterleben aller, die Umwelt, die Artenvielfalt massiv gefährdet.

Das zweite Jahrzehnt dieses Jahrhunderts hatten die Vereinten Nationen mit dem Motto „In Harmonie mit der Natur leben" dem Schutz der Vielfalt der Tier- und Pflanzenarten gewidmet. Zehn Jahre danach zeigte sich, dass immer noch mehr als eine Million Tierarten vom

Aussterben bedroht waren und auch in landwirtschaftlich geprägten Gebieten Vögel und Insekten sich enorm verminderten, vielerorts verschwunden waren. Die Umweltpolitik, dazu gezwungen, in dieser Situation Gegenmaßnahmen zu ergreifen, stellte Land- und vor allem auch Meeresgebiete unter Schutz mit der Folge, dass in Teilen Europas Tiere wie Bären, Luchse, Steinböcke und Biber, in geschützten Bereichen ohne Gefahr für die Menschen, wieder heimisch wurden, die Meere sich erholten. Ein wesentlicher Beitrag für die Verbesserung der Umwelt und zum Schutz der Tier- und Pflanzenwelt; die Politik hatte auch die folgenden Jahre diese Ziele weiter verfolgt und sie in den Gesetzen der Länder niedergelegt. Bereits zerstörte Lebensräume wurden wieder renaturiert, wie die durch intensive industrielle Bewirtschaftung von Land und Wälder belasteten Ökosysteme, und die Hochseefischerei darauf ausgerichtet, die Artenvielfalt der Meere zu schützen. In die Ackerflächen haben die umweltbewussten Landwirte gemäß behördlicher Empfehlung mehr naturfreundliche Elemente wie Hecken und Blühstreifen eingebunden, besonders umweltbelastete Flächen aus der Nutzung heraus genommen, damit sich die Neuverwilderung weiter fortsetzen konnte. Die EU-Behörden haben in den letzten Jahrzehnten umweltschädliche Investitionen abgebaut, nicht solche Maßnahmen gefördert, die Belastungen der Äcker und Böden verursachen oder das Land wegen immer mehr Ertragsgewinnung durch übermäßige Nutzung zerstören und schließlich erreicht, dass sich solche schädigenden Investitionen für den Landwirt gerade nicht mehr lohnen. Die grenzüberschreitende grüne Infrastruktur für zusammenhängende Schutzgebiete ohne Ländergrenzen ist eingeführt und verhindert, wie sie noch vor einigen Jahren bestanden, Eingriffe in die Natur mit abrupten, die Natur zerstörenden Landes-Grenzen.

Vor Jahrzehnten betrugen die ökologisch unberührten Landflächen auf der Erde nur noch 2,9 Prozent. Mit der Unterstützung umweltfreundlicher Organisationen und dem Beginn der einsichtigen Politik hat man in den letzten Jahren in noch nicht völlig verbauten oder durch Straßen geteerten Flächen (manche Straßen durchquerten und teilten ganze Naturschutzgebiete), in nahezu unbelasteten Gegenden gezielt wieder verschwundene Arten eingeführt und so den Anteil von intakten Lebensräumen auf immerhin zwanzig Prozent der Erdlandfläche erhöht. Die Umweltbehörde diskutiert derzeit tatsächlich Vorhaben, die darauf hinauslaufen, nahezu den gesamten Planeten unter Schutz zu stellen, nach den letzten Schutzmaßnahmen den größten Teil der Landfläche sogleich unter strenge Obhut und den Rest unterschiedlich gewichtet. Die Gesellschaft ist sich also der auch heute immer noch bestehenden dringenden Probleme bewusst.

Riesige Flächen mit ausgelaugten Böden befanden sich zu Beginn dieses Jahrhunderts in Afrika, Gebiete, auf denen außer Gräser nichts gedeihen konnte, häufig nach kriegerischen Auseinandersetzungen. Einst standen dort heimische Bäume, Wälder in einer Artenvielfalt, wie kaum anderswo. Erst hatte man die Wälder gerodet, um Ackerfläche zu schaffen. Das führte zu Bodenerosion, dem Verlust der Biodiversität und klimatischen Veränderungen mit noch intensiveren Dürren und die militärischen Machtkämpfe zerstörten die Gebiete endgültig. Es mussten wieder jene Waldgebiete entstehen, die es früher gab, damit auch der Klimawandel mit Dürreperioden und den folgenden Hungersnöten nicht noch weiter begünstigt wird. Pflanzungen waren notwendig und dienten der Aufforstung. Steineiben, Schneeflockensträucher, afrikanische Akazien- und Ölbaumarten wurden in weiten Teilen der afrikanischen Hochebene, vorwiegend in den Ländern Zentralafrikas wieder angesiedelt, Arten, die im Wachstum einander begünstigen, keimfähige Samen mit Jungpflanzen so gewählt und vorbereitet, dass sie die Trockenperioden überstehen, die Anpflanzungen deshalb auf die Regenzeiten beschränkt. Bäume, im Wuchs gefördert mit den im Boden vorhandenen Wurzeln, konnten sich in manchen Gegenden erholen, sobald die Nachbar-Sträucher zurückgeschnitten mehr Luft und Sonne zuließen. Alle Maßnahmen ein Erfolg, der sich in den letzten Jahren überall in den geschundenen Gebieten ständig wiederholen ließ und für die Renaturierung sorgte.

Als deutliches Zeichen des Klimawandels und seiner Auswirkungen zeigte sich der Gletscherschwund. Ewiges Eis schrumpfte beständig, überdurchschnittlich; hohe Temperaturen in den Monaten August und September haben den Gletschern zusätzlich stark zugesetzt. Sichtbar belegt war dies in den eisfrei entstandenen Felsbereichen, mit dem großflächigen Eiszerfall, ausdünnendem Eis, der Anreicherung von Schutt und durch die Schneeschmelze neu entstandenen Seen. Besserer Schutz hochalpiner Flächen, der Gletschervorfelder zum Bewahren der ursprünglichen Natur war gefordert. Neben dem Zurückdrängen der Erderwärmung, um den weiteren Schwund zu stoppen, musste der Fremdenverkehr massiv eingeschränkt werden, wurden eine Vielzahl von Skigebieten gesperrt und blieben in der Regenerations-Phase zum Teil weiter ungenutzt. Nun, behördlich angeordnet und in den Touristenorten genau zu befolgen, sind die Gebiete zum Teil wieder nutzbar, eingeschränkt durch bestimmte erlaubte Kontingente für eine vorgegebene Anzahl der Freizeitsportler und Urlaubsgenießer. Durch das Schmelzen der Gletscher und das Auftauen des Bodens waren zwar viele der verschütteten, wissenschaftlich interessanten Artefakte entdeckt worden, die Ötzi-Mumie in Südtirol, Mammut-Stoßzähne in Sibirien, für die Naturforschung eminent bedeutende Objekte und eine Bereicherung für die Naturlehre. Zugleich aber entweichen Quecksilber und andere giftige Stoffe, Viren; im Erdreich lauern längst vergessen geglaubte Erreger. Eine ungeahnte Gefahr für Leib und Leben der Menschen, der Tiere und für eine neue Pandemie nach den zwanziger Jahren, nun aus dem auftauenden Eis. Das brauchte unser Planet nicht auch noch. Belastend genug, dass mit dem Abschmelzen weniger weiße Oberfläche auf der Erde verblieb, die Sonne weniger reflektiert wurde und die Temperaturen dadurch zusätzlich gestiegen sind.

Hitzewellen, Unwetter, Stürme, Überschwemmungen resultierten nachweisbar aus den Klimaveränderungen. Urlaubsländer in Südeuropa waren, wie geschildert, vor fünfzig und mehr Jahren ohnehin schon lange Zeit von wütenden Waldbränden betroffen, Jahr für Jahr die Länder in den südlichen Regionen der sich stetig verheerender auswirkenden lange anhaltenden Trockenheit ausgesetzt. Sie mussten sich gegen starke böige Winde wehren, die zu weiteren Umweltzerstörungen führten. Aber nicht nur der Klimawandel verursachte solche Beeinträchtigungen, erstaunlicherweise auch, weil im Süden Europas traditionelle Methoden des Landbaus aufgegeben worden waren. Die jüngere Bevölkerung war in die Städte abgewandert, verhinderte damit die weiter erforderliche Kultivierung der Dörfer des Landes. Wie in den vollständig gerodeten Waldflächen Afrikas bedeutet in den Ländern Südeuropas Bearbeitung und Kultivierung des Bodens Schutz gegen zerstörerische Umwelteinflüsse. Denn Busch und Steppenflächen entwickelten sich dort, wo früher Ackerbau und Nutztierhaltung betrieben wurde, und machten dadurch die Landschaft anfällig für Feuer. Mit der nun wieder betriebenen, nachhaltigen Bodenbewirtschaftung, der Bestellung der Felder und Äcker, geschützt mit Hecken zwischen den jeweiligen Fluren, betreibt man Umweltschonung und fördert die Erstarkung der Natur. Und das Ausbleiben von Regen, ebenfalls eine Folge des Klimawandels, führte dazu, dass schon der kleine Funke ausreichte, um einen Waldbrand zu entfachen. Und ob all das nicht gereicht hätte, der plötzliche, übermäßige bis dahin unbekannte Starkregen mit ungeahnten Wassermengen ließ den verbliebenen Humusboden abtragen und in Muren zur weiteren Gefährdung der Anwohner lawinenartig abgehen. Eine Katastrophe jagte die andere, schwerwiegende Herausforderungen, mit den sich die Umweltbehörden in den letzten Jahrzehnten beschäftigten und Lösungen finden mussten.

Mit einem weiteren Umweltproblem sah sich die Menschheit vor einem halben Jahrhundert konfrontiert. Mit tauendem Permafrost, einer bis dahin dauerhaft gefrorenen, nun aufweichenden Bodenfläche, drohte eine Klimakatastrophe unbekannten Ausmaßes. Häuser, die in Russland gerade aus Gründen sicherer Bauweise gegen Temperaturschwankungen auf Pfählen standen, stürzten ein. Denn mit der Erderwärmung senkte sich der Boden ab, die Auftauschicht verwandelte sich in Schlamm, minderte die Standfestigkeit zusätzlich und vergrößerte die Einsturzgefahr. Nahezu ein Drittel der Bodenfläche in Russland, dem flächenmäßig größten Land der Erde, vom Nordpolarmeer bis teilweise zum Ural und im Süden bis in die Mongolei, aber auch auf Landflächen in Alaska und Kanada, zusammen ein Viertel der Nordhalbkugel, waren von auftauendem Permafrost betroffen. Permafrost besteht hauptsächlich aus organischen Resten wie Pflanzen, nach jahrelanger Entwicklung von der Natur organisch in den Boden eingearbeitet. Beim Auftauen werden die Bestandteile in die Gase Kohlendioxid und das noch giftigere Methan umgewandelt. Der Vorgang setzte große Mengen solcher Treibhausgase in die Atmosphäre frei und verstärkte mit steigenden Temperaturen den Treibhauseffekt weiter. Ein Teufelskreis. Außer Gebäuden, sogar Straßen und Wege waren nun instabil und zerstört worden. Aus beschädigten Tanks in Russland waren tausende Liter gespeicherten Diesel-Kraftstoffs ausgelaufen, weil die sichernden Stützen im auftauenden Boden versunken waren. Häuser mussten sofort zusätzlich stabilisiert werden. Mit aufwendiger und kostenintensiver künstlicher Kühlung der Fundamente und Böden durch sogenannte Thermostabilisatoren und mithilfe neuer erforschter Materialien, neben den bestehenden als zusätzlich angebrachte Fundamente eingesetzt, bekämpfte man schließlich erfolgreich ein Fortschreiten der Katastrophe. Der Hausbau wurde zugleich auf kleine Häuser beschränkt und der Bau von Hochhäusern auf Permafrostböden verboten. Mit dem allgemeinen Erfolg des Klimawandels hin zur Verbesserung des Umweltschutzes hat sich dann auch der Permafrost wieder zurückgebildet zur nahezu ursprünglich bestehenden Konsistenz und Beschaffenheit.

Aus der Corona-Krise Anfang der zwanziger Jahre dieses Jahrhunderts hatte man gelernt, wie der CO2-Ausstoß zusätzlich verringert werden könnte. Alleine im Jahr 2020 war die Belastung um zwanzig Prozent zurückgegangen, weil der Reiseverkehr, der Autoverkehr mit den klimaschädlichen Emissionen erheblich eingeschränkt war, die öffentlichen Verkehrsstrecken wegen der notwendigen Ausgangssperren (Lockdown) in der Corona-Zeit zum Schutz der Bevölkerung nur vermindert nutzbar waren. Ein Drittel des Personenverkehrs nahm bis dahin der Pendelverkehr mit Autos in Anspruch, mit tonnenweiser Belastung der Luft. Neue Arbeitsweisen wie Homeoffice und Teleworking eröffneten ein hohes Einsparpotenzial – mit der Folge geringerer Verkehrsnutzung – und wurden vermehrt auch zur Umweltschonung weiter eingesetzt und gefordert. Die Menschen verzichten seither auf Flugreisen und geben auch bei Kurzstrecken und den grundsätzlich eingeschränkten Inlandsflügen der Bahn statt dem Flugzeug den Vorzug. Neue Regelungen bestehen für eine nachhaltige, gerechte, sichere und klimafreundliche Mobilität, für alle Menschen, gleich wo sie wohnen, arbeiten oder ihre Freizeit bzw. den Urlaub verbringen. Zusätzlich hat man den Ausbau des gemeinsamen, raschen und leistbaren Bahnnetzes vorangetrieben und starke Allianzen mit internationalen Bahnbetrieben auf allen Kontinenten gegründet, auch um als Bewohner dann klimafreundlich den jeweils eigenen Kontinent zu erkunden. Als Beispiel dient der Ausbau des Zugnetzes in Europa mit der Deutschen Bahn, der französischen SNCF, den schweizerischen Bundesbahnen, der rumänischen CFR, dem österreichischen ÖBB und allen weiteren europäischen Bahnunternehmen zu einem gemeinsamen europäischen Bahnkonzern, sodass man quer durch Europa mit einer einzigen Linie ohne Umsteigen, ohne langen Aufenthalt von einem Ende zum anderen gelangen kann.

Ein weiteres Beispiel hierzu: Der berühmtberüchtigte Flughafen BER in Berlin hatte im Jahr 2021 die Fluggäste angesichts der umständlichen Kontrollen gebeten, sich bereits 4 Stunden vor Abflug im Flughafen einzufinden. Eine Wartezeit, die der „Sprinter" der Bahn nur für die gesamte Strecke München/Berlin von Stadtmitte zu Stadtmitte benötigt.

Zum Thema klimaneutraler Verkehr, zur Beschränkung von Abgasen gilt auch, dass die private Nutzung von Autos bereits früher mit der Bildung von Fahrgemeinschaften, Carsharing, vermindert war. Die zusätzliche Benutzung öffentlicher Verkehrsmittel, nicht zuletzt auch die Förderung und der Ausbau von Radwegen, als Ansporn, häufiger Fahrräder zu benutzen, schränkt Emissionen ein und verhindert die Entstehung von Feinstaub. Elektrofahrzeuge benötigen allerdings im Vergleich zu den früheren Benziner-Autos einen um siebzig Prozent erhöhten Bedarf an Strom, der emissionsfrei über erneuerbare Energiequellen erzeugt wird.

Erde, Bakterien, Pilze, Algen spielen für die Infrastruktur der Natur, für naturbelassene Zustände, eine wichtige Rolle. Stadtplaner verwandeln deshalb Teile von Betonwüsten zurück in natürliche Korridore, indem sie einheimische Pflanzen aussäen, Teile begrünter und parkähnlicher Stadtteile bewusst verwildern lassen, begradigte Flüsse wieder renaturieren („Rewilding"). Aktuelles indigenes Denken stellt den Menschen wieder in den Mittelpunkt.

Die Reduzierung des Bodenverbrauchs ist heute ein entscheidendes Thema. Der noch vor Jahrzehnten bestehende enorme Siedlungsdruck hat dank neuartiger Stadtplanung zur vorzugsweisen Nutzung bestehender Bauobjekte stark abgenommen. Das exzessive Umwidmen von Grünland in Bauland konnte eingedämmt werden. Die Nutzung der bebauten Flächen dient gemäß den Vorgaben der Nachhaltigkeitsstrategien den Erneuerbaren Energien, dem Solarbereich. Die Verbauung beschränkt sich zunächst auf innerörtliche Flächen, bevor überhaupt auf der grünen Wiese Wohnungen oder neue Gewerbeansiedlungen genehmigt werden, immer nach Maßgabe der bestehenden Leitplanungen, in denen auch über etwaige Gemeindegrenzen hinweg Betriebsgebiete, Bauland äußerst einschränkend festgelegt sind, mehr Grün- oder Ackerflächen gefördert werden. Bodenschutzkonzepte beeinflussen Bauabsichten, entscheiden über Baugenehmigungen und regeln unter anderem die Errichtung von Parkflächen bei Supermärkten oder für Fotovoltaik-Anlagen auf Grünflächen, immer mit dem Ziel, den Charakter des jeweiligen Bereiches, der Heimat zu bewahren, die Zersiedelung der Ortschaften zu vermeiden und zugleich die Verkehrsprobleme, die Streckenführungen von Straßen zu regeln. Baulandreserven sind geschaffen, bevor aber neue Baugrundstücke gewidmet werden können, müssen die bestehenden Altwidmungen aufgebraucht werden. All diese Umstände führten dazu, dass auch der Eigenheimbau von selbst allmählich zum

Erliegen kam, wie es grüne Politiker bereits vor einem halben Jahrhundert gefordert hatten, damals noch als Idiotie bezeichnet, weil der Mensch sein Eigenheim über alles liebt. Einfordern kann man zwar ein würdiges Wohnen, ein Recht auf ein Einfamilienhaus besteht jedoch nicht und gab es auch früher nicht.

Also auch das begehrte Einfamilienhaus, soweit es nicht bereits existierte, erschien nicht mehr zukunftsfähig. Denn der frühere unverantwortliche und leichtfertige Bodenverbrauch gefährdete als eine Mitursache das Klima zusätzlich, verstärkte die Biodiversitätskrise, und bedrohte zusammen mitursächlich die Umwelt, zumal meist landwirtschaftlich wertvolle Böden verbaut worden waren. Die Innenstadtflucht, die folgenden Geschäftsschließungen und die damit verbundene Abwanderung von Arbeitsplätzen machten die Stadt- und Dorfmitte kahl und unfreundlich. Die Innenstädte konnten mit den Leitplanungen, den abgestimmten Baugenehmigungen wieder an Attraktivität gewinnen und der zulasten der Landschaft betriebene Bodenverbrauch eingeschränkt werden.

Welche Umstände, welcher Bedarf prägen nun das Bauen? Auch Häuser und Gebäude, so träge sie sind, ändern sich. Ihre Wirkung ist nicht sofort spürbar und oft dauert es Jahre bis Fehlkonstruktionen Wirkung zeigen und dann als Bauschäden oder gesellschaftliche Verwerfungen zum Vorschein kommen. Zur Vermeidung solcher oder ähnlicher Versäumnisse und Fehler haben sich seit einigen Jahren die so bezeichneten Ziviltechniker zusammengeschlossen, in interdisziplinären Gemeinschaften aus Architekten, Ingenieuren, Juristen, Baufirmen. Sie übernehmen die Interessen von Bauherren, Nutzern und der Öffentlichkeit, die auch an der Verwendung von der Gesundheit dienenden Baustoffen und Materialien interessiert sind und die grundsätzlich profitorientierten Bauunternehmen in den Gesellschaftsauftrag mit einbeziehen. Das rein wirtschaftliche Denken ist aufgeweicht und auf lange Sicht dem Gemeinwohl untergeordnet.

Seit vielen Jahren gilt, dass Neubauten mit einer Fotovoltaik-Anlage, die das Haus mit Strom versorgt, bestückt sein müssen. Seither werden Dächer auf vorhandenen Gebäuden, wenn sie der Erneuerung bedürfen oder im Zuge von Dacharbeiten, mit einer Solaranlage nachgerüstet. Ausgediente Module nehmen die Hersteller wieder zum Recyceln zurück, denn deren Bestandteile enthalten wertvolle Materialien zur Wiederverwertung. Die Zellen bestehen aus Silizium und weiteren seltenen Metallen, die in Schichten in den Kunststoff eingebettet sind, auch Blei und Cadmium. Eine Glasschicht schützt die Anlage vor Wettereinflüssen und Aluminium und hält das Modul zusammen. Kabel leiten den Strom ab. All dies sind wieder verwendbare Materialien. Aluminium, Glas und Kupfer werden zurückgewonnen, eingeschmolzen und nach einem Veredelungsprozess der Neu-Herstellung zugeführt. Denn auch das Glas (regelmäßig Flachglas) lässt sich recyceln, zu neuen Solarmodulen oder zu Fensterglas. Selbst die geringen Anteile an den teuren Elementen Tellur, Gallium, Silber und Gold sowie Indium und Selen werden für die Wiederverwertung genutzt. Damit erspart man sich für die Herstellung den aufwendigen und teuren Neuerwerb.

Der verantwortlichen Politik nahezu überall auf der Welt war bis vor einem halben Jahrhundert vermutlich nicht wirklich bewusst, dass mit dem überbordenden Flä-

chenverbrauch und den damit verbundenen Folgen auch
die Naturschönheiten auf dem Planeten langfristig verschwinden und damit die Zukunft der Erde beeinträchtigen können. Selbst heimische, unbedeutend erscheinende Landstriche, für die Menschen umso wichtigere
nachbarschaftliche Natur, waren gefährdet. Ausufernde
Siedlungsränder, Siedlungssplitter und eine übermäßige
Bebauungsdichte musste also auch für die Bewahrung
von Landschaften verhindert werden. Neue Ideen der Innenentwicklung für Wohnen, Arbeiten, Einkaufen und
viele weitere Raumnutzungen sollten nahe an den Ortskern innerhalb der bestehenden Siedlung untergebracht
werden. Die Baulandreserven der meisten Gemeinden in
Europa waren von den Kommunen geschätzt bis zum Jahr
2100 vorrätig. Viele dieser Baugelände mussten rückgewidmet werden und leerstehende Immobilien sind revitalisiert, technisch auf dem neuesten Stand ausgerüstet,
renoviert, werden wieder genutzt, vereinen ökologische
und ökonomische Aspekte, angeordnet und vollendet
durch Leerstands- und Infrastrukturabgaben.

Ein lebensbedrohendes Problem bestand jahrzehntelang
in der Wassernot, bedingt durch den Klimawandel. Sauberes Trinkwasser war vor allem in den afrikanischen
Ländern nur noch einer Minderheit der Bevölkerung
zugänglich, umso vieles größer die Wertschätzung für
dieses lebensnotwendige Element; im Vergleich zu den
nördlichen Ländern, wo bei angemessener Nutzung ausreichend klares Wasser zunächst noch zur Verfügung
stand. Die Wasserknappheit wirkte sich aber bald auch
im nördlichen Teil der Erde auf den Bedarf bei der Herstellung von Basisgütern wie Grundnahrungsmittel aus.

Mit dem erfolgreichen Kampf gegen die Klimakrise und einem unzähligen Aufgebot von Entsalzungsanlagen, insbesondere für das reinste Meerwasser auf der Erde an den beiden Polen, wird zwischenzeitlich genügend trinkbares Wasser für alle Menschen und Brauchwasser für die Industrie angeboten.

In Zentralasien waren in den letzten Jahrzehnten gewaltsame Konflikte und Auseinandersetzungen um Wasser bis hin zu drohender Kriegsbereitschaft entstanden, bedingt durch den in dieser Region von autokratischen Staaten sträflich vernachlässigten Umweltschutz, zu allem Überfluss zudem in der Ausbeutung natürlicher Ressourcen. Besonders betroffen das Dreiländer-Eck Usbekistan, Kirgistan und Tadschikistan. Die ohnehin schon bestehende Wasserproblematik hatte sich durch den Klimawandel zu einer bedrohlichen Wassernot noch verschärft. Der Boden dort galt als besonders fruchtbar für den Anbau bewässerungsintensiver Pflanzen wie Baumwolle, Tabak und Reis. Die Länder stauten und speicherten in riesigen Becken aber Wasser für ihre Kraftwerke zur Energiegewinnung, Wasser, das zur Vegetationszeit für die Bewässerung der übrigen landwirtschaftlichen Flächen fehlte. Außerdem waren Megaprojekte wie solche Stauseen ohne Rücksicht auf Nachhaltigkeit geplant und erbaut worden und führten zum Versanden mit schweren Folgen wie die Austrocknung des Aralsees zu mehr als 80 Prozent, weil das Wasser der beiden größten Zuflüsse in der Wüste für solche Projekte abgezweigt worden war. Große Flächen vertrockneten und verwandelten sich schlicht in Wüsten. Geschützte Aufbaumaßnahmen der vergangenen Jahre (gegen den Willen der früheren Autokraten) verhinderten eine völlige Verwüstung und allmählich beginnt das

Land wieder, weit entfernt vom ursprünglichen Zustand, zu grünen und das Wasserreservoir zu füllen.

In den südlichen Zonen sind indigene Brücken beliebt und erfreuen sich in zunehmendem Maße. Über Flüsse und Schluchten werden Wurzeln des dafür besonders geeigneten Gummibaumes gelenkt, mit ausgehöhlten Baumstämmen stabilisiert, bis die Wurzeln auch auf der anderen Seite fest im Boden verwachsen und es entsteht eine natürliche Brücke, die sogar Stürmen, Überschwemmungen und Erdbeben standhält. Farmer aus den Tropen legen häufig zur Erhaltung der Natur und für die Versorgung der Umwelt mit Fisch Wasserbassins an, in denen Reispflanzen durch die nährstoffreichen Ausscheidungen Fische gesünder und stärker wachsen und gedeihen lassen. Die Pflanzen bieten wiederum den Fischen Schutz und Schatten.

Der Ideenwettbewerb kennt also keine Grenzen und die Weltgemeinschaft dankt es den jeweiligen Erfindern mit finanzieller Unterstützung.

Die Landwirtschaft mit den Wiederkäuern wie Kühe und Schafe, war einer der großen Verursacher des Treibhausgases Methan. „Sind denn Kühe gefährlicher als sie aussehen?" Für die Tierhaltung waren Nutzpflanzen und Wälder abgeholzt worden. Um den Hunger nach Fleisch zu stillen, zerstörten die Menschen also Wälder, zugleich die Atmosphäre und ihre eigene Lebensgrundlage.

Menschen, die als die angeblich intelligentesten Lebewesen auf der Erde gelten, vernichten sich selbst?

Zahlreiche Forscher hatten davor gewarnt, dass unser Ökosystem zum Jahrhundertwechsel in das 22. Jahrhundert mit dieser Lebensweise, diesem Raubbau unwiderruflich kollabieren, durch die fortschreitende Erderwärmung zu beschleunigtem Artensterben und des drohenden Zusammenbruchs ganzer Ökosystem führen könnte, die Wissenschaft demzufolge auch Länder wie China, Russland, Saudi-Arabien für die fehlenden konkreten Klimaziele kritisierte. China erklärte hierzu, es habe längst eine ehrgeizige Strategie festgelegt, bis im Jahr 2060 klimaneutral zu sein (mit solchen Klimazielen existiert aber die Erde bis dahin gar nicht mehr) und setze alles daran, dass dieser Plan realisiert würde. Nur, konkrete Schritte oder Maßnahmen wurden weder genannt noch waren sie überhaupt in den Gesprächen der Chinesen enthalten. Außerdem, so die Entschuldigung Chinas, würden doch die USA die Industrie in schädigendem Maße fördern, aber genau diese Schadensfolgen hatte ausschließlich China zu verantworten.

Bis zum Jahr 2060 wollten also China, auch Russland oder Saudi-Arabien klimaneutral sein, Indien dann bis zum Jahr 2070. Sie alle verdrängten die drohende Situation und allen war offensichtlich nicht bewusst, dass bis dahin ohne sofortige Änderung zur Klimaneutralität noch in den zwanziger Jahren die Temperaturen um mindestens drei Grad steigen würden und die Erde unbewohnbar sein wird. Und Polen schmückte sich damals mit der Klimapolitik der Europäischen Union, die sie andererseits massiv bekämpfte und im Begriff war zu zerstören, behauptete, das Land Polen fördere erneuerbare Energien, obwohl es zu der Zeit den Ausbau der Erneuerbaren ständig ausgebremst hatte, angeblich nach Klimaneutralität streben würde, in Wirklichkeit nur hohle Worte gebraucht, konkrete Projekte zum Klimaschutz gar nicht verfolgt hatte.

Gefordert waren also damals schon, da die Regierungsverantwortlichen gleich welchen Landes regelmäßig scheiterten, jeder Einzelne, der viel mehr bewirken kann als man gemeinhin annimmt und aufgeweckt durch die wissenschaftlichen Forschungsergebnisse, den Druck der Jugend, hatte die Weltbevölkerung doch allmählich begriffen, dass alle gemeinsam die Verantwortung tragen, den kommenden Generationen einen intakten Planeten zu hinterlassen.

Bei diesem Kampf gegen den Klimawandel hatte die Weltbevölkerung zu Beginn des Jahrhunderts lange Zeit auch viele Rückschläge erleben müssen. Einflussreiche Politikerkreise der Republikaner in Amerika interessierte das Umwelt-Thema nicht und China war auf dem rauschhaften Weg, die Weltherrschaft zu übernehmen erst nicht bereit, sich entgegen anderslautender Lippenbekenntnisse zum Klimaschutz von Einschränkungen und ihrer umweltschädigenden Wirtschaftspolitik abhalten zu lassen. Erst die Regierungen in den USA und die EU, der Druck der Öffentlichkeit hatten auch China die Umweltgefährdung, die falsche Einstellung bewusst gemacht und zur Einsicht gebracht. Erst die späteren Weltklimagipfel nahmen sich ernsthaft der globalen Umweltprobleme an, ergriffen für alle Länder geltende Vorsorgemaßnahmen, bewirkten eine wirksame Unterstützung der Entwicklungsländer durch die Industrienationen und führten dort zu einem Ausgleich in Wohlstand und Wirtschaftskraft.

Die Politik machte in der Folge auch die Umweltsünder für die Verschmutzung der Meere mit Plastik und jeglichem nicht verwertbaren Abfall verantwortlich und haftbar, sicherte die Kältezonen der Pole, verhinderte die meisten Waldbrände. Mit den getroffenen Maßnahmen blieben Dürren und Überschwemmungen dann allmählich aus. Die Erde durfte sich erholen. Die Amerikaner mussten ihre Lebensart, ihren „Way of Life" ändern, sich von Kohle, texanischem Erdöl und den überdimensionierten Automobilen verabschieden. Das reichste Prozent der Weltbevölkerung lebte vor fünfzig Jahren wie ökologische Vandalen, hatte den Wert der angestrebten 1,5-Grad-Grenze um das dreißigfache überstiegen und war alleine für sechzehn Prozent der globalen Gesamtemissionen verantwortlich. Nicht mehr die traditionellen Industriestaaten; nahezu ein Viertel der Umweltzerstörer stellten Chinesen. Luxusgüter waren verantwortlich für einen beträchtlichen Teil der Umweltsünden: Megayachten, Privatjets, private Raumfahrt, Aktienbesitz in der fossilen Brennstoffindustrie (Öl und Gas), ökologische Sünden der Politiker mit Privatflügen oder unnötiger Nutzung von Privatjets. Ein einziger privater Raumflug, in geringer Zeit und mit allenfalls vier Personen verursachte mehr Umweltbelastung als ein einziger Mensch aus einem Entwicklungsland nicht einmal in seinem gesamten Leben schaffte. Und das Land Brasilien hatte Umweltschutz zwar versprochen, aber nicht eingehalten, vielmehr heimlich den Abholzplan erweitert, und erst nachdem der regierende Populist in den zwanziger Jahren abgewählt worden war, beendete die Nachfolgeregierung die illegalen Abholzungen des Regenwaldes am Amazonas.

Sand vom Meeresboden abzusaugen ist zwar seit alters her verboten, Nordkorea machte Anfang der zwanziger Jahre dennoch ein Geschäft daraus. Vor allem in der Industrie kam Sand zum Einsatz. Jedes Fenster, Zahnpasta und Farben, Handy-Bildschirme und Siliziumchips enthalten dieses Material; in der Bauwirtschaft wird Sand benötigt. Auch in Indien, Marokko, am Poyang-See in China oder am Mekong in Südostasien wurde einst Sand in mafiösen Strukturen illegal gewonnen. In Phnom Penh, der Hauptstadt Kambodschas, hatte die kriminelle Regierung mit Sand aus dem Mekong einige Seen zugeschüttet, um Bauland zu gewinnen und den Landwirten, die an den Gewässern anbauen wollten, damit die Lebensgrundlage entzogen. Jedenfalls wirkten sich all diese Maßnahmen erheblich auf die Umwelt der betroffenen Flüsse und Meeresbereiche aus, die damit aus dem Gleichgewicht kamen, die Stabilität verloren hatten; Häuser und Geschäftsgebäude an den Flüssen stürzten ein. Mit umfangreichen und teuren Maßnahmen konnten die Bereiche und Stellen renaturiert und berichtigt werden. Das Verbot der illegalen Sand-Gewinnung wird seither vehement verfolgt und mit erheblichen Strafmaßnahmen geahndet.

Meerwasser vereinnahmt CO_2, löst es an der Oberfläche des Wassers auf und es sickert zum Meeresgrund, trägt damit zum Klimaschutz bei. Infolge der Belastung auch der Meere mit Treibhausgasen hatte diese Art der Verarbeitung von CO_2 zu einer viel zu hohen Produktion geführt, schädlich für die Gesunderhaltung auf Dauer. Das Meerwasser nahm damit mehr an CO_2 auf als es im Normalzustand verarbeitet und abgibt, gefährdet mit dieser aufgenötigt überhöhten Schutzmaßnahme jedoch die Konsistenz und den natürlichen Bestand, die Zusammensetzung der Moleküle. Die im Meer befindlichen Korallenriffe, die am Meeresboden angesiedelt sind, waren von dieser ungleich verarbeitenden Methode vom Absterben am meisten bedroht; die Meeresbewohner neben dem Plastikproblem zusätzlich gefährdet.

Durch den Rückgang der Treibhausgase und die erfolgreiche Wende auch zugunsten der natürlichen Beschaffenheit der Meere und des Meerwassers konnte die zerstörerische Wirkung gebremst werden. Die befürchtete Entwicklung, bis zum Ende des Jahrhunderts könnte die übliche seit Jahrmillionen bestehende Verarbeitung von CO2 durch die Meere kippen, als drohende Folge nachlassen und irgendwann endgültig enden, das Wasser für Fische und Flora tödlich wirken, ist gebannt. Der natürliche Zustand und die gesunde Konsistenz des Meerwassers sind wieder gesichert.

Und Klimaschutz als Motor für Beschäftigung im Inland bewiesen Anfang der zwanziger Jahre die USA mit staatlichen Investitionen und Unterstützung für notwendige Infrastrukturmaßnahmen in erneuerungsbedürftige Straßen, marode Brücken, Schutzwälle gegen die jährlichen für viele Bewohner tödlich wirkenden Überschwemmungen, zwar erst verhindert durch umweltpolitisch blinde Volksvertreter, insbesondere der konservativen Parteigänger. Irgendwann aber wurden die aus dem Mittelalter stammenden Ansichten von der Mehrheit im Senat und Kongress überstimmt.

Die entscheidende Frage nach dem weltweiten Atomausstieg, wohin mit dem gesamten lagernden Atommüll. Anstatt private, milliardenschwere, übertrieben energieintensive Weltraumflüge von eitlen Milliardären, sollte man den Atommüll einfach ins weite All schießen, dort wo er niemanden stört. Ein interessanter Vorschlag zur Atomenergie, bisher aus mangelnden technischen Gründen und Lösungsmöglichkeiten noch nicht erfolgreich umgesetzt. Bleibt es nur bei der Idee oder erfährt die Weltöffentlichkeit irgendwann die Umsetzung und Rettung?

Es gelang, Wirtschaft und Klimaschutz als gemeinsames Ziel miteinander zu verbinden. Diese späteren Generationen ab den dreißiger Jahren dieses Jahrhunderts sind ihrer Verantwortung gerecht geworden, die dringend benötigten Regenwälder, Opfer der Erderwärmung und der Profitgier mächtiger Unternehmen durch Abholzung, neu anzupflanzen, zu schützen und sich den ökologischen Herausforderungen zu stellen, und im Rahmen eines neuen innovativen Forstkonzeptes, wirkungsbasierten Umweltschutz mit finanziellem Ertrag zu kombinieren. Die Wälder in der nördlichen Hemisphäre werden nun vorwiegend als Mischwälder gepflegt und gehegt, sind ein wertvolles Instrument der Natur mit vielfältiger ökologischer Wirkung und als riesige CO_2-Speicher wirksame Klimaschützer, die der Atmosphäre CO_2 entziehen, die Böden regenerieren, Wasser speichern und Lebensraum für die Tierwelt schaffen. Nur ausgewählte Bäume werden dem Wald entnommen und das zertifizierte Holz gewinnbringend verkauft, entstandene Lücken unverzüglich neu bepflanzt, so dass die Wälder und ihre Schutzfunktionen dauerhaft erhalten bleiben, Holz als nachwachsender Rohstoff gesichert ist.

Die Menschen legen großen Wert auf gesunde Baustoffe, Nachhaltigkeit und Energieeffizienz, besonders bewährt mit den Holzfertighäusern. Die zuständige Branche produziert Niedrig-Energie- und Passivhäuser und sogenannte Plus-Energiehäuser, die mehr Energie erzeugen als sie zum Betrieb verbrauchen. Beliebt sind Klimaschutzwände die durch ihren diffusionsoffenen Wandaufbau mit hinterlüfteter Fassade für ein behagliches Raumklima sorgen, sogenannte Premiumwände mit ausschließlich baubiologisch hochwertigen Materialien, Dächer aus natürlich hergestellten Tonziegeln und Echtholz-Parkettböden in den Wohnräumen. Beim Bau werden für atmungsaktive Holzhäuser natürliche, nachwachsende Baustoffe verwendet, frei von jeglichen synthetischen Zusatzstoffen, keine synthetischen Kleber oder Anstriche, keine Spanplatten, Baumaßnahmen nur noch nach strengen baubiologischen Kriterien. Zur richtigen Wahl der Baustoffe und Bauweise gehören regelmäßig auch ethische Richtlinien, wie der faire Umgang mit dem Handwerk und die Verwendung regionaler Produkte.

In der Bauwirtschaft wird mit der Aufstockung bestehender Bauwerke mit dem Baustoff Holz ein gleichermaßen ökonomischer wie ökologischer Kerngedanke verfolgt und umgesetzt. Die Gebäudeerhöhung ist wieder begehrt, um neue Wohn- und Nutzflächen zu schaffen. Neben den Grundstückskosten werden dabei auch Erschließungskosten erspart. Damit entsteht neuer Lebensraum mitten in der Stadt und den Gemeinden, dem mit Holz verbundenen Wohnklima, der Behaglichkeit und Energieeffizienz. So wird weitere Verdichtung vermieden mit gleichzeitiger Erhöhung der Wohn- und Lebensqualität und die Bauphasen mit Fertigbauteilen sind rasch und abschließend ausgeführt. Das Naturprodukt Holz eignet sich besonders gut für die Ausbauten im Dachgeschoss. Geringes Konstruktionsgewicht überzeugt, denn eine zusätzliche Etage belastet den bereits vorhandenen Bestand und die Tragstruktur kaum oder nur sehr gering. Ein gelungenes Beispiel erfolgreicher Baukunst.

Weil auch für die Holzwirtschaft wie für alle anderen Baumaterialien als verantwortungsvoller Umgang mit der Umwelt und den Ressourcen gilt, werden aus dem umweltfreundlichen und nachhaltigen Holzwerkstoff auch neue Holz-Produkte entwickelt. Dazu wird kein einziger Baum gefällt, sondern die in der regionalen Hobel- und Sägeindustrie anfallenden Holzspäne ökologisch, nach neuen Kriterien umweltfreundlich verwertet und Altholz ebenso einer naturnahen Wiederverwertung zugeführt, nicht wie viele Jahre zuvor für künstliche Press-Spanplatten. Der besondere Vorteil liegt darin, dass solche Holz-Produkte nach der Benutzung durch den Kunden vom Ersteller oder Lieferanten zurückgenommen und auch tatsächlich für die Produktion neuer Artikel mit gleichbleibender Qualität wieder verwertet werden. Alle derart gebrauchten Gegenstände führen die betreffenden Bau-Unternehmen wieder in den stofflichen Kreislauf zurück, gemäß amtlicher Unbedenklichkeitsbestätigung nach der human- und öko-toxikologischen Untersuchung aller Inhaltsstoffe. Diese Materialien lassen sich für alle Bautechnologien einsetzen und eigenen sich in besonderer Weise für die Bauphysik und Materialgesundheit, nutzbar für jede Art der Fertigung spezieller Architekturelemente und Konstruktionskomponenten.

Fossile Brennstoffe werden seit Jahrzehnten nicht mehr subventioniert. Der Kohleausstieg, insbesondere in den früheren Entwicklungsländern, finanziell unterstützt, ist schon vor Jahren erfolgreich herbeigeführt. Denn in den zwanziger Jahren dieses Jahrhunderts war im Durchschnitt jede Tonne CO_2 noch mit 150 US-Dollar bezuschusst, Klimaverschmutzung also sogar belohnt worden. Die Subventionen für fossile Energieträger, Kohle, Öl und Gas, betrugen im Jahre 2021 insgesamt 5,9 Billionen US-Dollar oder 6,8 Prozent der jährlichen weltweiten Wirtschaftsleistung von Unternehmen und

Konsumenten. Diese Kosten, dieser Preis, für die Schädigung des Klimas bezahlt, drohte von Jahr zu Jahr noch zu steigen. Solche gigantischen Subventionssummen konnte der Staat sparen und in den Kohleausstieg oder allgemein in den Kampf gegen den Klimawandel investieren. Der Handel mit CO2-Zertifikaten beziehungsweise der CO2-Preis hatte sich erübrigt, ebenso Diskussionen über Steuererhöhungen und Schuldenbremse zum CO2-Verfahren in Deutschland. Es waren damals genügend Finanzmittel vorhanden für den Umstieg von fossilen zu nachhaltigen Energieträgern, kombiniert mit einem vorübergehenden Ausgleich der damit finanziell stärker belasteten Bürger über günstige Steuerregelungen.

Die „Schiene als Weg aus der Klimakrise", so die Prämisse der Bahn vor fünfzig Jahren, um die Klimaschutzziele zu erreichen. Der Güterverkehr ist zum größten Teil von der Straße auf die Schiene verlagert. Der Transport auf der Schiene schützt die Umwelt, verursacht kein CO2 und wenig Luftverschmutzung und ist im Vergleich zur Straße, auch wenn die Lkws mit Wasserstoff betrieben werden, umweltfreundlicher, platzsparender – ein Lkw benötigt dreimal so viel Platz wie der Transport mit dem Zug – und der Bahn-Güterverkehr wirkt durch intelligente, logistisch ausgefeilte Planung ressourcenschonender und damit effizienter. Auch unternehmerische Argumente unterstützen neben der Vermeidung von CO2-Emissionen die Potenziale des Schienenverkehrs. Denn die Verkehrsverlagerung ist wirtschaftlich günstiger, stabiler planbar, verlässlich, in aller Regel pünktlich und sicher und die Kunden beziehen heutzutage den Umweltfaktor in ihre Kaufentscheidung mit ein, die nachhaltige Senkung der Emissionen wirkt sich positiv sogar auf das Image einzelner Produkte aus.

Die Kommission der EU musste damals angesichts der von der regionalen Verwaltung in Tirol/Österreich verordneten Fahrverbote wegen drohender Umweltbelastungen im LKW-Transport zwischen Deutschland und Italien über die Brenner-Autobahn handeln, vermitteln – betroffen davon waren immerhin wichtige Transportwege und Lieferungen neben den angrenzenden Ländern außerdem als Lieferländer Belgien, Dänemark, Frankreich, die Niederlande, Norwegen und Schweden, also das Kerngebiet der damaligen Europäischen Union. Die Länder forderten von der Europäischen Union als Hüterin der EU-Verträge sogar, ein Vertragsverletzungsverfahren gegen Österreich wegen Verstoßes gegen das Prinzip des freien Warenverkehrs einzuleiten. Andererseits unterstützten Verbände die Regionalverwaltung in Tirol für die Fahrverbote gerade aus den Gründen des Umweltschutzes und der Lärmbelästigung. Dieses Beispiel ist deshalb erwähnenswert, weil es in der EU damals zu der Einsicht geführt hatte, nun wirksame Maßnahmen für die Verlagerung des Gütertransportes von der Straße auf die Schiene zu ergreifen, die Vernetzung von Straße und Schiene zu verbessern, zu optimieren. Mit der Digitalisierung der Rangierbahnhöfe, dadurch bedingten Zeiteinsparnissen, mit einem grünen Umweltnetzwerk fährt die Bahn damit klimafreundlich auch im Güterverkehr voraus. Organisatorisch stehen für den bevorzugten Transport auf der Schiene ohnehin verschiedene Wagentypen zur Verfügung, gleich ob für Papier, Zellstoff, Holz, von flach bis gedeckt, für verschiedene Transportanforderungen, Spezialwägen mit erhöhter Ladekapazität oder solche, die eigens nach Kundenwunsch konstruiert und gebaut sind. Durch die weltweite Vernetzung und logistische Zusatzleistungen werden zudem paarige, also voll ausgelastete Hin- und Rücktransporte realisiert und der Wiederlade-Effekt optimal mit schnellen Wagenumlaufzeiten, ebenfalls schonend für das Klima und die Umweltbelastung, ausgenutzt.

Die Wertschöpfungsketten in der Energiewirtschaft sind nun nahezu ausschließlich von der Digitalisierung geprägt. Energie in Form von Strom wird heutzutage nicht mehr von oben nach unten verteilt. Das bedeutet, der Strom kommt wie immer schon nicht einfach aus der Steckdose. Die Stromlandschaft ist stark dezentralisiert, stammt aus erneuerbaren Quellen, Fotovoltaik-Anlagen und teilweise Windkraft, mit Schwankungen, wird intelligent verteilt oder zwischengespeichert. Den Energiebedarf aller Verbraucher zu jeder Zeit zu gewährleisten erfordert eine komplexe Datenlage zur Frage, wer verbraucht gerade wieviel und wer speist wo gerade wieviel ein? Applikationen im Ökosystem übernehmen dafür die Versorgung und Stadtwerke können den Kunden in digitalisierter Form detaillierte Verbrauchsinformationen zur Verfügung stellen zur Frage, wann der Stromverbrauch gerade am Günstigsten ist, um die Energie in Anspruch zu nehmen, sei es für die Waschmaschine oder die Ladung des Elektroautos. Diese Veränderungen zu erkennen und optimal zu nutzen, leistet die Digitalisierung, Server sichern zugleich die Datenübertragung gegen Missbrauch und kriminelle Einflussmöglichkeiten.

Wann kommt nun das nächste Erdbeben? Die Modelle sind noch nicht ausreichend gut entwickelt, die Messdaten nicht vollständig gesammelt. Man müsste exakt wissen, wie die einzelnen Erd-Platten verkantet sind und unter welchen Temperaturen die Reibungsflächen stehen. Bisher musste man sich bei den Berechnungen auf die Statistik beziehen. Zum Beispiel tatsächlich auf die „seismische Ruhe" vor dem Sturm. Wenn an besonders bedrohlichen Stellen der Erdoberfläche längere Zeit keine messbaren Beben, sogenannte Mikrobeben, stattfinden, die sich überall auf der Welt verteilt regelmäßig ereignen, ohne dass man sie wirklich wahrnimmt, erhöht sich die Wahrscheinlichkeit eines großen Bebens massiv. Zwei Platten ineinander verhakt, führen dann zu einem plötzlichen großen Erdbeben, wenn dieser erst verbindende Haken bricht.

Tiere können dabei helfen, solche Erdbeben zu erkennen, vorauszusehen. Manche dieser Lebewesen spüren sogar die leichten und sanft wirkenden Schwingungen eines Bodens. Denn kurz vor einem für uns Menschen erst bemerkbaren, spürbaren Erdbebens entstehen bereits kleinste Erschütterungen und diese minimalen Bewegungen an der Erdoberfläche nehmen die Tiere wahr und führen zu ihrer Verwirrung. Allerdings wäre auch dieses Verfahren und die Nutzung über die Wahrnehmung von Tieren keine absolut sichere Vorhersage der Erdbeben, geschweige denn einsetzbar, ohne die Tiere beständig über solche Schwingungen zu befragen.

Selbst im Jahre 2071 bemühen wir Menschen uns immer noch um einen möglichst idealen umweltgerechten Zustand der Welt, sind noch nicht am Ende aller notwendigen Maßnahmen und Veränderungen zur Verbesserung unserer Lebensweise, zur Erhaltung unserer Erde, zum

Überleben, zur Sicherheit und zum Vorteil der nachfolgenden Generationen.

Das eigentliche Anliegen war es immer, ein Narrativ zum Klimawandel zu entwickeln, das es erlaubte, mit diesen herausfordernden Problemen umzugehen und auch eine Mehrheit der Bevölkerung davon zu überzeugen, anstatt anzufangen, an der Demokratie zu zweifeln, angesichts einer so existenziellen Bedrohung wie des Klimawandels die Staatsform der Demokratie abschaffen zu wollen, da sie mit der Klimakrise nicht umgehen könne. Es bedarf nur des Blickes auf diktatorische, autokratische Staatsformen, um zu erkennen, dass solche Länder weder den Klimawandel noch die Pandemiekrise der Zwanziger Jahre beherrschten und die Bürger weder schütziten noch Vorsorge anboten, sogar in der Klimakrise nur am eigenen Machterhalt interessiert waren und festhielten, bis sie sich selbst überlebt hatten. Die Menschen konnten auch in der Umwelt-Krise die Demokratieform an ihren lebenserhaltenden Maßstäben, an der Sicherheit der ihr anvertrauten Bürger messen und als einzig verbliebene, gerechte und sozial ausgewogene Form des menschlichen Zusammenlebens erkennen, auch am Wohlstand, am Frieden und friedvollen Nebeneinander, am freiheitlichen Leben, an der Zufriedenheit der Lebensumstände. Erst wenn man all diese Vorzüge und Werte verloren hat, nicht mehr besitzt, schätzt man die von der demokratischen Staatsform gewährten Rechte und Vorteile in besonderer Weise. Und das gilt auch und vor allem in der Umweltpolitik.

Migration

Der Kampf gegen die Fluchtursachen musste in den Ländern beziehungsweise Regionen der Flüchtlinge selbst beginnen. Die Voraussetzungen im eigenen Land waren grundlegend zu verbessern, um die fluchtbereiten Menschen davon abzuhalten, ihr Leben aufs Spiel zu setzen. Sie mussten davon überzeugt werden, sich vom Mythos Europa zu verabschieden, von den behaupteten Träumen eines Lebens in Europa nach Studium und mit eigenem Vermögen, um die Familie zuhause finanziell zu unterstützen. Enttäuschte, zurückgewiesene Rückkehrer in ihrer Heimat mussten wieder in die Gesellschaft integriert, vom Makel befreit werden, sie seien Verlierer, die es nicht geschafft hatten, mit dem gesammelten Geld der Familie nach Europa zu gelangen oder dort zu verbleiben.

Erst waren also die Voraussetzungen für die Wiedereingliederung im eigenen Land zu schaffen. Die Entwicklungshilfe des Westens kam bei den falschen Stellen an, nicht für Projekte zum Nutzen der Bevölkerung, sondern verteilte sich in der politischen korrupten Elite und deren Helfershelfer. Der Westen beschränkte sich auf Zahlung ohne Kontrolle und ließ gewähren, dass die Despoten das Geld zuallererst für Luxusgüter, in Waren und Immobilien in den Industriestaaten, im geldgebenden Westen investierten, oder eigene völlig überflüssige Prestige-Objekte finanzierten, ohne Rücksicht auf die hohe Arbeitslosigkeit im eigenen Land; ein Kreislauf, welche Überraschung, auch zugunsten der Entwicklungshilfe gewährenden Geldgeber, in deren Länder die Entwicklungshilfe also zum Teil wieder als Investition zurückkehrte. Und China wie vordem Russland beuteten diese Länder wie früher die Kolonialherren aus. China, um sie alle wirtschaftlich abhängig zu machen und damit den Weg auf die wirtschaftliche und politische Vormachtstellung in der Welt zu sichern und Russland als Profiteur, damit die Flüchtlinge und Migranten Europa überschwemmen und die verhasste EU schwächen, destabilisieren, spalten und letztlich zerstören, zumindest zur Bedeutungslosigkeit des westlichen Teils Europas führen sollten. Über die Medien erfuhren die Einheimischen von den Todeszahlen ihrer Mitbürger auf der Reise in das vermeintliche gelobte Land und viele ließen sich schon mit diesen erschreckenden Nachrichten von der Flucht abhalten.

Gelder der Entwicklungshilfe werden nun von der UNO überwacht an die Bürger der jeweiligen Regionen, die früheren Entwicklungsländer verteilt, mit Krediten zur eigenen Firmengründung. Unterstützung wird gewährt, wenn die Geschäftsvorhaben mit konkreten, wirtschaftlich begründeten und gesellschaftlich wertvollen Zielen verbunden sind, für jede sinnvolle Geschäftsentwicklung, in aufstrebenden Geschäftsbereichen, wie im Tourismussektor. Die herrlichen Strände und Küsten mancher Regionen in Afrika blühten als neue Tourismusdestinationen auf. Nach der zwar erschwerten, jedoch wirksamen Änderung der Systeme von einer Diktatur zu demokratischen Verhältnissen, hatten Ausreisewillige auch nicht mehr die Begründung parat, sie würden zuhause der Verfolgung ausgesetzt sein. Mit einer gesunden Wirtschaftspolitik, mit Rechtsstaatlichkeit, mit offiziellen, korrekten demokratischen Wahlen, änderte sich doch wieder nur mit Hilfe der Europäer auch die wirtschaftliche Situation insgesamt. Und genauso bedeutsam: Die Europäische Union musste seinerzeit dringend das Asylrecht ändern und die Außengrenzen gemeinsam bewachen. Eine Einwanderungspolitik, die sich vorwiegend an den Interessen Europas ausrichten sollte, war überfällig geworden.

Das Außenhandelsvolumen der EU mit den afrikanischen Staaten hatte sich zwar stetig vergrößert und erhöht. Neben dem von der korrupten Elite getätigten privaten Erwerb von Luxus und Immobilien im westlichen Europa, vornehmlich in England und Frankreich, fanden früher auch die landwirtschaftlich selbst erzeugten Waren der einheimischen Bevölkerung den Weg nach Europa, füllten zusätzlich die Kassen der Machthaber und fehlten damit im eigenen Land, hatten zur Nahrungsknappheit und zu den Hungersnöten in Afrika beigetragen. Und mit den Geldern der Entwicklungshilfe, soweit von den korrupten Potentaten nicht verprasst, waren gewerbliche Erzeugnisse aus den westlichen Ländern teuer importiert worden, anstatt diese Güter selbst zu produzieren und zum Wohlstand im eigenen Land beizutragen. Eine für die wirtschaftliche Gesundung Afrikas fehlerhafte Entwicklung, wenn die Unterstützung zum nicht geringen Teil wiederum Entwicklungshilfe gewährenden Staaten zum Vorteil gereicht. Außerdem musste der auch in Afrika grassierende Akademisierungswahn vor allem der gehobenen Schicht, die Ausbildung an den Arbeitsplätzen vorbei, gestoppt und ein arbeitsloses Proletariat verhindert werden. Ausbildungslehren in technischen Berufen wurden geschaffen und damit der dringende Bedarf an geeigneten Arbeitskräften in der gewerblichen Wirtschaft gedeckt.

Mit der Gesundung der Umwelt, der Regenerierung der vor einem halben Jahrhundert verödeten Landstriche, besonders verheerend in der Sahelzone und im Süd-Sudan versiegten die Migrationsströme zusätzlich. Die Wiederaufforstung führte für bisherige afrikanische Verhältnisse zu paradiesischen Zuständen wie wir im Abschnitt „Umwelt" erfahren, mit der Anpflanzung neuer Waldgebiete und in Afrika heimischen Sträucher-Arten, früheren afrikanischen Obstbaumsorten und vieles mehr auf davor ausgelaugten Dürre-Böden.

Das Problem der Demografie besteht dennoch weiter, denn Afrika als Kontinent mit dem größten Bevölkerungswachstum ist mit mehr als drei Milliarden Menschen auch der mit Abstand bevölkerungsreichste Erdteil der Welt. Wer soll die überzählige alternde Bevölkerung unterstützen und ernähren? Damit drohen derzeit andere neue Migrationsprobleme für die Industrieländer und den Mythos Europa. Die rein wirtschaftlich und sozial bestimmte Entwicklungshilfe, wenn der bisherige Begriff so weiter verwendet werden kann, greift und wirkt sich dennoch langfristig erfolgreich zum Wohl der afrikanischen Bevölkerung aus.

Kommunikation

Die Kommunikation erfolgt mit Bild und Ton über Privatsender. Das herkömmliche Notebook hat ausgedient. Für alle Vorgänge, privat oder als Geschäftsvorgang, ist nunmehr die gesamte Erdkugel lückenlos vernetzt. Das Internet aus dem All über miteinander kommunizierende Satelliten hat sich von der Vision zur Realität entwickelt.

Die in einem anderen Kapitel erwähnte Datenschutzgrundverordnung, ehedem ein Schutzrecht der Bürger, wurde mehr und mehr zu einem Schutzrecht des Staates und seiner Behörden, unter anderem dann, wenn es galt, Affären von maßgeblichen und einflussreichen Politikern, nicht nur in autokratischen Ländern, zu verheimlichen, Transparenz zu vermeiden. Richterliche Entscheidungen und Maßregeln mussten wieder auf den eigentlichen Zweck und ursprünglichen Sinn hinweisen und Auswüchse beschränken und verhindern. Der Datenschutz hatte sich in eine völlig übertriebene Richtung entwickelt und die Wirkung war in das Gegenteil verkehrt worden. Denn Beleidigungen, Anfeindungen, sogar Morddrohungen und dergleichen Absurditäten nahmen in der Anonymität des böswilligen Täters überhand. E-Mail-Dienste und Netzwerke müssen seither die Adressen der Absender herausgeben und den zuständigen Polizeistellen, Zollämter und dem Verfassungsschutz überlassen. Mit entsprechenden Auflagen und Geboten konnten diese Unart und psychische Bedrohung vieler betroffener Bürger nahezu ausgeschlossen werden. In der weiteren Entwicklung musste das Ausmaß der Überwachung, auch von privaten Unternehmen wie Google oder Facebook, bereits in der Vergangenheit, eingeschränkt werden, zumal solche privaten Dienste die staatlichen Sicherheitsorgane in ihrer Datensammelwut bei Weitem übertroffen hatten.

Die Privatsphäre, die Daten der Nutzer zu schützen, war all die Jahre bisher und ist auch aktuell das Thema im Bereich der Kommunikation. Der Wendepunkt trat ein, als die Nutzer dieser privaten Dienste zunehmend sensibel reagierten, weil sie um die Sicherheit ihrer Daten fürchten mussten, die Daten für andere Zwecke insbesondere von autoritären Regimen missbraucht wurden und die Kontrolle zu verlieren drohten, damit letztlich die Freiheit gefährdet war. Zur Aufklärung von Straftaten besteht nach einer Kooperationsvereinbarung ein beschränktes Nutzungsrecht privater Dienste für die umfangreiche Datenerhebung und verpflichtet sie deshalb auch zur Weitergabe der betroffenen Daten und Informationen an die Strafverfolgungsbehörden. Sender, die sich für Hass-Mails, Morddrohungen und Aufrufen zu Gewalttaten und gewalttätigen Demonstrationen hergegeben, bereitgehalten hatten, vor einem halben Jahrhundert unter anderen Anbietern insbesondere ein Kommunikationsmedium namens Telegram, sind verboten. Alle aktuell tätigen Unternehmen haften für die Inhalte zivilrechtlich und vor allem auch strafrechtlich und können sich nicht mehr hinter angeblicher Meinungsfreiheit verstecken, die dort endet, wo die Freiheit des anderen beginnt.

Ein besonders pikantes Problem bestand in der Verwendung genetischer Daten durch die chinesische Regierung zur Erstellung von Profilen bestimmter Volksgruppen, bei unterdrückten Minderheiten, ohne Zustimmung der betroffenen Menschen, überhaupt ohne deren Kenntnis, eine bewusste und rechtswidrige Bedrohung der Privatsphäre. Die bestehenden Kontrollmechanismen hatten die Behörden in China weder beachtet noch jemals angewandt. Die nachträglich behauptete Zustimmung der Betroffenen war nachweisbar falsch, wohlwissend, dass auch eine Überprüfung der Zusage etwa durch die Bürger selbst in der chinesisch angewandten Version faktisch unmöglich war. Die international erlaubten Verwendungsmöglichkeiten der genetischen Daten waren ausschließlich für Abwehrmaßnahmen geschaffen und erlaubt, wie zum Beispiel für forensische Untersuchungen und strafrechtliche Ermittlungen, wurden von autoritären Regimes jedoch für ungesetzliche menschenverachtende Eingriffe eingesetzt, für Masseninternierung, Zwangsarbeit, Unterdrückung religiöser Handlungen und sogar zur Senkung der Geburtenrate. China hat genetische Daten genutzt, um die Organentnahme bei Gefangenen zur anschließenden geschäftlichen Verwertung vorzubereiten. Alle diese Verstöße sind rechtlich als Verbrechen gegen die Menschlichkeit zu qualifizieren, mussten beendet werden. Entsprechend internationaler Abmachungen ist dieses Thema nun geregelt und sind solche Eingriffe rechtlich überprüfbar verboten.

Ein vergleichbares Problem stellte sich bei der Überwachung unter dem Begriff „Pegasus", einer Spionage-Software, heraus, entwickelt alleine zur Gefahrenabwehr von Terroristen und von einem Privatunternehmen namens NSO in Israel angeboten. Das Unternehmen verkaufte ihre Cyberwaffe aber vornehmlich an die Schurkenstaaten dieser Welt. Autoritäre Regime und Diktatoren verwendeten die Software zur Überwachung missliebiger Bürger, unabhängiger Medien, von Journalisten, oppositionellen Politikern und von Konkurrenten jeder beliebigen Art. Zusagen des Unternehmens, man hätte die Käufer sorgfältig ausgewählt und überprüft sowie die Ware nur Regierungsbehörden gegen Zusicherung der gesetzlichen und moralisch verpflichteten Verwendung überlassen, erwiesen sich allesamt als falsch, manipuliert, wertlos und erst auf den massiven öffentlichen Druck wurde die Produktion eingestellt. Ergänzende Informationen hierzu bietet das Kapitel Wirtschaft.

Die staatliche Verwaltung ist jetzt durchgehend digitalisiert Jede Verwaltungsmaßnahme für den Bürger setzt einen digitalen Antrag voraus. Alle Erklärungen, vorwiegend steuerlicher Art, erfolgen über das digitale Netz.

Im Übrigen beherrschen Chips die Welt und überwachen und sorgen für die Sicherheit der Energieversorgung. Brillen, Sehbrillen ebenso wie Sonnenbrillen sind ausgestattet mit „Head-up-Display" wie sie Windschutzscheiben von Autos aufweisen, allerdings mit ablesbaren Telefonnummern oder Namen und sogar fotografische Abbildungen des Gesprächsteilnehmers, der mit Sprachassistent angemeldeter Wunschmelodie über Kleinstmikrofone angerufen wird. Die technischen Entwicklungen lassen angesichts der Schnelligkeit und ständigen Neuerfindungen nur einen allgemeinen Überblick über den aktuellen Stand zu. Die weltweite Vernetzung mit den kleinen Taschengeräten, leicht bedienbar, sofort betriebsbereit, auch mit den technisch voll ausgestatteten Brillen, sie führen die Kommunikation, dienen ebenso zur Filmvorführung wie zu virtuellen Zwecken.

Wer sich die neue Wohnung mit Möbeln schon vor dem Einzug vorstellen will, zum Autokauf die Fahrzeugausstattung zusammenstellen möchte, die Struktur, den Querschnitt des Hauses und deren Umgebung bildlich, also tatsächlich vor Augen führt, die gewählte Verkehrsstrecke vorab und mit der voraussichtlichen Nutzung anderer Verkehrsteilnehmer zeigen lässt, den künftigen Urlaubsort mit allen Einzelheiten und Angeboten besichtigt, alles erscheint über die virtuelle technische Brille oder den Taschencomputer.

Andererseits scheint die Technik ausgereift genug und auch dem Entwicklungsende nahe, da der Mensch gar keine weitere Technisierung seines Lebens wünscht, eher das Gefühl verbreitet, dass die Übertechnisierung seinen Lebensalltag, seine Lebensfreude beeinträchtigt und behindert. Im Jahr 2071 gilt allerdings nach wie vor: Daten waren und sie sind immer noch der Treibstoff und der große ökonomische Schatz des digitalen Informationszeitalters; sie werden weiterhin als das neue Gold bezeichnet.

Justiz

Internationale Gerichtshöfe sichern und überwachen das für alle geltende Internationale Recht für Zivilsachen, strafrechtliche Verfolgung, Verwaltungs- und Finanzangelegenheiten sowie für arbeitsrechtlichen Schutz und sozialen Ausgleich. Die Menschen haben sich für das Zusammenleben und damit für das Überleben internationale Regeln, Gesetze gegeben. Aber dennoch erleben wir seit Menschengedenken regelmäßig auch in dieser neugestalteten Welt Verstöße gegen die eigenen Regeln und Vorschriften. Manche wollen wie immer schon die gesetzlichen Grenzen austesten, und so den eigenen Spielraum erkunden, andere suchen in den Übertretungen der Gesetze private und persönliche Vorteile zu erhalten. Eine ernsthafte Gefahr für die Menschen und deren Zusammenleben bestand immer dann beim Missbrauch von Vertrauen und dem Verrat an Vertrauen. Solche Gefahr finden wir seit jeher bei jenen, die durch Gewalt, aber auch den gesetzlichen Vorschriften gemäß durch Wahlen und daher erst berechtigt in Machtpositionen gelangt sind und in dieser Stellung die Regeln über die Rechtsstaatlichkeit und, beliebt, über die Einschränkung der unabhängigen Medien, meist fließend derart ändern, dass sie damit die Macht möglichst für immer besitzen und jede Kritik, Infragestellung, Zweifel unterdrücken, wiederum mit Gewalt oder massiver psychischer Beeinflussung. Mit weltweit geltenden Gesetzen und Absprachen und der Überwachung demokratischer Regeln, im Streitfalle gerichtlich durchsetzbar, vermeidet die Weltgemeinschaft jetzt nach Möglichkeit solches Machtstreben.

Das Weltrechtsprinzip, von einem deutschen Gericht anfangs der zwanziger Jahre dieses Jahrhunderts erstmals angewandt, besagt, dass die Justiz jedes Landes für die Verfolgung von schweren Untaten, insbesondere von Verbrechen gegen die Menschlichkeit, Frauen- und Drogenhandel, Verstöße gegen das Kriegswaffengesetz zuständig wird, in dessen Land sich der Delinquent aufhält. Er kann sich nicht mehr der rechtlichen Verfolgung durch Flucht entziehen, in ein Land absetzen, das gerichtliche Maßnahmen anderer Länder nicht anzuwenden braucht.

Der Aufbau der Gerichtsbarkeit ist eine Mischung, ein Sammelsurium früherer anglo-amerikanischer und deutscher, von sämtlichen anderen Ländern diesem Gerichtssystem angeglichener Regeln mit Eingangsgericht, Berufungs- und danach Revisionsverfahren, fortentwickelt auf der Grundlage des früheren europäischen Rechtsverständnisses.

Große Aufmerksamkeit und erhebliches Einsatzvermögen verursachten die langjährigen internationalen Streitigkeiten insbesondere der USA und der Europäischen Union mit China und Russland und wurden erst vor Jahren abgeschlossen. Russland und China nutzten jede Gelegenheit, Errungenschaften in der EU oder Amerika, mit Desinformationen und Manipulation auf der ganzen Welt, vor allem aber in Entwicklungsländern und in Europa vorwiegend in manchen leichtgläubigen Balkanstaaten, zu untergraben, seien es neue im Westen entwickelte und wirksame Medikamente, Impfstoffe, oder mit westlicher Ingenieurskunst produzierte umweltschonende und technisch verbesserte Energieerzeuger mit Sonne, Wind und Wasser. Für eigene, allerdings nach Tests und gründlicher Untersuchung wenig geeignete Produkte hatten sowohl Russland wie auch China massiv und aggressiv Werbung betrieben mithilfe staatlich kontrollierter Medien und sozialer Netzwerke. Sie hatten Einfluss genommen, indem sie ihre eigenen weniger wertigen Waren als öffentliches Gut anpriesen und die stabile Verwendungsmöglichkeit betonten. Das Ziel war eindeutig verwerflich, denn zugleich das angebliche Scheitern von Demokratien und offenen Gesellschaften zu behaupten, westliche Institutionen in der EU und in den USA politische und wirtschaftliche Voreingenommenheit zu unterstellen und die westlichen Erfindungen und darauf beruhenden Produkte absichtlich und grundlos negativ zu bewerten, aber zugleich eigene wertlose Ergebnisse zu bejubeln, musste dann doch weltweit jedem auffallen und den erst kritiklosen und durch Propaganda beeinflussten Anhängern im eigenen Land nachdenklich stimmen. Dieses Verhalten verletzte außerdem jegliche internationalen Abkommen und Regelungen. Allerdings hatten sich diese Auseinandersetzungen schon durch die Entscheidungen der Schiedsgerichte noch vor den abschließenden Gerichtsurteilen beruhigt und durch wirtschaftliche Kompromiss-Vereinbarungen entspannt.

Urteile, die unsere Welt bis heute im Jahre 2071 veränderten: Wegweisende Entscheidungen ließen aufhorchen gegen umweltschädigende Maßnahmen des Mineralunternehmens Shell, Zivilprozesse in den USA gegen Autokonzerne mit den Verbrenner-Motoren, gegen die gesundheitsschädigenden Waren der Zigarettenhersteller, gegen ein Unternehmen für Unkraut-Vernichter und wiesen solchermaßen verpönte Firmen in die Schranken. Diese Prozesse und die Folgeverfahren hatten politische Auswirkungen, die sich auch heute noch zeigen. Die Verwendung von beispielsweise Glyphosat, einem dieser Unkraut-Vernichter, ist zwischenzeitlich verboten. Und in dieser Weise erging es einer Vielzahl von umweltschädlichen Waren und Chemikalien. Nicht zuletzt auch solche Urteile haben sich zum Standard juristischer Entscheidungen entwickelt. Gerichtsurteile forderten nun positive Umweltstandards und bewirkten auch ein Umdenken in der Justiz selbst. Begangene Handlungen durch Gerichtsentscheidungen nicht nur im Nachhinein zu überprüfen, sondern Maßnahmen und Regelungen für die Zukunft, für vor allem umweltbedeutende Vorgänge zu verlangen, änderten die Gesellschaft in ihrer Struktur und Verhaltensweise enorm.

Die Justiz und begleitend auch die Medien mussten es also wieder einmal richten, weil alle zuständigen Kontrollinstanzen, die verantwortlichen Politiker, in Deutschland die ersten zwei Jahrzehnte dieses Jahrhunderts das Verkehrsministerium, nicht dem verpflichteten Bürger und Steuerzahler diente, sondern Lobbygruppen der Wirtschaft, die Auto-Industrie zum Schaden der Allgemeinheit unterstützte. Ein angesehener Konzern konnte in diesem Umfeld ihre Kunden jahrzehntelang mit dem Dieselskandal betrügen und ein angehimmelter und von der Politik gehätschelter Dax-Konzern war imstande, zum Zweck der Bilanzfälschung und Kreditvergabe durch Banken, Milliardenbeträge auf Bankkonten mit dreisten Lügen schlichtweg zu erfinden, gestützt von staatlichen Überwachungsstellen wie der Börsenaufsicht, die solch kriminelles Handeln gerade verhindern sollte, jedoch trotz eindeutiger Hinweise nicht reagiert hatte, von gesetzlich vorgeschriebenen Bilanzbestätigungen durch hierfür zuständige Gesellschaften, Steuerberater und Bilanzprüfer gestützt, die – irrwitzig – erkennbar falsche Zahlenangaben als richtig bestätigt hatten.

Zur Bekämpfung dieser Auswüchse hat der Staat dann einfallslos immer länger wirkende Freiheits- und erheblichere Geldstrafen eingeführt, anstatt von den Strafverfolgern zu verlangen, den gesunden Menschenverstand einzusetzen und die vorhandenen frühzeitigen Alarmglocken nicht zu verdrängen, sondern die Vorgänge und Sachverhalte sachlich und rechtlich nach den vorhandenen, geltenden und ausreichenden Gesetzen zu überprüfen. Selbst die zuständige Staatsanwaltschaft versagte vollständig und verfolgte im Fall des Bilanzskandals erst nicht die Täter, sondern die Hinweisgeber wegen ihrer wie sich herausstellte berechtigten und zutreffenden Bewertungen. Am Ende waren die Betrüger wieder einmal die finanziellen Gewinner, da die Justizverfahren viel zu lange Zeit in Anspruch genommen hatten, die Betroffenen die Gerichtsverfahren mit erfundenen Argumenten hinauszögerten und die eigentlichen Anspruchsinhaber damit meist mürbe machten und sodann, wenn überhaupt, mit geringen Entschädigungszahlungen im wahrsten Sinne des Wortes „abspeisen" konnten.

Erst gemeinsam organisiertes, international und weltweit betriebenes Vorgehen gegen betrügerische internationale Konzerne, gegen mit solchen Unternehmen agierende Betrüger brachten Verbesserungen und mehr Schutz für die Wirtschaftsopfer. Unabhängige Schutzorganisationen, welche die Interessen betrogener Verbraucher und

Anleger vertreten, mit den geeigneten rechtlichen und gesetzlichen Instrumenten, mit Sammelklagen und der direkten Haftung von Unternehmensführern ausgestattet, verhelfen nunmehr den Geschädigten und gewähren angemessenen Schutz. Und die notwendige Ausstattung der zuständigen Kontrollorgane ergänzt die Rechtsüberwachung, damit die Ansprüche der Verbraucher bereits ohne erforderliche Klagemöglichkeiten gewahrt sind.

Das internationale Rechtssystem ist bis heute weiter entwickelt und gestärkt, erwachsen geworden aus der Erkenntnis, dass autoritäre Regime das System in der früheren Form regelmäßig angegriffen und geschwächt, solchermaßen geschaffene und bereits vorhandene Schwachstellen zu ihrem eigenen Vorteil ausgenutzt hatten. Allerdings bedurfte es auch wieder Auswüchse zu beschneiden, zum Beispiel die verwaltungsgerichtlichen Verfahren zu vereinfachen und zu verkürzen, insbesondere für Genehmigungsverfahren über öffentliche Einrichtungen und allgemein von Großprojekten, von der Windturbine bis zum Flughafenbau. Strenge Vorgaben beim Natur- und Artenschutz in Ehren, aber auch hier musste eine Planungsbeschleunigung durchgesetzt werden, mit früherer, rechtzeitiger Beteiligung der betroffenen Stellen und Gruppen. Mehr Personal in den entscheidungsbeauftragten Behörden, digitalisierte Abläufe, standardisierte Verfahren, nicht erst alle denkbaren auch weit hergeholten Probleme zu besprechen und zu entscheiden und danach vom Verfahren betroffene Institutionen zu beteiligen, sondern umgekehrt wie nun geregelt, von Anfang an die Verfahren unter Einbeziehung der tatsächlich beteiligten Institutionen auf kurzem Wege zu betreiben. Nur mit diesen Regelungen wird

Rechtssicherheit gewährleistet, wird die Verfahrensdauer erheblich gekürzt.

In der Kriminalität allerdings herrscht häufig weiter der Wettlauf zwischen dem organisierten Verbrechen und den oft erst hinterherhinkenden polizeilichen Ermittlungen. Diese Probleme lösen nur neue Technologien zur Überwachung, Vorsorge und entschiedener Verfolgung mit staatlich vollumfänglich gewährter Unterstützung.

Politik

Die UNO ist unterteilt in die Legislative als der zuständige Gesetzgeber, das Parlament, und daneben die für die gesamte Welt übergeordnete Administration und Verwaltungsspitze, die für die politischen Richtlinien verantwortliche Weltregierung mit einer 2. Kammer, in der alle Länder beziehungsweise selbstständigen Ländereinheiten versammelt sind. Diese Institution, nur beratende Funktionen übertragen, hat keinen unmittelbaren Einfluss auf die weltpolitischen Entscheidungen und besitzt nur Vorschlagsrechte.

Die in der 2. Kammer vereinten Länder und Ländereinheiten, die Gesamtheit der globalen Welt, sind darüber hinaus mit von der UNO festgelegten begrenzten gesetzlichen Regelungen, im Wesentlichen eigenständiger Wirtschaftspolitik, Verwaltungsaufgaben und mit der Bewahrung kultureller Unterschiede betraut, zu diesem Zweck mit eigenen gesetzgeberischen und administrativen Rechtshandlungen unter der Oberhoheit der UNO bevollmächtigt.

Die Hürden und Hindernisse für die Vereinten Nationen seit der Gründung nach dem 2. Weltkrieg, der über die Jahre beständig schwindende Einfluss, die Schwäche und Schwächung dieser künstlich geschaffenen Einheit erscheinen nicht verwunderlich, wenn die Welt, aus zweihundert Staaten bestehend, zusammen arbeiten soll und jeder Beteiligte seine eigenen Vorstellungen einbringt und zu seinen Vorteilen erhofft, die politisch, wirtschaftlich und militärisch mächtigsten Länder nur eigene Interessen verfolgen.

In mühsamen kleinen Schritten gelang es die letzten fünf Jahrzehnte, die Vereinten Nationen zu einer echten Einheit zu bilden, die Welt dann doch auch politisch zu retten. Klimawandel, die Pandemie Anfang der zwanziger Jahre dieses Jahrhunderts, kriegerische Auseinandersetzungen mit unvorhersehbaren Folgen, und die Isolierung solcher Kriegstreiber durch die restliche Weltgemeinschaft förderten, unterstützten den Zusammenhalt der übrigen Länder und den inneren wie äußeren Ausbau der UNO-Verwaltung mit schließlich sämtlichen Nationen zu dem Konstrukt wie sie jetzt im Jahr 2071 die UNO als Regierung für die Welt besteht, die Weltgemeinschaft verkörpert.

Der Weltsicherheitsrat der UNO, meist als UN-Sicherheitsrat bezeichnet, das wichtigste Gremium sollte weltweit den Frieden sichern, erwies sich aber zuletzt als bedeutungslos, hilflos, da seine Beschlüsse von einem einzigen der fünf Vertreterstaaten mit dessen Vetorecht beständig blockiert worden waren. Der Name sollte Sicherheit suggerieren, der Rat wirkte aber schwach und unwillig, ist längst aufgelöst worden.

Die weltweit notwendigen Veränderungen und der Zusammenschluss aller Länder, die Verständigung konnten den Nationalismus eindämmen. Verschwörungstheorien überlebten nur vereinzelt, seit die Veröffentlichung von extremistischen, böswilligen nationalistischen und populistischen Äußerungen und Angriffen über die Medien nahezu vollständig eingeschränkt ist und damit die Möglichkeit der Sensationsdarstellung fehlt. War die Politik vor Jahrzehnten vorwiegend noch von Wirtschaftsinteressen und in autokratischen, diktatorischen Staaten von Regierungsallmacht, Kriegspropaganda nach innen und außen, Unterdrückung der eigenen Bevölkerung, von Geschichtsvergessenheit geprägt, so führte der kritische Blick der restlichen Weltgemeinschaft auf solche politische Umstände in der Vergangenheit dazu, jeden Rückfall in kriegerische Machtgelüste und autoritäres menschenverachtendes Verhalten als solches offen anzusprechen, anzuprangern und zu verurteilen, gegenüber den Regierungsvertretern damals in Russland, in der Türkei, in China, Brasilien und in Belarus oder Syrien. Die freie Welt des Westens war bestrebt, sich von solch imperialistischen Machtstreben abzuschotten, sie wirkungsvoll mit Sanktionen gegen die politische Elite zu belegen. Nachfolgeregierungen solcher von der restlichen Welt sanktionierter Staaten sind in die Gemeinschaft zurückgekehrt, haben sich der UNO-Regierung und der Verwaltung untergeordnet und agieren seither als gleichberechtigte Mitglieder der Weltgemeinschaft als politische Einheit.

In der Welt des Jahres 2071 bestehen nur noch landschaftliche Übergänge zwischen früheren, ausschließlich souveränen und politisch wie völkerrechtlich eigenständigen Staatsgebilden, keine Grenzen im herkömmlichen Sinne mehr, weltweit nur noch geografische Trennlinien, als Strich auf Landkarten an die alten Umrisse von Staaten erinnernd. Die Welt ist vergleichbar dem vor einem halben Jahrhundert das innereuropäische Länder umfassende Gebiet der Europäischen Union (Schengen-Abkommen), denn Zollbeschränkungen, Passkontrollen und sonstige Grenzregelungen sind aufgehoben. Die Grenzen sind gefallen, auch eine noch vor fünfzig Jahren von einem amerikanischen Präsidenten favorisierte unnatürliche Mauergrenze zwischen den USA und Mexiko bleibt als ungute, peinliche Erinnerung zurück. Nicht Mauern, Brücken brauchen die Menschen. Das Reisen von Ort zu Ort, von Region zu Region zwischen den ehemaligen einzelnen und abgegrenzten Staaten ist erleichtert, ohne jegliche Visumspflicht und Grenzüberprüfungen.

Menschenrechte und rechtsstaatliche Prinzipien sind längst keine inneren Angelegenheiten eines Landes, einer Ländereinheit mehr, sondern fallen in die gemeinsame internationale Verantwortung.

Einige Machtgebilde haben sich etabliert, zusammengefasst ergeben sie mit dem restlichen Teil die aktuelle Welt. Die einzelnen verbliebenen früheren Länder und die zu Machtblöcken verbundenen Gebietseinheiten wie die EU fungieren also in einem föderalen System mit bestimmten Rechten und eigenen Verantwortungsbereichen ausgestattet in der 2. Kammer unter der Oberhoheit der UNO. Die Vereinigten Staaten von Amerika sind auch mit dem Assoziierungsabkommen Kanada und Mexiko nach der Europäischen Union zur dritten Weltmacht geschrumpft, im Sport würde man sie als Bronzemedaillengewinner bezeichnen. China hat die USA als Weltmacht abgelöst, sogar die deutschen DIN-Standards für den eigenen Bereich verdrängt und ersetzt. Der vergleichbare Machtzusammenschluss besteht im politisch und wirtschaftlich endgültig vereinigten Europa, zwischenzeitlich erweitert auf alle früheren europäischen Nationen mit Ausnahme des europäischen Teils von Russland und mit dem verfassungsrechtlichen Bekenntnis zur Einheit und Solidarität, dem Europäischen Parlament und der Kommission als europäische Vertreter, unterteilt in das

Europa der Regionen. Die weiteren Machtblöcke und die übrigen Länder sind ebenfalls als originäre Verwaltungseinheiten verblieben, auch Mächte wie Russland in einer wirtschaftlichen Union mit den Nachbarländern in Eurasien und seine in früheren Jahren noch alles Politische, Wirtschaftliche und Gesellschaftliche schädigende Einstellung, die eine wirtschaftliche Erstarkung und demokratische Entwicklung verhindert hatte. Der Subkontinent Indien und das aufstrebende Indonesien sind zusammen in einem Freihandelsabkommen mit China verbunden und in Afrika haben sich Staatengemeinschaften gebildet und alle auf dem Kontinent zu einer zollrechtlichen Union zusammengeschlossen, nach den verheerenden Bürgerkriegen, die sich über den Kontinent erstreckt hatten und nach dem Flächenbrand jahrelanger Kämpfe erst mit dem Einsatz der UNO-Schutztruppen endeten. Australien ist mit Neuseeland als Wirtschaftsverbund vereinigt. Nur in Südamerika besteht noch ein Fleckenteppich der verschiedenen bisherigen Länder. Die Europäische Union, nach China die größte Volkswirtschaft der Welt verblieben, hat sich aus der Umklammerung der Chinesen gelöst. Ein langwieriger schmerzhafter Prozess mit Niederlagen und anfangs wirtschaftlichen Einbußen, aber ebenso dringend wie letztlich überlebenswichtig, um nicht das letzte unbedeutende Hinterstübchen der Welt zu bewohnen. Handlungskraft hat in der Europäischen Union nach der jahrelangen politischen Pubertät die Bürokratie abgelöst.

Verantwortliche Politiker in der *Europäischen Union* hatten vor Jahren noch zum Verschleiern von Versäumnissen und eigenem Versagen regelmäßig nach Sündenböcken in der Bürokratie Europas, in Brüssel gesucht, zu deutlich nur Ausreden gebraucht. Tatkräftige politische Führer der EU sollten aber bald die Entscheidungen übernehmen und hatten aus den Krisensituationen die richtigen Lehren gezogen; Europa befand sich auf dem Weg von der wirtschaftlichen endlich auch zur politischen Macht. Anstelle von Deutschland, nachdem es in der Pandemiebekämpfung, in der Afghanistan-Krise, in der Ostpolitik erhebliche Zweifel als Krisen-Manager begründet, nach verständlicher Ansicht der europäischen Bevölkerung versagt hatte, waren die letzten Jahrzehnte als die wesentlichen Einflussmächte im wiedererstarkten Europa Frankreich und Großbritannien aufgetreten, das ehemalige Königreich mit der Europäischen Union schon lange wiedervereinigt. Nach den nationalistischen Strömungen der zwanziger und anfangs der dreißiger Jahre des 21. Jahrhunderts und dem drohenden Auseinanderfallen der Staatengemeinschaft EU, haben die europäischen Nationen doch begriffen, dass die Eigenmächtigkeiten, Eitelkeiten der abgedankten ehemaligen Staatsführer nur in eine Sackgasse führten, vor allem Ungarn und Polen, deren Vertreter eine ideologisch und politisch unverantwortliche Politik betrieben hatten.

Alleingänge waren weder damals im Interesse des Alleingängers noch aller übrigen Länder noch sind sie es heute. Diese allgemeingültige Erkenntnis brauchte lange Zeit, um sich in manchen (nationalen) Köpfen festzusetzen. Erst nach diesem Verständnis festigte sich das Fundament der europäischen Einigungsidee und diente als weiterer Beitrag zur Europäischen Union heutiger Prägung. Nur zusammen als Gemeinschaft, als übergeordneter Staat konnte die Europäische Union die Herausforderungen der Zukunft und alle großen Aufgaben meistern, auch das jeweilige Verhältnis zu China, zu Russland, der eigenständigen Türkei als nun besonderer Partner der EU sowie zum Rest der Welt, und auch die Asyl- und Migrationsprobleme lösen.

In der Europäischen Union war notwendig, schon überfällig, eigene Fehlleistungen und politisches Versagen zu beenden. Der immer komplizierter geschaffene Regelungswahn musste entwirrt und vereinfacht werden. „Die Konferenz zur Zukunft Europas" im Jahr 2021 sollte Parlament, Kommission und den Rat demokratisieren, der demokratischen Idee wieder mehr Leben einhauchen. Eine Befragung des Volkes reichte nicht, es mussten schon auch die Verantwortlichen handeln, um die unterschiedlichen Kulturen, Interessen und Charaktere der europäischen Völker zu beachten und zu wahren und gleichzeitig eine zentrale Führung zu schaffen. Die Unsitte der genannten beiden Länder Ungarn und Polen, gemeinsame Regelungen, Vertragsvereinbarungen nach Lust und Laune, nach eigenen egoistischen Vorstellungen auszulegen, oder dagegen ohne Skrupel zu verstoßen, die gemeinsam vereinbarten Werte zu missachten, europäische Gerichtsentscheidungen nicht zu befolgen, sie gegen jede vertragliche Absprache als unverbindlich zu erklären, musste abgeschafft werden. Diese Unart europäischer Regierungsverantwortlicher musste ein Ende nehmen und die Ansicht der populistisch regierten Länder, sich nur zu bedienen und im Übrigen zugesagte Pflichten großzügig zu ignorieren, bedurfte der Umkehrung. Es rächte sich seinerzeit der Zustand eines wirtschaftlichen Zusammenschlusses Europas ohne vorausgehende politische Integration.

Selbst in der Krise der zwanziger Jahre dieses Jahrhunderts waren europäische Erfolge von manchen Mitgliedsstaaten gerne auf das eigene Konto verbucht worden, besonders frech und egoistisch gerade von den autokratischen Systemen in Polen und Ungarn. Bei internen oder innenpolitischen Problemen und selbstverschuldeten nachteiligen Entwicklungen wurde dafür immer Brüssel als Synonym die Schuld für die EU gegeben. Mit der Europäischen Union in der heutigen Form ist diese Schuldzuweisung passé und verschwunden.

Im Schatten des organisatorischen Selbstbetrugs wucherte zwar damals in Brüssel ein Monstrum aus Bürokratie, Lobbyismus, Geldverschwendung heran. Wohlstand und Sättigung der europäischen Vertreter führten zu einem Werteverfall. Die Europäische Union besann sich, vielmehr waren die Bürger nicht mehr bereit, mit ihrem Geld, mit den Steuermilliarden diese undemokratische Geisteshaltung und monetäre Verschwendung zu tolerieren und drohten mit Aufstand. Sollte auf demokratischem Wege eine weitere Zentralisierung der EU tatsächlich nicht durchsetzbar sein, fragten sich seinerzeit viele politisch interessierte Menschen in Europa. Ein Teil des Übels, die Politikverdrossenheit, verursachten diese Europaskeptiker, die Europagegner der Fortsetzung des Einigungsprozesses, in Verkennung der Tatsache, dass der europäische Bund, schon die Versöhnung ehemaliger Todfeinde einen außerordentlichen Erfolg bietet, den Fortbestand der vertrauten Zivilisation gewährt, ohne Grenzen von Finnland bis Portugal, von Estland bis Griechenland.

Deutschland durfte in der EU der Zahlmeister bleiben, Lehrmeister in Anbetracht vieler Fehler nicht. Mit dem überstürzten Atomausstieg und der großzügigen Migrationsaufnahme hat sich Deutschland selbst geschadet. Atomausstieg und Kohleausstieg, beides grundsätzlich richtig, aber von Anfang an nicht durchdacht und konsequent umgesetzt mit gleichzeitig erforderlichem intensivem Ausbau nachhaltiger Energiequellen wie Wind- und insbesondere Solarkraft, verursachte zunächst unverantwortliche Abhängigkeiten von fossilen Energieträgern. Der Energiebedarf stieg, nach den Vorgaben der deutschen Regierung mit der gewollten Zunahme von Elektro-Autos sogar sprunghaft. Der Umstieg zu erneuerbaren Energien bot in der Vergangenheit mangels Förderung, Ausbau und konsequenter Umsetzung, nur als leere Formel keine wirksame Hilfe, erst recht, wenn man als Überbrückung gleichzeitig auf Atomstrom ohne Ersatzmöglichkeiten verzichtet.

Der entscheidende Zeitraum für die Änderungen, für den heute erreichten politischen, wirtschaftlichen, gesellschaftlichen Zustand, für die bedeutenden Weichenstellungen waren, da hatte ein früherer Präsident der Vereinigten Staaten Recht, die zwanziger Jahre dieses Jahrhunderts.

Was waren denn nun die größten Herausforderungen der letzten fünfzig Jahre, nicht nur in Europa, allgemein auf der gesamten Welt?

Den ständig und regelmäßig steigernden Schuldenberg abzutragen; das Gesundheitssystem beständig und krisenfest zu machen, die Erderhitzung zu bekämpfen, das Artensterben aufzuhalten, die Erneuerbaren Energien auszubauen, günstigen Wohnraum zu schaffen, die Renten dauerhaft zu sichern, die öffentliche Verwaltung und die Schulen zu digitalisieren, der drohenden Armutsmigration zu begegnen, die gefährliche Macht der Internetkonzerne einzudämmen, die Lebenswelten zwischen Stadt- und Landbevölkerung in Einklang zu bringen.

Und in den zwanziger Jahren bezeichnend die Auslassungen in den Programmen der Populisten, gleich welcher Couleur und welcher nationalen Abstammung, in Frankreich, Italien, Ungarn oder auch Deutschland. Sie alle hatten die ursprünglichen Hinweise in ihren Erklärungen zu den erfolgreichen Errungenschaften des europäischen Einigungsprozesses ersatzlos ausgeklammert, denn solche Erfolgsgeschichten passten nicht in ihre leugnenden Vorstellungen. Vielmehr drängten sich populistische Ideen, gepaart mit Fremdenfeindlichkeit und verirrten Charakterdarstellern vor, verachteten alle anderen Kulturen, selbst wenn diese nachweislich der geistigen Bereicherung und Vielfalt dienten, zur Weiterentwicklung der eigenen Kultur auf ihre Weise beitragen konnten. Nur vereinzelte, versprengte Rechtspopulisten und Rechtsradikale wollen heute immer noch die Europäische Union rückgängig machen, obgleich sie alle wissen, auch diese verqueren Denker, dass Europa nur im Verbund bestehen kann zwischen den anderen Großmächten und nur zusammen Frieden und Wohlstand sichert. Europa hat sich als Gemeinschaft durchgesetzt. Als einzelner europäischer Staat wäre man im weltweiten Wettbewerb verloren. Diese Einsicht ist den rechten und populistischen Gruppen durchaus bewusst, wird aber verdrängt. Die Bedeutungslosigkeit solcher poli-

tischen Häuflein hat sich zwischenzeitlich bestätigt, die
Auflösungserscheinungen sind eingetreten.

Die Erfolgsgeschichte der Europäischen Union:
- seit 1945 kein Krieg mehr in Europa, ausgenommen die Besonderheit im Balkan der neunziger Jahre des letzten Jahrhunderts und die russischen Aggressionsträume auf europäischem Boden mit der Krim und im Donbass
- seit 2014, eine im größten Teil der EU gemeinsame Währung, im „Schengenraum" keine Grenzstationen außer während der zwischenzeitlichen Pandemieprobleme, ein im Wesentlichen funktionierender Binnenmarkt und eine wirtschaftliche Macht.

Das alles konnte man nicht einfach vergessen, aufs Spiel setzen. Mit dieser Erinnerung entstand ein Umdenken für demokratische, einheitliche, alle europäischen Nationen umfassende verbindliche Regelungen. Mit einer gemeinsamen europäischen Verfassung, eines für Europa ausschließlich zuständigen Europäischen Parlaments und einer Exekutive in Brüssel war Europa so wie wir es verstehen, endlich geboren.

Was im Zusammenhang mit der Pandemie in Deutschland fehlte, im Bund wie auch in den Ländern, war die Fähigkeit und der Wille, Führungsstärke zu zeigen. Der sanfte Politikertypus hatte sich im Laufe der Jahre so entwickelt, dass er es sich mit niemandem, auch nicht mit einer lauten, aber unbedeutenden Minderheit von rechtsextremen Gruppen verscherzen wollte. In der damaligen Situation war diese Art von Politik zum Scheitern verurteilt. Auf diejenigen wie Querdenker nicht mit demokratisch legitimierten Verboten zu reagieren, die selbst bösartig auf nichts und niemandem Rücksicht nahmen, haben die Bürger, jedenfalls die überwältigende Mehrheit, nicht mehr hingenommen und die betreffenden Politiker für ihr mangelndes Durchsetzungsvermögen, ihr falsches Verständnis gegenüber rechten Randgruppen bei den Wahlen durch Abwahl abgestraft. Die Menschen hatten bisweilen den Glauben an eine bessere Zukunft, insbesondere für die Kinder und Enkel, verloren, durch das Versagen der demokratischen Führungen zur Klimakrise, Massenmigration, der überwuchernden Globalisierung. Bei Facebook, bei Twitter, in Wirklichkeit antidemokratische Institutionen und heute in dieser Form nicht mehr vorhanden, wurden ohne staatliche Abwehr Menschen gegen Menschen aufgehetzt, der gegenseitige Hass geradezu gefördert, also das genaue Gegenteil dessen, was Demokratie erfordert, zum Beispiel unterschiedliche Meinungen bei anderer Sicht der Dinge sachlich auszutauschen. Dass Leute aber stundenlang vor den Monitoren der Computer saßen, über Internet ihre Zeit schlicht vergeudeten und sich an Hetztiraden ergötzten, drohte auch die Demokratie zu zerstören. Dazu hätte es dann nicht mehr der Propagandaangriffe aus Russland oder China bedurft.

Staatsmänner in Deutschland aber, damals zur Lösung dieser Probleme offenbar versehentlich gewählt, anstatt Klartext zu sprechen, verschwurbelten wie von hinten mit einer Attrappe aufgerichtet und gestützt ihre Sätze unverständlich für jedermann und nichtssagend. Ein Beispiel aus dem Jahr 2021 gefällig?

„Und dann glaube ich, müssen wir uns natürlich damit auseinandersetzen, dass das Virus eben nicht weg ist, dass wir alle diese Maßnahmen (ja, welche denn?) ergreifen müssen, aber es trotzdem dazu kommen wird, dass sich viele Bürgerinnen und Bürger infizieren (warum dann Maßnahmen?), ganz besonders diejenigen, die sich nicht haben schützen lassen (also die Politiker wegen Mundfaulheit und „Phraseologie") und die nicht geimpft sind (was ist mit den Genesenen, die sind doch auch geschützt?)"

Die Geschichte des letzten halben Jahrhunderts beweist aber, dass sich die Bürger immer wieder gegen solche „lahmen Enten", gegen zerstörerisch wirkende Strömungen zur Wehr gesetzt und sie letztlich auch verhindert haben.

Die Verbindung aus Nationalismus und Konsumdenken zum Ende des Kommunismus in Osteuropa hatte sich auch nicht als geeigneter Nährboden für die Demokratie erwiesen. Eine Gemeinschaft, die sich fortan selbst regieren sollte, mit der bis dahin unbekannten Freiheit als Grundlage für alles. Demokratie benötigte damals und noch mehr heutzutage Werte und demokratische (Parlamentarische Demokratie), rechtsstaatliche (Gewaltenteilung, unabhängige Justiz) Institutionen als gesellschaftliche Klammer. Und bei den großen Vermögensunterschieden wie sie noch vor einem halben Jahrhundert bestanden, konnten viele Menschen das Gefühl bekommen, nicht zur Gemeinschaft zu gehören und hielten Demokratie als etwas Passendes für eine vermögende Minderheit. Demokratie ist aber nichts Übernatürliches, Selbstverständliches für Begüterte, sondern verlangt Ausgleich, soziale Ausgewogenheit, wird von Menschen mit harter Arbeit erschaffen und bedarf immer wieder, ständig dieser erneuernden Bestätigung aller, und Demokratie ist wirtschaftliche Effizienz und Freiheit der gesamten Bevölkerung. Diese Voraussetzungen fehlten als Gegenbeispiel in den zwanziger Jahren auch dem prosperierenden China.

Denn das Lob der autoritären Regime für ihre angebliche Stabilität ist reine Propaganda. Feindselige, gewalttätige, selten unblutige Nachfolge von einem Diktator oder Autokraten zum nächsten offenbart diese Schwierigkeiten überdeutlich, während Demokratien den friedlichen Übergang gewährleisten. Das Gegenbeispiel in den USA im Jahr 2020 bewies nur, dass der damals unterlegene, die Abwahl zeit seines Lebens zu Unrecht bestrittene Kandidat krankhafte, autoritäre Wesenszüge aufwies. Sogenannte Beständigkeit erwirken die autoritären Regierungen durch die umfassende Kontrolle der Medien, verdammungswürdige Unterstützung durch die völlig untergebene Justiz. Im Russland der zwanziger Jahre beherrschte der politische Nihilismus der Regierenden das Land. Nichts besaß Wert oder Wahrhaftigkeit. Werte wie Menschenrechte und Demokratie waren nach russischer Propaganda nur eine große Unterhaltungs-Show des Westens. Trost bot die Nomenklatura der Bevölkerung damit, dass die Machthaber dieses behauptete Spiel der westlichen Demokratien angeblich durchschaut hätten, denn die russische Bevölkerung sollte sich überlegen fühlen und alles Demokratische verachten. In Wirklichkeit hatte man dem Volk die Zukunft gestohlen, denn in der Gedankenwelt dieser Autokraten durfte es nichts geben, wofür es sich zu kämpfen lohnte, außer gegen den als teuflisch verlogen geschilderten Westen, der bewusst fälschlich erklärte angebliche Feind. Jeder Autokrat, jeder Diktator benötigt einen anderen bösen erfundenen Gegner, den angeblich nur er alleine wirksam bekämpfen kann, zur Stütze seiner tatsächlich labilen Macht.

Für alle diese Herausforderungen und Probleme gestaltete sich innerhalb Europas eine wertvolle Entwicklung, zugleich auch gegenüber der wohlhabenden Volkswirtschaft China. Europa beziehungsweise die Europäische Union, vor einem halben Jahrhundert noch innerlich gespalten mit vielfältigen Problemen auch einer alternden Bevölkerung, wirtschaftlicher Macht aber geringer Einflussnahme, ringsum den wachsenden politischen instabilen Verhältnissen ausgesetzt, hat sich in der Auseinandersetzung mit dem mächtigen China erholt, ist erstarkt. Die demokratischen Werte haben sich durchgesetzt. Der verbindende, Feindseligkeiten überwindende Humanismus, die jahrhundertalte Kultur, Europas größte Stärken sind wieder aufgeblüht. Der Kampf gegen die Unbilden der Welt zur Einheit verlief nicht störungsfrei. Unter verschiedenen Themen, mit der oben genannten „Konferenz zur Zukunft Europas", den Problemen der Migration, über den „New Green Deal" zum Klimawandel war gegenüber den anderen Machtzentren das Ideenspektrum, das Europa bis heute voranbrachte, breit gespannt. Jedenfalls hatte das Europäische Parlament, gestärkt, weil das Einstimmigkeitsprinzip überwunden und abgeschafft war, das Wohlstandsversprechen umgesetzt gegen die vielen destruktiven Kräfte der Populisten, den feindseligen Mächten außerhalb der Europäischen Union.

Die europäische Integration war zu Beginn ein Projekt, das Machtpolitik in Rechtsfragen verwandelte und der Rückzug der Europäischen Union auf einfache regelgeleitete Politik garantierte ihren Bestand nicht mehr (Politikwissenschaftler Herfried Münkler). Die politische Union musste herbeigeführt, gefördert, gestärkt werden.

Das Vereinigte Europa definiert sich deshalb nicht mehr nur über die Wirtschaft, auch die Politik ist vereinheitlicht, auf einer gemeinsamen Verfassung aufgebaut. Die bisher starke und tiefgreifende wirtschaftliche Verflechtung des Kontinents mündete in die politische Einheit. Entschieden hatte sich die Zukunft des Kontinents für Europa, für die Europäische Union damit, dass die EU ihre großen Probleme und Schwierigkeiten innerhalb des eigenen Hauses bewältigt und gelöst hatte, in der Überzeugung, den Gefahren erfolgreich nur gemeinsam entgegenzutreten, die Europa im 21. Jahrhundert bedrohten, die äußere Sicherheit, das wirtschaftliche Überleben in einer schwieriger werdenden Umgebung von Machtblöcken, die Bewahrung der außenpolitischen Handlungsfähigkeit, die Vereinheitlichung von Arbeitsrechtsregelungen und die fortschreitende Digitalisierung und Technisierung. Pragmatismus führte zur europäischen Lösung und zum Erfolg, nicht die Politshow eines Brexit. Besonderes Augenmerk gilt heute zuvörderst der Umwelt-, der Wirtschafts-, Sozial- und Digitalpolitik, der Sicherheit. „Politik ist wirklich", wie sich in Europa in einem besonders deutlichen Anschauungsunterricht verfolgen ließ, „die Kunst des Möglichen und der Kompromisse".

Die Geburtsfehler der Europäischen Union hatten eine wirksame Einigung lange verhindert. Jedes Land hatte den gleichen Stimmenanteil und Entscheidungen konnten grundsätzlich nur einstimmig beschlossen werden. Und die größten Nutznießer, Polen und Ungarn, halfen sich gegenseitig, wenn dem einen Ungemach drohte, wegen Verstößen gegen den Gemeinschaftsvertrag oder mangelnder Bemühungen zu demokratischen Regelungen. Nach mühseligen Konferenzen und Besprechungsrunden kam man dann zunächst in den meisten Bereichen zum Mehrheitsprinzip. Abstimmungen mit Zwei-Drittel-Mehrheit bei verfassungsrechtlichen Änderungen und in heiklen und vorab genau definierten zustimmungspflichtigen Vorhaben, Einstimmigkeit in Entscheidungen über Kriegseinsätze, im Übrigen die Gesetze und Regelungen in den gemeinsamen Verträgen mit einfacher Mehrheit. Diese Verhandlungsergebnisse wirken fort und gelten bis heute.

Der Binnenmarkt, von Beginn an lange Zeit eine Dauerbaustelle in der Europäischen Union, ist nunmehr befreit von den einengenden bürokratischen Hürden und Zwängen. Die EU konnte es sich wahrlich nicht weiter leisten, den Binnenmarkt in dieser bürokratischen Enge laufen zu lassen, er musste im Sinne der Bürger und Unternehmen vollendet werden. Jede egoistische Blockade der Mitgliedstaaten, jede nur halbherzige Umsetzung der nötigen Reformen hatte wirtschaftlichen und politischen Schaden hinterlassen.

Unterschiedliche nationale Regelungsvorschriften, komplizierte Verwaltungswege, manche bewusste Marktabschottung einzelner Länder, haben die EU-Verantwortlichen ersatzlos gestrichen, verhindert und es entstanden einheitliche, übersichtliche, transparente Gemeinschaftsregeln; sie sind in die Gemeinschaftsverträge eingeflossen. Niemand konnte sich von der gemeinsamen Politik in der EU verabschieden, ohne die Vorteile für sein Land, für die Bürger, die Wirtschaft zu gefährden. Die Notwendigkeit einer gemeinsamen Flüchtlingspolitik anfangs der zwanziger Jahre, einer in der Weltgemeinschaft globalen Klimapolitik, durfte kein europäisches Land mehr in

Zweifel ziehen. Die Europäische Union konnte sich nicht mehr um diese politischen Fragen drücken, sie wurden ihr aufgedrängt, wie auch die von der überwältigenden Mehrheit geforderten „Vereinigten Staaten von Europa", zumindest zunächst einen föderalen europäischen Bundesstaat zu verwirklichen, als Gegenmodell zu einem Bürokratiemonster aus Brüssel.

Die EU hat die „grüne" Wende herbeiführt, den Ausgleich zwischen den wirtschaftlich ärmeren Bürgern in den Ländern Osteuropas geschaffen, die autokratischen Regierungsversuche in Ungarn, Polen, vorübergehend Tschechien, in Ansätzen in Slowenien eingeschränkt. Das tief sitzende Misstrauen der Menschen in den osteuropäischen Staaten aus der kommunistischen Vergangenheit gegenüber Regierungen, öffentlichen Institutionen und dem Staat allgemein, musste beseitigt werden.

Die Bevölkerung ist nunmehr bei der Meinungsbildung ebenso eingebunden wie Expertenmeinungen. Erst als die nationalen Souveränitäten bereit waren, die wesentlichen Kompetenzen auf die Brüsseler Administration zu übertragen und denjenigen Ländern, die eine immer enger zusammenwachsende EU-Gemeinschaft blockierten, freigestellt worden war, die Europäische Union zu verlassen, kamen sie zur Einsicht, ohne die volle Mitgliedschaft in der EU andernfalls in Kürze vor einem Ruin zu stehen. Nun begann der dann erfolgreich beendete Einigungsprozess. Die Wünsche der osteuropäischen Länder sind berücksichtigt und der Westen Europas spielte sich nicht als alleiniger Verfechter von Freiheit und Demokratie auf; es kam zur notwendigen Kompetenzübertragung und zur Stärkung der EU in den zentralen Fragen, damit sie sich gegenüber den Mächten USA und China, dem aufbegehrenden Russland behaupten und durchsetzen konnte, um die sozialen Rechte zu wahren, alle Mitgliedsländer in die Wettbewerbs- und Binnenmarktpolitik einzubeziehen, um die Finanz- und Schuldenkrisen zu meistern, die Migrationskrise zu bewältigen. Bei den globalen Entwicklungen wirkte bis dahin jedes Beharren auf nationaler Souveränität kontraproduktiv. Wenn einzelne Länder ihre Budgets unkontrolliert expandieren lassen, funktioniert keine gemeinsame Währung; wenn gemeinsames Vorgehen bei der Aufteilung ankommender Flüchtlinge, gemeinsamer Grenzschutz durch einzelne Interessen blockiert wird, zeigt sich die Ohnmacht der EU. Die Wirklichkeit war allen bewusst geworden und bewirkte, der Europäischen Union in allen gemeinsamen Fragen fortwährend mehr Macht zu übertragen. Die Erkenntnis, dass die Koordinierung aller Maßnahmen für das Weiterbestehen der Europäischen Union essenziell erscheint, hatte zu einer entsprechenden Änderung der EU-Verträge geführt. Der Zusammenhalt nunmehr als einziger Staatenbund änderte dann auch für die Europäische Union positiv die Beziehungen mit den anderen Ländern dieser Erde.

Der sogenannte Brexit hat schon lange ausgedient. Die Abwendung von der Europäischen Union hatte in den meisten Politikfeldern nicht mit einem Paukenschlag die Probleme für Großbritannien offenbart, sondern erst unsichtbar zeigten sich die größten Schwierigkeiten zeitverzögert. Wirtschaftseinbußen deuteten sich aber doch bald an, weil Arbeitskräfte auf der britischen Insel fehlten, da der Zuzug beendet worden war und niemand von den Inländern die einfachen niederen Arbeiten ausführen wollte. Der wirtschaftliche Austausch mit der EU kam dann unerwartet deutlicher und schneller zum Erliegen als die Politiker im Vereinigten Königreich sich vorstellen konnten.

Wer freien Handel einschränkt, der leidet und überlebt nicht die damit verbundene wirtschaftliche Krise. Die Exporteure und Importeure in Großbritannien waren im Jahr 2021 nach einhundert Tagen schon am Wust von Zollformularen, an den neu geltenden Grenzformalitäten verzweifelt und die Bevölkerung neben den Exportproblemen an dem folgenschweren Rückgang der Einfuhren aus der Europäischen Union enttäuscht, die Verbraucher vor allem in England nach nur einem Jahr vor den nahezu leeren Regalen in den Verkaufsmärkten entsetzt.

Dennoch ließ nicht die damalige verantwortliche Regierung, sondern erst reichlich spät die nachfolgende Administration die falsche Entscheidung wieder revidieren. Die ursprünglich für diese Fehlentscheidung verantwortlichen Politiker waren mit Schimpf und Schande davon gejagt, mit einem massiven Denkzettel abgewählt worden, auch weil sie nicht nur von einem längst verschwundenen Empire träumten, sondern mit dem Brexit auch die Abtrennung Schottlands und Nordirlands vom Vereinigten Königreich und deren Hinwendung zur Europäischen Union zu verantworten hatten.

Charles Krauthammer, amerikanischer Historiker und Politiker, Ende des 20. Jahrhunderts: Das große Versprechen des kommenden Jahrhunderts ist die Integration gleichgesinnter, demokratisch organisierter und industrialisierter Staaten. Europa ist das Modell.

Europa war in den letzten Jahrzehnten erkennbar mehr gefordert als jemals zuvor.

Im letzten halben Jahrhundert ist es den Regierungen der Länder dieser Erde gelungen, die drängenden Herausforderungen anzunehmen und zusammen erfolgreich zu meistern. Gemeinsam kümmerte man sich mit Hilfe übergeordneter Einrichtungen, der UNO und deren zuständigen Abteilungen um die Sanierung des Staatshaushalts aller Länder, um die fortschreitende Digitalisierung der Verwaltungen, die Änderung des Gesundheitssystems vom Profitdenken zum Gemeinwohl, die Stabilisierung der Renten aller Anspruchsberechtigten, eine humane und zugleich wirtschaftlich belastbare Migrationspolitik der lange Zeit besonders belasteten Europäischen Union – das heißt die Lösung der wirtschaftlichen und politischen Probleme der betroffenen Länder in Afrika und in Nahost, im jeweiligen Heimatland der migrationsbereiten Bevölkerung. Außerdem konnte die Integration der Bundeswehr erst in eine EU-Armee und weiter zur international agierenden UNO-Schutztruppe vollendet werden. Man arbeitete daran, gemeinsam mit den restlichen Staaten den chinesischen Brachialkapitalisten faire Handelspraktiken aufzuzwingen wie sie nach OECD-Regeln und internationalen Handelsabkommen, z. B. der WTO, allgemeine Gültigkeit besaßen und damit letztlich den globalen Handel zu sichern, den Nahen Osten einschließlich der arabischen Welt zu befrieden und die ständigen Auseinandersetzungen zwischen Israel und dem Iran zu beenden. Es gelang die Landwirtschaft und die Industrieproduktion weltweit beständig und nachhaltig zu gestalten, die Umwelt zu schützen, sterbende Wälder zu retten, Deiche vorsorglich gegen einen steigenden Meeresspiegel zu errichten und die fortschreitende Zerstörung durch Überschwemmungen, Dürren, Waldbrände zu verhindern. Übergriffige Digitalkonzerne aus den USA in die Schranken zu weisen und an die Kandare zu nehmen, war ebenso notwendig und nicht weniger bedeutend die Mietpreise, vor allem in den Großstädten, bezahlbar zu erhalten, die Infrastruktur in den Dörfern und auf dem Lande zu verbessern, dabei zugleich die Bürger einzubeziehen und die Demokratie allgemein zu beleben.

Die Menschen hatten es damals in manchen Staaten zugelassen, dass ihre Länder von Clowns regiert werden, in den USA, in Großbritannien, von Personen, die sich nicht nur als Karikatur eigneten, sondern die Karikatur selbst verkörperten, die in der Politikgestaltung, eine Übertreibung alleine schon diese Bezeichnung, schwankten wie jemand, der aus einem Pub taumelt und dort den gesamten Monatslohn in alkoholischen Getränken aufgebraucht hatte, und Russland, regiert von einem skrupellosen Abenteurer. Diese Regierungsvertreter, allesamt Scharlatane, Lügner, präsentierten wichtige Länder, in den USA der inkompetente Gauner mit dazu noch unverantwortlichen Unterstützern, verbildet mit zu viel Konsum unrealistischer Werbefernsehsendungen und naiv-gefährlich wegen fehlender gründlicher Bildung. Manch einer hatte es vorausgesehen und vor den Folgen solcher Wahlergebnisse, vor ungeeigneten Volkstribunen gewarnt, ein Großteil der Masse ließ sich dennoch verführen und büßte die Uneinsichtigkeit später mit wirtschaftlichen Einschränkungen und Beschneidung persönlicher Freiheit in noch größerem Maße als jemals zuvor.

Die Entwicklung ist trotz vieler Erfolge nicht abgeschlossen. Den Bürger bedrängen unmittelbare Probleme. Sie zu lösen ist weiter Aufgabe der Gesellschaft. Staat und Kommunen erhöhten den Anteil an Sozialwohnungen, in den vorhandenen und mit neu zu errichtenden Gebäuden. Die staatlichen Behörden sind dazu übergegangen, sozialen Wohnraum als Mietendämpfer vorzuhalten. In den Städten haben die örtlichen Verwaltungen nach der Entrümpelung belastender und überflüssiger, hemmender Vorschriften nur noch vorhandene und für die Umwelt und deren Schutz unbedeutende Brachflächen für den Bau von wirklich benötigtem Wohnraum unbürokratisch und entgegenkommend genehmigt. Deutschlandweit waren Regelungen zum Angebot bezahlbarer Wohnungen geschaffen worden durch die Möglichkeit eigener örtlicher Bestimmungen, über den früher den Berlinern versagten sogenannten Mietendeckel, mit zeitlichen Befristungen und begrenzten Ausnahmen durch Härtefallregelungen, unter Beachtung und Berücksichtigung der regionalen Verhältnisse. Auch wenn diese Aufzählung schon wieder kompliziert erscheint, sind die Regelungen jedenfalls verständlich formuliert und in der Bevölkerung grundsätzlich anerkannt und akzeptiert.

Fehler der vergangenen Jahre dieses Jahrhunderts, sind beseitigt. Deutschland war tatsächlich kein Staat mit Bundesländern, wie sich im Rahmen der Pandemiebekämpfung in den Jahren 2020 und 2021 herausgestellt hatte, sondern ein loser Verbund von Ländern, die sich zufällig zum Nationalstaat zusammengeschlossen hatten. Anders war es nicht zu erklären, dass die gemeinsam getroffenen Regelungen von beinahe jedem

Ministerpräsidenten oder Präsidentin meist schon am Tag danach wieder infrage gestellt wurden, jeder seine eigenen Regeln entgegen gemeinsamer Absprachen einführte und so zu einem Regelungschaos beitrug, das die Bürger zum Verzweifeln brachte, da niemand mehr erkannte, welche Regel nun gerade gilt und ob man problemlos von einem Bundesland in ein anderes reisen konnte. Solange die Welt einigermaßen in Ordnung war und die Wirtschaft erfolgreich arbeitete, waren diese Konstruktionsfehler nicht ersichtlich. In weltweiten Krisen funktioniert solch uneinheitliches Staatsgebilde nicht mehr. Die Pandemie vor fünfzig Jahren zeigte die Schwachstellen überdeutlich.

Die Bundesregierung hatte für den Fall einer Virusepidemie tatsächlich eine Risikoanalyse ausgearbeitet. Aber keine Konsequenzen hieraus gezogen als der Notfall eingetreten war, weil Katastrophenschutz Ländersache ist. Umständliche Entscheidungsverfahren und strittige Ansichten, Kompetenzmängel wegen der unterschiedlichen Entscheidungsstellen in Ministerien und Behörden, mangelnde Zusammenarbeit zwischen Wissenschaftler, Fachleuten ließen die verantwortlichen Politiker zur Einsicht kommen, Entscheidungsprozesse zu vereinfachen und die Kompetenzen von den Bundesländern auf die Bundesregierung zu verlagern bis dann die Entscheidungsbefugnis in Krisenzeiten letztlich alleine auf die heutzutage verbliebene Weltgesundheitsorganisation, die Leitung den Vereinten Nationen übertragen wurde.

Das Wort *Amerika* stand kurzzeitig nicht mehr für Demokratie. Das Vertrauen der eigenen amerikanischen Bürger in ihren Staat, in ihre Regierung war, bedingt durch eine Regierungszeit aus der Zirkuswelt, eines für das Amt des Präsidenten völlig ungeeigneten Wirtschafts-Pleitiers, ruiniert.

Das Ergebnis dieser Legislaturperiode lässt sich wie folgt umschreiben: Die Politik verrottet, arbeitete nur noch am Weiterschieben der Verantwortung. Das politische Handeln beschränkte sich auf Umfragen und der Überlegung nach Erfolgsaussichten für die nächste Wahl, nicht nach dem Bedürfnis der Bürger, notwendiger Reformen und intakter Infrastruktur. Diese Bürger sah der betreffende Präsident als aufmüpfigen Feind, böswillig, wenn sie nicht seine kranken Eskapaden guthießen, wie es sonst nur aus Diktaturen bekannt war. Der Teil, aus rein egoistischen Motiven ihn bejubelnden amoralischen Medien interessierten sich ansonsten für erfundene Skandale zu Lasten des politischen Gegners und meist unnötig aufgebauschten Liebesgeschichten Prominenter. Das Volk wünschte dieser Präsident am liebsten dumm, und es sollte sich eine eventuelle Meinung nach seinen Twitter-Tiraden mit bewusst falschen und verlogenen Ansichten bilden.

Auch außerhalb der USA bezeichnete die Mehrheit der anderen Länder Amerika zu dieser Zeit als Bedrohung anstatt als Bewahrer der Demokratie. Die nachfolgenden Regierungschefs hatten alle Mühe, den Ruf Amerikas in der Welt wieder zu verbessern, den Hochmut der Amerikaner, angefeuert von kriminellen Hetzern und vermeintlichen, in Wirklichkeit selbstverliebten, gestörten Patrioten, zurückzudrängen, sich um das Wohlergehen der eigenen Bevölkerung zu kümmern und all die kriegerischen Scharmützel der amerikanischen Regierungen, die sie anfangs dieses Jahrhunderts mit Lügen und rein wirtschaftlichen Interessen begonnen hatten, zu beenden.

Das Militär in den USA hatte im Irakkrieg eine Machtfülle angesammelt, die ungesund und zugleich gefährlich war und nach Ansicht von Experten auch teilweise die übertriebene und lüsterne Aufrüstung in China verantwortete. Die fehlende Bildungsgerechtigkeit in den USA eine nationale Schande, denn nur eine besser verdienende kleine Schicht konnte sich die gründliche, aber teure Ausbildung der Kinder leisten, das selbst kranke Gesundheitssystem sollte von einer allgemein zugänglichen Krankenversicherung abgelöst werden, bevor es kollabierte. Die Gesundheitsreform scheiterte, weil von einflussreichen Teilen der Politik bekämpft, sie aus diesen Gründen nie richtig funktionierte. Die Versuche der republikanischen Politiker, möglichst viele Bürger von demokratischen Wahlen nur um politischer, egoistischkorrupter Vorteile willen auszuschließen, ruinierten damals den Ruf der USA zusätzlich. Ohne Großspenden reicher Privatpersonen oder aus der Wirtschaft erhielt dort niemand mehr einen Sitz in den parlamentarischen Gremien. Wer sollte dieses verdorbene Land noch als Vorbild sehen, so wie die westliche Welt Amerika seit dem letzten Weltkrieg verherrlicht hatte.

Der desolate Zustand, dieses aus Machtversessenheit kranke Imperium USA war drauf und dran, parlamentarischen Selbstmord zu begehen. Das Land fiel mit den Jahren zurück hinter China und schuf Europa die Chance, gleichauf zu wachsen und die USA wirtschaftlich, nach langwierigen Entwicklungsphasen auch politisch zu überholen.

Nur ahnte damals keiner, dass die Verdorbenheit, die grassierende Krankheit in den fehlgeleiteten Gehirnen der russischen Regierungskreise, die Kriegslüsternheit in Tschetschenien und Syrien alle Symptome der amerikanischen verfehlten Politik noch übertreffen würde.

Die USA sind zurückgekehrt zu den ursprünglichen politischen Zielen, zu demokratischen Verhältnissen, die in der Welt anerkannt sind.

Einen schwierigen Geburtsvorgang mit langwierigen Geburtswehen vollzog die Volksrepublik *China*. Als Verursacher der Pandemie des Jahres 2020 und der damit verbundenen Verantwortung war es in die Defensive geraten. Mit der anfänglichen Verschwiegenheit, den wenigen Angaben hat China das Ausmaß und die Gefährdung für die gesamte Weltbevölkerung unterdrückt. Das verspätete Einverständnis für unabhängige Fachleute zur näheren Untersuchung der Ursachen dieser modernen Pestseuche erschien verantwortungslos, zu einem Zeitpunkt, an dem keine wirklichen Daten mehr vorhanden waren und untersucht werden konnten. Und wie schon zu erwarten, haben die chinesischen Behörden am sogenannten unabhängigen Gutachten mitgeschrieben, ihre Sicht der Dinge zu ihrem Vorteil und zur weiteren Irreführung der Weltöffentlichkeit zum Ausdruck gebracht. Zur Bekämpfung der Pandemie hat China auch ein tatsächlich unwirksames Serum entwickelt, neben einem ebenso erfolglosen Impfstoff aus Russland, deren Regierung das eigene Mittel mit falschen Angaben und dreisten Lügen als das beste der Welt propagierte.

Der erfolgreiche Impfstoff stammte von einem deutschamerikanischen Unternehmen. Die von der chinesischen und russischen Bevölkerung erwünschte Verwendung dieses Mittel aus einem deutschen Labor war in beiden Ländern verhindert worden. Der Grund, warum nur ein verschwindend geringer Teil der Menschen sich in Russland impfen ließ, das eigene Impfmittel ausdrücklich ablehnte, verschmähte. China hat seinen Impfstoff vor allem Entwicklungsländern angeboten, die händeringend danach suchten. Nicht aus Solidarität; nur aus Gründen des Machtstrebens und der Abhängigkeit dieser Länder lieferte China an solche Abnehmer und pries zugleich heuchlerisch das angebliche Entgegenkommen und ihre Hilfe für die Welt. Das chinesische Mittel erwies sich erwartungsgemäß als ungeeignet, als eine absolute Fehlinvestition der Abnehmerländer. Das war aber noch nicht die ganze Wahrheit, denn China gewährte den verschuldeten Ländern für den Kauf des chinesischen Impfstoffes Kredite und machte die Abnehmer ein zweites Mal langfristig abhängig.

China, ein in den zwanziger Jahren wachsender Wettbewerber in der Weltwirtschaft, der regelmäßig gegen die globalen Regeln verstoßen hatte, war wie im vorigen Kapitel schon erläutert, außerdem dazu übergegangen, über Digitalkonzerne künstliche Intelligenz einzusetzen, um Menschen, Minderheiten im Land, zu manipulieren und zu kontrollieren. Erst zunächst nur vereinzelt mediale Aufmerksamkeit, dann immer stärker fordernde Beendigung solcher Angriffe durch die Weltgemeinschaft führten zu einer Änderung. Mit wirtschaftlichen Einschränkungen konnten die Manipulationen der chinesischen Digitalunternehmen verhindert werden. China hatte sich auf die

Begründung gestützt, die betroffenen Menschen würden nur ausgebildet und zu menschlicher Arbeit eingesetzt werden. Eine schlichte Lüge und Verdrehung der Tatsachen.

Ein weiteres unrühmliches Kapitel war die Nutzung mit vom Westen entwickelter Technologie. Mit unlauteren Mitteln hatte China den Wettbewerb bewusst verzerrt. Das Land hatte deutsche Export-Unternehmen gezwungen, im beiderseitigen Handel westliche Technologien und technische Errungenschaften zu überlassen, andernfalls den Import aus Deutschland einzuschränken und mit diesem Wissen selbst Waren produziert, die es dann in Deutschland mit staatlich subventionierten Zuschüssen wettbewerbswidrig günstig anbot. Dieses schon teuflische Spiel endete mit dem erstarkten Europa, das sich gegen China mit Gegenmaßnahmen im Handelsbereich, vor allem mit Zollschranken wehrte und China zum Einlenken zwingen konnte. Die Regierungen in Deutschland befassten sich, nun einsichtig, ab den zwanziger Jahren deutlicher und stärker mit den Risiken, die von der chinesischen Allmachts-Politik für die Wirtschaft drohten. Die deutschen Partner-Unternehmen waren des kurzfristigen Profits wegen ohne Hemmungen beeinflussbar, ohne jegliche Staatsraison.

Bis zum Jahr 2050 wollte die kommunistische Partei Chinas militärisch, politisch und ökonomisch die Welt beherrschen. Wir kennen diese Ansagen vom Weltkommunismus und den Nationalsozialisten in Deutschland. Das Streben Chinas nach Hegemonie sollte mit der Vernichtung des demokratischen Taiwan und der Verwandlung dieses Landes in eine riesige Militärbasis beginnen. Das aggressive Peking musste gestoppt werden mit einer Einheit aus den USA, der Europäischen Union, weiteren

Nato-Staaten und letztlich mit UNO-Resolutionen, die aber mangels Einstimmigkeit, von Russland bewirkt, zunächst scheiterten. Alleine die Einheit der restlichen Welt als plötzlich neue Militärkoalition haben das Verhalten Chinas als globale Bedrohung eingeordnet, die Volksrepublik mit gemeinsamen Sanktionen von den aggressiven wirtschaftlichen und militärischen Vorgehen abhalten und vermeiden können, auf den im südchinesischen Meer künstlich geschaffenen Inseln Militärbasen zu errichten, einen gewaltsamen Einmarsch in Taiwan, einen geplanten Eroberungskrieg gegen Japan verhindert.

Chinas Verhalten glich in dieser Zeit einem in Deutschland wohlbekannten Spruch abgewandelt: „Am chinesischen Wesen soll die Welt genesen!" Das System in der Volksrepublik war eine Mischung aus autoritärer Politik und kapitalistischem Wirtschaftswachstum. Peking meinte damals tatsächlich, dieses System sei allen anderen überlegen, solle in die ganze Welt exportiert werden, notfalls mit Krieg.

Die Volksrepublik, zuvor im gesamten südasiatischen Raum dominant aufgetreten, hatte sich damals in die lokale Politik der Anrainerstaaten mit der Unterstützung von Milliardenbeträgen eingemischt und als Ordnungsmacht positioniert. Dieses Verhalten erinnerte zu sehr an Großbritannien nach dem 1. Weltkrieg in Nahost oder die USA mit der sogenannten Eindämmungspolitik als frühere Siegermacht. China war zu dieser Zeit zwar bereits eine ökonomische Macht, militärisch zunächst nur regional überlegen, aktiv tätig mit Cyberattacken, sogenannter asymmetrischer Kriegsführung (das bedeutet militärische Auseinandersetzung waffentechnisch, organisatorisch und strategisch unterschiedlich starker Parteien beziehungsweise Gegner), verstrickt in Bürgerkriege im asiatischen Raum, Schattenkriegen in ihrer unmittelbaren Nähe.

Die kommunistische Partei in China von ihren Gründungsprinzipien bereits weit entfernt, herrschte im Land vor einem halben Jahrhundert eine übergroße soziale Ungleichheit und in kaum einem anderen Staat waren die Arbeitnehmerrechte derart schwach ausgeprägt wie im angeblich kommunistischen Land. Die Machthaber hatten zudem einen übersteigerten Horror davor, ihre Macht einzubüßen, wie es jede Diktatur, jede Autokratie befürchtet, weil sie dann Rechenschaft ablegen müsste über die von ihr begangenen Verbrechen, den Machtmissbrauch, die Korruption und Vetternwirtschaft, den ständigen Kampf gegen die eigene Bevölkerung.

Der sogenannte Wirtschaftsaufschwung in China hatte mehr Millionäre, Milliardäre hervorgebracht als anderswo in der Welt, anteilmäßig mehr als in den von China kapitalistisch beschimpften USA. Wirtschaftlich konnte man sich in China zwar frei bewegen, solange damit keine auch nur annähernd greifbare Macht entstand und man der Partei nicht in die Quere kam. Politische Kritik allerdings führte mindestens zu einem Maulkorb und Verschwinden aus der Öffentlichkeit, im Wiederholungsfalle zu Gefängnisstrafen; man wurde schlicht weggesperrt. Der Staat hatte alle Bereiche im Griff, die Überwachung war engmaschig, die Zensur unnachgiebig. Die Führung Chinas betonte damals den friedlichen Auftrag und eine harmonische Weltordnung, blieb aber die genaue Erläuterung und Bedeutung dieser Begriffe schuldig, zumal an allen Ecken und Enden des Riesenreiches Konflikte herrschten, wie die grundlos gewaltsame

Unterdrückung der Uiguren oder die politische Vergewaltigung Hongkongs, die völkerrechtswidrig erstellten Inseln im Südchinesischen Meer. Und wie so häufig werden wegen innenpolitischer Probleme außenpolitische Konflikte erfunden und dann obendrein noch angeheizt, wie solche Machenschaften auch Russland und die Türkei pflegten.

Die KP-Führung in China arbeitete jahrelang an der Beeinflussung des globalen Meinungsklimas, vorwiegend mit Desinformationskampagnen. Zugleich sorgte sie im Inland für eine positive angenehme Berichterstattung angeblicher eigener politischer Erfolge, wobei unklar blieb, worüber ein solcher Erfolg eingetreten sein soll, und die eigene Presse hatte ständig Jubelmeldungen einheimischer Unternehmen veröffentlicht. Staatliche Medieninhalte, Werbebeilagen, bilaterale Kooperationsvereinbarungen mit willfährigen kleinen Ländern, auffallend in den Balkanstaaten und Berichte lokaler Medien waren kostenlos bereit gestellt worden, trotz international geächteter Vertuschungen über den Ausbruch der Pandemie im Jahr 2020, die als Folge erst die weltweite Gefahr verursacht hatte, der Menschenrechtsverbrechen und diktatorischen Repressionen. Die eigene Bevölkerung war darüber selbstverständlich im Unklaren gelassen, in der Heimat mit Geschichtsverfälschung bedient worden. Die einseitige Meinungsbildung im Land verursachte eine Hetze der Bevölkerung gegen westliche Medien und Journalisten und eine Aggressivität, die auch zu körperlichen Angriffen gegen Ausländer führte.

Chinas Schwachstellen vor einem halben Jahrhundert:
Die politische Isolation in Asien, die Abwehrhaltung der Nachbarstaaten, linke Strömungen in der kommu-

nistischen Partei und auch Teile der chinesischen Gesellschaft kritisierten damals und in der Folge zunehmend erst die Ausbeutung der Arbeiter im Land und dann auch die Bevormundung des Volkes. Im Verlaufe gerade der letzten Jahrzehnte ließ sich der Deckel über dem dampfenden Topf der Aufstände und inneren Unruhen von der kommunistischen Führung nicht mehr zuhalten. Erst als die kritischen Bürger eine derart große Überzahl erreicht hatten, und eigene Journalisten begannen, auch in den sozialen Medien kritisch zu berichten und die chinesischen Behörden mit den üblichen Verhaftungen einer solchen Vielzahl von Kritikern maßlos überfordert worden waren, drehte sich das Meinungsbild und auch die Politik, und schwemmte endlich die verlogene Politikerelite hinweg.

In China entwickelte sich damit eher notgedrungen eine zunächst vereinfachte Form der Demokratie, die bis in unsere Zeit noch anhält. Seither herrschen dort also annähernd demokratische Verhältnisse. Interessanterweise waren solche politischen Entwicklungen parallel auch im vor einem halben Jahrhundert noch autoritär regierten Russland zu beobachten.

Viele Länder, darunter als erstes Montenegro, sogar das EU-Mitglied Ungarn, dann Ecuador, Kenia, Äthiopien oder Pakistan, um nur einige stellvertretend für eine übergroße Anzahl zu nennen, hatten sich vor fünfzig Jahren bei chinesischen Banken hochverschuldet für überflüssige, überteuerte und unnötige Infrastrukturmaßnahmen.

Montenegro dient auch als Beispielsfall für die übliche chinesische politisch und wirtschaftlich erstickende Umarmung. Der Bau einer Autobahn war vereinbart und begonnen worden, von China jedoch aus vorgeschobenen, unberechtigten Gründen nicht mehr vollendet, die Vereinbarung zu Lasten des Staates Montenegro als Auftraggeber gekündigt, ein Prestigeobjekt von der Adria bis zur serbischen Grenze, ein Bauprojekt, das niemand benötigt und benutzt, von einem chinesischen Bauunternehmen mit ausschließlich chinesischen Bauarbeitern, Facharbeitern, Architekten, Ingenieuren. Es war zu maßlos überhöhten Kosten begonnen worden, finanziert über eine chinesische Bank zu für Montenegro ungünstigsten Konditionen, die keine europäische Bank anbieten würde und auch nicht dürfte, abgesichert durch Übereignung von staatlichen Gebieten und Ländereien, der Übertragung der Autobahnflächen selbst und allen Vorteilen daraus, selbst mit Mauteinnahmen aus dem Betrieb der Autobahn. Peking wusste von Anfang an, dass Montenegro die Kredite nicht zurückzahlen kann. Bei Kündigung, bei Zahlungsunfähigkeit entscheiden dann chinesische Gerichte, die natürlich dem Staat, der kommunistischen Partei Chinas untergeordnet sind, ohne Rechtsstaatlichkeit, in Wirklichkeit nur eine Abteilung der Regierung darstellen, und nicht montenegrinische oder europäische Gerichte wären zuständig gewesen.

Montenegro war zuvor gewarnt worden, dass es sich um eine unrealistische Wirtschaftsrechnung handelte, welche die Schuldenfähigkeit des Landes um ein Vielfaches übersteigt, denn das Staatsdefizit betrug bereits neunzig Prozent der Wirtschaftsleistung. Was unternahm Montenegro, da die ersten Teilzahlungen gegenüber der chinesischen Bank fällig waren, die Autobahn noch nicht einmal fertig gebaut, selbst eine Nutzung noch nicht einmal möglich gewesen wäre, in dieser ruinösen

Lage, die zur Pleite des Landes führen wird? Die EU soll helfen! Die unglaubliche Begründung dafür: „Montenegro sei so klein, da sei es für die Europäische Union eine Kleinigkeit, die Refinanzierung zu unterstützen". Man bedenke, Montenegro war noch nicht einmal Mitglied der EU, hatte für die Aufnahme in die Europäische Union notwendige politische Reformen, wie Rechtsstaatlichkeit, Demokratisierung, Bekämpfung der Korruption, schuldhaft unterlassen. Die Europäische Union gewährte Montenegro damals Finanzhilfen, allerdings für Reformen, die nicht vorankamen. Für selbst verschuldete, vorgewarnte, unsinnige Zahlungsverpflichtungen gegenüber anderen Staaten, obgleich die EU vor der auch im betreffenden Fall begründeten Abhängigkeit von China gewarnt und die Folgen nachdrücklich beschrieben hatte, sind keine Unterstützungsmaßnahmen der Europäischen Union vorgesehen.

Eine europäisch errichtete Arbeitsgemeinschaft privater Bauunternehmen durfte später den Autobahnbau mit Steuergeldern fertigstellen.

Diese Hegemonialbestrebungen Chinas mussten zurückgedrängt, verhindert werden, mit aller Macht durch die Staatengemeinschaft in der UNO, auch gegen die Stimme Russlands, das sich bei solchen Maßnahmen regelmäßig weigerte, weil es sich selbst solcher Methoden bediente.

China gewährte damals beileibe nicht als der großzügige Spender als der es sich ständig darstellte, den Entwicklungs- und Schwellenländern finanzielle Unterstützung, sondern Kredite mit Knebelungsverträgen, keine Finanzhilfen wie die westlichen Staaten mit zwei Drittel nicht rückzahlbarer Hilfeleistungen. China vergab vielmehr Geld mit überhöhten Zinsverpflichtungen und im Bewusstsein, dass die Empfängerländer die Kredite aller Voraussicht nach nicht zurückzahlen können, zur Absicherung der Zahlungen regelmäßig die Verpfändung von Rohstoffen der Kreditnehmer, Immobilien unbeschränkten Ausmaßes, staatliche Einnahmen aus den geplanten Projekten. Und nicht überraschend, erhielten nicht die jeweiligen Empfängerländer die Kredite direkt, sondern rechtlich private, jedoch im staatlichen Besitz befindliche Unternehmen, für diese Kreditgeschäfte meist noch zusätzlich gegründet. Damit wurde versteckt die rechtlich geforderte allgemeine Anzeige von anderen Staaten gewährte Staatskredite gegenüber der Weltbank vermieden. Eine geopolitische, strategische Vorgehensweise Chinas zur Täuschung der Öffentlichkeit, zum Schaden aller dieser naiven Schuldnerländer und zur geplanten, allerdings international ungerechtfertigten erpresserischen Vormachtstellung der Volksrepublik.

China, um eigene politische und wirtschaftliche Interessen zu wahren, durchzusetzen, hatte außerdem vom für das eigene Land geltenden Prinzip der Nichteinmischung Abstand genommen, wie im politisch chaotisch regierten Südsudan oder dem diktatorischen Simbabwe, und umfangreichen Einfluss in die Regierungen der Länder genommen.

Rassistische Umtriebe der Chinesen gegenüber den damals schätzungsweise bis zu hunderttausend in China studierenden afrikanischen Studenten belasteten die Beziehungen zwischen China und den betroffenen afrikanischen Ländern zusätzlich. Es waren zwischenzeitlich mehr Studienbesucher aus Afrika an chinesischen

Hochschulen immatrikuliert als in den traditionellen Studienländern Amerika und Großbritannien zusammen.

Bei den Infrastrukturprogrammen hatten die bisher gutgläubigen afrikanischen Regierungen dann festgestellt, dass weit weniger Know-how in die afrikanischen Länder transferiert wurde als bei anderen internationalen, vor allem westlichen Projekten. Und überwiegend, zum Teil sogar ausschließlich, waren also chinesische Arbeiter, Ingenieure, Techniker, Architekten eingesetzt. All diese Umstände keine Grundlage für eine vertrauensvolle langfristige Zusammenarbeit Afrikas mit China.

In vielen afrikanischen Staaten war das Vertrauen zu China abgekühlt. Der Tauschhandel von Rohstoffen aus Afrika über von China erbauter Infrastruktur, bis dahin von den afrikanischen Regierungen begrüßt, trübte das Verhältnis zueinander stark ein.

Und China verhielt sich zögerlich, meist sogar taub gegenüber einem Schuldenaufschub für Afrika, war mit den üblichen Überredungskünsten und Erpressungsversuchen der größte einzelstaatliche Gläubiger des hochverschuldeten Kontinents geworden. Anders als der Westen, der anfangs des Jahrhunderts eine einseitige Schuldabschreibung der Auslandsverbindlichkeiten der Empfängerländer in Afrika auf vierzig Prozent des Bruttoinlandsproduktes reduziert hatte, zeigte China sich an einem solchen Erlass uninteressiert. Die afrikanischen Länder befanden sich in erheblichen wirtschaftlichen Problemen, mit der Rückzahlung der Kredite zusätzlich konfrontiert, als erste Kenia und Sambia dazu außerstande.

Mit allen kreditgebenden Länder hatte dann doch auch China beschlossen, den fälligen Schuldenstand für die meisten afrikanischen Länder kurzfristig auszusetzen, die Verbindlichkeiten neu zu verhandeln, zu strukturieren; es stellte sich neues Ungemach für den Kontinent Afrika heraus. China hatte die Kreditzusagen so gestaltet, dass sie zum überwiegenden Teil nicht unter diese Übereinkunft fallen. Die Chinesen hatten in den Vereinbarungen die Empfängerländer angesichts ihrer finanziellen Not zu erpresserischen Zugeständnissen verleitet. Sogenannte „versteckte Schulden", das sind erhebliche zusätzliche Gegenleistungen der afrikanischen Länder für die gewährten Kredite, meist verpfändete wertvolle Bodenschätze und Immobilien, intransparent außerhalb der Kreditverträge vereinbart, mussten nicht als Länderschulden gemeldet werden und beliefen sich, später von den afrikanischen Ländern eingestanden, daneben auf mindestens den gleichen, meist höheren Schuldenwert, wie er offiziell angegeben worden war. Diese Schuldenfalle sollte nach scheinheiliger chinesischer Lesart von historischer Wirtschaftsschwäche der Empfänger (wie konkret blieb chinesisches Geheimnis) herrühren, dem Protektionismus in Afrika geschuldet sein, den allerdings China ausschließlich zu ihren Gunsten betrieb, und durch afrikanische Währungsprobleme verursacht sein, die aber niemand erklären konnte. Und die jederzeit mögliche Kündigung der chinesischen Kreditzusagen bedurfte keinerlei Begründung.

Außerdem hatte China an afrikanische Länder grundsätzlich keine Entwicklungshilfe als einseitige Unterstützung wie der Westen gewährt, nur über Kreditverträge Zahlungen geleistet, beschönigend als Hilfe bezeichnet.

Verwundert es nach alledem, wenn Afrika dann, vom Traum zum Albtraum verwandelt, kein weiteres chinesisches Kapital wünschte und kein Interesse mehr an dem Mega-Infrastrukturprojekt „Seidenstraße" bekundete; denn dieses Vorhaben sollte als Verbindung Chinas nach Europa auch zum Teil über Afrika führen. Sämtliche wirtschaftlichen Kontakte und Abhängigkeiten beendeten die betroffenen afrikanischen Länder, mit finanziellen Einbußen und nur mit maßgeblicher Unterstützung der restlichen Weltgemeinschaft einschließlich der UNO selbst. Außerdem hatte die chinesische Regierung die beiden größten Banken des Landes, staatliche Unternehmen, instruiert, im eigenen Land mehr Projekte zu finanzieren. Damit wurden die Finanzierungsmöglichkeiten in Afrika ohnehin eingeschränkt.

Die politischen Veränderungen in China im Laufe der letzten Jahrzehnte hin zu mehr demokratischen Verhältnissen beruhten auch auf dem Umstand der internationalen wirtschaftlichen Vernetzung, womit sich die ursprüngliche Absicht des Westens „Wandel durch Handel" zumindest in diesem Bereich in späteren Jahren doch bestätigen sollte. Die frühere Bezeichnung vom „neuen Kalten Krieg" zwischen China und dem Westen trifft nicht in gleicher Weise zu wie im 20. Jahrhundert zwischen Russland beziehungsweise der damaligen Sowjetunion und den USA einschließlich der Europäischen Union. Die westlichen Länder waren mit China durch wirtschaftlichen Austausch derart verwoben wie er damals mit der Sowjetunion niemals bestanden hatte. China war der größte Handelspartner der EU und blieb dies trotz zwischenzeitlicher rechtlicher Probleme mit Urheberrechten, Patenten, dem von China beliebten und aggressiv geübten Diebstahls geistigen Eigentums.

Heute nunmehr gilt China als gleichwertiger und fairer Handelspartner, als geduldeter und anerkannter Wettbewerber, nicht als Systemrivale oder gar als Feind. Die Erfahrung mit dem von einem amerikanischen Präsidenten im Jahr 2020 angeführten Handelskrieg gegen wirtschaftliche Feinde und sogar politische Freunde unter dem Motto „America First" hatte die Kontrahenten Europäische Union und China gezwungenermaßen vorübergehend zusammengeführt. Dieses amerikanische Motto hatte aber vielmehr, wegen politischer und wirtschaftlicher Inkompetenz vermutlich unbewusst, die eigenen Bürger als Konsumenten und die amerikanischen Unternehmen im innen- und außenwirtschaftlichen Warenabsatz erheblich geschädigt.

In der gewichtigeren Verantwortung des Kampfes gegen den Klimawandel konnten sich die EU und China zusammen mit den USA dann auf eine auch wirtschaftliche Kooperation einigen. Die Globalisierung allgemein, die danach betriebene realitätsbezogene Wirtschaftspolitik Amerikas und Chinas, die international vorteilhaften Produktions- und Lieferketten, die gegenseitige fördernde Abhängigkeit, die Zusammenarbeit für Fortschritt und Wohlstand aller Mitbürger, wirkten in der weiteren Entwicklung wie ein gerne bezeichnetes Wirtschaftswunder. Politische Voraussetzung war allerdings, dass das Taiwan-Problem ohne politischen Schaden zu nehmen, gelöst werden konnte, als selbstständig und politisch getrennt von China, unter Verzicht auf den Anspruch des chinesischen Alleinvertretungsrechts und die vom Festland-China nicht mehr als ausschließlich verfolgte Anerkennung als einziger chinesischer Staat. Jetzt sind China und Taiwan wirtschaftlich enger verbunden als es ein militärischer Angriff jemals geschafft hätte.

Während in der EU selbst die kleinste Gemeinde die Erweiterung einer Turnhalle europaweit ausschreiben musste, hatte China in der Finanz- und Währungskrise Anfang des Jahrhunderts wegen der Streitigkeiten und Uneinigkeit der europäischen EU-Mitglieder den gesamten Hafen in Athen ohne ernsthafte Mitbewerber zum Schnäppchenpreis erworben und zu einer unter chinesischer Ägide und Einfluss wichtigsten Hafen-Destination Europas ausgebaut.

Ähnliche Entwicklungen in anderen Ländern könnten sich mit weiteren solchen Unternehmungen auf einen Präzedenzfall berufen, wenn solchem Gebaren die Europäische Union mit ihren wenigen Möglichkeiten nicht irgendwann Einhalt geboten hätte. Auf diesem Umweg chinesischer Investitionen hätte andernfalls die EU den übermächtigen und wohlhabenden Staat China, es klingt und ist absurd, wegen der europäischen Förderpolitik noch zusätzlich finanziell wie ein verarmtes Entwicklungsland mit Subventions-Geld überhäuft.

Entscheidend für die Transformation in bis dahin streng autoritären Staaten wie Russland, China oder die Türkei zu demokratischen Verhältnissen war die nicht zu unterschätzende einheitliche Machtdemonstration der USA in Kooperation und enger Zusammenarbeit mit der EU. Diese Einheit verkörperte vor fünfzig Jahren immerhin das 15-fache wirtschaftliche Potenzial im Vergleich zu Russland und immer noch das 3- bis 4-fache der Wirtschaftsleistung Chinas.

Der Dauerpräsident in der *Türkei* hatte den Staat vor einem halben Jahrhundert in die schlimmste Wirtschaftskrise geführt, die es jemals erlebt hatte und die politischen Verhältnisse erschüttert. Den letzten Anstoß zu seiner Vertreibung aus dem schönen, aber herunter gewirtschafteten Land gaben all die politischen Fehlkonstruktionen und wirtschaftlichen Fehlschläge. Er hatte zum politischen Überleben illusionäre nicht existente ausländische Feinde behauptet, eine völlig überflüssige nationalistische islamische Diskussion losgetreten, polarisiert, Wahlgesetze zu seinen Gunsten verändert und gleichzeitig politische Kritiker und die kurdischen Mitbürger von der Wahl ausgeschlossen, mit falschen Statistiken nicht vorhandene Wirtschaftserfolge vorgegaukelt und die wirtschaftliche Lage und die Demokratie förmlich erdrosselt. Die Medieneinrichtungen dann zu hundert Prozent auf Regierungslinie zu verpflichten und den geringen Rest von unabhängiger Berichterstattung als ausländische Agenten zu disqualifizieren und finanziell abzuwürgen, soweit diese Medienvertreter nicht schon inhaftiert waren, beschleunigten dann den Niedergang zusätzlich, weil sich nun auch die treuesten Unterstützer abwandten. Der kriegerische Einsatz der Türkei im Nachbarland Syrien, im afrikanischen Libyen und von den USA und den verbündeten Partnern verlassenen Afghanistan ruinierte die Türkei wirtschaftlich und politisch endgültig. Hilfe von der EU war wie bis dahin durch finanzielle Unterstützung auch nicht mehr zu erwarten, schon wegen angeblicher und nach der jeweiligen Laune des türkischen Präsidenten immer gemäß der heiklen politischen Situation behaupteter Ambitionen auf einen

EU-Beitritt. Die Europäische Union akzeptierte die Erpressungsmanöver mit den syrischen und dann später afghanischen Flüchtlingen nicht mehr, gestützt auf die Vereinbarung gegen Zahlungen von Milliarden Euro an die Türkei, die Flüchtlinge dort zu behalten. Die EU wäre also abhängig gewesen von den erpresserischen Abmachungen mit der Türkei und den wiederkehrenden Drohungen des türkischen Präsidenten. Verlierer waren bei diesen Aktionen neben den Flüchtlingen ohnehin ausschließlich die Menschen in der Türkei mit der zusätzlichen wirtschaftlichen und gesellschaftlichen Belastung der ausländischen Übervölkerung.

Das Land hat sich erst nach den Jahren der unrühmlichen Herrschaft des „Sultan vom Bosporus" wieder zu den demokratischen Werten besinnen können und ist vom Spielball zum Bindeglied zwischen Ost und West herangewachsen. Die Träume und Hirngespinste des damaligen Staats- und Regierungspräsidenten von einem wieder erstarkten groß-osmanischen Reich durch außenpolitische Scharmützel und kostspielige Kriegshandlungen hatten sich nicht nur als völlig unrealistisch erwiesen, sondern sind ebenso zerplatzt wie der von ihm angesammelte immense Reichtum durch Korruption und Vetternwirtschaft, während die Bevölkerung unter Misswirtschaft und Vermögensverfall darbte und leiden musste.

Wirtschaftspolitische Fehlleistung hatte sich an Fehlleistung gereiht, die Partei des Herrschers nur dem Namen nach „Gerechtigkeit und Aufschwung". Das Land war vor einem halben Jahrhundert vielmehr auf dem Weg in den endgültigen Ruin, konnte nur mit einer wirtschaftlichen Vollbremsung überleben. Denn Entscheidungen stützte die Nachfolgeregierung nicht mehr auf die Regeln des Korans, sondern auf wissenschaftliche und allgemeine Kenntnisse wirtschaftspolitischer Vorgänge. Die Türkei ist nun seit langem wieder verlässlich, als Partner der Europäischen Union fest verankert mit funktionierendem Parlament, Rechtsprechung und demokratischen Werten.

Das Land hatte sich von selbst gereinigt und die damalige politische Führung deren Weiterbestehen auch nicht mehr durch die Manipulation von Wahlen sichern können.

In *Ungarn* ist die Ära Orban nur noch in schwacher Erinnerung als trauriger Teil der Geschichte des Landes vorhanden. In der EU damals gleichsam wie Polen mit denselben Krankheitssymptomen behaftet, von allen europäischen Strukturfonds mit Unsummen unterstützt, landeten die Subventionen, Zuschüsse in Firmen des kleinen Kreises der politischen und unternehmerischen Elite, alle eng und brüderlich verbunden. Mit den wirtschaftlichen Projekten, geplant ohne verpflichtende Ausschreibungen und wenn doch, abgesichert und manipuliert, schaffte sich die Nomenklatura ein Euro-Milliardenvermögen an. Die Hülle der formalen Demokratie blieb aufrecht, die Rechtsstaatlichkeit, die Unabhängigkeit der Justiz, die Medienfreiheit, sogar die Zivilgesellschaft waren geschwächt, ausgehöhlt worden. Erst die Reaktionen der Europäischen Union hatten zu einer Änderung geführt mit Zwangsgeldern für Demokratieverstöße, Einbehalten von europäischen Zahlungen wegen zuletzt sogar in der ungarischen Bevölkerung erkannter, grenzenloser Korruption und Bereicherung der Regierungsspitze.

Dieses unverantwortliche Wirken populistischer Bestrebungen wie in Ungarn, hätten rechte Parteigruppierungen in anderen Ländern gerne kopiert, nachgeahmt. Es blieb beim Versuch wie in Deutschland, Frankreich, Italien und dem Mutterland der Demokratie Großbritannien, der Heimat der Brexiteers, verschrobener, skrupelloser Lügner.

Die überzeugten Demokraten entledigten sich schließlich in erfolgreichen Wahlen dieser Störenfriede, verhinderten die Wucherung solcher populistischen Strömungen. Und wie überall, wo Populisten an der Macht waren: diese Gesellschaftsform verhinderte jegliche vernünftige Lösungen politischer Probleme und Reformen.

Gegen die Zerstörung demokratischer Werte und deren stetigen Abbau, gegen die Plünderung des Staates durch einzelne Diebe an der Macht halfen nur Bildung, politische Beteiligung, Wahrnehmung des Wahlrechts, Einsatz für Grundrechte und eine offene Gesellschaft. Das Beispiel Ungarn erbrachte den Beweis für den erfolgreichen Einsatz solcher Mittel, damit die Demokratie und ihre Bedeutung den Bürgern wieder bewusst war, sie die Vorteile von Freiheit, Wohlstand und Frieden erkannten.

Wirtschaftssanktionen, mitunter schon deren Ankündigung durch das westliche Bündnis und später durch die dann erstarkte EU, das einheitliche Auftreten der Weltbevölkerung bewirkten die Beendigung der militärischen Ambitionen Russlands. Es bedurfte dabei nicht einmal militärischer Gegenaktionen des Westbündnisses NATO, die unweigerlich vom Kalten Krieg in kriegerische Aktionen bis hin zu einem 3. Weltkrieg hätten führen können. Die Macht der USA zusammen mit der EU, den diplomatischen Verhandlungen kombiniert mit der Drohung von Gegenmaßnahmen und dem Hinweis auf die militärische Überlegenheit der in der NATO vereinigten Staaten hielten Russland und auch China von ihren geplanten unsinnigen und unnützen Militärspielen ab bis die Situation in diesen Ländern durch die Bevölkerung ohnehin eine erst langsame und dann beschleunigende Demokratisierung erzwang. Beide Länder hatten eingesehen, dass diese Art der kriegerischen Demonstration gegenüber den verbündeten anderen Staaten zu kostspielig, in der ganzen Welt rufschädigend und militärisch zu riskant wird. Die erstarkte EU, auf Augenhöhe mit dem chinesischen Politikdrachen, bewirkte die Eindämmung wirtschaftlich und politisch erpresserischer Handlungen. China hatte eingelenkt im Rahmen eines Verfahrens nach der Internationalen Schiedsgerichtsordnung und der Verurteilung zu erheblichen Zugeständnissen.

Ein möglichst großer Teil der Wertschöpfung sollte in den zwanziger Jahren nach dem Wunsch Chinas in der Volksrepublik stattfinden und die deutschen Autobauer waren sofort bereit, in der Hoffnung auf Milliardengewinne, bis die EU dazwischen schritt und solches Handeln, wirtschaftliche und politische Abhängigkeiten untersagte, schon im eigenen europäischen Interesse. Denn die kommunistischen Staatsplaner dachten langfristig und geopolitisch im Gegensatz zu der nur auf kurzfristigen eigenen Erfolg beschränkten Führungsmannschaft der Autofirmen und übrigen Konzerne.

Erst lange nachdem Europa erkannt und auf das Billionenprojekt „Seidenstraße" reagiert hatte, auf eine ausschließlich von China entgegen der öffentlichen Beteuerungen geopolitisch geplante Überholung der EU, begannen die entlang der Straße Beteiligten eine gemeinsame strategische und für alle Seiten gleich lukrative Unternehmung. Infrastrukturmaßnahmen werden nun gemeinsam zwischen Europa und Asien entwickelt mit Straßen, Pipelines und digitalen Netzen und man gestaltete übereinstimmend die Infrastruktur auch in Asien, in China, durch gezielte Investitionsprogramme, fairen Wettbewerb und transparente Bedingungen, mit internationalen Standards und Rechtssicherheit für private Investoren.

In *Russland* hatte die Nomenklatura verdrängt, verleugnet und verboten, dass Demokratie als Grundhaltung den Austausch, die Begegnung, das Gespräch erfordert, dass Demokratie den streitigen Disput und Diskurs braucht und benötigt.

Die Politik des Kreml war vor einem halben Jahrhundert zu sehr in der Vergangenheit gefangen, und nicht in der Lage, nicht willens sich den großen Zukunftsaufgaben zu stellen, dem Schutz des Klimas, der Verständigung von Ost und West. Wirtschaftlich neben China und den USA zu schwach, konnte das Land nur als hochgerüstete Atomwaffenmacht und mit militärischen Drohgebärden sich Aufmerksamkeit verschaffen und bemerkbar machen. Und Russlands Regierung war damals auch von einer Sicherheitspsychose geplagt, von unbegründeten Umzüngelungs-Ängsten, fürchtete, Demokratiebestrebungen in den Nachbarländern könnten auf das Land übergreifen. Diese Ansichten sind erklärbar mit dem fortwährenden Alterungsprozess des Kreml-Regimes. Russland sehnte voller Unverständnis den überwundenen Kalten Krieg wieder herbei, dessen Ende angeblich einer geopolitischen Katastrophe gleichkam, das Ende der Sowjetunion in Wirklichkeit aber Freiheit für alle Bürger des Landes und ihrer früheren Satellitenstaaten bedeutet hatte.

Die Nomenklatura ist längst verschwunden. Diese korrupte Clique regierte das Land viele Jahre lang erpresserisch und ausbeuterisch, ließ Wahlen abhalten, deren Ergebnisse schon vorher feststanden, lenkte die Gewinne aus dem Rohstoffhandel nach Moskau und verteilte die so erzielten Einnahmen nach einem Schlüssel, der ihr Loyalität sicherte. Die Polittechnokraten steuerten die Inhalte in den alten und neuen Medien, schotteten Russland von der restlichen Welt ab und verboten jegliche Opposition oder auch nur vorsichtige, neutrale Kritik. Und wenn das nichts half, dann standen in den Gesetzen Gummiparagraphen und eine willfährige Justiz bereit, um Widersacher wegzusperren. Scheiterte auch das, gab es noch das Nervengift „Nowitschok", um missliebige Gegner auszuschalten. Wie hielt sich Russland oder auch die anderen Autokraten an der Macht? Mit Niederknüppeln von Demonstranten und Zerstören jeder Opposition. Selbst das unabhängige russische Nachrichtenportal, unverdächtig jedes einseitigen oder gegenüber der russischen Regierung kritisch eingestellten Verhaltens, musste aufgeben, unabhängige neutrale Berichterstatter wurden als Staatsfeinde und Kriminelle verfolgt.

Die Wahlen im Jahre 2021 zum russischen Parlament, die Staatsduma, erinnerten zu sehr an den Obersten Sowjet der UdSSR. Man hatte bei diesen Wahlen tatsächlich keine Wahl, etwa über konkurrierende Kandidaten, über freies und ehrliches Abstimmungsverhalten, in einer Atmosphäre der Einschüchterung kritischer oder unabhängiger Stimmen. Ein besonders absurdes Beispiel gibt die Verpflichtung von Unternehmensmitarbeitern, den ausgefüllten Wahlzettel zu fotografieren und dem Unternehmensboss vorzulegen. Bei der Wahl etwaiger Oppositionspolitiker drohte die Kündigung.

Die Bevölkerung befand sich ohnehin auf einem Informationsstand, bei dem ihr liberale, demokratische Werte völlig fremd waren. Bezeichnend auch, vor solchen Wahlen öffentlichkeitswirksam merkwürdig anmutende Geschenke zu verteilen wie geringe pauschale Zahlungen an Rentner, vor der „großzügigen" Verteilung jedoch das Rentenalter um einige Jahre zu erhöhen und damit den Kreis der Berechtigten erheblich zu vermindern. Die Duma hatte in diesen Jahren zahlreiche repressive Gesetze verabschiedet, die Russland zurück in die Zeit der UdSSR gedrängt hatten, eine historische Rückwärtsbewegung. Russland konnte so die eigentlichen Probleme wie allgemeine Armut, Korruption, Zustand der Infrastruktur, überbordende häusliche Gewalt, mittelalterliche hygienische Zustände für die Landbevölkerung nicht angehen, nur verdrängen. Es musste eine gleichwie geartete Änderung kommen.

In den westlichen Demokratien begleitete die russische Regierung seit Beginn des Jahrhunderts in ihren Medien die Wahlen (frei, geheim und unabhängig) mit Lüge, Hass und Hetze. Desinformationen sollten Misstrauen schüren, die Ergebnisse beeinflussen. Diese Herausforderung konnte damals nur mit Aufklärung der eigenen westlichen Bevölkerung und schließlich mit empfindlichen Sanktionen der russischen Administration unterbunden werden. Russland war kein Partner mehr, sondern eklatante und dauernde Gefahr für die

Sicherheit Europas. Die gezielte Verbreitung von Falschinformationen, die Bemühungen mit Propaganda gegenüber dem westlichen Teil der Welt hatte Russland mit enormer schädlicher Wirkung betrieben. Der im Westen stationierte russische Sender RT DE war dabei sogar eine Art russisches Verteidigungsministerium im Ausland, wie deren Vertreterin in Deutschland selbst erklärt hatte, allerdings, was sie verschwieg, nicht zur Verteidigung irgendwelcher ausländischer Angreifer, vielmehr in übelster Weise mit Aggression und Verleumdung der demokratischen Verhältnisse in Deutschland beschäftigt. Entweder wurden Ereignisse verzerrt dargestellt oder gleich in vollem Umfang ausgedacht und erfunden, immer mit dem Ziel, die politische Meinung zu beeinflussen, um die Gesellschaft zu spalten. Das Spektrum der russischen Propaganda im Sender reichte, zur Tarnung von vermeintlich unpolitischen Wohlfühl-Videos und harmlosen kulinarischen Themen bis zu kruden und böswilligen Verleumdungen, vermischt mit bereiten ausländischen Influencern über gutgläubige Diplomaten bis zu willfährigen Politikern und verräterisch umschmeichelten deutschen Wirtschaftsbossen, die nur den kurzfristigen Erfolg und Gewinn im Sinn hatten. Schließlich setzten die russischen Behörden auch noch eigene Netzwerke für ihre zersetzende Propaganda ein.

Den Empfängern dieser falschen Botschaften sollte suggeriert werden: Der liberale Westen ist im Niedergang begriffen, nur die Extremisten und rechten Parteien beziehungsweise deren Wirrköpfe dort sind die Guten. Die westliche Gesellschaft, die demokratischen Verhältnisse mit solchen Angriffen zu destabilisieren war überdeutlich beabsichtigt. Erst durch eine gezielte gemeinsame

Abwehrreaktion wiederum mit wirtschaftlichen Sanktionen, angeführt von den USA und der Europäischen Union, reagierte der Kreml. Wie immer in solchen Fällen aggressiver Einflussnahme aus Russland auf die Kommunikation, auf westliche Energiesysteme und zu Manipulationen demokratischer Wahlen, vor allem gegen die USA und Deutschland gerichtet, wies die russische Regierung Zusammenhänge, obwohl bereits überführt, erst einmal brüsk und empörend zurück, bis es dann Propagandamaßnahmen einräumte, aber zugleich für die Angriffe gegen den Westen, diesen selbst als angeblichen Provokateur verantwortlich erklärte. Welche Chuzpe, die hinter dieser Infamie steckte.

Selbst die Rohstoff-Hausse im Jahr 2021 nützte Russland wenig. Korruption, Repression und politische Willkür lähmten die Wirtschaft und verhinderten Innovation. Gleichzeitig gab das Regime das Geld, das es für die Lieferung von Erdöl und Gas eingenommen hatte, außer für die Verteilung unter der politischen Elite für abenteuerliche Projekte in Kriege aus. Ökonomen hatten erfolglos vor folgenschweren Szenarien gewarnt.

Der Hauptkritiker und Regimegegner, jahrelang zu Unrecht eingesperrt und Opfer eines von der Regierungsspitze initiierten Giftanschlags, zum Leidwesen der Nomenklatura weltberühmt geworden, bezeichnete das Regime vor einem halben Jahrhundert als „historischen Unfall und Fehler, der korrigiert werden muss" und prophezeite damals schon, dass Russland noch einen demokratischen Weg einschlagen wird.

Erst nach den politisch und wirtschaftlich verlorenen Jahren brachte die junge russische Mittelschicht das

Land wieder zum Blühen. Diese Bevölkerungsschicht hatte an Wohlstand, Größe und Bedeutung verloren, Russland kein Wirtschaftswachstum mehr erzielt, nur Stagnation war überall sichtbar. Die Politik hatte sich im Wesentlichen mit dem Machterhalt und dadurch bedingter Verteilung des Staatsvermögens unter der korrupten Regierung befasst. Die einzigen bedeutenden Einnahmequellen aus Erdöl und Gas; sie wurden nicht eingesetzt, um weitere wirtschaftlich vorsorgende Bereiche zu entwickeln und sich darauf zu stützen, und um damit die Abhängigkeit vom Öl- und Gasexport zu vermindern. Die selbst verschuldeten internationalen Sanktionen wegen kriegerischer Handlungen auf der Krim und die Kriegsabsichten gegenüber der Ukraine im Donbass, beschränkten den Technologietransfer und führten zu einer zunehmenden Isolierung des Landes. Importe höherwertiger Produkte und Auslandsreisen verteuerten sich, die verfügbaren Einkommen schrumpften. Der ohnehin bescheidene Wohlstand des Volkes verminderte sich weiter und auch die unvorstellbare Leidensfähigkeit der Russen überstieg dann doch irgendwann die Grenzen und die Geduld der Bevölkerung.

Den Abstieg der Mittelschicht hatte die russische Regierung in Kauf genommen, weil dieser Bevölkerungsteil als Störenfried galt und sich in die Politik der Nomenklatura, die in einer Wunsch- und Parallelwelt lebte, zur Verbesserung der allgemeinen wirtschaftlichen Situation im Land einmischen wollte. Diese Art der politischen Beteiligung missfiel dem Kreml und störte ihn bei der Verteilung des Staatsvermögens. Zu viele in der Mittelschicht emigrierten, weil sie ihre Ideale von mehr Marktwirtschaft und Demokratie nicht verwirklichen konnten. So war es nur eine Frage der Zeit bis der Umsturz kam und demokratische Erneuerungen das Land wieder stärkten und zu neuen Höhen führten.

Wann immer russische Regierungsstellen, Oligarchen, Lobbyisten in Diensten der Regierung anderen Nationen oder deren Vertreter böswilliges Verhalten unterstellten, solche Vorwürfe benannten, konkret bezeichneten, wusste man, welche kriminellen Machenschaften sie gerade selbst begingen. Denn genau mit dem, das sie anderen vorwarfen, befassten sie sich selbst.

Den Einsatz der Russen mit Cyberwaffen stellte die USA zu Recht dann auf eine Stufe mit atomarer, biologischer oder chemischer Kriegsführung; der Cyberkrieg hätte genau wie ein Bombenangriff wirken und Zerstörung und Tod bringen können, vor allem durch Angriffe auf lebensnotwendige Nahrungslieferungen und alltägliche Bedürfnisse, auf die Wasserversorgung. Im Wesentlichen kamen diese Cyber-Angriffe nachweisbar vom russischen Boden aus. Die Regierung in Moskau konnte sich bald nicht mehr auf den Standpunkt stellen, sie kenne die Hintermänner dieser Aktionen nicht und würde bei einem Verstoß gegen russische Gesetze strafrechtliche Verfolgungsmaßnahmen einleiten. Die Attacken waren zumindest mit Wissen und Duldung durch den Kreml, nach Recherchen der amerikanischen Sicherheitsbehörden gar auf Initiative der russischen Regierung gestartet worden. Immer häufiger waren Behörden Ziel der Angriffe, eine Bedrohung der nationalen Sicherheit. Die Verurteilung durch die UNO setzte die russische Regierung in Bewegung; nun unterblieben die Cyber-Angriffe und Attacken. Zuletzt hatte die Regierung in Moskau auch eingestanden, dass sie für die Angriffe allein verantwortlich war.

Die unabhängige Berichterstattung ausländischer Journalisten und Korrespondenten in Russland und demonstrativ auch in China war demgegenüber erheblich erschwert worden durch Überwachung, Beschattung und Behinderung, durch Nichtvergabe von Visa, die allerdings wohlfeile Wirtschaftsreisende, von denen man sich Vorteile versprach, erhielten. Dieser Zustand konnte nicht für alle Ewigkeit gelten wie es die verantwortlichen Politiker dort erhofft hatten oder in ihrem Wahn der eigenen Unsterblichkeit glaubten. Die einzige politische Teilnahme und Beteiligung im Russland der zwanziger Jahre beschränkte sich auf Straßenproteste kleiner Gruppen, die sofort mit Polizeigewalt unterbunden wurden. Die Informationen über die Besitzstände der politischen Elite konnten die Machthaber im Kreml trotz bis in die letzten Winkel des Staates wirkender Verbote nicht verhindern. Auch wenn Exekutive, Judikative mit willfährigen Vertrauten der regierenden Partei besetzt waren.

Und wie immer bediente sich die russische Regierung einer falschen, umgekehrten Argumentationskette, hatte das Täter-Opfer-Verhältnis schlicht umgedreht. Exzesse in den USA wie „Black Lives Matter", der rechtswidrige Sturm auf das Kapitol in Washington am 06. Januar 2021 oder „Polizistenmorde an Farbigen" hatte der russische Präsident den Amerikanern vorgeworfen und behauptet, er wolle mit seiner eigenen brutalen Vorgehensweise gegen demokratische Bestrebungen in seinem Land solche Ereignisse wie in den USA, vermeiden. Der russische Machthaber verschwieg jedoch wohlwissend, dass an all diesen Freveltaten ein amerikanischer Präsident verantwortlich war, den die Russen durch Manipulation der Wahlen und offene tatkräftige Unterstützung selbst in dieses Amt befördert hatten, der also nicht gerade versehentlich gewählt worden war, was man auch hätte vermuten können. Und ein wesentlicher Unterschied bestand darin, dass in den USA solche Vergehen und Verbrechen strafrechtlich verfolgt und geahndet werden, die russische Regierung ihre eigenen Verbrecher gegenüber anderen Staaten ungeschehen agieren ließ, vielmehr zu noch mehr Bösartigkeit anstachelte und dafür noch belohnte.

Russland setzte dann vor fünfzig Jahren auch noch die Gaslieferungen als Waffe ein, zunächst durchaus erfolgreich mit erheblichen Kostensteigerungen für die Mehrzahl der EU-Länder, mit Ausnahme der russlandhörigen Ungarn. Ersatz kam von den Lieferungen des umweltfeindlichen Schiefergas aus Amerika. Außerdem setzte sich in Europa die Erkenntnis durch, dass Russland mit den Gaslieferungen abhängiger war als umgekehrt. Fehlende Liefereinnahmen vergrößerten die wirtschaftliche Not zu den übertrieben hohen Militärausgaben in erheblichem Maße. Und Sanktionen drohten zusätzlich zur Einschüchterung, denn die Europäische Union war der größte Handelspartner Russlands, größer als China und die USA zusammen; umgekehrt war Russland aus europäischer Sicht ein wirtschaftlicher Zwerg. Dessen war sich Europa endlich klar geworden und setzte diese Erkenntnis um in erfolgreiches Agieren gegen Angriffe und wirtschaftliche Provokationen aus Russland.

Die Isolation Russlands durch die überwältigende Mehrheit der restlichen Welt, gezielte Abwehrmaßnahmen gegen die Kreml-Elite und die wichtigsten Oligarchen, der drohende wirtschaftliche Untergang folgten auf die Aggressivität der russischen Regierung gegenüber allen als Feinde bezeichneten westlichen Länder. Russland hatte also mit den enormen Einnahmen aus den Öl- und Gaslieferungen anfangs dieses Jahrhunderts nicht für die Zukunft vorgesorgt, keinerlei Vorkehrungen für die neuen Herausforderungen getroffen, erwies sich als unfähig dazu. Die Entwicklung zurück zu einem der ärmsten Entwicklungsländer, der spätere enorme Druck der Bürger auf den Straßen, alle diese Umstände führten in Russland schließlich zum Umdenken auch der einfachsten Menschen in diesem Riesenreich. Ohne die heilsam wirkenden westlichen Sanktionen, ohne Einführung demokratischer Standards wäre Russland heute noch isoliert, die Bevölkerung unterernährt, die politischen Strukturen diktatorisch geprägt. Die Einkommen aus Erdöl und Erdgas, die einzigen Einnahmequellen, sind versiegt, da die Welt sich jetzt nachhaltig versorgt. Die Machthaber von Beginn dieses Jahrhunderts an seit Jahrzehnten im Amt, setzten nur den Machterhalt durch bis den leidenden Menschen sich kein Ausweg mehr als der politische Umsturz bot.

Das Sündenregister Russlands, nur um des Machtstrebens willen, ist beachtenswert und beeindruckend. Den syrischen Despoten unterstützte man dabei, die eigene Bevölkerung zu bekämpfen und zu massakrieren, Krankenhäuser im Land zu bombardieren. Der Ukraine sollte der Weg in die Freiheit durch Besetzung der Krim und des Donbass verwehrt sein. Dem Diktator in Minsk leistete man Beistand bei der Perfektionierung von Foltermethoden gegen Oppositionelle. In Kasachstan unterstützte man den Machthaber dabei, Demonstranten niederzuschießen. Und im Inland war die unabhängige Presse ausgeschaltet, Nichtregierungs-Organisationen als angebliche Feinde aufgelöst worden, Oppositionelle eingesperrt oder beseitigt.

Wann hatte es jemals unsichtbare, feindlich gesinnte Strahlenangriffe auf Diplomaten anderer Länder gegeben, außer anfangs der zwanziger Jahre dieses Jahrhunderts durch die russische Regierung, ein Übel besonderer Gemeinheit, nach den Erkenntnissen des amerikanischen Geheimdienstes ausgeführt über Regierungsvertreter bei internationalen Treffen mit russischer Beteiligung und festgestellt erstmals in Havanna, dann in Berlin, London, Wien, Genf. Im Kapitel Militär wird zusätzlich auf diese Angriffe hingewiesen.

Mit dem Anheizen außenpolitischer Konflikte sollte neben dem überholten Wunsch der Rückkehr zu Sowjetzeiten von den politischen Problemen im Inland abgelenkt werden. Die Diktatur konnte nur mit Krieg aufrechterhalten bleiben. Russland hatte die Gründe der Besetzung der Krim und des Donbass im Osten der Ukraine auf üble Desinformations-Kampagnen gestützt, Lügen über angebliche Militäroffensiven der Ukraine berichtet, obgleich die Ukraine gegenüber Russland eine militärische Auseinandersetzung niemals angestrengt hätte, heillos unterlegen gewesen wäre, vielmehr stets betont hatte, den Konflikt diplomatisch regeln und lösen zu wollen. Angebliche Massaker in der Ukraine an russischen Bürgern verbreitete die Staatspropaganda für die Vorbereitung von Kriegshandlungen.

Die Angst des Machtverlustes der Kreml-Führung führte zur Unberechenbarkeit und Aggressivität gegenüber anderen Staaten. Der Bezug zur Realität war dabei verloren gegangen. Mit martialischer Pose, nur noch von Vertrauten umgeben, bestand die Furcht vor den eigenen Leuten, vor der Masse der Bevölkerung. Aber die Zeichen des Niedergangs, der Degenerierung wie aller ehemaligen Reiche setzte gerade an diesem Punkt ein. Jeder Besucher des Präsidenten musste eine wolkenumhangene Wäsche des Kopfes erdulden, zu Corona-Zeiten mehrmalige aktuelle negative Tests in kürzesten zeitlichen Abständen vorlegen und die jeweiligen Impfungen gegen das Virus nachweisen. Besonders auffällig aber die Reisen des Präsidenten, nur noch mit eigener Küche und wie bei allen gefährdeten und verängstigten Machthabern schon in der Antike, waren mehrere Vorkoster des vom Privatkoch vorbereiteten Essen eingesetzt. Das Verhalten des russischen Präsidenten konnte nur noch mit Todesangst umschrieben werden.

Das Land selbst war vom Geheimdienst vollständig überwacht, die Bürger mit Manipulation und Propaganda gegen alle Ausländer und fremden Staaten aufgehetzt, die politische Elite mit wirtschaftlichen Geschenken und Vorteilen bei Laune gehalten, die Regierungsspitze zuletzt nur noch Gefangener der eigenen Propaganda und des gegenüber allen anderen entstandenen Realitätsverlustes. Dieser Zustand konnte nicht für alle Ewigkeit andauern, auch wenn von der Regierung das Gefühl eigener Unsterblichkeit aufgebaut worden war. Die Macht des autoritären Dauerherrschers beruhte nur auf einem trügerischen Fundament und es bedurfte nur eines kleinen Anstoßes, um es einbrechen zu lassen, nur eines einzigen Funkens, um es abzubrennen.

Es lässt sich nicht feststellen, wann, ab welchem Zeitpunkt die Änderung, das aufklärende Umdenken Bewegung aufnahm, ab der die Bevölkerung der dauernden Lügen, Manipulationen, der Verdummung der Menschen durch die Regierungsverantwortlichen in Russland überdrüssig war und sich erhob. Wie immer entwickelt sich solcher Ungehorsam, das Aufbegehren zum Überleben und die Entwicklung schleichend hin zum dann beschleunigten Umsturz.

Junge, aktive, moderne, international ausgebildete Politiker haben das Ruder übernommen und steuern das flächenmäßig größte Land der Erde durch das Weltmeer der Politik, ohne andere zu behindern, umzustoßen oder wie noch vor fünfzig Jahren entern zu wollen. Diese neue Generation hat Russlands Abstieg in die Unfreiheit gestoppt. Bürger betätigen sich wieder politisch, ohne behindert, diskreditiert zu werden, ohne willkürlichen, staatlichen Maßnahmen ausgesetzt zu sein. Kritik gilt nicht mehr als existenzielle Bedrohung, sondern als Teil der Meinungsbildung und sachliche, willkommene Teilhabe am politischen Leben. Demonstrationen unabhängiger Nichtregierungsorganisationen sind erlaubt, Menschenrechts-Aktivisten werden nicht mehr als ausländische Agenten verfolgt und inhaftiert oder die perfide Steigerung vor Jahrzehnten noch als Terroristen beseitigt. Wahlergebnisse werden nicht mehr manipuliert, Gerechtigkeit und Gleichheit als hohes Gut anerkannt. Der Staat gibt sich zwar streng, über dieses große und nur mühsam zu verwaltende Land verständlich, aber barmherzig und achtet dabei die Menschenrechte. Mit Rechtsstaatlichkeit agiert und handelt die Politik vorhersehbar, beständig, nicht mehr unberechenbar nach den Launen eines allmächtigen Herrschers.

Das Geschäft mit Gas und Erdöl ist auf ein Minimum beschränkt, besteht nur noch im Inland in bescheidenem Maße als Energieersatz. Die russische Wirtschaft floriert nun vielmehr durch die Intelligenzia, die vor einem halben Jahrhundert das Land wegen diktatorischer Strukturen verlassen hatte, in der Technikbranche; die geistige Elite ist eingebettet in die internationale Gemeinschaft zum Vorteil und zum Wohl auch und vor allem der eigenen Bürger.

Nach der Auswechslung der Kreml-Nomenklatura, durch den Aufruhr im Inland, dem Zwang der westlichen Mächte, stimmte das neue Russland bei gegenseitigem Nachgeben der Abrüstung zu, musste auch die bisherige Verteidigungsstrategie aufgeben, wonach angeblich zur Sicherheit des eigenen Landes der Ostteil der Ukraine militärisch, völkerrechtswidrig und ohne jegliche Berechtigung besetzt und okkupiert worden war.

Wer nun glaubt, paradiesische Verhältnisse bestehen auf Erden, Ruhe und Frieden verdrängten autokratische Machtgelüste und negative menschliche Eigenschaften, gibt sich trotz aller Friedenserfolge Illusionen hin; wer annimmt, das Böse sei verschwunden, muss einsehen, dass es weit zurückgedrängt, aber letztlich doch nicht ausgemerzt werden konnte. Und diese menschlichen Schwächen seit der Vertreibung aus dem Paradies, zeigen in Autokratie verliebte Regierungsvertreter in den verbliebenen Regionen zum eigenen Vorteil und zum Nachteil der Übrigen auch heutzutage immer wieder. Die internationale Staatsmacht der UNO behilft sich dagegen mit den politischen, gesellschaftlichen und juristischen, notfalls militärischen Institutionen.

Die bestehende Welt der rivalisierenden Mächte in den verschiedenen Regionen, infiziert von dem Bestreben nach Vormachtstellung, besseren wirtschaftlichen Ergebnissen in Bruttosozialprodukt, Arbeitsplatzbeschaffung und Produktion, damit vermehrter Einflussnahme in notwendige politische Entscheidungen der Administration der UNO ist noch lange kein harmonischer Chor, auch wenn sich alle Beteiligten auf den Weg dorthin aufgemacht haben. Es herrschen oft genug noch beginnende politische Dissonanzen, die immer erst diplomatisch oder rechtlich aufzuarbeiten und zu lösen sind.

Die Weltgemeinschaft ergreift sofort die Initiative zur Regelung und Befriedung der Auseinandersetzung, wenn Krisen politischer oder wirtschaftlicher Art drohen, durch Konkurrenzdenken der jeweiligen Länder beziehungsweise Ländereinheiten, um mit auch nur leicht manipulierten Zahlen aus dem Gemeinschaftstopf der Finanz mehr Zuschüsse zu erhalten als dem Einzelnen zusteht oder wenn Gebietsansprüche angemeldet werden, begründet mit historischen Rechten und darauf gestützten Behauptungen oder im Falle bewusster, zufälliger, versehentlich ungleicher Verteilung der gemeinsamen Gelder oder bei sozial unausgewogener Überlassung von Zuschüssen. Bei gesetzwidriger Verteilung der finanziellen Unterstützung, ungleichen Anteilen unter den Empfängern, bei örtlichen kriegsähnlichen Konflikten verschiedener aus der Geschichte stammender Feindschaften, auch dann muss die UNO regulierend einschreiten.

Der Offenlegung aller aufgeklärten Vergehen, Betrügereien und Vetternwirtschaft in Regierungskreisen kommt weiter große Bedeutung zu. Solche oder ähnliche Delikte bedürfen auch in diesen fortgeschrittenen und aufgeklärten Zeiten der ständigen Kontrolle und geeigneter Abwehrmaßnahmen. Die Zeit der korrupten Staatenlenker, die sich auf Kosten und zu Lasten der Bevölkerung sagenhafte Vermögen verschafften, ist allerdings zu Ende gegangen, dank der weltweiten Informationsmöglichkeiten der Menschen über Korruption und Nepotismus und der Bekanntgabe von Vermögenswerten der bestechlich gefährdeten Politikerelite und mächtigen Wirtschaftsbosse, auch weil sie alle mit den Versuchen, die Bevölkerung von diesen Informationsquellen fernzuhalten, die Informationswege zu unterdrücken, scheiterten.

Demokratie-Export per Krieg, siehe auch Kapitel Militär, wie es sich die USA vor mehr als fünfzig Jahren noch vorgestellt hatten, ist fehlgeschlagen, musste scheitern; vernünftige Politiker hatten schon frühzeitig darauf hingewiesen. Amerika gab sich zu überheblich, in naiver Weise zu siegessicher und hat erst nach Fehlschlägen begriffen, diese Art der Demonstration war völlig ungeeignet als Modell für bisherige Diktaturen und autoritäre Staaten im Mittleren Osten, in Afrika oder in manchen Ländern in Südamerika. Es hätte wirtschaftlicher Abkommen mit ausgeglichener Leistung und Gegenleistung bedurft, diplomatischem Geschick und nicht dieser herablassende, arrogante Art, wie sie die USA gepflegt hatten. Dazu zeigten die Amerikaner in ihrem überheblichen Handeln völliges Unverständnis gegenüber anderen, seit Jahrhunderten gewachsener Kulturen. Ohne solche Kenntnisse musste jedes, auch gut gemeinte Vorhaben scheitern.

Ebenso erfolglos ohne echten wirklichen Nutzen war, Entwicklungshilfe mit der Gießkanne zu gewähren, um das eigene Gewissen zu beruhigen, wie davor schon von den europäischen Staaten ohne wirklichen Wert praktiziert. Erst konkrete technische Unterstützung im Zeitalter der Digitalisierung und Bildung sowie Ausbildung in ausgewählten sinnvollen Bereichen, politische und ökonomische Unterweisung in neutraler Form ohne Beeinflussung für bestimmte Richtungen zeigten in den Entwicklungs- und Schwellenländern Ergebnisse und Erfolge. Auch und gerade die konkrete, erfolgsabhängige finanzielle Unterstützung ist von der Bevölkerung der Entwicklungsländer anerkannt und wird als willkommen erachtet. Erst mit dieser Erkenntnis ließen sich demokratische Strukturen in Ländern einführen und aufbauen und dort Freiheit, Frieden und Wohlstand der Bürger erreichen.

Ein folgenschweres Beispiel lieferten die USA dann im Verbund mit den NATO-Mitgliedern, allen voran Deutschland, ab. Der kostspielige Militäreinsatz in Afghanistan, der seit 2001 in zwanzig Jahren keinen einzigen Erfolg verbuchen konnte, auch wenn die Politik die gesamte Zeit über behauptet hatte, sie mache demokratische Fortschritte, ohne konkret diese angebliche Demokratisierung zu benennen. Vergessen schien bereits bald nach dem Beginn der Besetzung, dass das Vorhaben nur für wenige Jahre geplant war und zudem nur dem Kampf der dort versteckten Terroristen gegolten hatte. Mit welcher Naivität, Fehleinschätzung und Unvermögen die westlichen Partner unter der Führung der USA Milliardensummen an Dollar verschwendet hatten, erwies sich erst nach Beendigung und dem überstürzten Abzug, der alleine von Amerika entschieden wurde, ohne die Einbindung der erst mitbeteiligten und sodann übersehenen NATO-Partner aus Europa. Afghanistan hatte nie über eine schlagkräftige Armee verfügt, ohne jegliche Kampfmoral, korrupt und mangelhaft geführt. Es war völlig illusorisch und ohne jeden Sinn, das Militär in Afghanistan auszubilden und zu wissen, dass es niemals kampf- und einsatzbereit war. Eine Demokratieform westlicher Ausprägung scheiterte von vorneherein schon an den vielen verschiedenen Stammesältesten und der vom Westen unverstandenen Kultur, vor allem auch den überheblich agierenden Amerikanern. Die Menschen in Afghanistan haben andere Vorstellungen von einer Gesellschaft als amerikanische Politiker glauben und zuweilen glauben machen wollten, denn Hinweise und Aufklärungsversuche über die unterschiedlichen Lebensweisen gab es von den Militärs, den Nachrichtendiensten und Botschaften im Land überreichlich.

Die Taliban, Al Kaida und der Islamistische Staat waren untereinander heillos zerstritten und bekriegten und bekämpften sich direkt; den verbliebenen Rest dieser heute unbedeutenden (Terror-)Organisationen verbindet aber die fundamentale Zurückweisung westlicher Werte und der Kampf gegen westlichen Einfluss. Die Bedrohung für die Weltgemeinschaft oder einzelner Ländereinheiten in der jetzigen Situation hat sich gemindert. Al Kaida existiert allenfalls in kleinen Gruppen im früheren Pakistan. Der Islamistische Staat ist durch kurdische Einheiten zurückgedrängt in entlegene Gebirgsnester im Bereich des ehemaligen Nordsyriens. Und die Taliban sind auf eine demokratieähnliche Parteiengruppe im damaligen Afghanistan geschrumpft.

Den größten Vorwurf muss sich allerdings die Politik dieser zwanzig Jahre in Afghanistan die Weltmacht Amerika machen lassen. Unmittelbar nach dem Abzug im Jahre 2021 begann nämlich das große Rennen um die dort befindlichen Rohstoffe von mehreren Billionen US-Dollar. Vorausschauende Politik hätte in der genug vorhandenen Zeit wirtschaftliche Absprachen über die Förderung dieser Bodenschätze die nächsten Jahrzehnte hinaus getroffen. Die USA, die in Afghanistan ein Chaos hinterlassen hatten, wären besser beraten gewesen, dort weniger Krieg zu führen und stattdessen die Unsummen an Geld zunächst für die Infrastruktur zu verwenden, und die Bodenschätze gemeinsam unter Beteiligung der Bevölkerung am Profit zu fördern, vorwiegend sogar das damals schon und noch vielmehr heutzutage besonders begehrte Lithium zu schürfen. Außerdem hätten die USA damit die aus Afghanistan drohende Opium-Schwemme mit vermeiden und damit erfolgreich die Rauschgiftkriminalität bekämpfen können. Denn immerhin 85 Prozent des weltweiten Opiums, der Grundstoff von Heroin, stammten aus Afghanistan und der Opiumanbau war nach der Übernahme des Landes durch die Taliban die größte Finanzierungsquelle des radikalislamistischen Regimes.

Nach diesem Afghanistan-Debakel hatte sich die Außenpolitik des Westens neu formuliert und entwickelt. Unterschiedliche Kulturen werden nunmehr als unterschiedlich akzeptiert und bewahrt. Der Westen hatte sich nach diesen negativen Erfahrungen tatsächlich von der naiven und überheblichen Überzeugung getrennt, mit militärischem Einfluss und Machtausübung das eigene demokratische System, das im Übrigen auch genügend Fehlern, Unstimmigkeiten ausgesetzt ist, Verbesserungsbedarf benötigt, anderen Kulturen einfach überstülpen zu wollen. Diese Erkenntnisse gelten und wirken heute umso mehr. Das vergebliche Abenteuer war ohnehin eine psychologische und politische, sowie Vertrauen zerstörende Hypothek für die USA, letztlich für die gesamte NATO und deren Mitglieder. Diese geschichtliche politische Belastung wird auch heute noch dem Westen zum Vorwurf gemacht.

In Deutschland, aber auch allgemein bekannt, gilt, dass im Zusammenspiel der politischen Parteien, der gewerblichen Verbände, Gewerkschaften und Berufsgruppen, sich typische Probleme oft vorab ankündigen. Gemeint sind damit die Beziehungen zwischen den einzelnen Bürgern und den jeweiligen Gruppen gleichgesinnter und von gleichen Zielen und Überzeugungen geprägter Mitmenschen. So führen durch immer komplexer gestaltete, komplizierter gewachsene Umstände unsinnig und unnütz verkomplizierte Regelungen, Gesetze, Verordnungen entweder in ein Chaos, in eine für jedermann derart unübersichtliche Regelungswut und darauf folgenden Regelungsbedarf oder die Politik entscheidet sich in letzter Konsequenz zur ständig geforderten, aber lange nicht ernsthaft angegriffenen Entbürokratisierung, gelangt doch zu übersichtlichen Lebensverhältnissen, zur Vereinfachung von Vorschriften. Insbesondere gilt dies in dem von einzelnen Abschnitten, Ergänzungen, Ergänzungen der Ergänzungen, Ausnahmen, Ausnahmen von Ausnahmen, Unterabschnitten völlig überwucherten Steuerrecht, das einer Entzerrung dieser Unübersichtlichkeit dringend bedurfte. Es allen Recht zu machen, alle millionenfachen Meinungen, Ideen, Interessen zu berücksichtigen – dies ist und wäre wirklich ein Unding besonderer und höchster Überheblichkeit.

War es also besondere Einsicht oder schlicht eine Frage des Überlebens einer Regierung, im Jahre 2071 von den Verantwortlichen die Vereinfachung aller gesetzlichen Vorschriften zu verlangen. Ein Grund bestand sicher darin: die politischen Entscheider hatten die Notwendigkeit vereinfachter Regelungen erkannt und verstanden. Und es erscheint nun wie eine frühere Zumutung, Kommissionen über Kommissionen einzusetzen, die dann die Berechtigung und Notwendigkeit von Kommissionen zu überprüfen hatten, nach dem altbekannten Motto, „wenn man nicht mehr weiter weiß, gründet man einen Arbeitskreis", der dann aber nichts bewegt, nichts beschließt und bald feststellt, völlig überflüssig zu sein. Oder wie die Kommunisten nach dem 2. Weltkrieg in der damaligen DDR (Deutsche Demokratische Republik) mit Aufmärschen gegen das Abhalten von Demonstrationen und Aufmärschen demonstrierte. Der Widersinn dieser von der kommunistischen Politik geschaffenen Umstände war offensichtlich weder Demonstrierenden und – beschämend – schon gar nicht den anordnenden maßgeblichen Regierungsvertretern bewusst.

Durch das Zusammenrücken der einzelnen früheren Staaten, beispielgebend Europa, zu einem global zuständigen und wirkenden Gemeinwesen sind alle diese unterschiedlichen Rechtssysteme, verschiedenen nationalen Regelungen, notwendigen Rechtsangleichungen, die wiederum neue zusätzliche gesetzliche Regelungen erforderten, weggefallen. Die Welt hat nun im Wesentlichen globale Reglungen geschaffen, die für die gesamte Menschheit Gültigkeit besitzen, gesetzliche Rahmenbedingungen, die nur in konkret vorgegebenen Ausnahmetatbeständen, unter Berücksichtigung regionaler

Gegebenheiten unterschiedliche Bestimmungen im Verordnungswege erlauben und gestatten. Das Leben einfacher zu gestalten, erfreut vor allem diejenigen Bürger, die sich noch an die alten, verkomplizierten rechtlichen Lebensbedingungen erinnern. Die junge Generation ist unter den einfachen Rechtsverhältnissen aufgewachsen, kennt die günstigen Umstände also seit Anbeginn des Denkens in ihrem Leben.

Die politischen Parteien sind regional und überregional, über Ländergrenzen hinweg auf jedem Kontinent aktiv und mit Schwesterorganisationen weltweit verbunden. Ihr Beitrag zur politischen Willensbildung als Bindeglied zwischen Legislative, Administration einerseits und der Bevölkerung andererseits nimmt eine noch größere Teilhabe ein als jemals zuvor. Voraussetzung und Bedingung dafür erwachsen aus der seriösen und transparenten politischen Tätigkeit der bestehenden Parteien und Parteigliederungen.

Und eine neue Politikergeneration drängt in unserer Zeit weltweit vor. Die Ureinwohner mancher südamerikanischer Länder bzw. Regionen, waren nicht länger bereit, ihre Territorien und ihre Kultur einer rein kapitalistischen oder auch sozialistischen Politik unterzuordnen. Eine breite Umweltschutzbewegung hatte sich gegen Rohstoffausbeutung, gleich ob sozialistisch oder kapitalistisch motiviert, widersetzt, das bisherige Wirtschaftsmodell rücksichtsloser Ölförderung, Rohstoffgewinnung und damit einhergehender Zerstörung der Natur abgelehnt und zu Fall gebracht. Davon haben junge aufstrebende heimatverbundene indigene Politiker profitiert und regieren zwischenzeitlich die meisten der Länderregionen in aller Welt, hervorgegangen aus ihrer

Tätigkeit zu Beginn der politischen Laufbahn meist als Kommunalabgeordnete.

Es werden nicht erst seit der Pandemiezeit vor einem halben Jahrhundert, Experten, Wissenschaftler angehört mit Analysen, Statistiken, Berechnungen, Zeithorizonte, Prognosen, neutrale Berichte in den Medien angefordert und veröffentlicht, um Ausgeglichenheit zu wahren; die Ansicht und Meinung jeder einzelnen Ländereinheit hat Bedeutung, auch wenn für internationale Entscheidungen des UNO-Gesetzgebers grundsätzlich die einfache Mehrheit der Abgeordneten aus aller Welt in der UNO ausreicht. Die frühere Art und Weise der politischen Betätigung, des unendlichen Diskutierens und der Möglichkeit eines einzigen Landes wie in der alten EU alle Entscheidungen zu blockieren, gehört tatsächlich der Vergangenheit an und würde bei einer Bedrohung eines Asteroiden mit dem Einschlag auf der Erde und die Entscheidungsfindung für eine Gefahrenabwehr, wie es damals praktiziert worden war, zu viel Zeit erfordern. Bei dieser Vorgehensweise würde kein Ergebnis erzielt werden, blieben die Erde und ihre Bewohner ihrem tödlichen Schicksal überlassen. Und wenn man sich dann doch hatte einigen können, nachdem der Asteroid die Erde bereits getroffen und das Leben ausgelöscht hatte, wäre diese Einigung zu spät gewesen, unglücklicherweise erst nach dem Weltuntergang herbeigeführt.

Der Menschheit und vor allem auch den politischen Führern ist zwischenzeitlich bewusst, und sie werden von der Bevölkerung, von ihren Wählern und der Presse sachlich, aber auch kritisch darauf kontrolliert, dass ein solches politisches uneinsichtiges und streitiges Handeln, eine Blockade der notwendigen und dringendsten Entscheidungen zur Rettung, die größte Gefahr des Überlebens der Erde mit der Menschheit bedeuten würde, für die Tier- und Pflanzenwelt, die Natur und die gesamte Schöpfung.

Der einzige Weg zum Schutz der Demokratie und des Weltfriedens war der zu einer globalen Schicksalsgemeinschaft, zu einer engen Staatengemeinschaft, schließlich zu einem internationalen Übereinkommen im Sinne eines künftig einzigen Landes auf diesem Erdball.

Die Zukunft gestalten, nicht die Vergangenheit verwalten. Das noble Ziel des uneingeschränkten Weltfriedens ist auch heute im Jahr 2071 noch in ständiger Entwicklung begriffen, in beständiger Übung, trotz aller erfolgreichen Versuche. Der gewünschte, von allen in gleicher Weise zu feiernde Welt-Frieden ist weiter erstrebenswert, auch wenn er in Vollkommenheit unerreichbar erscheinen sollte.

Wirtschaft

Wir leben am Ende des 21. Jahrhunderts von der globalen Welt, vom Wohlstand durch den gemeinsamen Handel und dem weltweiten Warenaustausch, verbunden mit der Sicherung der Handelsströme, sei es gegen klimatische Veränderungen, Naturkatastrophen oder wie früher Lieferbeschränkungen feindlich gesinnter Länder. Die Chance des Welthandels kannte man in Europa, entdeckte sie wieder. Nur die größten Länder konnten zum Wirtschaftserfolg auf den eigenen Binnenmarkt bauen, sogenannte kleine Länder brauchen den globalen Markt im Verbund. Europa hat beides vollbracht, sich mit dem gemeinsamen Außenhandel und der politischen Einigung den globalen Markt erobert, weiter ausgebaut und zugleich im Innenverhältnis einen Binnenmarkt geschaffen, der diesen Begriff nun auch verdient. Politische, sprachliche, kulturelle Hindernisse, die entgegenstanden, hat man überwinden können zu einer gemeinsamen Außen-Sicherheits-, Finanzpolitik und Steuereinheit. Ein europäischer Arbeitsmarkt ist geschaffen. Gewerkschaften vertreten die Interessen der Beschäftigten und haben in der Gesellschaft wieder mehr Achtung erfahren, Berechtigung gefunden und erscheinen in ihren Aufgaben notwendiger als jemals zuvor. Studienaustausch, beruflicher Austausch unter den europäischen Ländern überwiegt; neben der Hauptsprache Englisch gilt Mehrsprachigkeit als Muster und Beispiel für die bestehende globale Bindung. Fortbildung und Berufsbörse fördern gegenseitig Innovation, Qualifikation, Kreativität und Kooperation. Forschung und Entwicklung, ursprünglich europäische Stärken, sind weltweit fortentwickelt durch die gewollte Vernetzung aller Länder.

Seit Jahren schließen sich neben den bereits bestehenden länderübergreifenden Wirtschaftseinheiten andere große und kleine Länder zusammen, auf dass es ihnen wirtschaftlich besser gehe. Daraus sind einige Schwergewichte entstanden. In Nordamerika gab es dies mit den USA, Kanada und Mexiko (NAFTA) schon, in Europa die EU, Russland, das mit den südöstlichen kleinen Nachbarn eine wirtschaftliche Union vereint (EAEU – Eurasian Economic Union); alle afrikanischen Länder verbindet eine Zollunion mit dem Bestreben, künftig einen Binnenmarkt zu bilden (CMA – Common Market for Africa). Australien und Neuseeland stellen eine Wirtschafts- und Währungsunion vergleichbar der EU dar. Derzeit werden außerdem Verhandlungen über eine transkontinentale Freihandelszone von Lissabon bis Wladiwostok geführt. China blieb für sich allein, aber zugleich im Rahmen eines Freihandelsabkommens unter der Bezeichnung AFTA (Asean Free Trade Area) mit allen Ländern Ost- und Südasiens, einschließlich Indien und Taiwan verbunden. Nur Südamerika zeigt Schwächen und kam bisher zu keiner mit Erfolg gekrönten Einigung, obgleich dieser Subkontinent zum wirtschaftlichen Überleben neben den anderen Kooperationen einen derartigen wirtschaftlichen Zusammenschluss dringender benötigte als jemals zuvor und dies auch erkennt.

Die Globalisierung erfordert entsprechend dieser kontinentalen Wirtschaftseinheiten auch heutzutage eine ständige gemeinsame Fortentwicklung in Bereichen wie Handel, Klimawandel, Arbeitnehmerrechte, Besteuerung. Sicherheit erstreben nach innen sowie nach außen, zur Vermeidung überörtlicher oder örtlicher gebietsändernder Bestrebungen oder Auseinandersetzungen. Die wieder erstarkte Globalisierung und die intakten Lieferketten verdanken ihre Berechtigung und Funktionieren gerade der Autarkie und wirtschaftlich gesunden Basis der einzelnen Länder und Machtblöcke. Die Bedeutung der Unternehmen, der Arbeitsplätze, der Steuereinnahmen für alle Ländereinheiten ist hervorzuheben, denn nicht die staatlichen Einrichtungen sichern die Finanzen der Länder, Regionen, Kommunen und der Gemeinden, sondern dafür kommen Unternehmen, Menschen auf und haften Ideen sowie wirtschaftlicher Aufschwung.

Ein dringendes Umdenken geschah in der Arbeitswelt zum Abgabenniveau der Mitarbeiter und angestellten Bürger. Dringend deshalb, da diese Probleme seit Langem bekannt waren und die Politik sich scheute, oder war sie überfordert, sich diesen Ungerechtigkeiten anzunehmen. Der durchschnittliche Bruttolohn für Mitarbeiter in der Industrie betrug im Jahre 2020 nach Eurostat, eine europäische Einrichtung für Arbeitsfragen, 57.000,- Euro im Jahr. Einschließlich Abgaben musste der Arbeitgeber jedoch 74.000,- Euro aufbringen und bezahlen, damit der Mitarbeiter 37.000,- Euro erhielt. Dies bedeutete eine Abgabenlast von 50 Prozent. Wenn ich dabei an den im elterlichen Hof befindlichen „Zehentstadl" denke, der vor zweihundert Jahren vornehmlich der Einsammlung und Abgabe geschuldeter Beiträge für den Staat bzw. den König diente und also die Abgabenlast auf insgesamt zehn Prozent beschränkte, war die Belastung vor fünfzig Jahren bereits zum fünffachen ausgedehnt, ohne die Berechnung der jedermann belastenden indirekten Steuern. Der Staat unserer Zeit zeigte Einsehen und regelte die kalte Progression zugunsten des Steuerzahlers, die Schieflage im Steuersystem mit geringen Steuersätzen. Auch viele Steuerarten der indirekten Steuern sind zwischenzeitlich abgeschafft oder auf ein erträgliches Minimum herabgesetzt. Die eigentliche Steuerlast tragen jetzt die Großunternehmen, die Konzerne und die weiter bestehenden vor allem immensen Privatvermögen, gestaffelt nach dem jeweiligen Vermögensumfang.

Regelmäßig werden vom zuständigen Ministerium die Wirtschaftsunternehmen befragt, der Status quo des eventuell umweltbelastenden Verbrauchs analysiert, deren Einsparungspotenziale ermittelt und der ökologische Fußabdruck gemessen, untersucht, wo der Beitrag des einzelnen Betriebes für die Gesellschaft liegt und aufgefordert, diesen Beitrag ständig nachzuweisen und gegebenenfalls zu erneuern. Der Nachweis dient auch zur Bemessungsgrundlage für die Steuerlast der Firmen. Unter dem Stichwort „Purpose" wird regelmäßig der Sinn und Zweck des Unternehmens für Nachhaltigkeit und Wettbewerbsvorteile erkundet. Denn lange Zeit zielten die Unternehmen ausschließlich darauf, den Gewinn zu steigern. Heutzutage fragen die Verbraucher, Mitarbeiter und Geschäftspartner danach, welchen Zweck ein Unternehmen jenseits wirtschaftlicher Interessen erfüllt, mit welchen Maßnahmen es seine Daseinsberechtigung anstrebt und begründet, ob umwelttechnische, gesellschaftliche und soziale Maßstäbe angelegt werden.

Nicht zuletzt wegen der Pandemie der Jahre 2020 und 2021 waren auch Umfragen zu den jeweiligen Lieferketten unumgänglich. Denn damals hatten die Autoproduzenten und Hersteller von Fahrzeugen mangels Bestellungen der Kunden die Aufträge gegenüber den Lieferanten der einzelnen Bauteile, der Zulieferer, storniert und sie damit gezwungen, sich für ihre Produkte an andere Abnehmer zu wenden, wollten sie nicht insolvent gehen. Nach Wiederbetrieb in der Autoherstellung konnte die Produktion dann aber nicht sofort hochgefahren werden und führte zu einem grundsätzlichen Mangel. Denn die Zuliefererindustrie war unterdessen mit den Lieferungen an neue Abnehmer gebunden. Die verwöhnten und überheblichen Auto-Hersteller hatten geglaubt, im Freihandel bekämen sie immer und überall die nötigen Teile, die für Autos und alle technischen Geräte nötigen Mikrochips. Aber weit gefehlt. Die Auto-Bauer waren nunmehr gezwungen trotz der überschäumenden plötzlichen Nachfrage, die Produktion wieder einzuschränken, erneut wie während der Pandemie Kurzarbeit einzuführen und anzumelden und erhebliche Umsatz- und Gewinneinbußen zu verkraften.

Aus Kostengründen waren zu Beginn dieses Jahrhunderts Produktion und Lieferwege nach Asien verlegt worden; die Pharmaindustrie zeigte sich vor allen anderen besonders aktiv. Diese Globalisierungsart hatte eine wirtschaftliche Abhängigkeit begründet, die sich in Krisenzeiten rächte und in ihrer damaligen einseitigen Ausgestaltung schon deswegen scheitern musste, zumal China solche Unabhängigkeit der westlichen Unternehmen als politische Waffe eingesetzt hatte.

Und in allen Bereichen der Wirtschaft waren Chips immer wichtiger geworden und die europäischen Unternehmen damit noch wesentlich abhängiger von Chips- und auch Halbleiterlieferanten aus Asien. Diese Nachschubprobleme hatten die deutsche, die europäische Industrie beeinträchtigt und sorgten für Maßnahmen, die heute noch gelten und zur eigenständigen Herstellung solcher und anderer notwendiger Vorprodukte führten. Zur Absicherung der Lieferfähigkeit bedurfte es deshalb der Einrichtung eigener regionaler Fertigungsstätten. Die Europäische Union hatte als Folge Fertigungsstrukturen von Chips für Geräte und Fahrzeuge mit Hilfe von Subventionen, im Polit-Sprachgebrauch verharmlosend „Kompensationszahlungen" genannt, und aktiver Industriepolitik aufgebaut, um den Vorsprung Chinas aus den zwanziger Jahren dieses Jahrhunderts aufzuholen, vor allem die Abhängigkeit zu vermeiden. Die staatliche Unterstützung bestand in einer Verbindung von Zuschüssen für den Bau, attraktiven Steuersätzen und wettbewerbsfähigen Energiepreisen. Zum überlegenen chinesischen Subventionswettbewerb zunächst ein politisches wie unternehmerisches Risiko. China, als schon führender Batteriehersteller, war es gelungen, auch in der Fertigung von Halbleiter zum größten Produzenten aufzusteigen und konnte europäische Hersteller von Elektrofahrzeugen zwingen, ihren gesamten Bedarf in China zu decken. Erst mit der erfolgreichen eigenen Chip-Herstellung und der heimischen Batteriezellfertigung gewann Europa die wirtschaftliche Unabhängigkeit zurück.

Unfallbedingte Lieferengpässe, durch Brände in asiatischen Chipfabriken verursacht, oder die berühmte Havarie im Jahre 2021 im Suez-Kanal, bestätigten zudem die Richtigkeit für eine eigene Produktion. Die verbliebenen notwendigen Lieferketten selbst wurden aus dieser Erfahrung bis heute zusätzlich optimiert und abgesichert.

Die Gründung von Chip-Fabriken, Zulieferer aus dem eigenen Land, verringerte also solche Abhängigkeit von Halbleitern oder Batterien aus Asien. Denn Autos, Handys, nahezu alles, was irgendwie elektrisch ist oder elektrisch betrieben wird, benötigt diese Mikrochips. In der Forschung und Produktherstellung setzen die Unternehmen heutzutage auf die Zusammenarbeit mit Wissenschaftlern und eigenen Forschungsprojekten. Die Zuliefererindustrie hat von der damaligen Entscheidung für die Neugründungen zudem einen Wirtschaftsboom bis in die heutige Zeit erlebt. Die ESG-Faktoren (Environmental, Social and Corporate Governance) als Bestandteil wirtschaftlichen Agierens sind ökonomisch mit eingebaut, als feste Größen etabliert. Und nicht nur aus den Neugründungen vor einem halben Jahrhundert, auch in den Branchen E-Commerce, Lebensmittel, Bildung und im Spielemarkt (Gaming) sind wertvolle und gesunde europäische Unternehmen entstanden.

Um vor einer möglichen Eskalation der geopolitischen Beziehungen gewappnet zu sein, von China früher zuweilen offen gedroht, um im Krisenfall handlungsfähig zu bleiben, musste die Europäische Union Vorkehrungen treffen, auch im Rahmen des allgemein freien Warenverkehrs, sich auch mit anderen lebenswichtigen, unverzichtbaren Produkten selbst zu versorgen. Die Pandemie vor einem halben Jahrhundert hatte die Schwächen in der Medizintechnik, in der Autoindustrie, offengelegt. China hatte mit der Monopolstellung gelernt, dass es sich an neuralgischen Punkten der Wertschöpfung im Vorteil befand, Exporte regulieren konnte. Nicht um bestimmte

Güter für sich selbst zu horten, vielmehr aus wohlüberlegten Gründen, um die Abnehmerländer in der ganzen Welt zu bestimmten, chinafreundlichen Entscheidungen politischer und wirtschaftlicher Art zu drängen, zu zwingen, zu erpressen. Die Herstellung in Europa zwar zunächst teuer, erschien die Verlagerung aber aus wirtschaftspolitischen Gründen unumgänglich. Und Teuerungsrisiken konnten durch ersparte Transportkosten kompensiert werden.

Im Fokus der Wirtschaftspolitik steht heute im Jahr 2071 dennoch, unabhängig von notwendiger und absichernder Selbstversorgung, die Bedeutung des Welthandels im Vordergrund, sind die Vorteile und die positiven Seiten der Globalisierung weiter zu nutzen. Ein Beweis für die in der Vergangenheit stark vernetzte Wirtschaftsverflechtung, die auch heute noch fortwirkt.

Mikrochips aus Asien waren für die europäischen Fahrzeughersteller, Werkzeugmaschinenbauer, Anlagenbauer vor einem halben Jahrhundert dennoch erst lange Zeit unverzichtbar. Denn die meisten benutzten Mobiltelefone, Computer, Internet-Router, Automaten in Asien kostengünstiger hergestellt, erreichten in Europa die Energie- und Lohnkosten grundsätzlich ein höheres Kosten-Niveau. Europa lieferte aber nach Asien hochwertige Maschinen, zum Teil auch von den aus Asien gelieferten Fertigungsteilen zusammengebaut, die damals in Asien mangels spezieller Fertigungsstraßen und geschultem Fachpersonal nicht ausreichend und zeitnah herstellbar waren. Die Lieferungen des Gesamtproduktes aus Europa wirkten sich auf die wirtschaftliche Situation in Europa allgemein, auf die Arbeitsplätze, den Wohlstand und die Unternehmenserfolge vorteilhaft aus. Diese Abhängigkeiten bestehen auch heute noch in geringer, bescheidener Weise, bleiben aus politischen Gründen aufrechterhalten und werden unter regierungsverantwortlicher Unterstützung sogar gefördert.

Der Wirtschaftsnationalismus in seiner früheren Form hat versagt. Exportverbote, Ausfuhrkontrollen, Protektionismus sind überholt und würden nach dem Urteil aller seriösen Wirtschaftswissenschaftler wieder Zustände wie in den wirtschaftlich schwierigsten Zeiten der Geschichte herbeiführen. Amerika hatte vor fünfzig Jahren aus einer Laune des amtierenden Präsidenten heraus weltweit mit Zöllen gedroht und zum Teil eingeführt; dies war ein Rückschritt und eine Entwicklung zum eigenen Nachteil der USA und, erschreckend zu sehen, waren die Folgen ihrer falschen Wirtschaftspolitik der damaligen Regierung in Amerika nicht einmal bewusst. In Europa errichtete die EU zwar, allerdings nur kurzzeitig, Handelsbarrieren, um klimafreundliche Produkte zu fördern. In dieser Zeit kündigten sich als Folge des amerikanischen Negativ-Beispiels ohnehin weltweit protektionistische Handelsbeschränkungen an. Aber sowohl die EU als auch die USA sind nach dem vierjährigen Regierungstheater in Amerika zu einem vernünftigen Arbeitsrhythmus zurückgekehrt.

Europa ist wieder der starke wissensbasierte Wirtschaftsraum als Gegengewicht erst zu den USA, dann mehr zum pazifisch-asiatischen Raum, mit Strategien, klar definierten Zielen, Maßnahmen und Aufgabenverteilung, einer Umsetzungskontrolle, jährliche Überprüfung ob und inwieweit die Ziele, die angestrebten Erfolge erreicht wurden, beziehungsweise eingetreten sind. Die überbordende Administration der Europäischen Union ist entbürokratisiert, die Finanz- und Steuerverbrechen unter Kontrolle, Steueroasen sind trockengelegt, die Technologieführerschaft auf das Niveau von China gehoben, ungerechtfertigte Privilegien sind eingeschränkt, dagegen Sparsamkeit privilegiert. Nationalstaatliche Interessen, lange Zeit Hemmschuh eines starken vereinigten Europa, sind abgeschafft. Hervorzuheben aber die Änderung und Vermeidung allzu komplizierter Regelungen als Fundament der Europäischen Union. Europa spricht nun mit einer Stimme, tritt als Europäische Macht auf und ist nicht zersplittert in wie zuletzt 27 Staaten, 27 Meinungen, 27 unterschiedliche Regelungen in sämtlichen politischen und wirtschaftlichen Bereichen. Die Bezeichnung Europas als „die Union der faulen Kompromisse" ist nicht mehr gerechtfertigt.

Der frühere Vorwurf, die Länder der EU und deren Wirtschaft, besonders betroffen der Mittelstand, befänden sich im Würgegriff der europäischen Bürokraten, trifft also erfreulicherweise nicht mehr zu. Vorschriften, die nach Ansicht der Kritiker in fernen Amtsstuben in Brüssel ersonnen wurden, nicht zur wirtschaftlich erfolgreichen unternehmerischen Betätigung passten und auch nicht zum Leben der Bürger, sind beseitigt, im Rahmen entbürokratisierender Entrümpelungsmaßnahmen ersatzlos gestrichen.

Jahrelang hat man außerdem, zuletzt erfolgreich, gegen die gefährliche Mischung aus Gier, Korruptheit und Machthunger gekämpft, ausgeprägt in den zwanziger Jahren in den Ländern wie Ungarn, Polen, Türkei, und im zu dieser Zeit erneuerten diktatorischen Sowjetsystem in Russland, im Staatskapitalismus in China.

Extreme bis dahin unvorstellbare Ausmaße erreichte die Korruption in Russland, deren politische und wirtschaftliche Machthaber die Milliardenvermögen wegen Rechtssicherheit und wirtschaftlichen Stabilität in den sogenannten verhassten Westen transferiert und dort angelegt hatten, absurd, denn gleichzeitig agierten sie mit staatlich organisierten Hackerangriffen auf westliche Politiker und westliche Institutionen, mit Cyber-Angriffen und Einflussnahme auf die Stabilität, auf die demokratischen Wahlen in den westlichen Ländern und zur Schwächung der für ihre Milliardeninvestitionen aber begehrten Europäischen Union.

Die Förderung populistischer Politiker in Europa durch die russische Einflussnahme und Propaganda diente dabei der Spaltung und Verunsicherung gerade dieser begehrten westlichen Gesellschaften und ihrer wirtschaftlichen Erfolge für die Anlage des im eigenen Land ergaunerten Geldes. Populisten agierten in Deutschland, Frankreich und Italien, als Erlöser für Ängste und böse Übel, die sie jedoch selbst in die Welt gesetzt hatten und gefährdeten sämtliche ökonomischen Errungenschaften. Die Politik der Grand Old Party in den USA bestand in dieser Zeit darin, den politischen Gegner zu verteufeln mit Lügen, Unterstellungen, natürlich ohne jegliche Belege oder Beweise. Eigene wirtschaftliche oder auch politische Konzepte: Fehlanzeige! Diese Partei ist Vergangenheit, hat sich selbst ins Abseits manövriert und aufgelöst.

Und außerdem verstehen wir nicht nur im Nachhinein, es stand schon damals fest: Die „Amerika-First-Politik" war in Anbetracht der weltweiten wirtschaftlichen Vernetzung und Verbindung absolut verfehlt. Diese Politik hätte in der weiteren Folge mit der Spaltung der amerikanischen Gesellschaft, der Schwäche des noch im Jahre 2020 amtierenden fehlbesetzten US-Präsidenten, dem damals bösartigen Machtstreben der russischen Hegemonialgelüste, den chinesischen Absichten der wirtschaftlichen und politischen Weltherrschaft zu einem dritten alles auslöschenden Weltkrieg führen können; diese verfehlte Politik der USA war erkennbar nur einem verqueren Denken entsprungen.

Die Cyber-Attacken aus Russland richteten sich gegen Unternehmen, Medienhäuser, Kliniken und Behörden. Nichts schien mehr sicher zu sein vor kriminellen Hackern. Die globale Überwachungsindustrie war außer Kontrolle geraten. Cyber-Software, siehe Kapitel Kommunikation, von einem israelischen Unternehmen unter dem Namen „Pegasus" als wichtige Waffe im Kampf gegen terroristische Bedrohungen, organisierte Kriminalität oder Hackerangriffe erfunden, diente ausschließlich als Hilfe und zur Unterstützung staatlicher Stellen. Zu einem massiven Problem verkam das Instrument, als die entwickelte Software vom israelischen Hersteller auch skrupellosen Gruppen krimineller Art angeboten wurde, gegen die diese Software eigentlich gedacht war. Gierige, feindliche Machthaber verwendeten die Waffe dann für Wirtschaftsspionage anstatt zum Schutz gegen Straftäter. Autokratische, diktatorische Regierungen setzten sie gegen die eigene Gesellschaft, gegen politische Gegner und kritische Journalisten ein, kontrollierten damit verbotenerweise unabhängige Medien, nachgewiesen besonders aktiv die russische und die ungarische Regierung.

Auch die Atomwissenschaft hatte ursprünglich hehre Ziele und Absichten zum Wohle der Menschheit angestrebt, bis sie von den Mächtigen als Waffe erkannt und gegen die Menschen eingesetzt worden war. So auch hier in ähnlicher Art nicht gegen Kriminelle, sondern gegen anständige, aus der Sicht der Autokraten angeblich böswillige, unliebsame Mitmenschen. Und das Verwerflichste daran war, sogar die unabhängige Presse als Terroristen zu bezeichnen und damit die Anwendung dieser Cyber-Software rechtfertigen zu wollen.

Der kommerzielle Handel und die kriminelle Verwendung mit den sogenannten „Exploits" (Angriffsvektoren), einer besonderen Software, musste global verboten und unter Strafe gestellt werden. Unter Exploit ist unter anderem die Ausnutzung von Schwachstellen zu verstehen, die in der EDV bei der Entwicklung von Programmen entstanden sind. Solche Schwachstellen zu schließen und den Mangel zu beheben wäre ein grundsätzlich anerkennenswerter Einsatz, den Fehler erpresserisch auszunutzen ist jedoch ein strafbares, schädigendes Verhalten und also zu verfolgen und abzustellen. Damit war nun endlich auch allen beteiligten staatlichen Stellen die Sicherung und Sicherheit dieser IT-Software als dringend notwendige Maßnahmen bewusst geworden. Die davon unabhängige Online-Piraterie ist zwischenzeitlich nach den hierfür geltenden Gesetzen gegen illegales Streaming untersagt und wird auch strafrechtlich geahndet.

Und irgendwann vor Jahren hatte der werbende Kommerz derart überhandgenommen, vornehmlich in den Zeiten vor Feiertagen, Weihnachten, Ostern, in den Schlussverkaufszeiten; ohne Erholung und ohne Pausen hat sich die eine Verkaufssonderaktion an die andere Räumungsmaßnahme angeschlossen. Eine Überhitzung von Aktivität auf Aktion schuf mehr Verwirrung als etwaiger gesunder Geschäftswettbewerb oder eine

Verkaufshilfe für den Konsumenten es geboten hätte. Es war höchste Zeit, dass dann doch wieder der Staat dieser unsinnigen Entwicklung Einhalt gebieten musste. Aus Erfahrung weiß man, dass freiwillige Selbstverpflichtungen des Handels wirkungslos sind, sich der gegenseitige Wettbewerb ohne Rücksicht auf Zusagen oder Versprechungen hochschaukelt zu unfassbaren Auswüchsen. So auch mit den jeweiligen jahresbedingten Verkaufsaktionen, die nun streng reglementiert in wirklichen und begründeten Ausnahmefällen geduldet werden, ausschließlich nur für einen begrenzten Zeitraum und vor der vollständigen Geschäftsaufgabe. Nach den Anfangsschwierigkeiten, weil manche Unternehmer sich über die staatlichen Anordnungen vermeintlich sicher wähnend hinwegsetzten oder erst schwerfällig die eingeübten und als selbstverständlich betrachteten Gewohnheiten abzuschütteln imstande waren, darf man sich nun an gleichmäßiger und für den Konsumenten angenehmer Geschäfts- und Verkaufstätigkeiten sowie klarer einheitlicher Öffnungszeiten erfreuen.

Das Lieferkettengesetz aus dem Jahre 2021 gilt mit mehrfachen Änderungen und Ergänzungen immer noch und richtet sich gegen Ausbeutung von Mitarbeitern, gegen die Kinderarbeit und beachtet in bedeutender Weise die überall geltende Menschenwürde. Transportwege und Lieferketten berücksichtigen weiter die notwendige nachhaltige Herstellung der jeweiligen Produkte und verzichten auf Billiglöhne.

Internationale Handelsabkommen bestehen über nahezu sämtliche Handelsbewegungen, früher zu dem Zwecke abgeschlossen, um für den zollfreien Warenverkehr Zollschranken zu beseitigen und zur Verbesserung der

Lieferketten durch organisatorische Maßnahmen. Nach der Entwicklung der letzten Jahrzehnte enthalten Freihandelsabkommen weltweit übereinstimmend Regelungen über soziale und ökologische Standards, über nachhaltige Entwicklung, Aspekte von Umweltschutz, Klima, Menschenrechte und örtliche Arbeitsbedingungen, um die Verhältnisse im jeweiligen Handelspartnerland, um gesellschaftliche und politische Veränderungen bei allen Beteiligten zu sichern.

Wo ist die Grenze zwischen den anständigen Absichten für internationale Nachhaltigkeitsziele, Bekämpfung von Armut und Hunger in den Lieferländern, Zugang zu Trinkwasser in den bisherigen Entwicklungsländern, also den ersten in der Lieferkette für Textilien und auch für Vorprodukte der Elektronik und andererseits dem Protektionismus des Abnehmerlandes, das damit nicht wie vorgegeben die Bedingungen ausländischer Arbeitnehmer der Lieferanten schützt und sichert, sondern durch strengere Standards nur die Beschäftigten im Inland vertragswidrig unterstützen will. Für solche Streitigkeiten und Auseinandersetzungen bestehen Kontrollmechanismen über international besetzte Streitschlichtungsgremien und Sanktionsmöglichkeiten, durchsetzbare finanzielle Strafen, Abnahmeverweigerung oder letztlich sogar die Möglichkeit, durch steuerliche Belastungen oder der Wiedereinführung von Zollvorschriften die Beteiligten zur Änderung, zu ausgeglichenen Verhältnissen zu zwingen. Andererseits sorgen Notfallrechte der Herstellerländer für Recht und Ordnung, wenn der Abnehmer als Handelspartner wettbewerbswidrig gegen den wirtschaftlichen Ausgleich durch Dumping verstößt oder aus gelieferten Vor-, oder Zwischenprodukten eigene Billigwaren zu Endprodukten herstellt und in das Herstellerland der Teilprodukte billiger als dort üblich zurückführt und dadurch die Lieferkettenregelungen unterläuft.

Mehr und mehr Länder haben sich aus dem Energie-Charta-Vertrag gelöst bis seine Bedeutung gänzlich erloschen ist. Die Gefahr, dass dadurch die einzelnen Staaten von den Energie-Konzernen in die Pleite getrieben werden konnten, war damit beendet. Ursprünglich mit 50 Nationen, darunter auch die EU-Länder, vor Jahrzehnten als internationales Investitionsabkommen gegründet und vereinbart, sollte der Vertrag den globalen und freien Energiemarkt befördern, indem er vor allem ausländische Investoren vor Enteignung und diskriminierenden Regeln schützt. Zwischenzeitlich diente er im Zuge der Änderung zu nachhaltigem Wirtschaften den Energiefirmen, um Schadensersatzansprüche in Milliardenhöhe durchzusetzen, wenn Staaten aufgrund des Klimawandels aus Energieträgern fossiler oder atomgetriebener Unternehmen aussteigen wollten. Diese Bedrohungslage ist entschärft.

Chinas neue Seidenstraße, in vorausgehenden Kapiteln schon angesprochen, sollte im tristen und weltpolitisch unbedeutenden, eher verträumten Duisburg enden. War das ein Irrtum in Anbetracht der von den Chinesen gepriesenen Großartigkeit und den an der Strecke liegenden Metropolen und den Glanzpunkten dieses Hegemonialprojektes? Aber die Nähe des Flughafens, die Kreuzung von vier Autobahnen und der größte Binnenhafen Europas waren aus der Sicht der Chinesen logistische Vorteile der Stadt. Was ist daraus geworden?

Die Seidenstraße existiert, aber nicht in der Form wie vom damaligen mächtigen Staatenlenker in Peking gewünscht und geplant worden war, nunmehr als Geschäftsweg aller mit an ihrem Weg verbundenen Ländern und Regionen mit gleichen Rechten und Pflichten der Benutzung ebenso wie zur Erhaltung und zum Betrieb. Sie gilt als die historisch-zivilisatorische Schlagader, die Orient und Okzident miteinander verbindet. Manchen gilt sie als der älteste Trampelpfad der Globalisierung. Gewürze, Nudeln, Glas, Wolle, Porzellan wurden hin- und hertransportiert, auch Wissen, Religion, Kultur, Armeen und natürlich die Pest. Später in den zwanziger Jahren dieses Jahrhunderts über diese erst fiktiv existierende Verbindung auch die Ansteckungskrankheit Covid 19, eine Pandemie, welche bekanntlich die ganze Welt in den Jahren 2020 und 2021 unterjochte. Nach einer Phase der Bedeutungslosigkeit gab es im 13. und 14. Jahrhundert nach dem Niedergang Roms und dem Aufstieg Arabiens wegen zunehmender Unsicherheit eine Wiederbelebung. Marco Polo war ihr prominentester Nutzer. Mit den Weltkriegen und der Zunahme des globalen Flugverkehrs im 20. Jahrhundert verlor die Seidenstraße wieder ihre Strahlkraft.

Dann verkündete China in diesem Jahrhundert die „Neue Seidenstraße", ein Handels- -und Infrastrukturnetz von Asien über Afrika nach Europa auf den ehemaligen und neuen Pfaden, auch über das Meer. Erste chinesische Maßnahmen waren die Finanzierung eines Hafens in Sri Lanka, der Erwerb des griechischen Hafens bei Athen, und die Übernahme abgewirtschafteter Unternehmen auf dem Balkan, aber erkennbar nur um sich in Europa breit zu machen, als Kreditgeber mit Knebelungsverträgen zur skrupellosen Machtentfaltung für hoffnungslose Fälle, keineswegs für ein gemeinsames Transportnetz. Peking wollte mit der Förderung und Finanzierung von Strukturprojekten seinen Einfluss nicht nur in Europa, systematisch auf der gesamten Welt ausbauen, um politische und finanzielle Abhängigkeiten zu schaffen. Aber auf der Seidenstraße hatten sich im Laufe der Jahrhunderte schon viele verlaufen und verirrt.

Die Antwort auf diese neue Seidenstraße durch die Europäische Union und weitere Kritiker wie Indien ließ nicht lange auf sich warten. Diese Länder hatten, den Globalisierungsdruck im Blick, vereinbart, beim Ausbau von Infrastruktur im Verkehr, Energiesektor und der Digitalisierung zusammenzuarbeiten, den wirtschaftlichen Handel auszuweiten, als echte Alternative zur Seidenstraße. Denn die EU, seither größter Investor des Subkontinents Indien, bedurfte ebenfalls des indischen Marktes für ihre Produkte und Dienstleistungsangebote, für Stromleitungen und Umspannwerke; und Indien war damals und ist es heute noch dringend auf das ständige Beschaffen von Arbeitsplätzen angewiesen, die nur mit Handelsbeziehungen gewährleistet werden können. In Indien setzte sich zudem die Erkenntnis durch, dass es schon angesichts Chinas wachsendem Einfluss in der unmittelbaren Nachbarschaft auf Partnerschaften angewiesen ist. Die geplante teilweise Straßenführung über Afrika hat sich aus anderen Gründen erledigt, wie im Kapitel Politik beschrieben. Durch die weltweite wirtschaftliche Vernetzung ist die „Neue Seidenstraße" nur noch, wenn auch wichtiger Bestandteil des gemeinsamen Handels zwischen Europa und Asien mit gleichen Rechten für alle Nutzer.

Das Reich der Mitte als die „Lokomotive" der Weltwirtschaft? Exporte nach China als Hoffnungsanker Europas für wirtschaftliche Erfolge? Diese und ähnliche Schlagzeilen bestimmten noch Anfang der zwanziger Jahre unseres Jahrhunderts die guten Absichten unserer Wirtschaftsführer. Gerade das Land, aus dem das Virus stammte, dem wir damals die Pandemie zu verdanken hatten, sollte diese Krise weitgehend überwunden haben und als größter Absatzmarkt ein Rekordwachstum starten? Die Wirtschaftszahlen aus China begegneten wie im Prinzip alle Informationen von dort, und sogar die Leichtgläubigen wussten dies, erheblichen Bedenken, zumal sie nachgewiesen regelmäßig zum Vorteil dieses Landes manipuliert waren. Nach einer solchen Krise, wie sie die Welt mit der Pandemie erlebt, vor allem auch Europas Wirtschaft Tiefschläge versetzt hatte wie seit dem 2. Weltkrieg nicht mehr, glaubte man zu gerne angebliche gute Nachrichten, hängte sich an jeden sich bietenden Strohhalm, berichtete vom chinesischen Markt als dem „großen Lichtblick", betonte den enormen Wachstumssprung der Wirtschaft in China, dem größten seit dreißig Jahren. Aber Vorwürfe und Maßnahmen der zivilisierten westlichen Länder gegenüber China, wegen der egoistischen Wirtschaftspolitik, auch zur angeprangerten Zwangsarbeit, zeigten zunächst nur im EU-Parlament Wirkung, nicht jedoch bei den zuständigen wirtschaftlichen Entscheidungsträgern, den Unternehmen.

Die wahren Absichten Chinas in dieser Zeit führten zu Konstellationen, mit denen insbesondere Europa in den letzten Jahrzehnten übermäßig beschäftigt war und Diplomatie, aber erst recht viel Stehvermögen erforderte. Die Industriestrategie Chinas war schon zum

Jahr 2025 darauf ausgerichtet, die Volksrepublik zum Marktführer in der Welt, zunächst Schritt für Schritt in Schlüsselbranchen zu verwandeln und Importe, gleich welcher Art, auch der deutschen Automobilindustrie mit seinen gutgläubigen Unternehmensführern, überflüssig zu machen, insbesondere dort, wo die bis dahin führende deutsche Industrie noch dominierte, wie beispielsweise im Maschinenbau. Mit allen erlaubten und nicht erlaubten Mitteln agierte China ab den zwanziger Jahren um diesen wirtschaftspolitischen Erfolg. Mit versteckten und offenen Hackerangriffen gegen die westlichen Unternehmen, damals schon jahrelang bekannten Diebstahls geistigen Eigentums, mit einer durch subventionsgedopten Staatskonzernen beabsichtigten und erfolgreichen Wettbewerbsverzerrung. Den deutschen Unternehmen ging es seinerzeit nur um den augenblicklichen Umsatzerfolg. Sie sahen nicht die wahren Absichten Chinas entweder, weil sie auf beiden Augen blind waren oder noch schlimmer und vorwerfbarer, weil sie nur in der Gegenwart lebten, nicht über den Tag hinausdachten, den damaligen Firmenlenkern die Zukunft der heimischen Unternehmen und der Mitbürger völlig gleichgültig war, bestätigt und bewiesen durch die Aussagen der sogenannten wirtschaftlichen Elite. Erst mit den nunmehr gültigen internationalen Regelungen sind diese Probleme überwunden.

Eine besondere Herausforderung verursachte ein chinesisches Unternehmen, wie alle in China unter staatlicher Aufsicht, das genetische Daten aller weltweit zugänglichen Werte heimlich genutzt und diese mit den staatlichen Stellen und dem Militär zusammen zum eigenen Vorteil und zur Schädigung ausländischer Wirtschaftsunternehmen bearbeitet hatte. Massive Drohungen der restlichen Welt, China politisch und wirtschaftlich zu isolieren, führten zu einem Ende dieser geheimdienstlichen chinesischen Aktionen.

Hackerangriffe privater Betrugsunternehmen mit Erpressersoftware, Ransomware, auf Industrieanlagen bei besonders wichtiger Infrastruktur sind weiterhin gängige Ganoven-Tätigkeit. Auch wenn Anlagen mit derart bedeutender Infrastruktur aus Sicherheitsgründen vom Rest der IT-Netze getrennt geführt werden, müssen heute noch in solchen Fällen krimineller Eingriffe Internet-Leitungen zur Schadensbehebung gestoppt und Waren, Dienstleistungen, Energien bis zur Behebung der verursachten Unterbrechungen mit herkömmlichen Transportmitteln geliefert werden. Ziel der Hacker ist es, nach ausführlichen und professionellen Vorab-Recherchen durch Öffnen schadhafter E-Mail-Anhänger, Software auf eigene Computer zu holen und danach gegen Zahlung eines Lösegeldes die schadhaften Daten entschlüsseln zu lassen oder die gestohlenen Daten der Öffentlichkeit anzubieten und so neben einem direkten Schaden ein Imageproblem des geschädigten Unternehmens heraufzubeschwören. Diese Art der Erpressung wird von kriminellen Institutionen, obgleich verboten, weiterhin vereinzelt genutzt, und stammte ursprünglich von früheren konkurrierenden Ländern, vorwiegend aus Russland und China.

Bitcoin, ursprünglich eine Scherzparodie, hat diese künstliche, digitale Währung für Spieler und Zocker lange Zeit ihr Unwesen getrieben. Manche, sehr wenige wurden reich, wenn sie sich rechtzeitig abgesetzt, ihre

Werte verkauft hatten. Viele waren diesem Spiel verfallen, vernarrt in zeitweilige Glücksmomente, selbst bei regelmäßigen Verlusten gutgläubig in der Überzeugung, demnächst durch Wertsteigerungen wieder große Gewinne zu schöpfen; sie alle verloren letztlich alles, weil künstlich aufgeblähte, in der Wirklichkeit nicht existierende Vermögenswerte nur auf dem Papier vorhanden, tatsächlich nichts wert sind. Wertstabilität, wie es für den täglichen Zahlungsverkehr wichtig wäre, wies Bitcoin nicht auf. Kursschwankungen, die innerhalb weniger Stunden schon einmal unglaubliche Werte an Verlust bringen können, waren keine Ausnahme. Diese unbeeinflussbare Volatilität bedeutete für den Nutzer der Währung Nachteil und Gefahr, für Anleger ein höchst riskantes Investment. Und, was häufig übersehen wurde, verursachten die Serverfirmen mit dieser Krypto-Währung, einen jährlichen Ausstoß von etwa 22 Megatonnen Kohlendioxid, entsprach damals dem CO2-Fußabdruck einer Stadt wie Hamburg und der Prozentsatz alleine an erneuerbaren Energien für den Handel hätte sich weiter erhöht und die Nutzung wichtiger im Alltag gebrauchter Lebenserfordernisse eingeschränkt. Der Einsatz dieser Kunstwährung für Darknet, Waffen, Drogen, der Anteil an kriminell bedingten Aktionen musste zwangsläufig zum Verbot, zu staatlichen Interventionen führen. Die Risiken durch Hackerangriffe, die Gefahr, das Passwort zu vergessen und die Folge dann, die Währung für immer zu verlieren, bestätigten zudem die mangelnde Alltagstauglichkeit von Bitcoin und ähnlicher künstlicher Währungsideen, da sie sich auch nicht als Zahlungsmittel für den täglichen Bedarf eigneten.

Schon Anfang der zwanziger Jahre dieses Jahrhunderts hatte China, damals zweitwichtigster Akteur auf dem weltweiten Markt des Handels mit Digitalwährungen, alle mit Krypto-Währungen verbundenen Aktivitäten als illegal erklärt und den Staatsbanken jeglichen Handel damit untersagt. Zudem hatte auch die Pekinger Zentralbank angeordnet, dass der Verkauf von Bitcoin und auch anderen Krypto-Währungen über im Ausland angesiedelte Plattformen verboten ist. Ziel der Pekinger Regierung war allerdings in erster Linie, damit der Kapitalflucht zu begegnen und Geldtransfers in das Ausland zu unterbinden. Nach China verbot auch bald Indien alle privaten und nichtstaatlichen Digital-Währungen, wegen Intransparenz und Irreführung, der Gefahr von Geldwäsche und Terrorismus-Finanzierungen. Immer mehr Länder haben sich diese Ansichten Chinas und Indiens zu eigengemacht und entsprechende Verbotsregeln erlassen bis nunmehr in der gesamten Welt der Erwerb, die Verwendung und die Nutzung von Krypto-Währungen als illegal gelten.

Dieser sogenannte Krypto-Hype hatte auch noch andere Schattenseiten gezeigt. Die Verdachtsfälle mit Geldwäsche-Geschäften und Bitcoin als bevorzugtes Mittel hierfür, zeigten überdurchschnittliche Steigerungsraten. Erpressungsversuche vor allem gegen mittelständische Unternehmen, bei denen Lösegeld in Form von Krypto-Währungen verlangt wurde, sensibilisierten die Strafverfolgungsbehörden in diesem Geldmarkt. Und beachtenswert, sogenannte „Mixer"-Portale, die für den Tausch von Krypto-Währungen in andere Krypto-Werte genutzt und von Kriminellen regelmäßig zur Verschleierung von Zahlungsströmen eingesetzt wurden, waren von den staatlichen Regelungen in keinem Punkt erfasst. Obgleich das Krypto-Verwahrgeschäft bald der Erlaubnis bei der Finanzaufsicht Bafin bedurfte, waren dennoch verdeckte Transaktionen mit Krypto-Währungen weiter ungestraft möglich. Die Kriminellen hatten unter Berufung auf die geschützte Anonymität und den Datenschutz nichts zu befürchten.

Die Finanzverwaltung forschte gegen die Geldwäsche und Krypto-Währungs-Betrüger mit gigantischen Datenmengen und förderte Auffälligkeiten hervor, beurteilte alle Risikobewertungen über möglichen Handel in Online-Geschäften und Steuerhinterziehungen sogenannter „Mining"-Unternehmen, also den Handel zwischen Krypto-Währungen und Bitcoin. Aber erst mit dem Austausch von entsprechenden Daten und Sachverhalten über Betriebsprüfungen aller Länder und der anschließenden Überprüfung mittels Blockchain und Analyse-Tools gelang es, die Zusammenhänge aufzuklären und den betroffenen Händlern und Betrügern das Handwerk zu legen.

Der andere Scherzartikel Dogecoin hatte das Original Bitcoin bald in den Hintergrund gedrängt. Eine irrationale Entwicklung. Erinnerungen an den Handel, an die Manie mit Tulpenzwiebeln, einem Spekulationsobjekt im 17. Jahrhundert, wurden wach. Der Handel ähnelte dem damals missratenen Geschäftsgebaren mit dieser Ware, tatsächlich nur ein paar Cent wert, im Handel zum Preis von Unsummen hochgejubelt mit unfassbaren Vorstellungen über den angeblichen, unstillbaren Bedarf von Millionen Menschen für eine im Grundsatz leicht verderbliche, kleine Wurzel. Bis die Blase, wie jede künstliche Blase platzt und zuletzt nur noch Verluste hinterlässt.

Wie beim Goldrausch in der Mitte des 19. Jahrhunderts waren die Gewinner dieser absurden Entwicklung nur jene, welche die Schaufeln für die Goldsucher verkauften, in Zeiten der Bitcoin-Euphorie nur die Handelsplätze wie beispielsweise ein Unternehmen namens Coinbase. Angesichts der millionenfachen Marktbewegungen konnte es mehr verdienen als jemals ein Spieler mit der künstlichen Währung selbst bei günstigstem Verlauf hätte einnehmen können. Nach wenigen Jahren war es vorbei mit der Herrlichkeit, mit diesem von vielen erst als digitales Gold bezeichnetem Kunstgeld.

Aber keine Angst den Spielsüchtigen, es hätte damit die Spielerei, das Zocken ein Ende gefunden. Immer wieder neu erfundene Spiele über digitale Einsätze in dieser durch Internet vernetzten Welt und angeblichen Gewinnchancen mit Millionenwert sind zwischenzeitlich entdeckt, genutzt und auch wieder ganz schnell verschwunden. Im Moment herrscht auf diesem Gebiet verräterische Ruhe. Wie lange noch?

Die verbliebenen Weltwährungen US-Dollar, der chinesische Renminbi und der Euro haben nahezu sämtliche nationale Währungen abgelöst, Geschäfte auf Wechselkurs-Basis erheblich eingeschränkt und nicht mehr lukrativ erscheinen lassen. Zur Vermeidung solcher Währungsspekulationen bestehen feste Wechselkurse zwischen allen, neben diesen drei herrschenden Weltwährungen, und auch den noch vereinzelt verbliebenen nationalen Währungen.

Die EU hatte eine Regelung über die Bargeldobergrenze bei Bargeldgeschäften eingeführt und zunächst einen Sturm dagegen ausgelöst. Zwischenzeitlich hat man sich neben den vermehrt bargeldlosen Zahlungen die Zahlungsvariante mit Bargeld wieder angewöhnt, nachdem das Verbot aller Bargeldzahlungen wegen des mehrheitlichen Wunsches der Bevölkerung doch nicht realisiert werden konnte. Der Obergrenze haftete jedoch ein fader Geruch an, da damit allen Bargeldzahlern allgemein kriminelles Handeln unterstellt wurde mit der Begründung, es solle mit dieser Regelung der Schwarzgeldhandel eingeschränkt, letztlich ganz vermieden werden. Die Administration hätte aber vielmehr unseriöse Geschäfte, die jeder Geldwäsche vorausgehen, bekämpfen sollen und als Information für die Finanzverwaltung, die großen Betrugsvergehen erfolgten seit jeher meist bargeldlos.

Die Umsetzung einer funktionierenden Kreislaufwirtschaft hat sich auf den Weg gemacht, beim Sammeln und Wiederverwerten von Rohstoffen. Denn produzieren, konsumieren, wegwerfen – wie vor einem halben Jahrhundert bedenkenlos praktiziert – war dann zum weltweiten Problem, zur globalen Herausforderung geworden. Das lineare Wirtschaftssystem musste durch eine nachhaltige Kreislaufwirtschaft ersetzt werden. Recycling gehört nun zum Alltag und ist gelebte Praxis im privaten wie im beruflichen Bereich. Neben Abfallvermeidung ist die Ressourcenschonung Hauptziel und zur verpflichtenden Umsetzung in allen Bereichen erklärt. Aufgrund der kontinuierlichen Wiedernutzung von Ressourcen in einem geschlossenen Kreislaufsystem entstehen ohnehin kaum Abfälle. Wie wichtig und unverzichtbar die Wiederverwertung technischer Geräte für die Umwelt geworden war, lässt sich daraus ersehen, dass im Jahre 2021 alleine in Deutschland 200 Millionen ungenutzte

Mobiltelefone in den Schubläden und Schränken lagerten. Eine unermessliche Rohstoffverschwendung, zumal in jedem Gerät 50 bis 60 wiederverwertbare wertvolle Metalle und Edelmetalle wie Silber, Gold, Platin, Kupfer, Nickel, Kobalt und Lithium stecken. Mit speziellen Unternehmen werden diese wertvollen Rohstoffe heutzutage herausgelöst und wieder nutzbar gemacht. Der Verbraucher ist zu diesem Zweck verpflichtet, sein gebrauchtes und nicht mehr genutztes Mobiltelefon und Smartphone, Personal-Computer, Laptops, Monitore und Drucker auch richtig zu entsorgen, also den entsprechend eingerichteten Sammelstellen wie unter anderem sogenannten Handysammelboxen zu überlassen. Damit werden tatsächlich alle diese Geräte beziehungsweise deren Bestandteile wieder in den Kreislauf zurückgeführt. Die einzelnen Regionen sind bei der Abfallsammlung und Verwertung außerdem in einen inoffiziellen Wettbewerb der Sammelweltmeister getreten.

Die unterschiedlichen Traditionen der Gewerkschaften, Einheitsgewerkschaften oder Richtungsgewerkschaften, die bestimmter Weltanschauung oder politischen Richtungen verpflichtet waren, Einzelgewerkschaften, sie alle bestehen nun gemeinsam, parteiübergreifend als Zusammenschluss aller Gewerkschaften für die Unterstützung bei der internationalen Gesetzgebung und als Tarifpartner. Neben den Flächentarifverträgen und den Kollektivarbeitsverträgen haben in Krisen betriebliche Vereinbarungen entscheidende Bedeutung erhalten.

Vor einem halben Jahrhundert bestanden die Herausforderungen in der Globalisierung, dann in der Digitalisierung, welche die Arbeit schneller und kreativer forderte und die Rechte von Arbeitnehmern aufweichte und verletzte – für die Beschäftigten Fluch und Segen zugleich. Die Lösung der Probleme bestand darin, der Belegschaft mehr Organisationsmacht abzugeben, Teilhabe an der Vermehrung von Reichtum durch Digitalisierung und Künstliche Intelligenz zu gewähren, die Beschäftigten einzubinden, vor allem in die Verhandlungen unter anderem über Kollektivarbeitsverträge und neue Formen von Arbeitskämpfen, in die Gestaltung der Sozialpartnerschaft einschließlich Regelungen über Lebens- und Freizeitbedingungen der Mitarbeiter. Auch die Gewerkschaften unterliegen wie jede gesellschaftliche Veränderung einem Wandel, der Änderung der Interessenspolitik, der Formulierung neuer Ziele. Zudem musste wegen der Verdrängung vieler Berufsbilder aus dem Arbeitsmarkt die ungerechte Umverteilung bekämpft werden. Als verbindliche Maxime ist die Fest-Anstellung gegen die mitarbeiterfeindliche „freie Mitarbeit" gesetzlich angeordnet, aber auch die Bürokratie ist erheblich eingeschränkt, die Überzahl von reinen Betriebsfunktionären zurückgedrängt und die für den Betrieb hinderliche sowie unternehmensfeindliche Einflussnahme von außerbetrieblichen Gewerkschaftsvertretern verhindert.

Zur maßgeblichen Aufgabe der Gewerkschaften entwickelte sich insbesondere deren Hilfe und Unterstützung mit dem Homeoffice Beruf und Familie besser zu vereinbaren. Und der Gedanke, die Idee, Arbeiterrechte in der heutigen Zeit durchzusetzen, bedeutet, die Rechte der Mitarbeiter unterhalb der Führungsebene gemeinsam zu wahren, erfolgreich zu verhandeln, weil ein Einzelner nicht die Macht und Anerkennung findet wie in der Gemeinschaft. Probleme bereiten neben der Festsetzung, worin solche Arbeitnehmerrechte bestehen und ob beziehungsweise wie sie zu realisieren sind, wer aus der gesamten Belegschaft zum Kreis der betroffenen Mitarbeiter gehört, wo im Unternehmen die Führungsebene beginnt; diese Fragen sind in den einzelnen Unternehmen obendrein häufig auch unterschiedlich zu beurteilen. Für das Einsparungspotenzial einer Vereinbarung von Arbeiten im Homeoffice war, von Gewerkschaftsseite unterstützt, eine angemessene Entschädigung für den privaten Büroaufwand, den Arbeitsplatz, das (ergonomische) Mobiliar und die zuhause anfallenden Gemeinkosten zu gewähren. Die Neudefinition des Begriffes „Büro" im Unternehmen als „Workspaces" und im Homeoffice das Arbeitszimmer steht im Wechsel heutiger Arbeitsauffassungen. Das Unternehmen stellt den Büroarbeitsplatz ebenso wie der Mitarbeiter das häusliche Arbeitszimmer, aus Sicherheitsgründen und des Datenschutzes wegen in einem zum Arbeiten geeigneten Raum, zur Verfügung. Ausreichend Wohnraum, die Sicherung der Arbeitsmedizin und die Sicherheit betrieblicher Belange am heimischen Arbeitsplatz sind Voraussetzung. Dafür bietet der Dienstherr ein höheres Gehaltsniveau an und über Pauschalsätze werden Steuerfreibeträge gewährt, um die Schwierigkeit der Abgrenzung von privater und beruflicher Nutzung und die Berechnung reduzierter Wegkosten, ob privat oder beruflich bedingt, zu vermeiden.

Arbeiten im Homeoffice ist ausschließlich Vereinbarungssache. Der Dienstherr kann nicht einseitig Homeoffice anordnen noch kann der Mitarbeiter einseitig entscheiden, seine Arbeitsleistung von seinem häuslichen Arbeitszimmer alleine zu erbringen. Bei regelmäßiger Tätigkeit im Homeoffice stellt der Dienstherr auch die erforderlichen digitalen Arbeitsmittel wie Laptop, Handy, Internet und dergleichen zur Verfügung oder ersetzt angemessene Kosten dafür. Die Auswahlentscheidung wird grundsätzlich dem Mitarbeiter überlassen. Er hat allerdings für seine Beschäftigung zuhause Zeitaufzeichnungen zu führen, in denen die im Homeoffice verbrachten Tage und die einzelnen Arbeitsstunden festgehalten sind.

Aufwendungen für ein im Wohnungsverband gelegenes Arbeitszimmer und dessen Einrichtung sind für den Mitarbeiter jedoch nur dann steuerlich abzugsfähig, für anteilige Miete beziehungsweise Abschreibung bei Eigentum, Betriebskosten, Aufwendungen für Arbeitsmittel, Einrichtungsgegenstände, anteilige Finanzierungskosten, wenn nachweisbar der Mittelpunkt der betrieblichen oder beruflichen Tätigkeit in diesem häuslichen Arbeitsraum liegt, jeweils für den Zeitraum der Nutzung der eigenen Räumlichkeiten. Diese Regelungen gelten zusätzlich für den Fall der betrieblichen Tätigkeit von einem entfernten, beispielsweise in einem anderen Kontinent befindlichen Wohnsitz aus, sofern damit nicht eine steuerliche Betriebsstätte des Dienstherrn begründet wird und für die Tätigkeit als Homeoffice keine Grundlage besteht.

Selbstverständlich droht auch heutzutage immer wieder eine Immobilienblase. Sie kann grundsätzlich nur durch bezahlbaren Wohnraum überwunden werden. Verschiedene Faktoren dienen zu deren Bestimmung, zumal solche Blasen in verschiedenen Regionen meist gleichzeitig entstehen. Die Anzahl und die Höhe der Baukredite und die damit zusammenhängende Schuldnerquote sind wichtige Hinweisgeber. Je höher der Anteil auf Kredit gekaufter Immobilien ist, desto größer erscheint die Gefahr einer Blase. Sind die Kaufpreise für Immobilien den Mieten oder den Einkommen enteilt, also schneller gewachsen wie die Einkommen steigen, der Unterschied zwischen den Marktpreisen für Eigentumswohnungen oder Häuser um ein Vielfaches höher als die tatsächlich daraus resultierenden Mieterträge, entsteht ebenfalls eine Immobilienblase. Besteht ein Überschuss an Wohnraum, sinkt auch der Preis von Immobilien wieder. Diese Sichtweise gilt vor allem bei Immobilien in Top-Lagen, den begehrtesten Standorten auf der Welt.

Leistungslose Gewinne über Bodenwertsteigerungen schöpfen die staatlichen Behörden über die Steuergesetzgebung ab, auch um Immobilienblasen zu vermeiden, in erster Linie aber aus Gerechtigkeitsgründen, um die Vermögensvermehrung auf Kosten des Gemeinwohls zu verhindern. Eingriffe in das Eigentum des Einzelnen ist immer dann legitim, wenn das Gemeinwohl es rechtfertigt.

Zur Vermeidung von Altersarmut gilt unter anderem der heutzutage auch häufig genutzte Vorschlag, bei gleichzeitiger begrenzter liquider Mittel das selbstgenutzte Wohneigentum zu veräußern, jedoch in Form eines Nießbrauchrechts darin weiter zu wohnen. Es sichert dem begünstigten Verkäufer die vollen Nutzungsrechte am Objekt und die gleiche Nutzung wie bisher bis zum Lebensende und berechtigt sogar zur Vermietung der Wohnung oder des Hauses, wenn ein Umzug in eine Seniorenresidenz bevorsteht. Der Auszahlungsbetrag beziehungsweise der Verkaufspreis errechnet sich aus dem gutachterlich ermittelten Marktwert abzüglich des

Nießbrauchwerts und ist darüber hinaus in aller Regel steuerfrei.

Für denjenigen, der keine Angst vor Schulden hat, längerfristig an einem Ort bleiben möchte und zugleich für das Alter vorsorgen will, empfiehlt sich die Eigentumsfinanzierung. Kann man anstelle der monatlichen Miete auch die regelmäßigen finanziellen Belastungen für den Kauf der Immobilie übernehmen? Eine Berechnung des Kaufpreis-Mietverhältnisses hilft weiter. In ländlichen Gegenden rechnet sich der Kauf besser, in Großstädten, zumal in den beliebten Metropolen kehrt sich die Berechnung um und erscheint der Kauf ungünstiger als die Anmietung. Für die Altersvorsorge bleibt die Entscheidung zum Kauf gleich. Der Wertzuwachs des Hauses oder der Eigentumswohnung dient bei einem eventuellen Verkauf der Absicherung im Alter, sei es in vollem Umfang oder mit der Regelung des Nießbrauchs und weiterer Nutzung, gleich ob der spätere Aufenthalt in einer Seniorenresidenz oder vergleichbarer Unterkunft geplant ist.

Die Banken loben sich immer selbst mit dem Hinweis auf die Finanzierung von sauberer Energie, nachhaltiger Geldanlagen, bedeutet mit nachhaltiger Anlagestrategie und damit zur Sicherung der umweltfreundlichen Entwicklung und bezeichnen sich dabei gerne als die Pioniere auf dem Gebiet der Nachhaltigkeit. Also sogar in der Bankenwelt kehrte zumindest nach eigener Beurteilung die Einsicht in die Erhaltung der Umwelt ein. Ziel ist es nach deren Werbeaussagen, mit nachhaltigen Finanzprodukten und Dienstleistungen die Bankkunden bei ihren Bemühungen um den Schutz der Umwelt und der Transformation in eine nachhaltige Zukunft zu unterstützen und damit einen positiven Beitrag für die Gesellschaft zu leisten. Und die weitere Aufgabe der internationalen Banken ist es, die wirtschaftliche Entwicklung gerade der früheren Entwicklungs- und Schwellenländer zu ermöglichen, Investitionen zum Vorteil aller Regionen auf der Welt zu gewähren, mit passenden Finanzanlagen die Länder dieser Erde umweltverträglich und klimafreundlich zu gestalten.

Als Folge vergeben Wagniskapitalgeber Kredite, wenn die Geldmittel nachweislich in nachhaltig begründete Unternehmen investiert werden; nicht kurzfristige Profitabilität, sondern nach dem Einfluss auf den Menschen und die Umwelt entscheiden die Gremien der Banken. Fachleute und Wissenschaftler in den Banken prüfen die Werbeversprechen der Unternehmen und kreditsuchenden Bankkunden und berechnen die Geschäftsmodelle nach Ressourcenschonung, Abfallvermeidung, Biodiversität und Klimabelastung. Grundlage für diese Bankprüfung ist das sogenannte Life-Cycle-Assessment, eine Lebenszyklus-Analyse, veredelt durch eine ISO-Norm (Internationales Normierungsgremium für kommerzielle und industrielle Standards). Die Geschäftsmodelle müssen, wie die Banken es formulieren, zu einer Wirtschaft der sogenannten planetaren Grenzen passen. Denn Umweltfreundlichkeit kommt bei Mitarbeitern und Kunden der Unternehmen gleichermaßen positiv an, vermeidet hohe Umweltkosten und strenge behördliche Regulierungen.

Neben internen Betriebsprozessen kommt es bei der bankmäßigen Prüfung dann auf die Öko-Bilanz, auf Markteffekte an. Als positiv bewertetes Beispiel dient: ein Unternehmen, das zum Beispiel Müll zu Granulat verarbeitet und daraus Versandtaschen sowie wiederverwendbare Müllbeutel herstellt oder eine andere von einer Firma angewandte Methode, über ein patentiertes Verfahren aus Agrarabfällen neue naturbelassene Folien, Kunststoffe und Beschichtungen zu produzieren. Daraus erkennt die geldgebende Bank bei der Entscheidung über die Kreditvergabe, ob die neu hergestellte Ware aus wertvollem und schützenswertem Rohmaterial oder wünschenswert aus Recyclingprozessen stammt und mit dem Unternehmensmodell Treibhausgasemissionen reduziert werden. Mit solchen Vorgaben unterstützen und fördern die Banken tatsächlich den ökonomischen Wirtschaftskreislauf, ebenso die werthaltigen technologischen Innovationen und zugleich die ökologisch wertvollen Ziele.

Das Bankensystem, zumindest ein Teil, wäre in den zwanziger Jahren dieses Jahrhunderts beinahe kollabiert, da Kredite in einem Umfang von einem Drittel der Kreditsummen an Unternehmen ausgereicht worden waren, die Risiken wie Extremwetter-Ereignisse in hohem Maße ausgesetzt waren. Auch mit der Energiewende konnte diese Bedrohung schließlich beseitigt und verhindert werden.

Neue Finanzierungsformen wie „Green Financing", die vom Finanzwesen angebotene nachhaltige Finanzierung zukunftsorientierter Unternehmen mit ökologisch fortschrittlichen Bauabsichten und erfolgreicher strategischer Ausrichtung nehmen einen großen Bereich der Finanzierungsberatung in Anspruch und zugleich eröffnen sogenannte „Green und Social Bonds" den Anlegern Wege, um verantwortungsvoll in ausgewählte, ökologisch und sozial nachhaltige Projekte zu investieren. Und Investoren und Aktivisten hatten schon vor fünfzig Jahren die Finanzierungsinstitute aufgefordert, die Finanzierung von Umweltverschmutzern einzustellen, keine Finanzierung für neue Kohlekraftwerke, keine Finanzierung für neue Ölfelder. Als wichtige Finanziers agieren die Versicherer in diesen neuen Geschäftsfeldern und sie bezeichnen sich selbst als Finanzmarkt-Player. Investitionen der Anlagemöglichkeiten von Versicherern beschränken sich auf Kapitalanlagen mit Nachhaltigkeitskriterien, wie erneuerbare Energien, öffentlicher Verkehr, Gesundheitssektor. Die Lebensversicherungen unterstützen ihre Kunden, einen nachhaltigen Lebensstil zu führen, gewähren für die Entwicklung bis in unsere Zeit Tarifbegünstigungen für Elektro-Autos, Solar- und Fotovoltaik-Anlagen. Vertragliche Tarifvorteile im Gesundheitsbereich dienen der Prävention mit der Unterstützung von Vorsorge, Ernährungsberatung, ärztlichen Fitness-Untersuchungen. Auch Lebensversicherer bewerten alle Kapitalanlagen nicht nach kurzfristiger Profitabilität, sondern nach ihrem Einfluss auf den Menschen und die Umwelt, berücksichtigen dabei steuerliche Anreize, befürworten und bemühen sich um Steuerfreiheit nachhaltig veranlagter Lebensversicherungen als Wachstumsimpuls für die private finanzielle Vorsorge. Die Vorstellungen auch der Versicherer haben sich also zum Schutz unserer Welt geändert.

Für interessierte Historiker. Was wurde aus Facebook, Twitter, WhatsApp, Apple, Microsoft, Google, Alphabet, Amazon, Instagram?

Für alle diese damaligen Weltkonzerne, sofern sie nicht verschwunden sind oder ihren Zweck erfüllt hatten und dieser Umstand damit zur Auflösung führte oder vom

Staat wegen ihrer untragbaren, zu mächtigen Monopolstellung aufgeteilt worden waren, oder Verbotsnormen die bisherigen menschenverachtenden Tätigkeiten beendeten, gibt es Nachfolgefirmen. Neben das Internet traten andere, zusätzliche neue Erfindungen und neue Namen wechselten sich ebenso regelmäßig ab. Das Internet als solches existiert immer noch, nicht mehr in der ursprünglichen Form, verbessert, verfeinert, aktuell ohne jegliche Wartezeit zur Nutzung, mit einfacher Bedienung, verständlich für jedermann beziehungsweise für jederfrau, auch ohne umfangreiche Schulbildung, mit allen erdenklichen Kommunikationsmöglichkeiten.

Blockchain: weiterentwickelt und verfeinert für transparente Lieferketten, früher Mittel zum Transferieren von Cybergeld beziehungsweise zum Handel mit Krypto-Währungen und Bitcoin mithilfe von Mining-Unternehmen genutzt, ist zwischenzeitlich zuständig für das automatische Bezahlen von zum Beispiel geleasten Maschinen. Verbraucher erkennen mit sogenanntem QR-Code, woher die Produkte kommen und Unternehmen können damit ihre Maschinen nach jeweiligem Verbrauch passgenau bezahlen. Zum Handel mit Geld oder fremder Währung benötigt der Händler dazu keine Banken oder die Börse mehr. Und Blockchain-Experten gehören auch weiterhin zu den bestbezahlten Fachkräften, vor allem in der Finanzbranche.

Die Monopole der zwanziger Jahre, gleich welcher Branche sie entstammten, sind von den Kartellbehörden getrennt und in mehrere Einzelunternehmen aufgeteilt, manche verboten, wenn sie, übermächtig geworden, Profit rücksichtslos vor Ethik und vor gesellschaftlichen Konsens stellten oder zum Nachteil der Nutzer eine Plattform für Hass und Hetze angeboten hatten.

Gesellschaft

Die Autokratie-Formen hatten vor einem halben Jahrhundert in vielen Ländern Erfolg, bis der Kampf der demokratischen Kräfte gegen sie die Oberhand gewann. Autokratien und deren Vertreter beherrschten die Emotionen der Bürger; die Menschen lieben grundsätzlich Vereinfachung wie sie Populisten und Diktatoren in die Welt setzen. Und zu demokratischen Institutionen ging Vertrauen verloren, erschüttert auch durch private Skandalgeschäfte von verantwortlichen Parlamentariern und ruchloses Machstreben erst demokratisch gewählter zu Autokraten gewandelter Politiker. In Großbritannien hatten sich die Mitbürger die von politischen Verführern behauptete Rückkehr zu einer politischen Großmacht, zu einem früheren (britischen) Empire erhofft. Diese Menschen erkannten nicht die damit im eigenen Land verursachte Wirtschafts- und Finanzkrise. Erst nach beginnenden Fehlschlägen und bitteren Erfahrungen aufgewacht, begann die Kritik über das politische Versagen, sanken die Zustimmungswerte des selbstverliebten, ungeeigneten Premierministers, der den sogenannten Brexit, die Abkehr von der Europäischen Union mit unwahren Behauptungen vorangetrieben hatte, eine Fehlbesetzung, bald abgewählt samt seiner Partei.

Das Bekenntnis zur Demokratie, demokratische Verhältnisse und die Wahrung der Menschenrechte haben doch noch über Autokratie und diktatorische Bestrebungen gesiegt. Das Grundbedürfnis des Menschen besteht zwar in einer einfachen, wenig komplizierten Welt; die Autokratien gelangten deshalb an Regierungsstellen, wollten aber die Macht nicht mehr abgeben. Mit Gewalt, mit Unterdrückung gingen sie gegen die eigene Bevölkerung vor, überzeugten die betroffenen Bürger gerade damit von der Überlegenheit der demokratischen Wertvorstellungen, vom friedlichen Zusammenleben in demokratischen Staatsgebilden. Diese demokratischen Werte werden nun in aller Welt beachtet und gelebt.

Was bedeuten die viel beschworenen demokratischen Werte, auf die sich die Gesellschaft, die Politik beginnend im westlichen Teil der Hemisphäre mit Stolz stützte und heute allgemein beruft. Die Demokratie zeichnet sich aus als Gegengewicht zu Diktatur und Autokratie, zu deren skrupellosen, egoistischen Machthabern. Die demokratischen Werte überzeugen mit Rechtsstaat, Gewaltenteilung, Meinungs- und Pressefreiheit, durch freie und unabhängige Wahlen sowie mit Achtung der Menschenwürde.

Die Europäische Union ging voran und setzte die Erwartung an die demokratische Einheit in Europa um. Die Mitgliedsstaaten hatten mit den Jahren alle Souveränitätsrechte an die EU abgetreten, das Europäische Parlament gestärkt bis zur Zuständigkeit für alle staatlichen Regelungen, die Kommission als alleinige Exekutive anerkannt. Frankreich und Deutschland erst als Impulsgeber des Europas der „zwei Geschwindigkeiten", nach dessen Rückkehr in die Europäische Union verstärkt und aufgewertet mit Großbritannien, und auch alle anderen Mitgliedsländer wurden miteinbezogen in die sich beschleunigende Entwicklung zur endgültigen Vereinigung, mit aufgenommen in die Fahrt zum Zusammenwachsen, zum Ziel des Staates Europa. Die EU jetzt als Weltmacht in die UNO eingebunden.

Die früheren Werte Europas gelten wieder. Aus Athen, der griechischen Antike stammen die Idee der Demokratie und das geistig philosophische Fundament. Die Römer lehrten uns die Konstitution, das Plebiszit und die Debatte, ohne die Demokratie und Fortschritt undenkbar wären und aus dem neuen Testament stammt das Gesetz der Humanität und Mitmenschlichkeit, die Überzeugung, dass jeder Mensch aus dem Dialog mit dem Anderen, dem Anders-Sein, die Akzeptanz des anderen seine eigene Persönlichkeit entwickeln kann.

Der Wunsch auf ein Leben in Freiheit, Würde und Wohlstand, wurde arg strapaziert durch Fremdenfeindlichkeit, populistische Umtriebe, durch Gefahren aus autokratischen Staaten, die solche menschlichen Werte der freien Welt teils offen, häufig im Verborgenen bekämpften. Die Unwerte des Populismus waren in den zwanziger Jahren wieder emporgestiegen, genährt von den politischen Fehlern in Europa durch verfehlte Migrationsaufnahme, durch feindlich gesinnte materielle Unterstützung der Populisten aus Russland und die zunehmend geistige Hilfestellung der früheren Kriegs- und Bürgerkriegsländer auf dem Balkan, den Fluchtursachen in nordafrikanischen Staaten und dem Pulverfass in Nahost. Europa beziehungsweise der europäischen Politik war bewusst geworden, dass die bisherige Einstellung in all diesen genannten Bereichen in der unmittelbaren Nachbarschaft und auch zu weiter entfernten Länder falsch und zukunftsfeindlich, die klug klingenden Worte der nationalen Politiker zu diesen Themen nur Gegenstand von Sonntagsreden nicht überzeugten.

Probleme hatten sich aufgestaut. Eine durch europäisch subventionierte, die Böden ausgelaugte Lebensmittelproduktion in Afrika zugunsten europäischer Verbraucher zerstörte weite Gegenden, die klimatisch kein Leben mehr zuließen, und in Südamerika, weil die letzten Sauerstoffreserven, die letzten Regenwälder niedergebrannt worden waren, um Soja, Palmöl und Fleisch in die Wohlstandländer zu liefern, deren Transport bis zum Endverbraucher auch noch die Meere verschmutzt hatte, die wiederum bedroht waren, von den Industrieflotten der wohlhabenden Länder leergefischt zu werden, und auf den Straßen Europas entwichen für den wohlstandsverwöhnten Bürger tonnenweise CO_2 in die Atmosphäre.

Die Welternährungsorganisation der Vereinten Nationen (FAO) kümmert sich nun um die weltweite Nahrungsmittelsicherheit und Ernährung der Weltbevölkerung und hatte vor fünfzig Jahren das Ziel ausgegeben, bis zum Jahr 2030 müsse niemand mehr auf der Erde Hunger leiden. Abgesehen davon, dass den Menschen nicht erklärt worden war, wie das in der kurz bemessenen Zeit geschehen, wie es bewerkstelligt werden sollte, hatte sich wieder einmal eine internationale Institution zu weit vorgewagt und erreichte ihr selbst gestecktes Ziel, die optimistische Vorgabe bei Weitem nicht. Erst seit der letzten Dekade kann behauptet werden, die Weltgemeinschaft hat nun annähernd die allgemeine Hungersnot in den unterentwickelten Ländern erfolgreich bekämpft und schließlich besiegt, dafür gesorgt, dass ausreichend Lebensmittel für alle, auch den Mitmenschen in entlegenen Gebieten verfügbar sind.

Die „Soziale Marktwirtschaft ist abgelöst durch die „Sozialökologische" beziehungsweise „ökosoziale Marktwirtschaft", vehement vorangetrieben durch die Politik der Grünen Partei, die den notwendigen Umbau der Volkswirtschaft zu einer ökologisch ausgerichteten Wirtschaftspolitik betrieben und vollendet hat, damit verbunden der Abbau milliardenschwerer umweltschädlicher Subventionen. Der Unterschied zwischen sozialökologisch und ökosozial ist rein theoretischer Natur und überträgt lediglich Seminaren an der Universität wirtschaftstheoretische Aufgaben.

Wir begrüßen mit dieser Wirtschaftsform im Jahr 2071 den menschlichen Kapitalismus, gekennzeichnet durch „Würde, Sicherheit und Selbstbestimmung". In der früheren sozialen Marktwirtschaft bestand die politische Aufgabe darin, wirtschaftliche Auswüchse und Nachteile zu bekämpfen, als fünfzig Prozent der Bevölkerung hierzulande in Europa überhaupt kein Vermögen besaßen, während der reichste Anteil von fünf Prozent insgesamt allein fünfzig Prozent des Gesamtvermögens auf sich vereinigte. Regelungen mussten geschaffen werden, um dieses Ungleichgewicht, diese Ungerechtigkeit auszugleichen, zu beseitigen. Humanismus und Ökologie sind nun vereinigt und die Ökologie gilt als neuer Humanismus, weil sich die ökologische Frage für jede und jeden stellt.

Eine neue Wirtschaftsform war auch dringend notwendig für den sozialen Ausgleich und die gleichen Bedingungen zum Erwerb, das anständige und würdige Leben für jedermann. Noch im Jahre 2021 verdienten etwa 10 Millionen Menschen zum Beispiel in Deutschland trotz Arbeitsplatz zu wenig, um sorgenfrei zu leben, erst recht nicht, um Rücklagen zu bilden. Sie verdienten, zumindest im Verhältnis, weniger als ihre Eltern, die zwanzig oder dreißig Jahre früher arbeitstätig waren. Ein sozialer Sprengstoff bahnte sich an. Und selbst der Mindestlohn im Jahr 2021 von zwölf Euro bedeutete keine wirkliche Verbesserung mit einem nach Berechnungen monatlich durchschnittlich höheren Einkommen von 133,-- Euro und gleichzeitiger übermäßiger Belastung der Arbeitgeber.

Inhaltlich deuten die Bezeichnungen „sozialökologisch" oder „ökosozial" auch auf die Grenzen des Wirtschaftswachstums, des Bevölkerungswachstums und ein in früheren Jahren beschränktes Nahrungsmittelangebot hin, auf die verheerenden Folgen, wenn die Prinzipien eines menschlichen, sozialen, ökonomischen Umweltbewusstseins verloren gehen, die eigentlichen Ziele entschwinden, wie Armut zu reduzieren, medizinische Grundversorgung sicher zu stellen und Ausbildung ohne Diskriminierung anzubieten. Die Politik erkennt zwar meist die Notwendigkeit, unerwünschte soziale und politische Unruhen zu vermeiden und die Probleme, die das Überleben der Menschheit bedrohen, sie handelt aber häufig nicht konkret danach.

Vor einem halben Jahrhundert war keines dieser genannten Ziele überzeugend erreicht. Selbst heute darf das Bemühen um den langfristig und systematisch geplanten Umbau eines gerechten und vereinfachten Abgabensystems mit Gesetzen und Verordnungen nicht nachlassen, muss die aktive Politik die Nachhaltigkeit begünstigen und nicht behindern, sowie Spielregeln und Rahmenbedingungen schaffen und durchsetzen, damit fairer Wettbewerb die innovativen Kräfte in der Wirtschaft immer wieder aufs Neue fördert und um den Boden für das Prinzip der Solidarität und für eine nachhaltige Entwicklung zu bereiten. Die Spielregeln der ökosozialen Marktwirtschaft auf der Ebene der Europäischen Union wie auf globaler Grundlage erfordern eine starke und entscheidungsbereite Politik mit weltweiter Vernetzung und Kooperation.

Wie in den 1920 Jahren die Schaffung eines gemeinsamen Europas kurz vor dem Erfolg, einem Zwischenhoch, scheiterte und die Welt erst in einen Abgrund stürzen sollte, erst nach Jahren, nach dem letzten Weltkrieg ein Neubeginn, die Idee eines geeinten Europa wieder erneuert wurde und starten musste, ist die Idee der ökosozialen Marktwirtschaft aus den 1980 Jahren zunächst weiter entwickelt bis zum Anfang dieses Jahrhunderts, dann wieder verstummt, ohne die ursprüngliche Initiative aufzugreifen, erst in den vergangenen Jahrzehnten erneut entdeckt worden. Nach nationalen, populistischen Strömungen in den zwanziger Jahren kam erst im Laufe dieses Jahrhunderts der Gedanke der ökosozialen Marktwirtschaft wieder auf und mit Persönlichkeiten aus der Politik, der Wirtschaft, Wissenschaft und Gesellschaft konnte sich diese unentbehrliche Wirtschaftsform endlich durchsetzen.

An zwischenzeitliche frustrierende Erscheinungen der unregulierten Weltökonomie hatten sich die Menschen zu allem Übel selbstgerecht, gedankenlos, zum Bedauern und zur Verzweiflung der Jugend gefährlich nahe gewöhnt, wie das Platzen der New-Economy-Blase, Betrugsdelikte an den Weltfinanzmärkten, die verfehlte Wirtschaftspolitik des Internationalen Währungsfonds in Afrika und Lateinamerika, der soziale Rückbau in den voll entwickelten Ländern und als Folge rückläufiges Wachstum bezeugen. Ebenso erinnerten vor einem halben Jahrhundert massive Umweltzerstörung, der immense Verbrauch kritischer Ressourcen, soziale Not und das Anwachsen von Hass und Terror an die dringende Änderung der Lebenseinstellung des Menschen. Die Notwendigkeit, das Bedürfnis für eine Regelung zu einer Verbesserung dieser katastrophalen Verhältnisse und Entwicklungen schrie förmlich und immer lauter nach einer sozial und ökonomisch ausgerichteten Wirtschaftspolitik. Der Markt-Fundamentalismus brachte nicht das höchste Wachstum. Selbst dieses letzte Versprechen hatte er nicht eingehalten, führte zwar wohl zu mehr Wachstum als der Kommunismus, war aber bei weitem nicht das Maß aller Dinge, insbesondere verglichen mit der ökosozialen Marktwirtschaft.

Der frühere konservative sogenannte freie Markt produzierte etwas Anderes: zum einen vermeintliche Wertschöpfung durch Plünderung der Umwelt und zum anderen eine massive Umverteilung nach oben, zu mehr Vermögen der ohnehin bereits Reichen und zu vermehrter Armut der Masse. Und Wachstum wurde in Verkennung dieser Umstände als der heilige Gral betrachtet. Warum haben die bisherigen im Prinzip theoretischen Modelle Wachstum verherrlicht? Unter Wachstumsbedingungen ist Umverteilung möglich und soziale Konflikte lassen sich bei der Verteilung des Zuwachses politisch angenehmer lösen als bei gleichbleibender oder schrumpfender Wirtschaftsleistung. Einfache Lösungen dieser Probleme für überforderte Wirtschaftspolitiker: Fehlanzeige.

Wachstum löst keines der politischen oder gesellschaftlichen Probleme, und führt letztlich zu einer Blase, zu einer im Endstadium vernichtenden Überhitzung. Dass nur mit ständigem Wachstum, mit dieser tödlichen Dosis, den Menschen eine sinnstiftende Arbeit zu ermöglichen sei, ist ein gefährlicher Trugschluss. Denn die Menschen sind unterschiedlich in dem, was sie wollen und bezüglich dessen, was sie leisten können. Also bedarf es des sozialen Ausgleichs unter Beachtung der ökologischen und wirtschaftlichen Gegebenheiten.

Dann aber setzten sich junge Wirtschaftswissenschaftler durch mit dem Ziel, den Kapitalismus nicht unbedingt gänzlich abzuschaffen, sondern dessen Vorteile auszunützen und die tatsächlichen Nachteile zu überwinden. Der Kapitalismus soll den Menschen dienen, nicht wie es damals noch der Fall war andersherum und diese jungen Ökonomen haben den Einfluss des Kapitalismus gedreht zugunsten der Menschheit, haben ihn wirklich menschlich gemacht im Sinne und Interesse des Einzelnen und damit die Entwicklung der ökosozialen Marktwirtschaft publikumswirksam gefördert und sozialen Ausgleich geschaffen.

Zugleich entwickelten sie ein Konzept zum Thema Staatsfinanzen und der Finanzpolitik allgemein mit den Vorgaben „Daseinsvorsorge", Gestaltung für den Bürger mit der „Dekarbonisierung" durch staatliche Finanzpolitik und nicht gegen ihn. Dem Begriff Kapitalismus gaben sie eine neue Auslegung mit der Unterscheidung zweigeteilt in „Privateigentum" und „Märkte". Eine eigene Wohnung, also Immobilienbesitz und oder auch ausschließlich flüssige Mittel etwa mit einem jederzeit liquiden Fonds geben dem Mitbürger Sicherheit. Und zum anderen bietet ein funktionierender Markt Chancen für eine ausgefüllte Berufstätigkeit und innovative Ideen. Diese Visionen mussten in die Wirklichkeit transferiert werden und sind jetzt abgeschlossen mit staatlich geförderter Vermögensbildung aller Mitbürger und nicht nur für die ohnehin reichsten fünf Prozent der Bevölkerung. Nicht mehr Tech-Giganten dominieren die Wertschöpfungsketten und Arbeitsmärkte, vielmehr werden nunmehr alle Unternehmen mit Kapital, gleich ob von Banken, privaten Investoren oder berechtigter staatlicher Hilfestellung unterstützt, wenn sie mit den Mitarbeitern innovativ tätig sind und zudem mit den anderen ebenso unternehmerisch aktiven Firmen auf gesunder Basis konkurrieren. Um die Würde, die Sicherheit der Bürger zu gewährleisten, sorgt nun der Staat dafür, dass auch eine Reinigungskraft von ihrer Arbeit auskömmlich leben, zu jeder Zeit die Arbeitsstelle ohne Beeinträchtigung oder finanzielle Verluste wechseln kann, schließlich niemand mehr das Leben in existenzieller Not oder alltäglicher bedrückender Sorge verbringen muss.

Das Wirtschafts- und Finanzsystem, der Kapitalismus in der heutigen Auslegung beachtet nach dieser von den Ökonomen eingeführten Finanzpolitik die menschlich wichtigsten Wünsche und Erwartungen, die Würde des Einzelnen, angemessen verbreiteten Wohlstand und unterstützt damit zugleich auch die demokratischen Werte. Und die Klimapolitik gründet sich nicht mehr auf eine abstrakte Technologie, sondern bringt Schutz der Umwelt zusammen mit der Schaffung von Arbeitsplätzen und wirtschaftlichen Möglichkeiten für alle Mitbürger.

Die europäische Durchführungsverordnung zum Schutz insbesondere privater Daten (bezeichnet mit dem Wortungeheuer Datenschutzgrundverordnung – siehe auch Kapitel Wirtschaft) Anfang dieses Jahrhunderts ist zwar gescheitert. So absichtsvoll deren Anlass war, sind die darin enthaltenen Regelungen wie häufig in einem überbordenden Bürokratismus über das Ziel hinausgeschossen, zu umständlich, zu aufwendig und unverhältnismäßig. Natürlich sind Digitalisierung und effiziente Nutzung von Daten für eine erfolgreiche Unternehmensführung unerlässlich, weshalb die Datenermittlung grundsätzlich nötig und gerechtfertigt erscheint. Die Gesellschaft akzeptiert, dass die digitale Logistik systemrelevant ist und sich im Wesentlichen auf Daten stützt und nur dadurch gewährleistet ist, die richtige Ware zum richtigen Zeitpunkt am richtigen Ort zu wissen. Die Kunden erwarten ihre bestellten Waren möglichst noch am Tag der Bestellung zu erhalten. Diese Erwartungshaltung stellt die Lagerung und Logistik vor enorme Herausforderungen und müsste hilflos scheitern ohne die auch Persönlichkeitsbelange des Mitbürgers betreffende Datenerhebung.

Systematiken wie die Einbindung von Künstlicher Intelligenz, das Internet der Dinge (IoT) mit fahrerlosen, autonom fahrenden und elektrobetriebenen Transportsystemen, die Schwarmintelligenz (das bedeutet die Fähigkeit eines Kollektivs zu sinnvoller Zusammenarbeit oder gemeinsamen sinnvollen Verhaltens) und dezentrale Steuerung beherrschen heute die Situation. Autonome mobile Roboter prägen die Intralogistik. Der Austausch von Daten und Informationen auf einer vereinheitlichten und konvertierbaren Daten- beziehungsweise Formatgrundlage sorgen durch koordinierte Prozesse und intelligente Prozesssteuerung für Effizienz in den Unternehmen. Die Arbeitsplätze sind darauf ausgerichtet und es entstanden neue anspruchsvolle Tätigkeitsfelder, die auch das Image der Logistik verändert haben.

Die wichtigste Aufgabe bestand darin, die Produktion eines Projektes oder Gegenstandes geeignet für das „Internet of Things" (IoT) zu machen. Sensoren registrieren dabei Schwingungen oder Temperaturschwankungen. Die dadurch ermittelten Daten werden durch die IoT-Anwendung verarbeitet. Sobald Schwellenwerte überschritten werden löst diese Anwendung auf den mobilen Geräten der Instandhalter Alarm aus. Maschinen und Werkzeuge kommunizieren miteinander, die Produktion steuert sich dann von selbst und ermöglicht zugleich auf diese Weise die Herstellung des betreffenden Gegenstandes nach den individuellen Vorgaben des Kunden, gleich ob 3-D-Druck (Fertigungsverfahren mit dem Auftragen verschiedener Schichten), kognitives Computing (Technologie, die menschliche Denkprozesse simuliert) oder Virtual Reality (Computergenerierte, simulierte Wirklichkeit mit Bild oder Ton). Die Technologien für eine erfolgreiche Digitalisierung der industriellen Produktion sind heutzutage tatsächlich weitgehend ausgereift.

Das IoT ist in den Wirtschaftsbereichen ohnehin das Maß aller Dinge und beherrscht die umfassende Vernetzung aller Geräte, Maschinen und Sensoren. Es hat sämtliche Branchen verändert – vom produzierenden Gewerbe über die Energieversorger, Handel und Gesundheitsunternehmen bis hin zu Banken und Versicherungen. Das gilt vor allem auch für Big Data, also die Nutzung und Analyse von Datenströmen, durch die Digitalisierung beim privaten Surfen im Internet, im Unternehmen durch elektronische Datenverarbeitung oder in Industriebereichen durch die Steuerungsmodule und Sensoren, um daraus unternehmerische Entscheidungen abzuleiten. Das Ziel ist dabei immer, die Prozesse zu optimieren, die Kosten zu reduzieren und die Risiken zu minimieren und regelmäßig auch dafür zu sorgen, dass die komplexen Steuerungen Cyberangriffen standhalten, zu vermeiden, dass wertvolle Daten Kriminellen zugänglich sind, zu Erpressungstaten führen und dann betriebliche Prozesse lahmgelegt werden.

Überall sicherten Regelungen immer schon die Abwehr von Gefahren und Schäden des Bürgers gleichermaßen wie die Anspruchsbegründung mit Produkthaftung, öffentlichrechtlichen Vorgaben oder Verschuldenshaftung beweisen, (damit beispielsweise der Mikrowellenherd nicht explodiert, Züge pünktlich fahren oder das Haus nicht zusammenfällt). Nur in der Informationstechnologie, im Internet, in der telefonischen Kommunikation (Social Media) war man vor fünfzig Jahren noch mit den eigenen Daten, mit Sicherheitsregeln, mit allgemeiner Abwehrhaltung sorglos, unempfindlich, leichtsinnig. Bis sich dann herausstellte, dass mit der Software „Pegasus" angeblich nicht nur Terroristen und Kriminelle ausgespäht werden sollten, sondern tatsächlich missliebige Journalisten, andersdenkende Oppositionspolitiker, vermeintliche politische Gegner von diktatorischen und autokratischen Regierungsstellen wie in den Kapiteln Kommunikation und Wirtschaft ausführlich dargelegt. Das Mikrofon am Smartphone war zur alles wahrnehmbaren Wanze missbraucht worden und die Kamera zur Videoüberwachung des Einzelnen und Tracking-Apps lieferten zuverlässig den Standort des Benutzers. Mit entsprechenden Maßnahmen, Sanktionen begegneten dann die demokratisch geführten und geschädigten Länder diesem kriminellen Handeln der Regierungsverantwortlichen in autokratischen Ländern. Die Verwaltungen mussten sicherstellen, dass die Bürger sich auch im Internet unbeeinflusst bewegen konnten, Sicherheitslücken geschlossen, internationale Absprachen eingehalten werden, die Informationstechnik allgemein geregelt ist. Innovation und Kompetenz sind für alle Länder gleich bedeutend und so anzuwenden, dass das im Staatsauftrag privatwirtschaftlich verfasste Hacking erkannt, erfasst, reguliert und sofort für alle Zukunft untersagt wird, dass das Internet kein rechtsfreier Raum sein kann. Andernfalls hätte ein gegenseitiges weltweites Ausspionieren Orwell'scher Prägung gedroht.

Die Schäden der Wirtschaft von Unternehmen in der westlichen Welt erreichten vor fünfzig Jahren durch professionelle Hackerorganisationen aus China und Russland, wenn nicht gerade im Auftrag der Regierung, jedenfalls geduldet und vom Staat ausgenützt, dramatische Summen. Die Angriffe der Cyberkriminellen richteten sich nicht nur gegen Unternehmen wie IT-Konzerne, auch Forschungsinstitute, Verbände, Ministerien und Behörden waren den Manipulationen ausgesetzt; in manchen Ländern wurde das ganze Gesundheitssystem lahmgelegt wie in den Kapiteln Politik und Wirtschaft vorab erläutert. Besonders anfällig für solche Manipulationen war zu Beginn die Arbeit im Homeoffice mangels passender Abwehrtechnik und falls solche vorhanden war, doch selten erprobt und kaum eingespielt. Angriffsziele bezogen sich auf Kunden- und Betriebsdaten, Entwicklungspläne, Forschungsarbeiten und Patententwicklungen. Dieser Diebstahl des geistigen Eigentums mit Schadprogrammen, Angriffsplänen, Daten über potenzielle Ziele, Finanzierungswege, Sicherheitslücken, über die man in fremde Systeme eindringen kann, hatte schwerwiegende

Konsequenzen für die innovationsfreudige Wirtschaft. Im Zusammenwirken haben Wirtschaft und Behörden mit sichernden Vorkehrungen diese Bedrohungen der Sabotage und Spionage effektiv bekämpft und das allgemeine Verbot schließlich auf internationale, völkerrechtsverbindende Verträge gestützt, die heute noch wirken. Weltweite politische und wirtschaftliche Annäherung und gemeinsame Anstrengungen beendeten diese Art von Cyberkriminalität und deren Bedrohungen. Dennoch gibt es immer wieder Versuche und zum Teil auch Erfolge von Cyberkriminellen.

Systeme und Kulturen, autokratische Gebilde, auch Diktaturen sind in der Menschheitsgeschichte nicht notwendig durch Eroberungen, Vernichtung oder Naturkatastrophen untergegangen. Viele haben sich selbst zerstört. Entweder waren sie unerwarteten Problemen und Einflüssen von außen nicht mehr gewachsen oder sie hatten ihre Aufgaben erfüllt und betrachteten sich selbst nun als überflüssig. Oft degenerierten sie im Gefühl des Übermaßes und der Langeweile. Wenn solchen Systemen auf dringende wichtige Fragen keine Antworten mehr einfallen oder aus Nachlässigkeit Veränderungen verweigern oder überlebenswichtige Herausforderungen sogar zurückweisen, sind sie in ihrer Existenz ebenso bedroht und gefährdet. Zuweilen haben Systeme und Kulturen eine fruchtbare, die Gemeinschaft fördernde Opposition zu spät realisiert oder unverantwortlich erst ganz verhindert. Auch in diesem Fall sind sie trotz der Unterdrückung der eigenen Bevölkerung und dadurch entstandener und nicht mehr beherrschbarer oppositioneller Zentrifugalkräfte verschwunden. Die autokratischen Herrscher in der

Türkei und in Belarus haben solche Entwicklungen mit ihrem Verschwinden nachdrücklich bestätigt. Das Russland der zwanziger Jahre war ebenfalls an der eigenen Entwicklung gescheitert, da es alle Freiheiten beseitigt, jegliche freie Berichterstattung verboten, den Bürgern vollständige Bevormundung zugemutet hatte.

Wenn solche Systeme sich dieser Gefahren bewusst werden, ihnen ausgesetzt sind, schaffen sie, um nicht überflüssig zu werden, künstlich Probleme, behaupten angebliche Gefährdungen von außen, beginnen militärische Auseinandersetzungen. So wie aggressive autokratisch regierte Länder außerdem durch Kriege erst Mängel herbeiführen, die danach von ihnen angeblich selbst bekämpft, verwaltet werden müssen, auch um damit von den eigentlichen meist massiven innerstaatlichen Schwierigkeiten ablenken zu können. Diese unguten Entwicklungen durch bewusste Kriegstreiber musste die Menschheit in den letzten Jahrzehnten vielerorts ertragen. Mit der allgemeinen Demokratisierung sollten nun solche Probleme tatsächlich der Vergangenheit angehören.

Weltweit existierten noch vor einem halben Jahrhundert etwa 7.000 verschiedene Sprachen. Je mehr Straßen es gibt, je besser das Straßennetz ausgebaut ist, über ländliche Gegenden hinweg große Siedlungen, urbane Regionen zwischen Städten verbunden sind, desto gefährdeter ist das Überleben selten genutzter, nur von Minderheiten benutzter Sprachen. Sie sterben aus, weil sie neben der Strecke liegen, sie niemand mehr gebraucht und nicht mehr pflegt, zusätzlich beeinflusst von fehlender Bildungspolitik, sozio-ökonomischen Indikatoren und den durch die schnelle Straßenverbindung eingeschränkten Kontaktmöglichkeiten der Umwelt. Von den weltweit vor fünfzig Jahren verschiedenen noch existenten und genutzten Sprachen schätzt man, sind bis heute etwa 1.500 ausgestorben und der Verlust setzt sich weiter fort, in den nächsten fünfzig Jahren jeden Monat eine dieser bisher geübten Sprachen verschwinden wird. Damit geht auch viel von der menschlichen kulturellen Vielfalt verloren. Um diesen Verlust zu vermeiden, erstellt die Bildungspolitik derzeit Lehrpläne, die zweisprachigen Unterricht unterstützen und dabei insbesondere die Beherrschung indigener Sprachen als auch den Gebrauch regional dominanter Dialekte fördern. Ein wahrhaft als Mammutprojekt zu bezeichnendes Unternehmen.

Die Arbeitnehmer-Freizügigkeit, die grenzüberschreitenden Entsendungen haben zum vereinigten Europa mehr beigetragen als alle politischen Absichtserklärungen. Vor allem die aus den östlichen EU-Ländern entsandten Arbeitnehmer führten zu einer Vermischung der EU-Bürger, zum wahren Einigkeitsdenken und zum Stolz, sich als EU-Bürger zu verstehen. Es bedurfte allerdings einer Vereinheitlichung der Arbeitsbedingungen, einem Ausgleich des früheren Lohngefälles und sozialer Gleichstellung nach verschärften Kontrollen und Strafen wegen Lohn- und Sozialdumpings, insbesondere in der Baubranche, in deren Bereich die Lohnunterschiede zwischen den einzelnen Ländern unangemessen differierten und demzufolge zu vermehrter Entsendung von Arbeitnehmern aus sogenannten Billiglohnstaaten in hochentwickelte Länder mit unterschiedlicher ungerechter Entlohnung geführt hatten.

Chancengleichheit im Arbeitsleben gilt auch für Menschen mit Behinderung und beinhaltet heutzutage umso mehr die Verantwortung von Unternehmen zur Pflichtquote, das heißt die vorgeschriebene Anzahl von Menschen mit Behinderung zu beschäftigen. Bei jeweils zwanzig Beschäftigten ist mindestens ein Arbeitsplatz mit Schwerbehinderten zu besetzen, in jedem Fall freizuhalten, andernfalls ein Zahlungsausgleich durch Ausgleichsabgaben zu bezahlen und bei Übererfüllung eine Erstattung zu gewähren ist. Die Zahl schwerbehinderter Menschen verharrt trotz ärztlicher Vorsorge und allgemein gesunder Lebensweise auf einem für unsere moderne Zeit noch zu hohen Niveau und es bedarf weiterhin regelmäßiger Überprüfung der Regelungen über Arbeitsplätze für Behinderte. Allerdings hängt wie bisher schon seit Jahren die Anzahl der Arbeitsplätze für Behinderte vom Grad der Behinderung ab, beurteilt von hierfür eigens zuständigen Medizinern.

Die Rentenpolitik beruht auf der wesentlichen und entscheidenden Säule, im Alter Armut zu verhindern, durch die staatliche und betriebliche Unterstützung sowie steuerliche Bevorzugung mit den Prämissen Sparen, Investieren und Geldanlage. Neben den gesetzlichen und betrieblichen Rentenansprüchen, dem grundsätzlich späteren Renteneintrittsalter, der freien Entscheidung über frühzeitiges Ausscheiden aus dem Arbeitsleben mit finanziellen Einbußen bei genügender anderweitiger Vorsorge, empfehlen Rentenberater heutzutage Immobilienvermögen selbst oder über Fonds-Anlagen mit möglichst geringen finanziellen Belastungen zu schaffen, mit Geld- und Finanzanlagen im Laufe des Berufslebens weiteres nennenswertes Vermögen anzusparen. Denn mit Sparbuch, Festgeld, Tagesgeld oder kapitalbildende Lebensversicherungen konnte man lange Zeit keinen

Vorteil mehr erzielen. Und die gesetzlichen Rentenansprüche wurden zwar staatlich subventioniert, stellten aber in der Vergangenheit lediglich ein bescheidenes Zusatzeinkommen dar. Selbst bei langer Lebensarbeitszeit reichten staatliche Zahlungen nicht aus. Der spätere Rentenbeginn soll die alternde jedoch gesunde Bevölkerung beschäftigen, frühzeitige Rente und eventuelle Armut vermeiden, durch lange Arbeitszeiten Privatvermögen anzusammeln helfen.

Die Regelung der staatlichen Altersvorsorge war schon seit jeher Anlass für ständige Änderungen und Verbesserungen und erzielte genau genommen zu keiner Zeit wirklich anerkannte und von der Öffentlichkeit gebilligte Gestaltungen. So wurde damals EU-weit eine günstige Zusatzversorgung neben den gesetzlichen Rentensystemen ins Leben gerufen. Damit sollte die Mobilität innerhalb der EU erleichtert, also der Rentenanspruch beim Umzug in ein anderes EU-Land problemlos mitgenommen werden. Diese Regelungen gelten nunmehr weltweit und sorgen für beträchtlich mehr Gerechtigkeit in der Rentengewährung, zumal in höchstrichterlichen Urteilen schon im Jahr 2021 die Besteuerung von Renten aufgehoben worden war.

Ein falsches System der Rentenpolitik hatte die Menschen in den zwanziger Jahren in Deutschland noch belastet. Die Mehrheit der Bevölkerung verdiente im Arbeitsleben gerade so viel, dass sie sich die Wohnung und Essen leisten konnten. Sie waren also nicht imstande, für das Alter privat Vorsorge zu treffen oder dafür Vermögen anzusparen. Die sogenannte „Riesterrente" und Lebensversicherungen boten keine Sicherheiten, nicht einmal für die Kosten der Lebensführung und Unterkunft.

Es fehlten die staatlich ausreichende Rente, zudem genügend Einkünfte, um diese Lücke privat zu schließen; insbesondere galt dies für Arbeitslosenzeiten und im Minijob-Bereich.

Der Anteil der Bevölkerung, der sich den Ruhestand mit Kreuzfahrten oder Dauerurlaub leisten konnte, war derart verschwindend gering, dass er nicht einmal in der Statistik erschien. Die viel gelobte Grundrente des Jahres 2020 setzte jedoch 35 Jahre sozialversicherungspflichtige Arbeit voraus. Ein solches Privileg war früher für die meisten nicht erreichbar und für Arbeitslose oder Minijob-Beschäftigte sogar ausgeschlossen. Also für viele Mitbürger eine reine Augenwischerei durch die Politik. Aber selbst langfristig Sozialversicherte waren nicht imstande, mit den erworbenen Anwartschaften, mit einer Grundrente, auszukommen, die Grundrente nicht einmal die Grundsicherung abdeckte. Auch für diesen Bevölkerungsteil fehlte Zusatzvermögen und mangels Möglichkeiten, sich solches Vermögen während des Berufslebens anzusparen. Also bestand die Alternative darin, Lebensarbeit bis zum „Umfallen", bis zum Tod. Der Staat ist jedoch für eine gerechte und ausreichende Rentenzahlung zuständig und verantwortlich und damit zur Reformierung des Rentensystems verpflichtet.

Die Lösung des Problems sollte dann die Einführung einer Erwerbstätigenrente für alle sein; eine Form der Rentenpolitik, die sich grundsätzlich bewährt hat und immer noch andauert. Alle Beschäftigten zahlen in diese Rente ein, Beamte, Selbstständige, Freiberufler, Angestellte, Arbeiter, Arbeitslose und Minijob-Tätige allerdings nur in Höhe eines möglichen nicht belastenden Beitrages, entsprechend der Einkommensverhältnisse, also alle in irgendeiner Form für den eigenen Lebensunterhalt Tätige. Rentenansprüche hieraus stehen allen Bürgern zu, auch solchen, die aus gesundheitlichen oder anderweitigen Gründen, zum Beispiel Kinderbetreuung oder Haushalt, an einer Erwerbstätigkeit gehindert sind. Und man ist heutzutage im Berufsleben auch länger tätig. Im Jahre 2071 beträgt das Renteneintrittsalter offiziell 75 Jahre mit der bereits beschriebenen Möglichkeit, früher aufzuhören oder noch länger zu arbeiten mit dann einschränkenden Rentenzahlungen oder wie im letztgenannten Fall erhöhten Ansprüchen.

Der Erwerb von Wertpapieren, Aktien oder sonstigen Anteilen dient als zusätzliche Altersvorsorge, auch wenn das Risiko eines in der Vergangenheit immer wieder erlebten Totalausfalls dieser Anlageform als garantierte Sicherheit nicht endgültig ausgeschlossen werden kann. Allerdings hat diese Zusatzsicherung für viele dennoch Bedeutung in der möglichst sicheren Form des Erwerbs von Fonds als jederzeit verwertbare Anlage.

Rentenleistungen werden zwischenzeitlich nahezu ausschließlich online vermarktet; die Beratung wird schriftlich beziehungsweise per Roboter-Adviser umgesetzt; der Produkttyp und Anbieter kann regelmäßig alle drei oder fünf Jahre, je nach Vereinbarung, gewechselt werden. Durch die Vereinheitlichung der Steuerregelungen entfallen auch die früheren Probleme, die Erträge während des Erwerbslebens nach verschiedenen Systemen zu versteuern. Damit wird auch das jahrelange Problem der Kombination aus niedrigen Zinsen, hohen Kosten und teuren Garantien vermieden, denn nicht nur die genannten Zusatzversorgungs-Leistungen, auch Sparpläne mit passiven Fonds, den ETFs können ebenfalls bei jeder örtlichen Veränderung, beim Umzug, gleich in welchen Winkel der Erde, mit umziehen und weiter angespart werden. Mit ETF (Exchange Traded Funds) bezeichnet man Investitionen in Aktien mit einem börsengehandelten Fonds entsprechend der Entwicklung auf dem Börsenmarkt zum langfristigen Vermögensaufbau. Diese neuen Rentenregelungen sind die Folge des in der Vergangenheit unakzeptablen Zustandes, wonach die Mitarbeiter gezwungen waren, für zusätzliche Einnahmen sogar noch im Pensionsalter zu sorgen, der größte Anteil der Betroffenen aber genau dazu nicht imstande war, sei es aus gesundheitlichen Gründen oder mangels geeigneter Verdienstmöglichkeiten und Berufsangebote, während des Arbeitslebens aber wegen der geringen Einkünfte, die gerade noch zum Überleben reichten, an zusätzlicher finanzieller Vorsorge gehindert war.

Die Gesundheitsversorgung und Pflegeunterstützung sind gewährleistet zu günstigen von der jeweiligen Höhe des Einkommens abhängigen Kostenbeteiligungen und damit für jedermann erschwinglich; sie stehen zudem unter der ausschließlichen Digitalisierung. Die gesetzliche Krankenversicherung krankte in früherer Zeit selbst an finanziellen Problemen. Die Sozialversicherungsbeiträge durften nicht steigen; dafür sollten dann jedoch statt der Beitragspflichtigen die Steuerzahler und künftigen Generationen herhalten und zur Kasse gebeten werden. Der Umbau von einem umlage- zu einem steuerfinanzierten System musste aber gerade wegen der dann entstehenden Probleme in der späteren Zukunft zu Lasten kommender Generationen vermieden werden und scheiterte damit endgültig. Ein Teil der Vermeidung immer höherer Krankenkosten beruht nun ironischerweise auf der allgemeinen Gesundung der Bevölkerung, den Erfolgen durch private Vorsorge- und Prophylaxe-Maßnahmen, durch gezielte staatliche Gesundheitsberatung und im Übrigen durch allgemeine regelmäßige kostenlose Krankheitsvorsorge.

Sport-Großveranstaltungen erfreuen sich auch weiterhin großer Beliebtheit, insbesondere Mannschaftssportarten bei Weltmeisterschaften, olympische Sommer- und Winterspiele, kontinentale Meisterschaften. Neben technischen Fertigkeiten der Sportler, technischen Kunststücken sind auch jetzt noch wie vor Jahrzehnten im Mannschaftssport Teamgeist und das Gefühl der Gemeinsamkeit die Grundlage des Erfolges. Sponsoren und Werbefirmen finanzieren alle sportlichen Veranstaltungen, im Großen wie im Kleinen, vom Amateursport bis zu Weltmeisterschaften neben den finanziell unbedeutenden Mitgliedsbeiträgen oder Stadioneinnahmen von Sportveranstaltungen.

Die Politik hatte den olympischen Geist vertrieben, vor allem bei den internationalen Großveranstaltungen die Regie und jeden denkbaren Einfluss übernommen. Das „höher, schneller, weiter" der Sportler war ersetzt worden vom „Profit, Egoismus, Machtstreben" der Funktionäre, die sich der Politik unterordneten. Die Spitzenfunktionäre, beratungsresistent, kritikempfindlich, selbst gegen gut gemeinte Vorschläge, kein Bewusstsein für die eigenen Fehler, die sich in diesem Zustand ständig mehrten. Unter Stress, dem auch solche Machtmenschen ausgesetzt sind, zeigte sich regelmäßig ihr wahres Gesicht, ihr wahrer Charakter hinter der Maske, der gefährliche Egoismus, die Korrumpierbarkeit. Die Folge: Kritik zwecklos, nicht als berechtigt angesehen. Diese unhaltbare Situation währte noch lange Zeit. Die am meisten betroffenen Sportler haben dagegen revoltiert, gegen die Vereinnahmung durch die Politik wie auch gegen die Bevormundung der Funktionäre aufbegehrt, mit Streik und einheitlich mit Abwesenheit sämtlicher beliebter Veranstaltungen gedroht. Das übertriebene Funktionärswesen, die Überorganisation aller Spiele und Meisterschaften sind abgeschafft, die Wettkämpfe der Sportler stehen wieder im Mittelpunkt jedes sportlichen Treffens und Kräftemessens. Die Zahl der teilnehmenden Sportler an den Veranstaltungen übersteigt wieder die früher weit überzogene Anzahl der Funktionäre.

Für Großveranstaltungen wie die Olympischen Spiele war vor Jahren mit dieser Überhitzung, der reinen Profitgier, der Abkehr von der olympischen Idee der Völkerverständigung auch eine Sättigungsgrenze erreicht, manche Ausrichtung weder ökologisch noch sozial zu rechtfertigen und weil der Sport zudem für politische Zwecke missbraucht worden war. Wir erleben also eine sich schon lange Zeit angekündigte Veränderung im allgemeinen Verhalten gegenüber und in der Wertschätzung von Organisationen, internationalen Gremien wie das IOC, die FIFA und dort zuständigen Funktionären. Ihr unnatürlich übertriebenes Gehabe, ihr Profitstreben und die Unterwürfigkeit gegenüber der mächtigen Politik hatten die von der Öffentlichkeit jetzt erzwungene Entwicklung immer deutlicher eingeschränkt. Neben den Sportlern übt die Masse großen Einfluss aus, wenn sie für solche Veranstaltungen nur bedingt Interesse zeigt, mit Besucherstreik droht. Die gesamte Werbewirtschaft trägt außerdem Verantwortung für die von den Menschen gewünschte sportliche Unterhaltung, zumal sie die Veranstaltungen mit hohen Geldbeträgen unterstützt.

Die Menschen selbst schützten sich also vor dem olympischen Gigantismus früherer Jahre, dem Ausmaß der Umweltzerstörungen bei der Erstellung von Neubauten, die immer übertrieben großartiger im vermeintlichen Wettbewerb zum vorherigen Austragungsort entstehen mussten, vor dem unverantwortlichen Landverbrauch, den riesigen Wassermengen künstlich erzeugter Schneemassen für winterliche Sportereignisse, der völlig aus der Bahn gleitenden Propagandamaschine des IOC als Veranstalter und Marionette vor allem autokratischer Länder? Ein Umdenken war unvermeidbar.

Fußball ist zwar nach wie vor ein gigantisches Unterhaltungsgeschäft, im Wesentlichen ein Finanzspiel mit Milliardensummen geblieben. Auswüchse konnte bisher niemand vollständig einschränken. Auch hier hätten nur die Zuschauer die Mittel dazu, durch unterlassenen Stadionbesuch oder Interesse an anderen Programmen, anderen Sportarten, dem Übermaß der Entwicklung Einhalt zu gebieten. Diese ungesunde krankhafte Entwicklung, in der Geld alles bedeutete und sportliche Aktivitäten nur den Rahmen bildeten, implodierte allerdings dann doch irgendwann und ließ sich zumindest zum Teil wieder auf den eigentlichen Wert der Sportlichkeit und Unterhaltung zurückführen.

Die Spieler ähneln aber immer noch den Gladiatoren im alten Rom. Allerdings enden die jeweiligen Auseinandersetzungen für die modernen Akteure wie damals nicht mit dem Tod, sondern mit Bonuszahlungen, Werbeverträgen und regelmäßigen Gehaltssteigerungen zu den ohnehin enormen Einnahmen. Nicht nur die sogenannten Topspieler, gestaffelt nach Erfolg und Reichtum, alle Profispieler leben immer noch gewissermaßen in einer Blase, völlig losgelöst vom Rest der Menschheit als Millionäre, nach Diätplänen, Schlafzeiten gemäß optimalen Bio-Rhythmus, Mental-Trainings. Und die Menschen begeistern sich weiterhin an diesem zirkusreifen Spiel wie zu allen Zeiten und Kinder, Jungen wie Mädchen, wünschen sich nichts sehnlicher als selbst einmal als moderner Gladiator zu dieser Gruppe und Clique zu gehören. Die Sportart Fußball ist und bleibt jedenfalls eine verrückte, im Grunde betrachtet unverständliche, nur dem Mammon dienende, jedoch faszinierende, in der ganzen Welt beliebte Unterhaltung.

Besonders konträr zur Berufstätigkeit des Sportlers erscheint der Beruf der Pflegerin, des Pflegers. In einer langen Entwicklung erfuhr der Pflegeberuf die endlich verdiente Anerkennung. Das für die Lebenshaltung ausreichende Einkommen der Pfleger allgemein und zugleich die finanzielle Entlastung der Pflegebedürftigen mussten in Einklang gebracht sowie die Pflege zuhause unterstützt werden, um die Pflegesituation zu verbessern und den drohenden Pflegenotstand zu vermeiden. Denn eine systematische Vernachlässigung der gesamten Pflegebranche, die Furcht der Bedürftigen vor Vereinsamung, gleichzeitiger Überforderung des Pflegepersonals, Aggressionen und bestehende ökonomische Zwänge, waren unübersehbar. Über die letzten Jahre fehlten im Pflegebereich beständig Tausende von Mitarbeitern. Das hat findige Menschen ermuntert, Pflegekräfte und auch medizinisches Personal per Algorithmen an die offenen Stellen zu vermitteln, zwischen Bewerbern und Kliniken, an Pflegeeinrichtungen wie auch privat an Familien und so findet tatsächlich die überwiegende Anzahl der

Pfleger neue Festanstellungen und kommen über Zeitarbeitsfirmen sogenannte Springer in die dringend benötigten Schichtbuchungen. Mit dieser Methodik wird der Personalmangel als größte Herausforderung des Gesundheitswesens bedient.

Christliche Nächstenliebe wird von den Pflegern zwar auch verlangt, häufig unterblieb jedoch diese Verpflichtung gegenüber den Pflegern selbst. Die katholische Kirche, für die Gnade und die Liebe des Nächsten grundsätzlich zuständig, hat aber auch in diesem Bereich versagt; erschüttert von den Vorwürfen des sexuellen Missbrauchs hat sie sich nicht mehr erholt, auch auf dem Gebiet der Seelsorge die wenigen Gläubigen enttäuscht und der zelebrierte Pomp in den Kirchen und Kathedralen ist in der heutigen Zeit ohnehin fehl am Platz und wird nur noch mit Unverstand belächelt. Diese Kirche hat sich selbstverschuldet ins Abseits manövriert, ist nicht mehr Teil unserer Gesellschaft und vor allem für die Jugend bedeutungslos. Denn ohne Jugend, ohne Jugendarbeit, ohne Jugendseelsorge und Nachschub gläubiger Kirchenmitglieder verschwand die Kirche in der Form des 20. und beginnenden 21. Jahrhunderts. Beschleunigt hat diese Entwicklung zudem fehlende Überzeugungsarbeit für die Daseinsberechtigung der Kirchenoberen.

Die evangelische Kirche hat sich demgegenüber, Luther würde sich freuen, im Wesentlichen in der bekannten Form erhalten; Missbrauch ist dort unbekannt und die Seelsorge befasst sich immer schon mit den realen Problemen der Mitmenschen.

Der bizarre Streit über das Tempolimit auf Autobahnen vor einem halben Jahrhundert war nur in Deutschland vorstellbar. In nahezu allen anderen Ländern hatte sich die Anordnung der Geschwindigkeitsbegrenzung bewährt, zur Sicherheit der Verkehrsteilnehmer, zur Energieeinsparung durch weniger Benzinverbrauch und nicht zuletzt auch aus Gründen der Umweltschonung mit geringerem Ausstoß von Abgasen beziehungsweise verminderter Umweltbelastung durch CO_2. Nur in Deutschland bestand noch vor einem halben Jahrhundert übermäßiger Einfluss der Auto-Lobby, unterstützt von den Fachministern, deren Hauptaufgabe, so schien es, darin bestand, die Autoindustrie in allen Belangen zu fördern, ohne Rücksicht auf ihre eigentliche Verpflichtung gegenüber den Bürgern, deren Interesse und Rechte, deren Wohl und Gesundheit sie zu beachten hatten.

Mit solchen Politikvertretern kann man nur die demokratischen Werte untergraben, den Feinden der Demokratie, Autokraten und Diktatoren, wertvolle Hilfe beim Angriff auf die Demokratie leisten. Das Thema hat sich von selbst erledigt. Das autonome Fahren übernimmt nun die Einhaltung der Geschwindigkeit und nicht mehr der unverantwortliche oder von der Geschwindigkeit berauschte Fahrer.

Die klimafreundliche Bahn hat im Personen- und Warenverkehr ohnehin zum großen Teil viele Fortbewegungsmittel wie Autos, Lastkraftwägen und Flugzeuge abgelöst und vom europäischen Kontinent wie auch in weltweiten Bereichen verdrängt. Zuvor aber verlangten Politik, Gewerkschaften, Kunden- und Konkurrenten-Verbände und sogar die deutsche Industrie bei der Deutschen Bahn die Trennung von Netz und Betrieb, also genauer ein Bundesschieneninfrastrukturunternehmen (welches Wortungeheuer!) mit Infrastrukturmanagement, einem

Schienenfonds zur Gewährleistung der Finanzierungssicherheit, verknüpft mit einer nachhaltigen Bau- und Instandhaltungsstrategie; also vom Regelungsinhalt her ist die komplizierte Bezeichnung des Gesetzes wieder berechtigt. Die Regierungen und Verwaltungen beschränken sich seither auf ihre Kernaufgaben wie den Bahnbetrieb, die Festlegung schienenpolitischer Ziele, die Finanzierung der Infrastruktur, deren Erhaltung und Ausbau sowie Aufsicht und Regulierung.

Für den internationalen Zusammenschluss des Schienenverkehrs mussten dann die nationalen Unterschiede beseitigt, im Besonderen die verschiedenen Strukturen, sogar verschiedene Bremsvorschriften und Gleisabstände vereinheitlicht, Zugpapiere kompatibel erklärt werden. Letztlich wurden Dutzende unterschiedlicher nationaler Regelungen für die freie Fahrt der Bahn durch Europa und den Rest der Welt harmonisiert, Lokführer, soweit sie nicht die Sprachen der grenzüberschreitenden Länder beherrschten, lange Zeit an der Grenze ausgetauscht – dies führte oftmals bis zu zwei Stunden Verzögerung und Wartezeit für die Passagiere. Später mit automatischer Übersetzungs-Software ausgestattet, war reibungsloser Grenzverkehr gewährleistet. Jetzt gilt wie im Flugverkehr die englische Sprache als weltweit einheitliche Betriebssprache.

Nach den Jahren der Action-Filme und den verfilmten Untergangs-Szenarien war der Zuschauer zunehmend überfüttert mit Katastrophen, denen er ohnehin schon in der Natur ständig ausgesetzt war, und wünscht nun eher Filme mit sozialem und politischem Hintergrund, mit Problemlösungen, die ihm helfen, das Leben zu verstehen und so einzurichten, dass er mehr Freude daran hat und sein Leben möglichst genießen kann.

Im Weltraum hat sich der Massentourismus zunächst kurzfristig einer Erwartungshaltung genähert, dann auch wieder beruhigt. Die Erlaubnis der US-Luftverkehrsbehörde, Touristen ins All zu befördern, hat erst für die Anbieter einen Wettlauf in Gang gesetzt und Interesse der Reisetouristen geweckt, schwächte sich aber sofort wieder ab, nachdem die wenigen Allbesucher feststellten, dass außer einem gewissen Hype dort nichts außergewöhnlich Schönes zu finden ist und die Schönheiten der Erde unvergleichlich bewundernswerter und erstaunlicher sind als alles im Weltraum Sichtbare, außer der Blick auf unsere Erde selbst. Außerdem verflüchtigte sich das Interesse an den allerersten zu Millionensummen Euro oder Dollar versteigerten Sitzplätzen für wenige Minuten und einer für das unendliche All geringen Höhe.

Eine Steigerung erfuhr der Flug zur Raumstation ISS und dann nur noch der für wenige Begüterte zwischenzeitlich mögliche Touristen-Flug zum Mond. Aber auch solche Höhepunkte haben ihren Reiz verloren und lösen bei der Masse der Bevölkerung keine Begeisterungsstürme mehr aus. Einen neuen Höhepunkt sollen nun die von der NASA und der chinesischen Regierung gemeinsam geplanten Reisepläne zum Mars bringen. Die fahrbaren Untersetzer dorthin befinden sich zwar noch in der Entwicklung, sind jedoch weit fortgeschritten und stehen vor der technischen Abnahme. Die Objekte sollen möglichst wenig wiegen, den extremen Temperaturbedingungen standhalten und ferner helfen, ein Touristen-Fahrzeug über die Marsoberfläche zu navigieren,

Hindernisse rechtzeitig erkennen, um damit vor allem zu verhindern, dass sich das Mobil festfährt. Zugleich soll das mobile Fahrzeug mit der angebauten Vorrichtung für die Wissenschaft Bodenproben entnehmen. Das Interesse von Weltraum-Touristen hält sich jedoch auch weiterhin bescheiden in Grenzen.

Nach dem Mond und Mars hat die Sternenkunde schon Missionen zu fremden Sternen entwickelt und einige weit entfernte Objekte im Weltall als Ziele auserkoren. Dann könnte der Tourismus im Weltall in einigen Jahrhunderten(?) doch noch einen neuen Hype der Erdbewohner verursachen.

Besondere Aufmerksamkeit verdient „Neom". Das Wort bedeutet „Neue Zukunft" von neo, also neu und M gleich Mustaqbal und heiß Zukunft.

Saudi-Arabien, ehemaliger größter Ölstaat, wurde vom damals noch jungen Herrscher Muhammad Bin Salman zu einer Hightech- und Dienstleistungswirtschaft umgebaut nach der Vision" 2030 und er verringerte damit rechtzeitig die Abhängigkeit des Landes von Öl und Gas. Russland hatte diesen Schritt vorwerfbar verpasst. Saudi-Arabien aber stampfte in diesem Zusammenhang der Erneuerung mit Neom im Nordwesten des Landes am Roten Meer eine Metropole der Moderne förmlich aus dem Wüstensand. Eine Sonderzone mit international gewährter und vertrauter Rechtssicherheit, 26.500 Quadratkilometer groß, in direkter Nähe zu Jordanien und Ägypten, weit über die geplanten und veranschlagten Kosten von 500 Milliarden Dollar hinaus, mit einem Luxus-Touristen-Paradies auf zusätzlich fünfzig Inseln an der 465 Kilometer langen Sandstrandküste. Die beiden Inseln Tiran und Sanatir am Eingang zum Golf von Akaba gehören ebenfalls zu Neom.

Die erste Bauphase war im Jahr 2030 abgeschlossen und das Objekt existiert in voller Größe und Schönheit seit etwa 20 Jahren. Besonders interessant für einen früheren Ölstaat ist es, dass der Energiebedarf des Hightech-Standortes ausschließlich durch Sonnenkraft und die dort die Umgebung optisch wenig hinderliche Windkraft gedeckt wird. Finanziert worden war die Stadt vom saudischen Staatsfonds, sowie privaten Investoren aus dem In- und Ausland mit den erfolgreichsten und bekanntesten Tech-Firmen und Großkonzernen berühmtester Namen. Saudi-Arabien hatte sich damit unabhängig vom Öl-Export gemacht und steckte sein Vermögen aus den Staatsbeteiligungen auch in neue Branchen wie Tourismus und Technologie sowie frühzeitig zur Modernisierung des Landes in milliardenschwere Entwicklungsprojekte wie gerade in die Hightech-Megacity Neom.

Und Neom als Stadt der Zukunft gibt seinem Namen alle Ehre und hatte sofort Bereiche wie Biotechnologie, Förderung von Energie und Wasser sowie eine einmalige Unterhaltungsindustrie angesiedelt. In der Digitalindustrie sind alle Dienstleistungen und Standardprozesse zu hundert Prozent automatisch enthalten. Es arbeiten und leben, wenn man die Existenz und Tätigkeit von Arbeitsautomaten beziehungsweise Maschinenmenschen so bezeichnen darf, mehr Roboter als Menschen in dieser Stadt. Lastwägen fahren auf unterirdischen Transportwegen, kilometerlange richtiggehende Solarfarmen und Tausende Windräder sind im Einsatz. Grüne Parkanlagen und moderne, energieeffiziente Gebäude reihen sich auf einer 170 Kilometer langen Linie vom Roten Meer bis in die Berge, wo vor fünfzig Jahren zuvor noch unwirtliche Wüstengegend vorherrschte.

Auch in dieser Stadt ist dem allgemeinen Trend zufolge alles Nötige innerhalb von 20 Minuten erreichbar. Künstliche Seen mit Inseln sind in den Wüstensand betoniert, sorgen für segelbegeisterte Sportler Abwechslung und bringen angenehmen Urlaubsaufenthalt und Freizeitgefühle.

Saudi-Arabien hat in Neom das mit Abstand weltweit größte und umfangreichste Zentrum der Wasserstoffwirtschaft geschaffen. Wir finden dort Produktionsunternehmen für wasserstoffbetriebene Lastwägen und daneben den weltgrößten Elektrolyseur (chemische Reaktion, genauer Stoffumwandlung, erzeugt mit Hilfe elektrischen Stroms Wasserstoff). Saudi-Arabien produziert „blauen" Wasserstoff aus Erdgas und zugleich überwiegend „grünen" mithilfe erneuerbarer Energien. Außerdem befindet sich in dieser modernen Stadt das Projekt Helios mit einer Produktion und Lieferung von täglich tausenden von Tonnen Ammoniak, der mit weniger Aufwand, da leichter im Gewicht, transportiert werden kann und zu Wasserstoff wieder aufgespalten wird. Neom also auch die Tankstelle der Welt für Wasserstoff.

Trinkwasser und Süßwasser für die Wasserstoffproduktion werden mit Hilfe einer gewaltigen Kugel hergestellt, versehen mit Spiegeln, die das Meerwasser über das reflektierte Sonnenlicht erhitzen, verdampfen und reinigen.

Der Besuch ist im Supermarkt nicht mehr nötig; alle Einkäufe werden schon lange, wie nun auch anderswo den technischen Errungenschaften gemäß, direkt zu den

Kunden nach Hause geliefert. Die Stadt ist außerdem Drehkreuz für Handel, Logistik und neben den Großmächten China und der EU der industrielle Maßstab weltweit für Künstliche Intelligenz, Robotik und das Internet allgemein.

Daneben liefert Saudi-Arabien auch weiter sonstige Bodenschätze aus dem reichhaltigen Boden im Westen des Landes in die weite Welt wie Bauxit, Kupfer, Blei, Silber, Zinn und Zink und besitzt immer noch das größte vollintegrierte Aluminiumwerk der Welt.

Steuern

Für die Weltgemeinschaft gilt nun ein stabiles, international einheitliches Steuersystem. Der Wettbewerb unter den Staaten mit extremen Dumping-Steuern, die Gewährung von gemeinschaftswidrigen Vorteilen bei der Ansiedlung von Unternehmen ist damit beendet. Diese Gerechtigkeitslücke musste geschlossen werden, denn die Entwicklung entglitt mehr und mehr den Finanzpolitikern, der Unmut der Bevölkerung verlangte konkrete Regelungen.

Und es ist noch nicht lange her, dass der Arbeitnehmer von Anfang Januar bis Ende Juni, also ein halbes Jahr ausschließlich für den Staat arbeiten musste, zudem zur Hälfte seiner Einnahmen mit Abgaben und Sozialversicherungsbeiträgen belastet war, von den indirekten Steuern über seine gesamten Lebenshaltungskosten im erheblichen weiteren Belastungsumfang ganz zu schweigen. Als Beispiel dient die folgende Berechnung für die direkte Steuerlast noch aus dem Jahr 2021: „Wenn jemand seine kleine Wohnung ausmalen ließ, musste er 1.100 Euro brutto verdienen, um die Rechnung des Malers in Höhe von lediglich 600 Euro – das sind seine Nettoeinkünfte aus 1.100 Euro Bruttoleistung – bezahlen zu können. Der Handwerker war mit Steuern und Verwaltungskosten (340 Euro) belastet. Am Ende dieses Vorganges verblieben dem Maler 260 Euro und der Rest von 840 Euro erhielt der Staat.

Der Arbeitnehmer hatte zwar ausgemalte Wände, aber auch kein Geld mehr"

Mit den neuen Steuerregelungen werden die Arbeitnehmer entlastet, sodass sie ein sorgenfreies Leben führen und auch noch Rücklagen bilden können. Die Hauptsteuerlasten tragen nunmehr die Multi-Konzerne und Großunternehmen.

In der aktuellen Welt des Jahres 2071 ist der frühere Missbrauch der unterschiedlichen Steuerregelungen in den streng eigenständig agierenden Staaten endgültig beendet. Mittelständler zahlten früher im Verhältnis meist mehr Steuern als die Weltkonzerne mit dem Verschieben von Gewinnen in steuergünstige Länder. Nicht mehr der Sitz ist entscheidend für die jeweilige Steuerschuld, von den internationalen Unternehmen aus Steuergründen immer in sogenannte Steueroasen verlegt, sondern der Ort, an dem Gewinne geschöpft werden. Und zugunsten der Allgemeinheit ist die absurde Situation geregelt, dass schon durch die Steigerung von Aktienwerten Milliarden-Vermögen angesammelt werden konnten, ohne Steuern auf diese Vermögensvermehrung entstehen zu lassen und erst bei einem, auch nur teilweisen Verkauf, eine wiederum nur geringfügige Steuerlast entstand.

Die Regelung hat sich bewährt, dass jedes Unternehmen, gleich an welchem Ort der Sitz gewählt wurde oder die Gewinne erzielt werden, eine gleichmäßige globale Mindeststeuer zu entrichten und unabhängig davon in den jeweiligen Ländereinheiten, also am Sitz der Hauptverwaltung des einzelnen Unternehmens, zusätzlich örtliche Abgaben zu leisten hat, die in den jeweiligen Ländereinheiten berechnet und gefordert werden. Keine Region kann mit günstigen Steuertarifen zu Lasten anderer Länder mehr den früheren ungleichen und ungerechten Steuerwettbewerb betreiben.

Bis zur Änderung der bestehenden Steuerregelungen waren Unternehmenssteuern am Firmensitz fällig, nicht in den Ländern, in denen die besonders betroffenen Konzerne aktiv waren. Die Unternehmen, vorwiegend US-Tech-Konzerne, hatten ihren Firmensitz in Länder mit niedrigen Unternehmenssteuern, zum Leidwesen der Europäischen Union auch in eigene Dumping-Steuer gewährende EU-Mitglieder (die Niederlande und Luxemburg, Irland und die britischen Kanalinseln), verlagert; die Großkonzerne konnten dabei mit legalen Tricks, mit Verlustvorträgen, Milliarden an Steuern vermeiden. Es dauerte jedoch Jahre bis sich alle Nationen, Länder und Regionen in der Weltgemeinschaft auf ein gemeinsames System geeinigt hatten. Dabei nach den ersten zögerlichen Schritten Anfang der zwanziger Jahre dieses Jahrhunderts schon von einer Steuerrevolution zu sprechen, wie manche deutsche Politiker, war nur ständigen Wahlkampfzeiten zuzuschreiben und ist Politikergeschwätz. Zumal bei diesen ersten Vorschlägen lediglich Konzerne mit einem Jahresumsatz ab umgerechnet 750 Millionen Euro Ertragsteuern zahlen, nur mit einer Gewinnmarge von mehr als zehn Prozent steuerpflichtig werden sollten – für erfahrene Steuerberater wohl keine ernstzunehmende Hürde – im Übrigen lediglich 15 Prozent Steuern darauf fällig sein sollten. Zunächst waren nur sieben wichtige Länder beteiligt. Solche Beschränkungen sind weggefallen, solche Schönfärberei beendet.

Ausgehend von diesem Problem, dass früher vor allem Industrieländer sich mit ihren Steuersätzen immer weiter unterboten hatten, musste dringend diese globale

Unternehmenssteuer eingeführt werden. Lange Zeit als Utopie bezeichnet, eine jener großen Ideen für ein gedeihliches Miteinander der Länder, gegen nationale Egoismen, führte kein Weg mehr vorbei an der Einführung gleicher Steuern auf die Unternehmensgewinne, ohne dabei Betriebsvermögen und die Investitionskraft der Unternehmen zu belasten. Profiteure waren in der Vergangenheit alleine die großen weltweit tätigen Konzerne gewesen, die den Dumping-Wettlauf der Staaten nutzten.

Die Gerechtigkeitsdebatte ging von den USA aus, weil die umsatzstärksten amerikanischen Firmen vor einem halben Jahrhundert nach den damals geltenden Steuerregelungen keinen einzigen Cent an die Regierung in Washington abführen mussten, obwohl sie zusammen jährlich mehr als 40 Milliarden Dollar an Gewinnen erzielt hatten, aber jeder kleine Handwerksbetrieb, jede kleine Sekretärin Steuern bezahlte. Außerdem hatte die Corona-Pandemie hohe Kosten verursacht, viele Regierungen in Finanznöte gestürzt und die Staatskassen leergefegt. Die Unternehmenssteuern dienten dabei nicht nur der Steuergerechtigkeit, sondern davon profitierten umgekehrt die heimischen mittelständischen Unternehmen und Handwerksfirmen. Denn die übermäßig steuerbegünstigte Konkurrenz der Großkonzerne war jetzt eingeschränkt.

Allgemein beträgt die Untergrenze vierzig Prozent an Körperschaftssteuer. Jede Ländereinheit kann die örtlich geschuldeten Abgaben darüber hinaus selbst festlegen. Diese weiteren Belastungen erscheinen nicht mehr wie in der Vergangenheit wettbewerbsschädlich, da sie nur noch ein Kriterium von vielen für die Standortentscheidung darstellen. Europa warb früher gegenüber Inselländern mit Vorteilen der besseren geografischen Lage, einer leistungsfähigeren Infrastruktur, der größeren Zahl an Universitäten und Ausbildungsstätten, und auch der umfangreicheren Kundenanzahl, ein abgetrennter Bereich wie in Europa Großbritannien bot in der Vergangenheit den Unternehmen Finanzprodukte an, die auf die Geografie keine Rücksicht zu nehmen brauchten. Diese Unterschiede sind ausgeglichen, die gesetzlichen und verwaltungsanordnenden Regeln vereinheitlicht.

Und zur Berechnung der Steuervoraussetzungen sind an die Finanzämter keine Betriebsgeheimnisse, sondern rechtsverbindliche Informationen für die öffentliche Vergleichbarkeit zu melden. Die Regelungen über Doppelbesteuerungsabkommen für Unternehmensgewinne haben sich mit den neuen Steuergesetzen erübrigt. Die Länderbereiche sind auch weiterhin autonom verantwortlich für die Steuereinziehung und die Abgabe an die Zentralregierung der UNO.

Die Steuerpolitik war in der Vergangenheit immer Diener zweier Herren. Unternehmen nur gering zu besteuern, um Investoren anzulocken, Arbeitsplätze zu schaffen, die Wirtschaftskraft zu stärken und andererseits den staatlichen Finanzbedarf zu decken. Dieser Wettbewerb ist mit den neuen Steuerregelungen ebenfalls überholt und durch die einheitlichen gesetzlichen Vorschriften ausgeschlossen. Vermögen wird jetzt mehr belastet als Arbeit, nachdem sich die Vermögenswerte in Aktien und Firmenanteilen ständig erhöhten, vervielfachten und außerhalb staatlicher Kontrolle und von Steuerpflichten bewegten und der Staat zuvor nahezu ausschließlich von den vielen von Einzelbürgern geleisteten und mühsam erarbeiteten Steuern, Niedrigsteinkommen und Abgaben, von der Arbeit und dem Konsum der Bevölkerung finanziert worden war. Niemand aus der Masse der Bürger konnte wirtschaftliche Sicherheit aufbauen, während die Großkapitalisten ihr Milliardenvermögen ständig vermehrten und dem Staat die in Wirklichkeit bedeutsamsten Einnahmequellen erfolgreich verwehrten. Mit den Einnahmen aus den Unternehmenssteuern und dem unermesslichen Kapital- und Vermögensstamm mussten die Arbeitnehmer zugleich steuerlich großzügig entlastet werden, damit sich der einzelne brave Bürger, wie im Beispielfall ohne Einnahmeverlust die Wohnung ausmalen lassen konnte.

Die Steuerfahndung als ergänzendes Korrektiv und notwendiges Übel hat nicht ausgedient. So wie Steuerbetrüger ihre Methoden verfeinern, müssen der Staat, die staatlichen Stellen und die Administration auch im Jahre 2071 sogenannte Geldwäscher und Steuerflüchtige verfolgen, aufspüren und die Untaten ahnden. Hierzu bedient sich die Bürokratie auf der Jagd nach Steuerbetrügern vorwiegend der Künstlichen Intelligenz. Denn die Aufgaben der Steuerfahnder sind ohne Computerhilfe nicht mehr vorstellbar. Bei der Analyse der sogenannten „Panama Papers", mit Daten ausgedruckt 300.000 Aktenordner ausfüllend und vor über fünfzig Jahren erstmals in dieser Form mit Künstlicher Intelligenz bearbeitet, konnten gerichtsverwertbare Informationen zu etwa 3.000 Offshore-Firmen und 1.000 beteiligten Personen verwendet werden. Steuerkriminellen stehen damit seit dieser Zeit nimmermüde, immer konzentrierte Computerprogramme und eine Technologie gegenüber, die ständig weiter verbessert wurde, die rund um die Uhr, also 24 Stunden tagsüber und nachts analysiert und Erkenntnisse liefert, Daten abgleicht und Algorithmen entwickelt und die Steuerbetrüger überführen soll. Der Vorteil der Steuerbehörden dabei, dass sie über eine große Datenbasis verfügen, die sich schnell maschinell durchkämmen und auf bestimmte verdächtige Muster untersuchen lässt.

Die Künstliche Intelligenz hat nach Ansicht der Behörden nur eine unterstützende Funktion, denn die menschliche Intelligenz ist auch in den Steuerbehörden nach wie vor gefordert.

Militär

Die international aufgestellte Militäreinheit, aus der NATO hervorgegangen und als solche weiter bestehend, ein Schutz unter dem Oberbefehl der UNO-Administration sieht ihre Aufgaben entsprechend der Militärgesetze in der Eindämmung regionaler und örtlicher Konflikte, die von meist lokalen Gruppen entfacht werden. Kriegsbedrohungen durch Staaten wie die beiden Weltkriege im letzten Jahrhundert oder noch Anfang dieses Jahrhunderts in Teilen Afrikas, an der ideologisch und politisch gefährdeten Grenze und militärisch explosiven Lage zwischen den westlich orientierten Ländern Osteuropas, wie die Ukraine, und den aggressiven russischen Kriegstreibern sind durch die jeweiligen Waffenstillstandsvereinbarungen eingeschränkt und ersetzt durch die weltweit geltende Friedensordnung.

Die Lehren aus den Balkankriegen am Ende des letzten Jahrhunderts, insbesondere das Massaker von Srebrenica im Jahre 1995 als das größte Kriegsverbrechen in Europa seit dem Zweiten Weltkrieg, und auch spätere Vergehen an Minderheiten wie zum Beispiel in Südostasien, führten in ihrer Langzeitwirkung zur Erneuerung, Verbesserung und zum wirksamen Einsatz dieser UNO-Schutztruppen.

Dennoch entstehen aus Machtstreben, persönlicher Eitelkeit, Unvernunft, örtliche Gefahrenherde durch militärische Aktionen. Der Einsatz der UNO-Friedenstruppe ist dann gefordert und sorgt, gestützt von der Weltgemeinschaft, für Ordnung und führt die schuldigen Kombattanten der internationalen Gerichtsbarkeit zu. Auch heute noch betreffen martialische Auseinandersetzungen Macht, politischen Einfluss, Territoriums-Gewinn. Und Konflikte werden auch immer wieder aufflammen, solange Menschen davon nicht geheilt sind, auch wenn es zwischen den Beteiligten am Ende immer nur Verlierer gibt. Dieser Teil der Menschheit lernt nicht dazu.

Allerdings bleiben auf Kriegsgelüste beruhende Angriffe örtlich begrenzt, dienen häufig auch nur der Propaganda und gründen sich dann oft auf Ablenkungsmanöver. Der wirtschaftliche Schaden eines Krieges zwischen Nationen oder Ländern wäre für jeden dieser Kriegstreiber immens und das Wissen darüber und die drohenden Strafen durch die Weltgemeinschaft, durch die internationale Gerichtsbarkeit halten in unserem siebten Jahrzehnt kriegerische Bestrebungen von massiven Angriffen ab und helfen mit, den letzten Schritt einer überregionalen militärischen Auseinandersetzung zu verhindern.

Die UNO-Friedenstruppe ist aber auch für den Heimatschutz eingesetzt, hierfür konzipiert als Freiwilligendienst der Gemeinschaft, hilft und unterstützt bei Flutkatastrophen, Dürren, erhöhtem Meeresspiegel, Sturmschäden, Überschwemmungen, extremen Wetterereignissen – früher infolge des Klimawandels – nun für die Langzeitfolgen dieser selbstzerstörerischen Schädigung der Umwelt, soweit die Natur noch unter den damaligen vor Jahren geschaffenen Umweltschäden leidet, soweit sie nicht vollständig behoben sind. Diese Schutztruppe dient zudem als Vorsorge für etwaige drohende Naturkatastrophen.

Es hat sehr viel Zeit und diplomatisches Geschick erfordert, ehe Russland in den zwanziger Jahren den vertragswidrigen Einsatz und die Nutzung von Giftgas gegen politische Gegner der Nomenklatura zugestanden hatte und schließlich beendete. Zudem war die Welt die letzten Jahrzehnte verschiedenen bewaffneten Terroraktionen ausgesetzt, vornehmlich durch verirrte islamistische Kämpfer und diese Herausforderung, wie die Regierung in Russland zuletzt eingestehen musste, belastete die Weltgemeinschaft mehr als beispielsweise die politische Opposition den Kreml herausgefordert hatte.

Die Verbreitung atomarer Waffen hatte schon im 20. Jahrhundert zu zwischenstaatlichen Abkommen über eine Einschränkung und den Abbau dieser Massenvernichtungsmittel geführt, wohl infolge einer höheren Einsicht. Sowohl Russland als auch die USA hatten noch Anfang dieses Jahrhunderts aus militärtaktischen Gründen erst heimlich und bald auch unbeeindruckt offen gegen die eigenen vertraglichen Abkommen verstoßen und China, zur Weltmacht aufgestiegen, weigerte sich lange Zeit überhaupt dem Atomsperrvertrag beizutreten. Im Laufe des 21. Jahrhunderts nun aus purer Überlebensangst sind internationale Abkommen geschaffen mit dem Ziel, die unsinnige atomare Aufrüstung zu beenden. Nukleare Waffen, atomares Kriegsgerät und entsprechende Raketenabwehrsysteme sind mit diesen Regelungen grundsätzlich verboten, die Herstellung und insbesondere auch deren Nutzung. Die vertraglichen Regelungen sind im Interesse aller Länder zum Überleben der Menschheit und alle Institutionen halten sich strikt daran.

Waffenherstellung und Waffenhandel sind eingeengt in bilaterale Verträge, beschränkt auf die offiziell erlaubte Verwendung zugunsten der UNO-Schutztruppe und seit Jahren zum privaten Gebrauch streng reglementiert. Die eingeschränkte Ausbreitung konventioneller Kleinwaffen unterliegt internationaler gesetzlicher Verbotsnormen. Diese Maßnahmen waren umso dringender notwendig, zumal der Umfang von Waffen und die Anzahl der Waffenbesitzer in der Geschichte der Menschheit zu Beginn dieses Jahrhunderts noch niemals derart gravierende Ausmaße angenommen und die Häufigkeit von Angriffen gegen Menschen und von Todesfällen, verursacht durch Kleinwaffen, jede Vorstellungskraft überschritten hatte.

Die Feindseligkeiten zwischen den islamischen und den westlichen Nationen konnten in den letzten Jahrzehnten abgebaut werden, nicht mit militärischen Mitteln, vielmehr dank verständnisvoller Vertreter beider Seiten im politischen Dialog. Der Anspruch auf Ausschließlichkeit ist ohnehin verwässert, auf Seiten des Christentums, da der Einfluss und die Bedeutung der Kirche keine nennenswerte Grundlage mehr bietet und Bescheidenheit sowie Verständnis gegenüber Andersgläubigen offenbart und der Islam sich nicht nur mit dem Koran und dessen Auslegung beschäftigt, auch den Inhalt der Bibel unvoreingenommen vergegenwärtigt hatte. Dieses Verständnis hat den islamischen Kämpfern die ideologische Grundlage für ihren aussichtslosen Krieg entzogen.

Zugleich hatten die USA beziehungsweise ihre politischen Eliten, die Bevölkerung selbst hat keine Zeit und Energien für solch überflüssiges Gehabe, den Irrglauben und ihre missionarische Vorstellung überwunden, dem Mittleren Osten die auch in den USA zu dieser Zeit nicht gerade optimal funktionierende Demokratie aufzwingen zu wollen, wie auch schon im Kapitel Politik angesprochen. Religiöse und politische Toleranz vor allem im Westen war also für den Frieden dringend geboten.

Eine vergleichbare Abmachung wie bei Nuklearwaffen war zum Schutze auch in anderem Zusammenhang als dringend erkannt, vor allem den diplomatischen Vertretungen in langwierigen Verhandlungen gelungen. In den zwanziger Jahren dieses Jahrhunderts setzte Russland eine neuartige Waffe zur psychologischen Kriegsführung ein, zuerst gerichtet auf das amerikanische Botschaftspersonal in Havanna, dann mit den betreffenden Symptomen an Mitarbeitern in der US-Botschaft in Wien und bald danach auch in Berlin, im Kapitel Politik bereits angedeutet. Es handelte sich um Mikrowellenfrequenzen, schon bisher als Strahlenbelastung bekannt, nicht hörbaren, verseuchten Schallwellen. Amerikanische Wissenschaftler hatten die Ursache und die Schädlichkeit beim Menschen aufgedeckt und die russische Regierung mit militärischer Gegenwehr zum Einhalt gezwungen. Zwischenzeitlich besteht ein internationaler Vertrag über den Entwicklungsstopp solch feindseliger Handlungen, der weltweit kontrolliert und eingehalten wird.

Gefahren für die militärische Sicherheit, auch als gemeinsamer Kampf gegen den Klimawandel definiert:
- Endgültige Reduzierung des Ausstoßes von Treibhausgasen militärischer Einrichtungen
- Gemeinsame internationale Kontrolle von Ressourcen und des Wettbewerbs dominanter neuer Technologien in der Militärtechnik

- Regelungen für Migration infolge der nachwirkenden Erderwärmung
- Vermeidung von Nahrungsmittel- und Energieknappheit und dadurch bedingter Instabilität innerhalb der einzelnen Länder

Heimat

So wie die Erde unterteilt ist in Ländereinheiten, identisch mit den Nationen der vergangenen Jahre oder zusammengefasst in entstandene Blöcke wie die EU, bestehen nahezu alle früheren Länder als Regionen weiter. In den Regionen verbunden sind die verschiedenen Menschengruppen, die verschiedenen Völker; sie leben dort friedlich zusammen und empfinden ihren Bereich als Heimat. Spannungen und Auseinandersetzungen, welche die bestehende Harmonie zerstören könnten, gab es zwar immer wieder, vor allem bei Landreformen und damit vermeintlicher Benachteiligung mancher Bevölkerungsteile. Solche Zwistigkeiten werden jedoch friedlich beigelegt mit diplomatischer Geduld der hierfür zuständigen Abteilungen in der UNO-Verwaltung. Und die Liebe zur Heimat, zur eigenen Region, ist nicht verwerflich, denn daraus wird keine Abwertung der Heimat anderer, des regionalen Nachbarn hergeleitet. Alle Heimatregionen zusammen ergeben gleichberechtigt politisch, wirtschaftlich und gesellschaftlich die globale Welt auf Erden, berechtigen damit wirklich zur Bezeichnung als Globalisierung, jetzt auch in politischer Hinsicht.

Die Region als Heimat wird geschützt durch die solidarische Hilfe aller zusammen. Hier hat Fremdenhass, Homophobie, Extremismus nichts zu suchen. Soweit solche krankhaften Störungen überhaupt den Weg in die Öffentlichkeit finden, weil damit internationale Regelungen verletzt werden und auch zu ahnden sind, steht einem solchen Fehlverhalten sofort die Macht der überwältigenden einvernehmlichen Masse, verkörpert in der UNO, entgegen und lässt jeglichen Versuch auch von Verschwörungstheorien verstummen.

Besonders förderungswürdig wird der jeweilige Kulturaustausch angesehen. Nicht die Herrschaft einer vermeintlichen überlegenen Rasse gegenüber Minderheiten, wie die rechtsextremen Parteien und völkischen Naturen dies vor einem halben Jahrhundert noch zu praktizieren beabsichtigten. Kulturaustausch herkömmlicher, geschichtlich erfahrener und gelebter Traditionen findet statt, gleichwertig mit jeder anderen Heimatpflege oder gewachsenen landesüblichen heimatlichen Tätigkeit. Volksmusik, Volkstanz, Pflege von originärer Sprache und Literatur sind damit gemeint.

Zusammenfassung

Haben sich zwischenzeitlich die Menschen, hat sich die Einstellung der Menschen allgemein und positiv zueinander geändert? In welchem ökologischen Zustand befindet sich die Erdkugel? Drohen weiter Überschwemmungen, Waldbrände, Temperaturanstieg, zerstörerische Stürme, extreme Wetterschwankungen?

Leben die Menschen tatsächlich gesünder, bewusster, ausgeglichener? Wurden die Zivilisationskrankheiten erfolgreich bekämpft, Übergewicht, Diabetes, Bluthochdruck, die allesamt durch die private Einstellung des Menschen selbst zum größten Teil vermeidbar sind, indem man die falsche Ernährungsweise abstellt, den Bewegungsmangel behebt? Die Prävention ist darauf ausgerichtet, die Übertragungen der Infektionskrankheiten zu unterbinden. Die Seuchengefahr, vor allem die Pandemie Anfang der vergangenen zwanziger Jahre hat dazu geführt, dass die zuständigen Regierungen die Gesundheitsförderung durch staatliche Maßnahmen unterstützen, ungesunde Waren in den Supermärkten verbieten, Kinder vor Werbung für nachteilige Produkte schützen und dem schädlichen Einfluss entziehen. Dabei auf Freiwilligkeit der Industrie zu setzen, hat deren Wirkungslosigkeit gezeigt und zu gesetzlichen Verbotsregelungen wie unter anderem durch höhere Abgaben auf ungesunde Produkte geführt. Erfolge der globalisierten Welt sind beispielhaft: Konjunkturprogramme für Investitionen in gesunde Lebensbedingungen für alle, nahrhaftes Essen in Kitas und Schulen, mehr Sportangebote und Bildungseinrichtungen, finanzielle Unterstützung in die Infrastruktur, die den Menschen mehr Bewegung ermöglichen, Beispiel Fahrradwege, Stärkung der Gesundheitsämter durch Personalaufstockung.

Nicht ansteckende Krankheiten, die zu einem großen Teil auf ungesunden Lebensstil zurückgehen, waren für neunzig Prozent aller Todesfälle verantwortlich und eng mit sozialen Ungleichheiten verknüpft, führten zu einem massiven gesellschaftlichen Problem. Die staatlichen Organe mussten also mit Vorschriften reagieren und sich gegen mächtige Industriezweige, massiven Lobbyismus in der Gesundheits- und Pharmaindustrie zur Wehr setzen. Dies gelang mit dem vor Jahrzehnten bereits von den Regierungen eingeführten Lobbyregister, mit staatlichen, aber auch privaten Ratschlägen in geschäftstüchtig inserierten Gesundheitsbroschüren gegen die allgemein beliebten ungesunden Gewohnheiten eines großen Teils der Bevölkerung, um deren Lebensstil positiv zu ändern.

Die Hausarbeit erledigen im Jahre 2071 meist Pflegeroboter, für die Pflege von Personen bedarf es aber immer noch und sogar mehr als jemals zuvor der persönlichen Betreuung durch private Pflegepersonen, die über die Sozialkassen bezahlt werden und somit die betroffenen Familien beziehungsweise Familienangehörigen entlasten.

Vieles hat sich tatsächlich positiv geändert, nicht über Nacht, nicht schnell, allmählich, geduldig. Wenn sich Bürger aktiv an der Gestaltung des öffentlichen Lebens, des öffentlichen Raumes beteiligen, gehen Raub, Drogenmissbrauch, Kriminalität allgemein zurück, das Leben wird sicherer. Elektrisches Autofahren, Carsharing in der Familie, sogar unter den Vorstandskollegen auch der größten Unternehmen, grüne Dächer, weniger Beton, strikter Einhalt der Ressourcenverschwendung, unterschiedliche Bürozeiten, um den Verkehr zu entzerren, dienen den Menschen. Die Nächte gehören den Bürgern und die Straßen nachts gemeinsamen Festen, Feiern, Vergnügungen. Entwicklungen, die man vor einem halben Jahrhundert noch als utopisch, Wunschbilder, vielleicht sogar als Luftschlösser bezeichnet hätte.

Man befolgt die Ratschläge der Ärzte und Psychologen ernsthafter als zu früheren Zeiten. Das Leben stellt sich ein auf Achtsamkeit, Arbeit, Bewegung, Gelassenheit, Ernährung und Spiritualität, Hilfestellungen, um das Leben zu meistern, Zufriedenheit zu empfinden und Glücksmomente genießen zu können. Unter Spiritualität versteht der Fachmann das Gefühl von Verbundenheit, sich zu öffnen für ein Gefühl der Dankbarkeit, gegen das Gefühl der Einsamkeit, auf der Ebene der Seele, alles Vorteilhafte zu fühlen, das man in unmittelbarer Umgebung wahrnimmt.

Der Mensch ist aufgefordert, den gegenwärtigen Moment so zu betrachten, als wäre er der einzige Moment, der uns gegeben ist, als wäre genau dieser Moment ein großes Geschenk. Die Achtsamkeit soll den Menschen darin unterstützen, dass die Gedanken nicht „verrücktspielen", sich vielmehr mit schönen Dingen befassen, die uns umgeben und daran denken, dass andere Mitmenschen vielleicht gerade ungünstiger leben müssen. In der Bewältigung der gesetzten Aufgaben und der täglichen

Arbeit findet man sein eigenes Tempo, ohne Drang mit Prioritäten, mit Zeiteinheiten ohne jegliche Störung von außen. Die Bewegung in der freien Natur aber auch im Fitness-Center sorgt dafür, dass Körper und Geist mobil bleiben, sie dienen der Gesundheit allgemein.

Gelassenheit braucht es, um Krisen zu bewältigen. Ruhe, Zufriedenheit und innerer Ausgleich tragen hierzu bei und helfen, durch schwierige Zeiten zu kommen und gelassen auf Herausforderungen zu reagieren.

Die Ernährung leistet für die Gesundheit einen wichtigen Beitrag mit naturbelassenen Nahrungsmitteln, variiert und ausgewählt nach Saison und Region. Genügend Flüssigkeit zu sich zu nehmen, Wasser, führt zu mehr Leistungsfähigkeit, gegen die Austrocknung im Alter, als allgemeine Empfehlung letztlich für jeden Altersabschnitt.

Alle die beschriebenen Umstände, Gefühle, Erfahrenes, Erlebtes zu berücksichtigen soll auch zu einem besseren Verständnis der Welt und der Natur, der Schöpfung beitragen.

Smart wohnen bedeutet nun, wenn die Wohnung weiß, was die Bewohner benötigen; man lebt in der Gegenwart und hat die Vergangenheit hinter sich gelassen. Mit Tastendruck steuert der moderne Mensch die Musik in der Wohnung, die Beleuchtung, die Vorhänge und Jalousien, bedient die perfekte Belüftung und die Energie aus der hauseigenen Fotovoltaik-Anlage, die auch die E-Ladestation in der Garage und die Wärmepumpen im Keller betreiben. Neben der Basis-Ausstattung wird auf Wunsch das Smart-Home modulartig erweitert und vergrößert, durch bauliche Zusatzprodukte zu extremer Flexibilität geführt.

Eine Anpassung an veränderte Bedürfnisse und neue Lebensumstände erfolgt nun mühelos. Für das Alter oder eine etwaige Pflegebedürftigkeit bieten die häuslichen Einrichtungen mehr Komfort, mehr Sicherheit, mehr Selbstbestimmtheit. Die Wohnungsausstattung sorgt daneben rund um die Uhr für die Sicherheit der Bewohner und dafür, angenehm in den eigenen vier Wänden sorglos leben zu können.

Überall auf der Welt wurden in den vergangenen Jahrzehnten Frauen und Männer aktiv, um der geschädigten Natur zu helfen und von Menschenhand zerstörte Lebensräume – durch verbotene Jagden, durch Bürgerkriege – wieder in artenreiche Wildnis zu verwandeln. Die Vegetation hatte sich wegen dieser Eingriffe durch den Menschen lange Zeit nicht mehr erneuern können, zumal Teile der Bevölkerung in den afrikanischen und asiatischen Bereichen gezwungen waren, sich auf die Wilderei zu verlegen, um überhaupt zu überleben. Mit der gesicherten Versorgung aller Menschen konnten solche Auswüchse eingedämmt und schließlich ganz verhindert werden.

Ein geringes, nichtsdestotrotz immer wieder aufkommendes, schwelendes Problem bereiteten lange Zeit die Verschwörungstheoretiker, Rechtsextremen (QAnon) und Esoteriker und trieben verschiedentlich ihr Unwesen. Gemeinsamkeiten dieser Gruppen bestanden in der Ablehnung wissenschaftlicher Ergebnisse und der Diskreditierung der Medien („Lügenpresse"). Andererseits gab es erhebliche innere Unterschiede und diese Personen stritten in der Vergangenheit heftig über Einzelheiten der Pandemien, sogar über Vorschriften in der Strafgesetzgebung und der Ahndung strafbarer Handlungen, weil diese Maßnahmen von der Politik eingesetzte körperliche und geistige Waffen seien, um die Weltherrschaft zu erringen. Manche erklärten, Pandemien gäbe es überhaupt nicht, solche Behauptungen seien frei erfunden und die Vorkehrungen gegen solche weltweiten Krankheiten nur vorgeschoben, um die Menschheit zu schikanieren. Wieder andere setzten Thesen in die Welt, wonach in unterirdischen Gefängnissen Kinder gehalten werden und von deren Blut die Eliten lebten, mit Hilfe dieser Verjüngungsdroge unsterblich werden wollten. Wer versuchte, diese Verirrten mit Fakten zu überzeugen oder sogar kritisierte, gehörte zu den feindlichen und böswilligen Herrschern, die nur eine Falle stellen wollten. Jede von der Administration eingeführte Gesundheitsmaßnahme war Verschwörung zur Unterdrückung der Menschen. Der Meinungsfreiheit bedienten sie sich ausschließlich nur selbst, sie galt nur für diese Verschwörer. Gewalt gegen alles Staatliche war daher legitim und wurde mit gelegentlichen Anschlagsversuchen, häufig gegen öffentliche Einrichtungen, unterstützt.

Neben der Bestrafung gewalttätiger Mitglieder solcher Gruppen konnte man ihnen nur mit Ruhe und Sachlichkeit begegnen, mit Fragen und Hinweisen auf die rechtliche Situation klare Grenzen ziehen. Die Geschichte hat diese dunkle Zeit überholt, Anhänger solcher Irrlehren verdrängt, sie unbedeutend gemacht und von der Öffentlichkeit unbeachtet und unbehindert verschwinden lassen.

Massive Probleme, die fortwährend der Strafverfolgung ausgesetzt sind, bestehen in den vielfältigen Arten von Computerkriminalität, in diesem Metier vor allem Betrügereien. Eine der größten Schwierigkeiten betreffen sogenannte „Deepfakes", gefälschte Bilder und Videos, die jeder von zu Hause aus herstellen kann. Diese künstlich erzeugten Nachbildungen und Tonaufnahmen entwickeln sich zu einem immer schwerwiegenderen, kaum lösbarem Problem. Die bei der UNO angesiedelte Staatsanwaltschaft kümmert sich aufopferungsvoll um die Verantwortung und Verfolgung, findet sich aber meist einen Schritt zu spät hinter der technischen meist von Kriminellen genutzten Neuheit.

Der durch die staatliche Administration notwendige Schutz der, man möchte betonen „normalen" Mitmenschen, des vernünftigen, sachlichen Argumenten zugänglichen Bürgers bleibt Aufgabe, Verantwortung und Herausforderung auch für die Zukunft, für die nächsten Jahre und Jahrzehnte.

Wer intelligente Konzepte für diese Aufgabe, für die kommende Zeit, zum Vorteil aller Mitbürger, für ein friedliches, aber wehrhaftes Zusammenleben aller bieten kann, dem dankt dies die Weltgemeinschaft.

Fazit

Würde ich, wenn ich aus meinem Grab aufstünde, um in dieser künftigen Welt zu leben, bereitwillig meine Lebenspflicht erfüllen und mein Lebensglück suchen und genießen oder mich lieber sofort wieder für immer hinlegen ob dieser ungewohnten, unverständlichen, aus der Sicht des im 20. Jahrhundert aufgewachsenen Menschen doch lebensfremden Neuen Welt?

KAPITEL 3

Werfen wir zu dieser Frage doch einen Blick in den Ablauf des Lebens einer Durchschnittsfamilie im Jahr 2071 und machen uns selbst ein Bild von einem kleinen Teilbereich dieser Neuen Welt.

Enrico

Enrico, Ende Dreißig, der Sohn einer ungarisch-spanischen Lebenspartnerschaft, der Vater ein Pfleger aus der ungarischen Stadt Györ, die Mutter Bau-Ingenieurin aus Katalonien, lebt im Jahre 2071 berufsbedingt als Bio-Bauer in Süddeutschland für ein staatliches Unternehmen, für die jetzige Zeit typisch als angestellter Mitarbeiter, sozial abgesichert und mit weitreichenden Entscheidungsbefugnissen einem freien Mitarbeiter vergleichbar. In dieser von Technik beherrschten Welt hat er sich seiner Neigung gemäß für den Beruf eines Agronomen, akademisch ausgebildeten Landwirts, mit dem Schwerpunkt „Pflanzen-Gen- und Biotechnologie" entschieden. Er will beitragen zum Konsum der Mitmenschen von natürlichen, nachhaltig erzeugten Lebensmitteln; denn solche Nahrungsmittel und die Art der Ernährung wirken sich auch auf das Klima und die Umwelt aus. Naturgerecht produzierte Lebensmittel schonen den Ackerboden, verhindern die Verunreinigung des Humus durch Kunstdünger und Pestizide und vermeiden zugleich damit verseuchtes Grundwasser. Mit umweltfreundlichen Maschinen für die Bodenbearbeitung bleibt die Luft rein und unbelastet. Die Landwirtschaft hat den Klimaschutz als Herausforderung angenommen.

In der Vergangenheit verursachte der seit Jahren eingeübte Ernährungsstil unzeitgemäße umweltkritische Probleme in der Landwirtschaft und im Lebensmittelsektor und hinterließ eine ökonomische Belastung der Natur. Die ungesunde und verschwenderische Ernährung, vor allem durch zu viel Fleischkonsum, basierte zudem auf Wertschöpfungsketten einer Produktion mit Kunstdünger und naturfremden Futtermitteln, wie importierte Soja, für Tierfutter zu Sojaschrot verarbeitet, eingeführtes Palmöl für die Lebensmittelverarbeitung, der geforderte Bedarf nur noch mit Lieferungen aus entwaldeten Tropenwälder und Savannen zu decken, entstanden aus der Abholzung, von Landraub durch internationale Konzerne, über zerstörte Lebensgrundlagen indigener Völker. In den heimischen Landwirtschaftsflächen mit Pestiziden und den Folgen bedrohlicher Biodiversitätsverluste, Rückgang der Bodenfruchtbarkeit, Bodenerosionen, Schadstoffbelastungen des Grundwassers und der Überdüngung, nur um den verlangten Ernteertrag zu schaffen.

Enrico setzt sich in seinem Bereich ein für saisonale und regionale Bioprodukte, und damit für die Vermeidung von Treibhausgasemissionen, den Erhalt der Bodenqualität, und die notwendig strenge Vermeidung von unverbrauchten Lebensmittelabfällen, deren Verschwendung eine Sünde, ein Fluch der Vergangenheit in den westlichen Ländern.

Die Nahrung besteht im Jahre 2071 aus ökologischem Anbau auf Felder und Äcker mit besonders humusartiger Erde. Die Aussaat, Bewässerung und Ernte führen auch in dieser Zeit Maschinen aus; Die Aussaat, sogar die natürliche Düngung, übernehmen häufig solarbetriebene Kleinflugzeuge oder Drohnen, die auch Digitalfotos für die Feststellung des Reifegrades der angebauten Frucht liefern. Soweit nicht von der Schaltuhr aus, werden die Erntemaschinen über Sensoren und Laser bedient; Autopiloten führen sie dann zum Abernten der Getreidesorten über die Felder und wie wir in diesem Kapitel noch erfahren, bewegen sich die meisten Mähdrescher satellitengesteuert. Bestellte Nahrungsmittel liefern später neben dem Angebot direkt vom Bauern häufig ebenfalls Drohnen aus.

Saatgut wird auf traditionelle Art gezüchtet und hergestellt und die Aufgaben Enricos bestehen in der Auswahl des Saatgutes, der Entscheidung über den Verbrauchern angebotene Lebensmittel der verschiedenen Kornarten, der damit bestimmten und abhängigen Humusvorbereitung und Bodenbearbeitung. Denn kalorienarme, aber vollwertige Getreidesorten ersetzen früheres wenig gehaltvolles Weizensortiment.

Die Agrarsubventionen der Europäischen Union werden längst nicht mehr flächenmäßig verteilt, nicht mehr nach Besitz der landwirtschaftlich genutzten oder vorgehaltenen Bereiche. Die ungute Entwicklung, dass Agrarkonzerne in großem Stil Flächen aufgekauft und die Unterstützung aus Brüssel maßlos in Anspruch genommen hatten, beendete die Kommission der EU. Denn sogar große Familienbetriebe konnten unter diesen Umständen nicht mehr überleben, mussten den Betrieb aufgeben; es drohten ganze Dörfer zu sterben, das Land sich massiv nachteilig zu verändern mit den fatalen Folgen für die Artenvielfalt und die Umwelt insgesamt.

Öffentliche Gelder der EU für die Landwirtschaft beschränken sich jetzt auf Produktion und Programme, die einen Beitrag zu Naturschutz, Klimaschutz und Bio-Diversität leisten und so Agrarpolitik tatsächlich mit dem „Green Deal" aus dem Jahre 2021 verbinden, zum Schutz der natürlichen Lebensgrundlagen.

Finanzielle Unterstützung also nur noch für Natur-, Klima- und Tierschutz, und nach Bewertungen zum Schutz der Umwelt. Mit Investitionen unterstützen das Land, die Region damit finanziell die Sicherung der bäuerlichen Lebensgrundlagen und die Administration nimmt zugleich Rücksicht auf den Artenschutz, setzt sich ein für ökologische Maßnahmen und nachhaltige Landwirtschaft gegen Preisdumping der sogenannten Discounter.

Agrochemie-Unternehmen mit den früheren Angeboten von Pflanzenschutz und Düngemittel spielen keine Rolle mehr. Ihr Hauptaugenmerk besteht in der Versorgung der Landwirtschaft ausschließlich mit Saatgut.

„Morgens um 7.00 Uhr ist die Welt noch in Ordnung" hieß es vor ca. 100 Jahren in einem Lied. Enrico wird um diese Zeit mit der für diese Woche eingespeicherten Weckmusik aus dem Schlaf für den Tag eingestimmt. Das Violinkonzert von Beethoven erklingt für zehn Minuten. Danach schaltet sich der Bildschirm über dem Fußende des Bettes in Sichthöhe des noch Liegenden ein, mit dem vorab programmierten Nachrichtensender in Bild und Ton. Enrico beachtet nur flüchtig das Bild und begibt sich in den Waschraum und danach in das Ankleidezimmer. An manchen Tagen verbringt Enrico zuvor noch bis zu einer halben Stunde mit sportlichen Aktivitäten. Denn der kurze Weg vom Heimkino zum Fitnessraum macht einen Teil des aktuellen Wohnkonform aus.

Für die Vorbereitung des Frühstücks – die meisten Menschen benutzen das automatisierte Frühstücksangebot und alles Wünschenswerte wird vorbereitet per Fernbedienung auf dem Tisch serviert, kommt dazu direkt aus dem sogenannten Frühstückskühlschrank – nimmt Enrico sich persönlich viel Zeit. Es ist dies eine Reminiszenz an seine Großeltern und Teil der jetzt wieder häufig allgemein geübten Praxis, um den Tag ohne Hektik und in gemütlicher Atmosphäre zu beginnen.

Über den in der Küche an der Wand befindlichen Bildschirm erscheint auf mündlichen Befehl während des Frühstücks der Tagesablauf und die einzelnen zeitlich exakt festgelegten Arbeitsaufgaben und die vorgegebenen Phasen, großzügig bemessene Zeiteinteilungen, eingeplante Pausen und Raum für die jeweilige Ergebnisfeststellung und virtuelle Protokollierung. Nach der biologischen Nahrungsaufnahme, in konventioneller Form bestehend aus frisch gepressten Orangensaft, biologischem Getreidekaffee, Vollkornbrot, Hundert-Prozent-Fruchtmarmelade begibt sich Enrico zunächst in den Schaltraum des Maschinenparks.

Der Tag, es ist September, besteht überwiegend aus Erdarbeiten, die von einem fahrerlosen Arbeitsgerät über Sensoren zum 300-Hektar-Feld geleitet für die spätere Aussaat des Wintergetreides von Buchweizensamen vorbereitet wird.

Enrico überprüft auch noch kurz vor Mittag den Humushaufen, eine seit Jahren geförderte Maßnahme. Im Garten wird weniger Ordnungswut eingesetzt, neben den sorgfältig gepflegten Beeten mehr Wildnis gewagt, um Kleintieren, Vögel und Pflanzen ein eigenes Reich zu schaffen und für das Überleben zu sorgen. Künstliche wachstumsfördernde Pestizide, früher in Bau- und Gartenmärkten erhältlich und massenweise in die Gärten gekippt, sind verboten. Wachstum steigernden Humus für Pflanzen und Gräser mit wild wachsenden Blumen erzeugt jeder Gartenbesitzer und Hobby-Gärtner selbst oder erwirbt ihn im Handel über dafür gesondert eingerichtete Humuserzeuger. Torf, vor langen Zeiten dem Gartenboden zugemutet, darf nicht mehr genutzt werden. Aus naturbelassenen Mooren gewonnen, zersetzte er die Pflanzenreste und zerstörte wichtige Kulturen. Denn Moore binden gewaltige Mengen Kohlenstoff, der beim Abbau im Gartenboden entweicht. Außerdem trocknet Torf auf Dauer den Boden aus, übersäuert ihn und erfordert wiederum unnötige Behandlung mit Kalk und künstlichem Dünger, um gegen Austrocknung und Übersäuerung zu wirken. Selbst geschaffener Humus aus natürlichen, trockenen Abfällen aus dem Haushalt vermeidet alle diese Nachteile.

Zum Thema Moore hat sich Enrico schon vor Jahren helfend eingesetzt. Entwässerte Moore, um sie als Flächen für Grünland oder als Ackerland zu nutzen, sorgten für Treibhausgas-Emissionen in einem bedenklichen Umfang. Diese Entwicklung stand in völligem Gegensatz zum eigentlichen Wert von Moorgebieten, denn sie speichern nach Berechnungen so viel Kohlenstoff wie alle Wälder zusammengenommen. Nach der neuen Moorschutzstrategie werden deshalb Moore wieder eigens geschützt und rekultiviert.

Zum Mittagessen bringt der Lieferservice Enrico das für die gesamte Woche und die einzelnen Tage vorbestellte Menü. Wann immer es die Zeit ermöglicht und wenn die vierköpfige Familie, Enrico, seine Lebensgefährtin Nelly und die Zwillinge, vollständig versammelt sind, gibt es

Essen aus der eigenen heimischen Produktion des von Enrico bearbeiteten Landguts. Dieser Bauernfarm angeschlossen sind neben den riesigen Feldern auch eine Biogärtnerei und ein Verkaufsstand für allerlei Käsesorten, Wurst- und Fleischwaren des benachbarten Vieh- und Schweinebetriebes auf biologischer Basis; das bedeutet grundsätzlich Freilandhaltung der Kühe, Kälber, Schafe und Schweine, obgleich Fleisch von den Menschen allgemein nur noch eingeschränkt verzehrt wird. Zusätzliche Betriebseinheiten im näheren Umfeld betreuen alle Geflügelarten, also nicht nur Hühner, Puten, Fasanen, Gänse und Enten zum Fleischverzehr, sondern auch Wildgehege für Schwäne, für Auerhähne, Pfauen und dergleichen Luxustiere und Ziergeflügel, ebenfalls in natürlicher Umgebung, mit täglichem Auslauf im Sommer, im Winter dann und in den Übergangszeiten in einer Voliere für alle diese verschiedenen Vogelarten.

Der bewusste Mensch, wie ihn Enrico vorlebt, versorgt sich mit Gemüse, Salat, Nüssen, gesunden Milchprodukten. Fleisch, nicht mehr bevorzugt, ist schon aus umweltpolitischen Gründen Mangelware. Fisch, nicht die weit entfernten Meeresfische aus nachhaltigen sauberen Meeresgründen, sondern heimische Fischarten bestimmen den Speiseplan.

Ein auch für Enricos Arbeit entscheidender Punkt war, den Konsum von Tierprodukten drastisch zu reduzieren. Noch vor fünfzig Jahren betrug der Anteil der Nutztierhaltung an der Klimabelastung allgemein bis zu 18 Prozent; zu viel und mindestens in dem Ausmaß wie der Anteil des damaligen weltweiten Verkehrs aller Autos, Lkws, Flugzeuge und sonstiger motorbetriebener Fahrzeuge zusammen. Denn die Fleischproduktion benötigte vor einem halben Jahrhundert enorme Ackerflächen, zumal das Schlachtvieh bis zu sieben Kilogramm Kalorien Futter verbrauchte, um nur eine Kalorie Fleisch, Milch und Eier zu produzieren. Allein der Umstieg von tierischen zu pflanzlichen Lebensmitteln reduzierte bereits den Flächenbedarf erheblich, bedeutete weniger Abholzung von Regenwäldern und vermied zugleich die Zerstörung dort angesiedelter Artenvielfalt. Ein nicht zu unterschätzender Nebeneffekt, in diesen Wald-Gebieten sind nun Mensch und Tier in geringerem Maße fremden Viren ausgesetzt und auch die früheren industriellen Tierfabriken als nachgewiesene Seuchenherde verschwanden mit der neuen naturverbundenen Lebensmittelproduktion.

Ein anderes globales Gesundheitsrisiko waren die funktionsfähigen Antibiotika, nicht wegen der Heilung von Krankheiten in der Humanmedizin – dafür dienen sie noch heute – vielmehr zum überwiegenden Teil, vor Jahrzehnten weltweit, um mit Antibiotika behandelte Nutztiere in der Massentierhaltung auf engstem Raum unter schrecklichsten Bedingungen lebend zum Schlachthof zu bringen. Der Einsatz solcher Mittel, um diesen abscheulichen Rhythmus aufrechtzuerhalten, erscheint im Rückblick als strafbare Tierquälerei. Seit der Umstellung auf natürliche Lebensmittel pflanzlicher Art und der Verwertung von freilebendem Schlachtvieh in der Natur, beschränkt sich die Anwendung von Antibiotika also wieder auf ihren ursprünglichen Nutzen und den dosierten Einsatz gegen Krankheiten bei den Menschen.

Mit weniger Flächenbedarf erholt sich zwar die nachwachsende natürliche Vegetation als wertvolle Basis zur

Erhaltung der Umwelt. Allerdings erst nach pfleglicher Behandlung mit ausreichender Bewässerung, bevor die Flächen angesichts der vorausgegangenen jahrelangen Rodung vertrockneten und sich weiter zur drohenden Brandgefahr entwickeln konnten.

Die Landwirtschaft sollte vor einem halben Jahrhundert noch immer mehr Nahrungsmittel auf weniger Landwirtschaftsflächen produzieren, mit Schädlingsbekämpfung und der Ausbeutung des Bodens. Diese unnatürliche Nutzung steht gegen die Forderung, klimaschonend Pestizide zu verringern, schließlich ganz zu vermeiden. Der Ausstieg aus der Anwendung chemisch-synthetischer Mittel gelang; der Widerspruch einerseits massiver Profitdruck durch die globalen Marktanforderungen und zum anderen den Ansprüchen der Bevölkerung nach Umweltschutz, ist aufgelöst, beendet. Betriebe mit ökologischen Großflächen, die auf Erhalt der Artenvielfalt abzielen, und daneben kleinteilige Landwirtschaft mit dem Schwerpunkt auf nachhaltige, naturnahe Tierhaltung ergänzen sich. Die Artenvielfalt hat sich erholt; ausgeräumte Agrarwüsten sind selbst in großen bäuerlichen Anwesen verschwunden, durch Hecken, Blühstreifen, Bäume als natürliche Ackergrenzen. Wertvolle landwirtschaftliche Flächen sind wiederbelebt, und Monokulturen, dem Schädlingsbefall besonders ausgesetzt, lassen sich auch in großflächigen Feldern oder Äcker vermeiden. Schädlingsbekämpfung beginnt mit der Art der Fruchtfolgen und Berücksichtigung der jeweiligen Bodenqualität, denn die Pestizide als frühere Maßnahme der Schädlingsabwehr, zerstörten nur die Lebensgrundlagen der notwendigen Bestäuber. Im China der zwanziger Jahre mussten Arbeiter mit dem Pinsel über die Felder laufend die Blüten bestäuben. Ein Bild, das in belustigende Filme für Kleinkinder gehört und nicht in die Arbeitswelt der Erwachsenen.

Enrico ist durch die naturnahe und moderne Ausbildung, durch eigene Erfahrung und ständige Weiterbildung geschult, hat sich auch im Obst- und Gemüsebau weiter informiert. Und gerade die Pandemie der Jahre 2020 und 2021 hat den Trend und die Nachfrage nach solchen Bio-Produkten und regionalen Waren verstärkt. Vom Bio-Bauern aus der Umgebung, auf umweltbewussten Märkten im Freien angeboten, hat sich die Auswahl von Lebensmitteln auf diese Vielfalt der biologisch erzeugten Waren auch in Großmärkten durchgesetzt und bezieht sich auf Salate, Öko-Salami, Käse, Marmelade, Milch, Joghurt, Eier, Obst, Gemüse, um nur einige typische naturnah erzeugte Nahrungsmittel zu nennen. Das Gefühl, hochwertige Produkte zu kaufen und hochwertige Produkte zu verzehren, überzeugt die Kunden. Der Konsum biobasierter Lebensmittel wirkt sich, wie immer wieder zum Ausdruck kommt, nachhaltig auf Klima und Umwelt aus.

Die Tendenz zu „Bio" und Regionalität erfreut sich in vollkommener Einheit, ist beim Konsumenten angekommen und hat das Ernährungsverhalten positiv beeinflusst. Bio-Geflügel, Bio-Fleisch, Bio-Milch, Bio-Mehl, wieder neu entdeckte, frühere Getreidesorten wie der länger schon im Handel erhältliche Dinkel, Buchweizen, Hafer werden angeboten. Beerenobst, Gemüse aus dem heimischen Anbau entsprechen den ökologischen Standards. Das Bewusstsein der Bevölkerung geht dahin, sich gesund zu ernähren und diesen Umstand schon beim Einkauf und durch das Essverhalten zu fördern. „Der Kunde ist König" und diese Aussage hat sich durch sein Kaufverhalten auch durchgesetzt. Übertrieben kalorienreiche Ernährung und gleichzeitig zu wenig Bewegung gehören der Vergangenheit an.

Die Nahrungsmittelproduktion mit natürlichen Futtermitteln und die Verarbeitung vermeiden zudem die vor einem halben Jahrhundert noch schädlich wirkenden Treibhausgase. Es bedarf keiner Lieferungen mehr von Futtermitteln aus anderen Kontinenten, zu deren Erzeugung die riesigen Sojafelder geschaffen und für deren Flächen die dringend benötigten Regenwälder abgeholzt worden waren. Die Wiederaufforstung solcher Rodungsschäden ist jedoch bis heute noch nicht völlig abgeschlossen.

Und auch ausgeschiedene Gülle wird technisch verarbeitet zur Düngung verwendet, der enthaltene Stickstoff effizient und ohne Verluste in den Boden eingebracht oder schadlos beseitigt, belastet also nicht mehr das Grundwasser.

Der Bewässerungsbedarf für importiertes Obst und Gemüse und von Feldfrüchten war vor einem halben Jahrhundert schon derart intensiv, mit negativen Folgen für die weltweiten Reserven an Süßwasser, dass die Produktion in Regionen mit Wasserknappheit vorübergehend beendet werden musste. Gefördert werden seither wieder der Anbau und die Verwertung ohnehin heimischer Obst- und Gemüsesorten, Erbsen, Bohnen, Tomaten, auch Haselnüsse, allesamt Produkte, die seinerzeit – unverständlich – die Großhändler bis zu 80 Prozent aus dem Ausland eingeführt hatten, Mandeln fast ausschließlich aus Kalifornien, obgleich sie auch in Südspanien wachsen. Allerdings waren die südlichen Regionen auch in Europa von extremer Wasserknappheit betroffen, die größte Gefahr der zwanziger Jahre dieses Jahrhunderts auch für viele andere Bereiche. Schon um die Auswirkungen des Wasserverbrauchs auf die Lebensmittelproduktion, auf die damaligen Ernährungsgewohnheiten allgemein, um die vorhandenen Wasserreserven besser zu schützen, musste sich die Landwirtschaft verändern. Auf den Feldern in wasserreichen Regionen, wie in dem von Enrico betreuten Gebiet in Süddeutschland, wird demzufolge eine größere Vielfalt von Obst und Gemüse angebaut. Vermeintlich billiger war der Anbau im Süden nur, weil der Bewässerungsbedarf dort lange Zeit nicht in den Preisen mitberücksichtigt worden war und die Produktion dann bei Wasserknappheit erheblich verteuerte. Zudem beschränkt man sich nun meist auf Gemüse mit geringerem Wasserverbrauch wie frische Erbsen, Rosenkohl, Kohl allgemein und Grünkohl, und auf wassersparende Maßnahmen wie Bodenbedeckung mit Mulch und Humusaufbau.

Die schlechte Ökobilanz durch den Import von Südfrüchten aus der ganzen restlichen Welt ist durch den Verbrauch heimischer Früchte beseitigt. Chemische Düngemittel für die Schädlingsbekämpfung sind ersetzt durch natürliche, in langen Versuchsreihen entwickelte abbaubare sogenannte Naturdüngemittel und damit auch die lange Zeit vom Aussterben bedrohten Vogelarten gerettet. Sie haben sich erholt, da deren Nahrungskette über Insekten wieder Bestand hat.

Enrico konkurriert mit den natürlichen Ernährungsmethoden gegen von im Labor erzeugter Nahrung, unter anderem einem anfangs besonders befürchteten Übermaß vielerlei neuer Fleischarten.

„Food-tech", es gehört zu den Pionieren für Fleisch aus dem Labor. Das Fleisch wächst außerhalb des Tieres heran und benötigt zum Beispiel vom Rind nur Muskelzellen. Die Zellen vermehren sich aus Zucker, Aminosäuren, Vitaminen, Mineralien und sauerstoffreicher Luft, alles im Einzelnen natürliche Vorkommen. Das so bezeichnete „In-vitro-Fleisch" kam als Massenware im Supermarkt für die globale Ernährung zum Verkauf.

Für die Herstellung muss kein Tier sterben oder leiden und über kurze lokale Wertschöpfungsketten, geringem Verbrauch von Wasser und Weideland, weniger Emissionen von Treibhausgasen wird das Produkt angeboten, wie Erfinder und Hersteller mit Nachdruck werben. Zur Bekämpfung der Nahrungsmittelknappheit, zur ausreichenden Ernährung der gesamten Weltbevölkerung und das alles zu günstigen Preisen lässt sich diese Art der Lebensmittel-Gewinnung schwerlich mit überzeugenden Gründen widerlegen. Deshalb setzte sich diese Produktionsart auch durch und besteht nun seit Jahren schon neben den Angeboten aus natürlicher Nahrungsmittelproduktion und Tierhaltung.

Die globalen Ernährungskrisen der Vergangenheit, die Versorgungsprobleme, begründet durch den Klimawandel, die kriegerischen Auseinandersetzungen und Konflikte über die ganze Welt verteilt, konnten inmitten des gesunden, sicheren Nahrungsmittelsystems ohne Technologie und Nahrung aus dem Labor nicht gelöst werden; nur die natürliche Agrarerzeugung würde, um den Hunger der Weltbevölkerung zu stillen, auch heutzutage nicht ausreichen.

Kräuter, Gemüse werden jetzt effizient, ökologisch und in der Nähe der Verbraucher für den Kunden sichtbar in gläsernen, vertikalen Kühlschränken, hoch aufgebauten Gewächshäusern, Gewächsvitrinen meist in Verbindung mit einem Samenlabor, gezüchtet und zum Verzehr hergestellt. Ohne Pestizide, mit reduziertem Wasserverbrauch und ohne Landnutzung, ohne CO_2-Ausstoß ergänzt die Lebensmitteltechnologie unter der Bezeichnung „Vertical Farming" den natürlichen Agraranbau. Die gesamte künstliche Ernährungspalette erzeugt einen Ernteertrag des Vielfachen früherer herkömmlicher Landwirtschaft, mit effizienter Auslastung und zur Vermeidung von Überschussware jeweils nur einer entsprechenden Menge der gerade nachgefragten Lebensmittel.

Den hohen Energiebedarf von Strom für Licht, Kühlung, Wärme deckt vollständig die firmeneigene Fotovoltaik-Anlage auf den Dächern der Betriebsgebäude.

Das Verkaufsangebot dieser technologisch hergestellten Lebensmittel, insbesondere für den Fach- und Einzelhandel, umfasst über die ganze Welt verstreut nun Produkte aller Arten. Verschiedene Salate, Pilze, Erbsen, Bohnen, tierische Produkte auf Erbsenprotein-Basis, Milchprodukte über Mikroorganismen wie Hefe und Bakterien. Sogar Pilze sind im Angebot, auch Eier für Rührei und Omelett oder als Backzutat, dann unzählige Käsesorten. Auch Fisch wird im Labor hergestellt, basiert auf den Stammzellen von atlantischem Lachs oder den Zellen von Forelle und Karpfen.

Zuletzt musste auch Enrico mit der Konkurrenz solch technologisch erzeugter Lebensmittel einverstanden sein und sich fügen, da die Essensproben bei Food-tech von den natürlichen Fleischarten, den sonstigen Lebensmittelprodukten kaum zu unterscheiden waren. Ein Erfolg des Labors, das sich für die Fleischarten zutreffend als „Kuhstall der Zukunft" bezeichnet.

Solare Kühlhäuser, in der Vergangenheit bereits innovativ entwickelt aus der Abhängigkeit von ausreichender Bewässerung und geeigneten Methoden, oft in Form von solarbetrieben Minispeichern, halten die Ernte im Obst- und Gemüseanbau frisch. Vor allem in südlichen Ländern mit Hitze und mangelnder Regenzeit helfen diese Einrichtungen, dass die Ernteprodukte, direkt vom Feld in das bereit gestellte Kühlhaus-Aggregat kommen, nicht wie früher verderben oder ungenießbar entsorgt werden müssen.

Der enorme Wasserverbrauch für die technologischen Anlagen wird in den Bereichen um den Äquator in besonderer Weise geregelt. Für die Selbstversorgung dieser Länder kommt das notwendige Nass grundsätzlich aus der Entsalzung von Meerwasser, eingesammeltem Regenwasser und teilweise der Wiederaufbereitung von Brauchwasser, dient dem heimischen Anbau und natürlich auch für das Wachstum der in dieser Region über Food-tech hergestellten Nahrungsmittel.

Ein Erfolg, der besonders zu betonen ist:

In der Vergangenheit hatte man sich lange Zeit darum bemüht, die Interessen von Landwirtschaft und Umweltschutz zu versöhnen, Landwirtschaftsbetriebe für ökologische Leistungen zu entlohnen. Bauernverbände, Handel, Industrie, Wissenschaftler, Umwelt- und Verbraucherschützer entwarfen das Bild einer zukunftsfähigen Landwirtschaft, den gesellschaftlichen Konflikt zu befrieden. Unterstützungen, etwa mit öffentlichen Mitteln, materieller oder auch ideeller Art sind stets auch an die gesellschaftlichen Leistungen für die Umwelt geknüpft. Der ökologische Umbau der Landwirtschaft musste demzufolge biologisch forciert, alle Bereiche nachhaltig umweltfreundlich ausgestaltet werden.

Besonderer Wert wird zu diesem Zweck auf Regionalität, Eigenversorgung und die Herkunft von Lebensmitteln deshalb gelegt, auch um unnötige Transportwege und damit bedingter Belastung von Straßen und Umwelt zu vermeiden. Es bestehen diese bereits genannten Bio-Betriebe, solche mit ausschließlicher Tierhaltung, Milchkühen, Schweinen, Schafen, Ziegen, Geflügel und für den Tourismus mit Pferden, Ponys, Eseln. Bio-Milch, die ohne Homogenisierung auskommt, wird an heimische Molkereien geliefert, und Imker betreuen wieder eine Vielzahl von Bienenstöcken. Der größte Anteil der biologischen Ackerflächen umfasst jetzt den Feldfutteranbau, gefolgt von Getreideanbau alter Kulturen, Hackfrüchten, für Kartoffel aber auch sonstige Ackerfrüchte wie Gemüse und nicht mehr überraschend, von Hanf oder Heil- Duft- und Gewürzpflanzen, oder Körnerleguminosen (Ackerbohnen, Lupinen und Ähnlichem) Ölfrüchte und ausschließlich heimische Sojabohnen.

Für all diese Nutzpflanzen ist Enrico ausgebildet und ebenfalls zuständig. Er ist sich dieser wichtigen Aufgabe bewusst und dient der Landwirtschaft als Bewahrer für die Zukunft. Denn die ökologische Landwirtschaft ist wieder zu einer zentralen Stütze der Bevölkerung herangewachsen. Technische Innovationen unterstützen den Bio-Bauern, genaue Wetterprognosen liefern Informationen für die Planung des Anbaus, und anhand von Milchproben oder Sensoren kann man den Zustand des Tieres im Stall schneller herausfinden, über Tierwohl-Monitoring Rückschlüsse auf den Gesundheitszustand der Milchkuh schließen. Die Digitalisierung über den jeweiligen physischen Zustand hat auch in der Geflügelwirtschaft den umstrittenen Antibiotikaeinsatz entbehrlich gemacht. Die moderne Technik optimiert daneben auch die Arbeitsprozesse am Bauernhof zu mehr Wirtschaftlichkeit.

Satellitengesteuerte Mähdrescher melden den Erntefortschritt für die Bereithaltung der Transportwägen und – man staune – durch effizienteres Wenden der Erntemaschinen kann sogar Energie eingespart werden. Geräte wie Melkroboter werden betrieblich genutzt und die automatischen Melksysteme messen während des Melkvorgangs zudem die Milchmenge gekoppelt mit Daten aus dem Fütterungscomputer. Allerdings setzt der Einsatz solcher technischen Arbeitsgeräte entsprechendes fachliches Wissen voraus. Über Drohnen werden die Felder und Äcker überprüft nach dem Bedarf für Bewässerung und Naturdünger. Spezialdrohnen sind mit hochauflösenden Farb- und Multispektralsensoren bestückt und beurteilen den Gesamtzustand des Feldes, Löcher in der Bepflanzung, die Gesundheit der Aussaat, den Reifegrad des Getreides; beim Almbetrieb helfen sie die Position der Weidetiere zu erkennen, sichtbar zu machen und das Auffinden zu unterstützen, die Arbeitszeit beim Almbetrieb zu verkürzen, die Weideplanung allgemein zu fördern. Das Ergebnis für den Almbauern: die Steigerung der Tiergesundheit, wirksames Einsetzen von Betriebsmitteln, physische Arbeitsentlastung, alles unter dem Stichwort „Smart Farming".

Spezielle Sensoren in den Drohnen sorgen dafür, dass der Landwirt außerdem informiert ist über Hitze, Klimastress, Trockenstress von Getreide und sonstigen Fruchtsorten, über Krankheits- und Schädlingsdruck, die klimatischen Standortbedingungen, verstärktes Wurzelwachstum, optimale Entwicklung, sowie hohen Ertragsleistungen unter wechselnden Wetterlagen, damit er nicht nur weiß, wo gewässert oder gedüngt werden muss, sondern über das sogenannte Precision Farming über die Entwicklung anderer noch besser angepasster Sorten informiert ist.

Die Basis für die Digitalisierung im ländlichen Raum ist dem Breitbandausbau geschuldet. So werden mit der GPS-Technologie Zugmaschinen präzise über den Acker gesteuert, wie die Digitalisierung überhaupt allgemein eine deutliche Erhöhung der Ressourceneffizienz brachte.

Viele Landwirte arbeiten im Rahmen des sogenannten Carbon Farming. Jeder Boden speichert Kohlenstoff und ist damit eine CO_2-Senke. Je mehr Humusgehalt der Boden hält, desto mehr CO_2 steckt dann im Untergrund. Den Humusgehalt des Bodens zu erhöhen und zu speichern bedeutet dann, den CO_2-Gehalt der Luft drastisch zu senken und die Erderwärmung damit zu bremsen. Vor Jahren noch erwarben die betreffenden Bauern, soweit sie sich dieser Methode angeschlossen hatten, Emissionszertifikate, die sie gewinnbringend veräußern konnten. Seit sich der Handel mit diesen Zertifikaten wegen der wirksamen Luftverbesserung erübrigt hat und entfallen ist, bleiben heutzutage den Landwirten des Carbon Farming noch die Subventions-Vorteile für die Mitwirkung zur Luftreinhaltung.

Für den Konsumenten schafft die Information und Werbung umfassend Aufklärung, sichert mit Herkunftsbezeichnung, Transparenz und Qualität die Kundenwünsche und fördert das Einkaufsverhalten. Diese Kennzeichnung enthält Angaben nach Herkunftsland und Haltung sowie Angaben zur Fütterung der Tiere. Gentechnikfreiheit, Gütesiegel und Labels haben bei den verarbeiteten Produkten im Supermarkt Bedeutung und sogar beim Menü im Restaurant. Auf der Verpackung ersichtlich sind bei sämtlichen Produkten Allergene (körperfremde Substanzen), Nährwerte, Mindesthaltbarkeitsdatum.

Der Klimawandel, nicht nur steigende Temperaturen, auch die Wetterextreme waren zur Bedrohung für die Landwirtschaft geworden; Dürre oder starke Winde führten oft zur Vernichtung der Ernte. Die neu gezüchteten Pflanzen beweisen nun eine hohe Widerstandsfähigkeit, eine Resistenz gegen Trockenheit und kommen dadurch mit der Dürre besser zurecht. Sie können mit tieferen Wurzeln den Grundwasserspiegel besser anzapfen. Neue Sorten bei Reis und Getreide steigern im Vergleich zu früheren Jahren sowohl Qualität als auch Ertrag, benötigen weniger Fläche, Wasser, kaum Natur-Dünger und natürlich keinerlei Pflanzenschutzmittel. Agrarforscher arbeiten weiter erfolgreich an der Entwicklung klimarobusterer Pflanzen, die mit herausfordernden Bedingungen in trockenen und heißen Regionen noch besser zurechtkommen sollen.

Auf die drohende Umweltkatastrophe reagierten anfangs umweltbewusste Mitmenschen in der solidarischen Landwirtschaft, also dem weit verbreiteten Vom-Hof-Verkauf, mit einer bunten Vielfalt von samenfesten

Sorten, die auf kleinen Flächen gedeihen, jeden Tropfen Wasser, der vom Himmel fällt, im Boden behalten. Während sich Hybride für den industriellen Anbau eignen, brauchen samenfeste Sorten gärtnerisches Können und viel Aufmerksamkeit. Auch diese Maßnahmen und Verbesserungen haben der Trockenheit der vergangenen Jahre als größte Herausforderung widerstanden mit einer Kombination von Begrünung, Fruchtfolgen, standortangepassten Züchtungen, einer Vielfalt verschiedener Gemüsesorten auf Freilandflächen, Verwendung von wertvollem Dung heimischer Tierarten und haben so den besten Beitrag zum Artenschutz, dem Klimaschutz, Boden- und Wasserschutz geleistet. Die neuesten Erkenntnisse gründen darauf, wenn einzelne Gene verändert werden, verändern sich meist mehrere Funktionen und Eigenschaften der daraus entstehenden Organismen, die freigesetzt, für das gesamte Ökosystem neue Dynamiken, neue, auch negative Wirkungen erzeugen. Schädlinge werden deshalb nun erfolgreich mit bestimmten Fruchtfolgen, Mischkulturen, einer Vielfalt von Kulturpflanzen, Saatzeitpunkte, Züchtung neuer standortangepasster Sorten bekämpft mit Hecken, Brachland, Blühstreifen und Blühwiesen.

Enrico war vor einigen Jahren hauptamtlich in der Waldwirtschaft – nicht zu verwechseln mit einer Restaurantbezeichnung in einem Vorort Münchens – beschäftigt, mit der Aufforstung von Wäldern, um damit wieder mehr CO_2 zu binden.

Der Wald war einem erheblichen Druck ausgesetzt, dem Klimawandel als größter Herausforderung. Es war lange Zeit unsicher, wie heimische Baumarten und das

Ökosystem des Waldes weiter reagieren, welche Anpassungen es in der Bewirtschaftung brauchte, wie invasive (in das Gewebe hineinwachsende, eindringende) Arten, Pilze, Insekten, Pflanzen aus anderen Regionen sich im Waldökosystem verbreiten und den Wald beeinträchtigen würden.

Die Anpassungsmaßnahmen führten als Folge des Klimawandels zu mehr Mischwald, dazu, dass auf Flächen Habitat-Formen (der Wald mit all seinen Lebewesen und Lebensräumen) stehen blieben und auch die Bedeutung von Totholz (abgestorbene Bäume als Lebensraum) nicht nur erkannt, sondern auch als Teil der Natur behandelt worden war. Zudem hatte der Staat schon vor einem halben Jahrhundert Subventionen für Waldmonokulturen eingestellt.

Als Schutzwaldfunktion dient der Wald heute insbesondere in Berggebieten als wichtige Infrastruktur zum Schutz vor Naturgefahren wie Lawinen und Muren. An Straßen und in Parks sind allerdings nicht heimische Baumarten unabdingbar, da sie sich in der Umwelt, vor allem wenn sie durch Umweltbelastungen bedroht sind, besser als heimische Arten durchsetzen können. Monokulturen waren das erste Opfer des Klimawandels mit höheren Jahresmitteltemperaturen und niedrigen Niederschlägen und auch davor schon dem Mischwald in allen Belangen wie Wind-Wurf und dem Befall von Schädlingen unterlegen. Daraus hatte man gelernt und gehandelt, vor allem die Anpflanzung von Mischwald gefördert. Die Wälder mussten in der Vergangenheit massiv unter Borkenkäferbefall leiden, der direkt mit dem Klimawandel zusammenhing und in Kombination mit Stürmen und Schneelast viele Schäden verursachte. Gegen den Befall der Bäume halfen in der Folge auch die Forcierung erneuerbarer Energien für saubere Luft, der Umweltschutz, der Ausbau von Radwegen in den Wäldern anstelle der Autostraßen zur Verminderung der Belastung mit Abgasen, und nicht zuletzt die Begrünung der Städte.

Großflächige Nadelbaum-Monokulturen haben sich mithilfe eines nachhaltigen Bewirtschaftungssystems zu Mischwäldern, zu einer natürlichen Kühlungsanlage verwandelt. Diese Form von Naturwald mit ihrer Vielfalt, den natürlichen wechselnden angenehm-intensiven Gerüchen, der kräftigenden Luft, die man tief im Innersten der Lunge verspürt, der anheimelnde, bezaubernde Blick in die Baumkronen, der Vogelgesang, bei absoluter Stille die Wildbeobachtung, das alles ist Erholungsort und Ruhequelle, ergreifend schön, lädt zu erholsamen Spaziergängen, zu weit ausholenden Urlaubs-Wanderungen ein und ist Naherholungsstätte für Radler, Jogger, in begrenztem Maße für Reiter. Der Wald als der natürliche Verbündete bedeutet Gesundung, Überleben und Schutz, ist Lebensraum und Brutstätte, Nahrungshabitate für Vögel, Mäuse, Eidechsen, Kleintiere, Nieder- und Hochwild.

Alle Regierungsverantwortlichen betrachten den Wald heute als wichtige Stütze des heimischen Klimas. Die Wälder nehmen schädliches CO_2 auf, schützen die Umwelt, mussten allerdings die letzten Jahrzehnte vom Ausstoß der Treibhausgase selbst geschützt werden. Durch die Verringerung des Holzeinschlags und gleichzeitige Vergrößerung der Waldflächen konnten die ersten erfolgreichen Maßnahmen greifen.

Die Waldbewirtschaftung ist nun zweigeteilt. Es bestehen Waldgebiete, die unberührt bleiben, zumindest eine Zeitlang, um die genetische Vielfalt der jeweiligen Arten zu erhalten und eine intakte Natur zu bieten. Daneben gibt es produktive Wälder, die regelmäßig durchgeforstet werden, schon um die Waldbrandgefahr zu reduzieren. Im Übrigen ist Landschaft auch und vor allem in der Form des Waldes nichts Statisches, verändert sich über Jahrhunderte immer wieder.

Auch für Enrico bedeutet der Wald Erholung, Regenerieren, Kraft schöpfen, und bei jedem Besuch der beiden Jungen, bei jedem längeren Aufenthalt bei Enrico bietet der Wald, die Natur allgemein den Kindern Entspannung und zugleich Abenteuererlebnisse.

Die tägliche Arbeitsleistung erlaubt Enrico außer Ruhezeiten und solchen Erholungsphasen im nahegelegenen Wald selten private Kontakte. Familiäre Angelegenheiten sind grundsätzlich auf den Abend verlegt. Enrico, da hat sich seit Jahrzehnten nichts geändert, fragt zu später Stunde seine Nelly über die neueste Einrichtung von Skype, „wie war dein Tag"? Und man plaudert angeregt über die jeweils vom anderen erlebten, mehr oder weniger bedeutsamen Vorkommnisse des Tages. Ein Großteil der Unterhaltung gehört selbstverständlich den Nachfragen über die Kinder, das regelmäßige Gespräch mit den beiden Jungen selbst.

Zumindest einmal im Monat fährt der einzelne Partner für einige gemeinsame Tage zum gerade alleinerziehenden Elternteil, damit das Gefühl der familiären Zusammengehörigkeit gepflegt und gelebt wird.

Und die beiden Buben verbringen, wie wir später noch erfahren, im halbjährlichen Wechsel die Zeit immer bei einem der beiden Elternteile und genießen damit das Stadtleben ebenso wie den abenteuerlichen Aufenthalt auf dem Land.

Nelly

Denn Enricos dreißigjährige Lebensgefährtin Nelly aus Frankreich wohnt im Moment gemeinsam mit den Zwillingskindern in Spanien, in der Stadt, und hat nach dem gemeinsamen Frühstück die achtjährigen Jungs zur ausschließlich für Schulkinder eingerichteten Magnetschwebebahn, die „Schulbahn", verbracht, mit der sie zum Frühgymnasium fahren.

Die Mobilität in einer Stadt ist geprägt von einer Mischung aus langsamen (Passanten, Radfahrer) und schnellen Bewegungen (öffentliche Verkehrsmittel, Autos) mit unterschiedlichen Verkehrsteilnehmern und Fortbewegungsmitteln. Die Bedeutung des Autos hat abgenommen, die der Geschwindigkeit sich verändert. Nicht mehr schnell und weit weg, langsamer und möglichst nahe will man fahren, sich fortbewegen, nicht mit dem Auto, vorwiegend zu Fuß oder mit dem Fahrrad, der urbanen und nachhaltigen Bewältigung von Entfernungen in der Stadt der Gegenwart. Nicht wenige Unternehmen bieten ihren Mitarbeitern Diensträder an, mit elektrischem Betrieb oder sogenannte Pedelecs, ausgestattet mit intelligenten Wegweisern, auch zur privaten Nutzung, nicht bei Regen, Schnee oder Stürmen. Fahrrad, das schnellste Verkehrsmittel in der Stadt, wie die Werbung behauptet. Die Straße dient nicht mehr als einzigem Zweck dem motorisierten Verkehr, auch den Menschen zur Begegnung mit dem Nachbarn. Die Kinder haben in besonders ausgewiesenen Spielstraßen Anspruch zum Spiel. Darauf nimmt auch die aktuelle Stadtplanung Rücksicht.

Autos, früher in aller Regel nur mit einer Person bestückt, nachts und tagsüber meist unnütz geparkt, begruben den öffentlichen Raum unter parkenden und beweglichen Fahrzeugen, nahmen Parkflächen und Straßenflächen in Anspruch, die den Menschen und der Umwelt fehlten, kosteten im Straßenverkehr Menschenleben, zerstörten die Umwelt und gerade beim Stau und der Parkplatzsuche vergeudete der Autofahrer wertvolle Zeit. Deshalb hatten sich selbst in der Stadt schon früher Fahrgemeinschaften gebildet, über sogenannte Pendlerportale besonders erfolgreich in einen Verkehrsverbund integriert. Die Städteplaner haben umweltfreundliche öffentliche Verkehrsmittel in den Städten, ein umfangreiches Radwegenetz durchgesetzt und mit einem größeren Flächenbereich reserviert als jemals zuvor Autos gewährt worden war. Vor allem das Rad hat sich im Individualverkehr zum attraktiven Verkehrsmittel in den Innenstädten entwickelt; die Stadtzentren sind „grüner" und lebenswerter geworden. Auch Nelly benutzt, wenn sie nicht gerade Homeoffice betreibt in aller Regel von zu Hause zu den Büroräumen und zurück das Fahrrad. Auch die Stadtverwaltungen handeln danach, Parkplätze streichen, mehr Raum für Radwege, Bürgersteige und Grünflächen. Und die Eindämmung des Autoverkehrs, die gleichzeitige Förderung des Radverkehrs gingen in den letzten Jahren Hand in Hand mit dem Ausbau der Infrastruktur, auch mit Ladestationen für Elektroautos und Stellplätze für Fahrräder.

Für Geschäftsreisen nutzt Nelly wie ihre Kollegen und üblicherweise auch die Mitarbeiter anderer Unternehmen die öffentlichen Verkehrsmittel, selbst für Fahrten über den Kontinent in aller Regel die Bahn.

Klimaschädliche Kurzstreckenflüge mussten nicht, wie vor Jahrzehnten noch angedacht, verboten werden, sie wurden vielmehr überflüssig. Die Eisenbahn ersetzt den Flugverkehr oft auch bei der Überwindung langer Strecken. Die Züge verkehren auf Magnetfelder und zum Teil in Vakuum-Röhren, vermeiden dadurch Reibung und Luftwiderstand, sparen Energie. Diese Röhren verlaufen zudem oft auf Mittelstreifen von Autobahnen mit ausreichendem Abstand und nutzen bisherige Bahndämme, betrieben mit auf den Dächern der Röhren liegenden Solarzellen. Anschlüsse bestehen an allen notwendigen Haltestellen und an Hauptbahnhöfen. Die Züge rasen mit Geschwindigkeiten zwischen fünfhundert und tausend Stundenkilometer, je nach Streckenlänge durch die Landschaft.

Nach jahrelangen Diskussionen über die Art und Weise, die Innenstädte, praktisch und rechtlich abgesichert die autofreie Innenstadt zu konzipieren und zu gestalten, rechtliche Hürden für die notwendige Verkehrsberuhigung zu überwinden, beschäftigen sich die Stadtplaner regelmäßig auch mit Fragen, wie sichert man die Überwachung des Autoverkehrs im Zentrum. In den Fußgängerbereichen sind dazu Videokameras installiert. Für pflegende Angehörige, Menschen mit Behinderung, Carsharing-Anbieter, Zufahrtserlaubnisse für die Warenanlieferung zu den Geschäften, zu Garagenplätzen bestehen Ausnahmegenehmigungen. Mit diesem Beitrag zur Verkehrsberuhigung haben die Städte, vor allem deren Innenbereiche, für die Bewohner an Attraktivität gewonnen. Nicht nur die Städte, auch die Gebäude und die öffentlichen Flächen dort haben sich grundlegend geändert und unterliegen weiterhin ständigen Anpassungen an die Wünsche und Vorstellungen der Menschen.

Der Trend der Mitbürger verlief vor Jahrzehnten noch wie auch in Nellys Stadt zurück zur Natur, auf das Land – Homeoffice und Breitbandinternet hatten dies ermöglicht und befördert. Das Leben wirkte in den Metropolen zu hektisch, verschaffte keine Zufriedenheit mehr, vielen erschien das Gesundheitsrisiko aus der Erfahrung mit der vor einem halben Jahrhundert grassierenden Pandemie mit Covid 19 zu groß, bedingt durch die Enge der Städte. Auch klimawandelbedingte Hitze und kollabierender Stadtverkehr haben einst viele Bewohner aus den Städten vertrieben; viele wollten einfach aus diesem Moloch, ins Grüne, im Bewusstsein, dass man über gute digitale Netze und im Zweifel öffentliche Verkehrsmittel verfügt und außerdem nicht täglich in die Stadt zum Büro fahren müsse, dort andererseits immer mehr Büroflächen beansprucht wurden mit der Folge eines Flächenfraßes. Der Stadtflucht musste schon deshalb von den Stadtvätern etwas entgegengesetzt werden.

Man besann sich wieder der Vorteile einer Großstadt, von den Kulturangeboten, der Aufwertung der Innenbereiche bis zur schnellen Erreichbarkeit mit den städtischen Verkehrsmitteln und der Benutzung des großzügig ausgebauten Radwegenetzes. Zumal der Autoverkehr maßgeblich aus der Stadt verbannt wurde. Außer den Vorteilen wie Theater, Oper, den Bars, können sich die Städter auch mit in nächster Nähe nachhaltig angebauten Lebensmitteln versorgen. Baumaterialien spielen im Klimaschutz eine Schlüsselrolle, und den Stadtbewohnern stehen alle neu errichteten Gebäude und Gebäudeaufstockungen, Anbauten und Erweiterungen aus nachhaltigem Baustoff, aus Holz beziehungsweise vergleichbaren Materialien zur Verfügung.

In Paris hatte man als Vorbild für andere nachfolgende Städte das sogenannte dezentrale Konzept der „Stadt der Viertelstunde" verwirklicht. Zu Fuß oder mit dem Fahrrad erreicht man in jedem Stadtviertel alle wichtigen Funktionsorte innerhalb einer Viertelstunde, unter anderem Schulen, Arbeitsstätte, soweit nicht Homescooling oder Homeoffice überwiegen, Behördenstellen, auch alles, was man zum Leben benötigt, Einkaufsmöglichkeiten, Ärzte, Parks, Fitnessstudios und Kultur. Damit die Stadt umweltfreundlich und sozial erscheint, wird diese Errungenschaft propagiert und beworben als das „Dorf in der Stadt".

Schweden hatte sogar die Idee einer Ein-Minute-Stadt ausgerufen, bisher nur als Vision vorhanden. Das ganze Leben direkt vor der Haustüre. Städte, die eine Vielfalt von Lebensbereichen auf einer überschaubaren Fläche bieten, auch um den vor Jahrzehnten drohenden Dauerstau zu vermeiden. Nicht die Menschen mussten sich der Infrastruktur anpassen, sondern die Infrastruktur den Bedürfnissen der Bewohner. Dreiviertel der öffentlichen Parkplätze sind bei dieser Planung weggefallen und jede verbliebene Straße erhielt Fahrradspuren oder wurde dann meist doch zu Grünflächen und Spielplätzen umgewandelt. Die autonom fahrenden Elektrobusse pendeln zur besseren Erreichbarkeit der Fahrziele zusätzlich im Minutentakt auf den Hauptverkehrsachsen.

Und der Elektroautohersteller Toyota hatte das weltweit größte digitale Stadtexperiment mit der „Woven

City" im japanischen Susono vorangetrieben, eine noch in dieser Form bestehende Stadt für Wissenschaftler mit ausschließlich Drohnenverkehr und Robotereinsatz.

Die gegenwärtigen Stadtplaner streben fortwährend danach, dass weniger Begüterte mit Wohlhabenderen und Mittelschichtbürgern nebenan wohnen. Dieses im Grunde Jahrhunderte alte Modell hat man aus Wien übernommen von der damals größten kommunalen Hausverwaltung Europas mit seinerzeit 220.000 städtischen Wohnungen.

Hochwertig errichtete mit den besten Materialien gedämmte und beschattete Dachgeschosswohnungen mit Ausblick und begrünter Terrasse sind gefragt, in der Stadt und auch das Land bietet Wohnluxus mit bester Bauqualität an.

Grandiose Ausblicke bringen in solche Wohnanlagen viel Tageslicht, die Geschosshöhe wenig Lärm, mit den Terrassen im Idealfall nicht einsehbare Außenbereiche. Beliebt sind, ein Fahrstuhl direkt in die Wohnung und großzügige Räume, auch am Stadtrand oder auf dem Land, Wohnbereiche am Waldrand, mit dem Wohngefühl des Blätterrauschens und irgendwo in der Nähe darf ein Bach plätschern, es soll bevorzugt nach Wiese und Moos duften, die Luft darf dort ein wenig feucht sein.

Die Architekten beachten bei der Stadtentwicklung, Wohnen, Arbeiten, Lernen, Sport und Zusammenleben zu vereinen und zugleich viel Platz für das freie Wohlfühlen und Wohlbefinden zu schaffen. Moderne Architektur ist auf die Bedürfnisse von Generationen ausgelegt und berücksichtigt verschiedene Altersbereiche; Lebens- und Arbeitsräume werden ebenso wie Allgemeinflächen zu einem Ganzen integriert. Jugendräume und Gemeinschaftsräume sind hochwertig ausgestattet, im Erdgeschoss an die allgemeinen Freiflächen angebunden und stehen der gesamten Wohngemeinschaft zur Verfügung, immer mit dem Blick auf ein Maximum an Flexibilität für den Alltag und eine Vernetzung aller Altersgruppen. Häufig ist die autofreie Erdgeschosszone mit dem zentral angeordneten Park verbunden und schafft ein Quartier mit menschlichen Maßstäben und hoher Aufenthaltsqualität für Jungfamilien und älteren Personen gleichermaßen.

Das echte Wohnabenteuer genießt der Mensch, gleich ob man sich wie Nelly in Spanien aufhält oder sonst wo auf den Kontinenten, in atemberaubenden Baumhäusern, als Wohnung oder auch für den Landurlaub, dann auch in ausgebauten Zirkuswaggons oder luxuriösen Beduinenzelten. Der Aufenthalt im Wald, Spazierengehen, tief durchatmen, die großartige Natur mit allen Sinnen wahrnehmen, im Wald übernachten im eigenen oder kurzzeitig angemieteten Baumhaus, das man erst sieht, wenn man kurz davor steht, geschickt platziert, erinnert es in ihrer Form selbst an einen Baum, vollständig aus Holz hergestellt, alles im Haus rundgebaut beziehungsweise konkav angeordnet, das Design schlicht und einfach, bis ins kleinste Detail durchdacht, der Platz bestmöglich ausgenutzt, aber mit allen technischen Raffinessen ausgestattet. Der Wald ist im Haus von fast überall zu sehen, das Harz der Bäume ringsum in den Zimmern zu riechen, die Naturstimmen des Waldes zu hören. Wissenschaftlich nachgewiesen kommt dem Wald eine positive Wirkung auf unser Wohlbefinden zu, stärkt die Waldluft unsere Immunkraft. Fällt bei diesen Gründen die Entscheidung für ein Baumhaus noch schwer?

Oder der Traum vom Leben auf See, für den kurzfristigen Aufenthalt besonders beliebt bei Urlaubsreisen. Luxuriöse Wasservillen; sie geben das Gefühl zu schwimmen, bewegen sich jedoch nicht aus eigener Kraft im Wasser, sind auf einer Inselgruppe, künstlich geschaffen und am Meeresboden verankert.

Architekten planten schon vor Jahren die schwimmende Stadt mit künstlichem Riff im Meer, weil ein steigender Meeresspiegel fast die Hälfte der in Küstengebieten lebenden Weltbevölkerung heimsuchen und gefährden könnte. Die Einwohner versorgen sich selbst, mit Fisch aus den am Gebäude befestigten Reusen oder pflanzlicher Ernährung aus dem Meer und die benötigte Energie für die Villa, für die komplette Siedlung liefern Sonne und zusätzlich Wellen.

Als „Floating Seahorses" (Seepferdchen) bezeichnet, sind unter diesen Luxusrefugien künstliche Korallenriffe angelegt, in dessen Schutz tatsächlich Seepferdchen leben und brüten können, zu beobachten aus dem unteren Teil der Wohnanlage. Diese Villen bieten neben der luxuriösen Ausstattung im Oberteil Sonnendecks mit Süßwasser im eigenen Swimmingpool und Terrassen mit atemberaubenden Aussichten, auf das offene Meer und andere tropische Inselgruppen, auf die architektonischen Wunder der Skylines nahe gelegener Städte. Die Wohnbereiche sind mit Panoramafenster versehen, die Räume lichtdurchflutet, wobei die Wasserspiegelungen den Lichteinfall zusätzlich verstärken. Die Untergeschosse befinden sich unterhalb der Wasserlinie und die dort untergebrachten Schlafzimmer und Bäder verfügen ebenfalls über große Panoramafenster mit Blick in die atemberaubend schöne Unterwasserwelt mit Schwärmen bunter Fische und farbenprächtigen korallenähnlichen Bodengestaltungen, künstlich angelegt auf einer Art Terrassen-Plattform des Untergeschosses. Jede Villa verfügt über eine Bootsanlegestelle, damit man überhaupt dorthin gelangt und wieder wegkommt und jeder Unterkunft wird, gegen Aufpreis, eine hochseetüchtige Jacht mitangeboten.

In den Bergen erwarten den Entdecker, für die Dauer oder auch nur zu Urlaubszwecken, Appartement-Komplexe mit Respekt vor der Natur, als Bühne vor imposanten Bergkulissen, im Dialog mit den umliegenden Naturbereichen, der bestehenden Topografie; sie beziehen die natürlichen Gegebenheiten in die Gesamtschau mit ein. Die Fassaden bestehend aus kühn um den Baukörper herum gefalteten, inzwischen vergrauten Holz-Lattungen, auch im Übrigen alles mit Holz ausgeführt und nur mit lokalen Materialien bestückt. Zum Teil sind heimische bereits vorvergraute Hölzer verwendet und verkleiden als zusätzlicher Schutz die der Witterung besonders stark ausgesetzten Westfassaden. Im Innenraum dominieren Hölzer wie Lärche und Zirbel. Ziel ist es vornehmlich, so viel wie möglich von der imposanten Landschaft nach innen zu holen. Und nicht aus wirtschaftspolitischem Egoismus, sondern aus Kostengründen sowie zur Stütze der lokalen Unternehmer, auch aus fachmännischer Sicht, werden vorwiegend lokale Handwerker an der Realisierung beteiligt.

Das Bedürfnis für Urlaub in der Natur ist heutzutage ohnehin stark ausgeprägt, der Mensch wünscht die beruhigende und ausgleichende Wirkung von Wald, Wiese und Natur mit freiem Blick auf den Sternenhimmel. Meist ist schon die Anreise abenteuerlich, das Urlaubsziel mit Boot oder oft nur zu Fuß erreichbar. Im Mittelpunkt steht das bewusste Erleben, das Unerwartete, für den Naturliebhaber auch das begehrte Pilze- und Beeren-Sammeln.

Eine unterschiedliche, nach jedem Geschmack vorhandene Auswahl von Wohn- und Urlaubsmöglichkeiten für Familien, Alleinstehende ebenso für junge Paare oder wie Nellys Familie mit Kindern.

Bei der Gestaltung und Planung von Städten und auch Stadtvierteln, wie es Nelly in ihrer Heimatstadt erlebt hat und jetzt an ihrem Wohnort in Spanien erkennt, lassen sich die politischen, wirtschaftlichen und sozialen Veränderungen deutlich beobachten. Verschiedenartigkeit und dennoch einheitliche Strukturen bestimmen als zentrale Prinzipien die moderne Stadt. Man ist abgekommen von den Einheitskästen und wie Schuhschachteln wirkenden, kantigen Gebäuden der großen profitorientierten Wohnungsunternehmen. Schwächere soziale Gruppen mussten sozial integriert, ökonomisch und ökologisch inkludiert werden. Die Städte haben aus negativer, sozialgefährdender Erfahrung wieder die Kontrolle über die Wasser- und Energieversorgung, das Transportsystem und den öffentlichen Verkehr übernommen und üben eine hohe Steuerungskraft aus. Auch beim sozialen Wohnungsbau hat der Eigentumsanteil der Kommunen erheblich zugenommen und trägt zur Gentrifizierung (die Aufwertung eines Stadtteils) bei.

Die Stadtverwaltungen setzen außerdem stark auf Begrünungen, Kühlungsmaßnahmen, Entsiegelung von

Beton- und Asphaltflächen, auf Beschattungen, mehr öffentliche überirdische Wassermengen in Form von Brunnen und der Qualität und den Ausbau von Parks. Unterschiedliche Formen des Wohnens, Begegnungsfähigkeit verschiedener Menschen und Milieus werden auch weiterhin von den Stadtentwicklern unterstützt und bei der Planung beachtet.

In einer dieser modern gestalteten Städte fühlen sich also auch Nelly und die Kinder wohl und genießen alle Vielfalt und Verschiedenartigkeit des heutigen Stadtlebens. Nachbarschaftliches Engagement, für Nelly und die Kinder von wesentlicher Bedeutung, wird aktuell und zugleich für die Zukunft gefördert durch attraktive soziale Treffpunkte wie Spielplätze an geeigneten angenehm gestalteten Plätzen, einladenden Parkanlagen.

Massivholzbauweise kommt bei Neubauten immer mehr zur Anwendung. 60 Meter hohe Holzhäuser mit formschönen, ansprechenden Fassaden stellen keine Seltenheit mehr dar, mit 18 Geschossen, und bestehend aus Eigentumswohnungen, sozial gefördertem Wohnraum sowie Büros und Ausstellungsräumen.

Selbst Wohnhochhäuser mit recycelbaren Materialien, begrünten Dachflächen und Wänden werden gebaut und sind als Wohnräume beliebter als man sich jemals vorstellen konnte. Sie gelten als die Stadt der Zukunft, als das städtebauliche Modell für künftige Generationen.

Bei der Planung von Krankenhäusern und Pflegeheimen wird Wert gelegt auf Dachbegrünung, Beschattung, Kühlung. Der Bau von überdimensionierten Wolkenkratzern, Palästen nur noch aus Glas bestehend, ist eingeschränkt, seit man festgestellt hatte, dass solche Gebäude reine Treibhausgiganten verkörpern. Die Kühlung, nur mit Klimaanlagen vorgesehen, benötigte Unmengen an Energie und erschien in Zeiten der allgemeinen Energieeinsparung als überholt.

Shopping-Center hatte man damals in Düsseldorf mit einem Wald überzogen. Amazons Firmenzentrale in Arlington, USA wurde seinerzeit als eine riesige Kräuterspirale hochgezogen. Begrünte Hochhäuser dienen jetzt als Vorzeigeobjekt gegen das frühere Smog-Problem. In übergrünten Balkonen auf Hochhäuser in Mailand fühlten sich allerdings nicht nur 20 verschiedene Pflanzenarten wohl, sondern auch vielerlei Insektenvölker.

Mehr Grün-Raum durch Parks, Fauna und Flora, mehr Artenreichtum gilt auch weiterhin als Stichwort der Stadtplaner. Parks bringen Kühlung, zumal vor Jahren noch die fortschreitende Bodenversiegelung nicht unmaßgeblich zur Erhitzung beigetragen hatte. Umweltbewusstsein und Lebensqualität, dabei das Ziel Lärm und Schmutz aus den Städten fernzuhalten, sind selbstverständliche Priorität bei der aktuellen und künftigen Stadtplanung.

In Abu Dhabi hatte man vor fünfzig Jahren schon zur Verwirklichung all dieser Ideen eine CO_2-freie Wissenschaftsstadt errichtet, ein reines Öko-Stadtprojekt.

Welche Bedeutung hat das Weltkulturerbe heutzutage noch? Die Weltkultur existiert jedenfalls, als gemeinsamer Wert, zu dem alle Nationen und zwischenzeitlich anstelle der Staaten die Regionen gemeinsam beitragen und sich untereinander verständigen. Wirtschaftlich kommt dem Weltkulturerbe geringe Bedeutung zu;

weit wichtiger erscheinen neben der baulichen Kultur das Stadtbild und damit das bauliche kulturelle Erlebnis über alte formschöne architektonische Bauten und Baudenkmäler. Die historische Bausubstanz im Zentrum der betreffenden Städte wird für diese kulturellen Erfahrungen erhalten und das Weltkulturerbe ist dafür auch weiterhin ein wirksamer Schutzschirm.

Und etwas überraschend, für die Kinder ein nachhaltiges Erlebnis sowie ein Schatz in den Großstädten; es gibt dort sogar Lebensraum für Tiere. Von Beutegreifern bis zu Singvögeln, von Insekten bis zu Nagetieren – sie alle können in der Nähe des Menschen leben, wenn man sie lässt. In Städten konnte früher die Artenvielfalt wie Wissenschaftler festgestellt haben, mitunter sogar höher sein als auf dem Land. Zumindest an Stadträndern, wo Wald oder Wiesen an naturnahe Gärten grenzen. Denn weniger Arten befanden sich im ländlichen Bereich auf Flächen, die lange Zeit noch zu intensiv landwirtschaftlich genutzt worden waren, wo sich ohne natürliche Grenzen ein Maisfeld an das andere reihte. Die ständig angepasste Flurbereinigung hat solche Monokulturen jedoch abgeschafft. Es sind die unterschiedlichen Lebensräume, die es den Tieren möglich machen, in der Nähe des Menschen zu bleiben. Hecken oder Totholzbereiche, Obstbäume oder Nistkästen und die beliebten Begrünungen an Hausmauern. Gärten, Parks, Flächen naturbelassen als gesundheitsfördernde Wirkung für die Menschen eingerichtet, haben den Tieren zusätzlichen Lebensraum geschaffen.

Will man die tierischen Mitbewohner in den Städten alle aufzählen, kommt man wahrlich zu einem überraschenden Ergebnis: Füchse, verschiedene Vogelarten, Fledermäuse, Eichhörnchen, Krähen, Mäuse, Ratten, Turmfalken, Enten, Krebse, Steinmarder, sogar Biber und ganze Bienenvölker.

Einkaufszentren auf der grünen Wiese, Chalet-Dörfer in den Alpen sind zwischenzeitlich grundsätzlich verboten, um genügend Flächen für die Landwirtschaft zu erhalten, um die Ernährungssicherheit nicht zu gefährden, vor allem aber um die Vielfalt der Natur zu bewahren.

Beim Einkauf von Kleidung achtet Nelly auf natürliche Qualität, persönliche Auswahl vor Ort und bequeme passende Konfektionsgröße.

Die Unsitte, über das Internet Kleidung, Schuhe, Schmuck zu bestellen, ohne die gewünschten Waren zuvor persönlich zu begutachten und bei Nichtgefallen oder unpassenden Größen, schlicht zurückzusenden, ohne erkennbaren Aufwand, ohne Angabe von Gründen, musste eingedämmt werden, zumal aus Kostengründen zurückgesandte Ware einfach vernichtet worden war. Welche Sünde, nicht nur der Umwelt wegen und weil sich ungebrauchte neuwertige Ware zu Bergen stapelte, im Ausmaß in Europa vergleichbar mit den Alpen. Seither gilt und wird wieder gefördert der persönliche Einkauf, die persönliche geschulte Beratung, die vorher geprüfte Auswahl und nur bei wirklich triftigen Gründen ist ein Rückgaberecht gestattet. Dadurch konnten auch das Handwerk des Schneiders gerettet und die beliebte tatsächlich fast bei jeder Bevölkerungsschicht begehrte Secondhand-Branche vorwiegend für Kleidersachen zu gesellschaftlich bedeutender Höhe geführt werden. Ein

Rückschritt diese Entwicklung? Keineswegs. Vielmehr ein Fortschritt im Kampf gegen die Klimakrise der letzten Jahrzehnte mit den ausufernden Massenanfertigungen, der Verschwendung ungebrauchter Billig-Waren, den sklavenähnlichen Fertigungsmethoden einschließlich billigster Kinderarbeit.

Für Nelly steht ein Friseurtermin an. Es hat sich kaum etwas geändert. Die meisten Kundinnen und wohl auch männlichen Kunden lieben den regelmäßigen Friseurbesuch, als beliebte Unterbrechung vom Alltag, von beruflichen Tätigkeiten, der Hausarbeit und dergleichen eintönigen, geistig wenig belastenden Beschäftigungen, zum Plaudern über Neuigkeiten, weibliche und männliche Prominente und deren wirklichen oder nur behaupteten Verfehlungen, der interessanten Unterhaltung über das Wetter, die Politik, Sportveranstaltungen und deren Ergebnisse, die kleinen und großen Krisen in der Welt, also wie gewohnt seit Jahren, Jahrzehnten über immer dieselben Themen. Der Haarschnitt selbst ist dabei häufig nur Nebensache, außer bei der Jugend, welche die gerade betreffende Mode des Haarschnitts beachten muss, um up-to-date zu sein, wie es tatsächlich immer schon war.

Freilich, die technische Ausstattung, die formschönen Haartrockner mit Start per Sensor und automatischer Ausschaltvorrichtung, die unterschiedlichen Pflegemittel, die möglichen verschiedenartigen Farbtönungen, auch bei den Herren der Schöpfung, dies alles gibt den modernen, schon futuristischen Eindruck wieder. Weiter beliebt ist mit Aufpreis der Haarschnitt per Hand mit Schere, ohne die elektrische Haarschneidemaschine. Die Form des Haarschnitts unterliegt bei allen Altersschichten wie jede Mode dem jeweiligen Zeitgeist. Mal sind die Haare länger, mal kürzer bis zum Kahlschnitt, der modische Mann rasiert, zuweilen mit kurzem Bartwuchs oder vollendetem Moustache oder Vollbart, zusätzlich mit Rasierwasser oder gemäß Jahreszeit mit künstlicher oder natürlicher Bräunung.

Nach dem Friseurtermin wird das Essen für die aus der Ganztagsschule zurückgekehrten Jungs vorbereitet, entweder frisch oder, wenn Nelly aus beruflichen Gründen nicht dazu imstande ist, bedienen sich die beiden Kinder selbst, per Knopfdruck werden die bereits vorbereiteten Speisen aufgewärmt und der Pieps-Ton zeigt ihnen an, dass das mit Mikrowelle zubereitete Mahl fertig ist und sie mit dem Essen beginnen können.

Der Abend gehört der Anfertigung von Schularbeiten oder dem Vergnügen mit Lesen, Lern-DVDs, Intelligenzspielen oder auch nur dem Treffen mit Freunden oder dem Spiel mit dem Haustier. Oder aber über Skype der Unterhaltung mit dem Vater in Süddeutschland. Enrico muss doch alle Neuigkeiten des Tages erfahren, seien es Nachrichten aus der Schule mit dem gerade erworbenen Wissen, über die einzelnen Schulfächer oder sogar über knifflige Hausarbeiten, über Erlebnisse mit den Schulkameraden. Häufig bezieht sich diese Unterhaltung zudem auf Urlaubsplanungen; und die beiden Jungen sind in Vorschlägen und wieder geänderten Urlaubszielen durchaus einfallsreich.

Nelly bereitet sich abends dann meist schon auf die Termine am nächsten oder der darauffolgenden Tage vor, bei Bedarf auch noch telefonisch, natürlich über Bildtelefon, mit den Kollegen oder Kolleginnen, mit dem Austausch von Dokumenten über die auch gemäß entsprechender Skype-Einrichtung sofort verfügbaren Unterlagen.

Es hat sich in den letzten 50 Jahren in der Gestaltung des Abends einer Familie wenig, womöglich überhaupt nichts geändert.

Familie

Die Entscheidung von Lebenspartnern, sich einen Posten oder die Arbeitsstelle zu teilen, lässt sich bei Enrico und Nelly nicht verwirklichen. Ihre Aufgabengebiete sind grundverschieden, sie leben tausende von Kilometern entfernt und Enrico bewegt sich häufig in der Natur im Gegensatz zu Nelly, deren Tätigkeit sich nahezu ausschließlich nur in Gebäuden ausüben lässt.

Bevorzugt wählen Paare in dieser Zeit eine Arbeitsteilung; Voraussetzung ist der identische Beruf, förderlich dieselbe Ausbildung bzw. das Studium der gleichen Fachrichtung. Jedes Berufsbild lässt unter diesen Voraussetzungen eine Berufspartnerschaft zu, sei es eine Richterstelle, eine Assistententätigkeit, Bauplanungen im Architekturbüro, Softwareingenieure, Hausverwalter, sogar gemeinsame Bademeister gibt es und man staune, auch Botschafterposten teilen sich manche Lebensgefährten. Die Möglichkeiten erscheinen grenzenlos. Abends sitzt man zu Hause, sofern nicht schon beide Homeoffice betreiben, gemeinsam oder getrennt vor dem Computer in typischer Berufskleidung oder bequem mehr freizeitlich gekleidet, in intensiven Fachgesprächen, zur Besprechung des Tagesgeschäfts, möglicherweise schon zur Vorbereitung der nächsten Pläne für den Dienstherrn, immer im Interesse des beruflichen und unternehmerischen Fortkommens. Eine vorteilhafte Situation für das Unternehmen, das solche Arbeitsteilung für alle Beteiligten gutheißt und zugleich den Mitarbeitern Vorteile bietet.

Enrico wechselt sich aber halbjährlich mit Nelly ab und übernimmt turnusmäßig die Aufgabe der Kinderbetreuung. Die Zwillinge kommen so in den Genuss verschiedener Schulen, erhalten unterschiedliche Eindrücke von Land und Leuten im jeweiligen Gebiet, lernen bereits im Kindesalter die von den Eltern durch ihre Berufstätigkeit ausgewählten Fremdsprachen im jeweiligen Land originär, mit den allerdings gleichbleibenden Schulfächern, da in der gesamten Europäischen Union identische Lernbedingungen und die gleiche Schulausbildung gelten, auch wenn damit die Lehrer wechseln und der Stoff geringfügig variieren kann.

Die beiden Buben werden durch Präsenzunterricht und abwechselnd mit Homeschooling ausgebildet. Der Wechsel geschieht sogar weltweit gleich gelagert, um der Jugend für den auch sonst häufigen Fall eines Schulwechsels, selbst bei der Versetzung der Eltern und damit notwendiger Änderung des Aufenthalts in einem anderen Kontinent, einen fortwährenden Unterricht ohne Unterbrechung und ohne Beeinträchtigung der Leistungen zu gewähren. In allen Schultypen wird auf kleine Klassenstärken geachtet, angenehme räumliche Gestaltung der Schulräume und allgemein üblich sind Ganztagsschulen.

Alle vier Jahre können die Schüler schon ab dem 6. Lebensjahr zudem bestimmte Richtungen wählen, Spezialkenntnisse erwerben oder beim Allgemeinunterricht verbleiben, der für alle diese Klassen gemeinsam ist und sich bei allen diesen Schularten bis zum Abschluss üblicherweise mit einem Lebensalter von zwanzig Jahren erstreckt.

Das Spezialistentum ist zwar sehr ausgeprägt, bedingt durch die Komplexität der Gesellschaft; dennoch führt auch der Allgemeinunterricht zu bestens ausgebildeten Jugendlichen und bietet nach dem Abschluss interessante Berufsmöglichkeiten in der Tourismusbranche, in der Landwirtschaft wie bei Enrico, im wichtigen Pflegebereich und vielen weiteren allgemeingültigen Berufsbildern. Die Elementarbildung in den Grundschulen mit Unterstützung in der Berufsorientierung wird zusätzlich gefördert. Die Berufsprofile wandelten sich in den letzten Jahrzehnten, und das Klischee, nur für Männer und Frauen bestimmte und geeignete Berufe seien vorhanden, hat nicht überlebt, schon lange ausgedient.

Die beiden Zwillinge haben sich bislang über die Auswahl für eine bestimmte spezialisierte Richtung noch nicht entschieden. Also verblieben sie gemeinsam vorerst noch beim Allgemeinunterricht. In diesem Alter hat man sich oft selbst noch nicht genug erforscht, um eine derart wichtige Entscheidung im Alleingang zu fällen, auch über den besonderen Schultyp. Zur Entscheidungsfindung dienen Berufsinformationsmessen, Schnuppertage, Tage der offenen Schulen und stehen ausgewählte Berater zur Verfügung.

Als Lernziel gilt, dass insbesondere Nützliches, Anwendbares und Verwertbares gelernt wird; Schwerpunkte in der Schulausbildung allgemein, und intensiver in der späteren Spezialisierung belegen Naturwissenschaften, Ökonomie und Technik, inspirierende und zukunftsweisende Pädagogik ebenso wie der nachhaltige Aufbau digitaler Kompetenzen. Besondere Bedeutung wird auch auf die Unterrichtung der Philosophie als Schul-Unterrichtsfach für die philosophisch-ethische Grund-Bildung gelegt. Denn die Philosophie lehrt, klar zu denken, sie schärft den Verstand und forciert den präzisen Sprachgebrauch, führt hervorragend in die Prinzipien der Logik ein und schult in besonderer Weise die Argumentationskompetenz. Die Auseinandersetzung mit Philosophie und Ethik dient der kritischen Grundhaltung, ein überzeugender Hinweis, um gerade die Zeiten von „Fake-News", aufgekommen in den zwanziger Jahren, zu bekämpfen. Der wahre Gewinn des Philosophierens begründet sich nach Ansicht heutiger Bildungspolitiker im freien Spiel des Denkens und dem Versinken in der Tätigkeit, ohne fortlaufend Rechenschaft über die Anwendbarkeit des Gelernten geben zu müssen. Die Auseinandersetzung mit ethischen Konzepten, mit Fragen der Gerechtigkeit, der Wahrheit und sogar des Glücks, dem Prüfen ethischer Normen und dem Reflektieren auf Mensch, Umwelt und Natur prägt Heranwachsende auf besondere Weise und dient damit dem elementaren Bildungsfaktor zugunsten philosophischer Grundbildung.

Von den Regierungen als förderungswürdig erachtet, eine abgeschlossene handwerkliche Berufsausbildung, kombiniert mit einem Studium, die Unterrichtung theoretischer Inhalte mit Praxisphasen. Hierfür bieten sich eine Vielzahl von Möglichkeiten dualer Programme und Studiengänge an. Bei der Holztechnik stehen neben allgemeinen Technologien der Holzbearbeitung und Verarbeitung, nachhaltige Baumethoden mit Holz, der Einsatz alternativer Rohstoffe sowie energie- und ressourcenschonende Planung und Ausführung im Vordergrund. Ingenieurwissenschaft und ressourcenschonendes Wirtschaften, verbunden mit Umweltrecht oder Nachhaltigkeit werden ebenso angeboten wie betriebswirtschaftliche, länderübergreifende Studien. Medizin und Medizintechnik, alle Geisteswissenschaften, jegliche Form von Technik, außerdem neue in der Vergangenheit ungewohnte Berufsbilder, jeder dieser Berufszweige immer mit sprachlicher Vielfalt kombiniert, drängen sich dem zukunftsorientierten Absolventen auf. Aber auch unterschiedliche Kombinationen aller denkbaren, angebotenen und genannten Bereiche enthalten die Ausbildungspläne. Jeder der genannten Studienvorschläge ist zudem in der Praxis verwurzelt.

Das Spannungsfeld zwischen beruflichem und privatem Alltag ist dabei auch ständig aufs Neue ein Thema. Man lernt den Gedanken, dass alles ein Gegenteil besitzt und erst damit ein Ganzes bildet. Beide Seiten stehen im Gleichgewicht, wie Gegensätze Beruf und Freizeit, Pflicht und Kür beziehungsweise Freiwilligkeit. Wenn sie in Balance stehen, stellt sich ein Zustand der dauerhaften Zufriedenheit ein. Fünf Lebensbereiche stehen grundsätzlich und ständig in Wechselbeziehung zueinander: – berufliches Leben und Kultur –, Stille und Sinnhaftigkeit –, Ernährung und Sport –, sowie nicht zuletzt Privatheit und soziales Leben.

Denn wer zu viel Energie in den Beruf investiert und dabei Körper und Gesundheit vernachlässigt, bemerkt bald, dass die Leistungsfähigkeit sinkt, die Balance für ein ausgewogenes Privatleben und Berufsleben nicht mehr stimmt. Finanzielle Sicherheit darf keinen höheren Stellenwert einnehmen als Zutrauen, Selbstverwirklichung und Seele. Das wiederum erfordert für die innere Ausgeglichenheit viel Bewegung, Sport, Entspannung. Und fehlendes soziales Leben mit Freunden, der Familie und deren Anerkennung führt zu einem Verlust der inneren Zufriedenheit.

Im Berufsweg sind nun vor allem auch für die beiden Zwillingskinder weiter entscheidend die eigene Veranlagung und der Wille zum Beruf, zur Ausbildung und dem Ausbildungsabschluss, und zu diesen Merkmalen zu stehen. Die Eignung muss erkannt werden, durch Vorgespräche, durch das Erkennen der Möglichkeiten und durch professionelle Beratung. Der Lerntyp ist zu erkunden, für Frontalunterricht mit vorgegebenen Strukturen oder eher freischaffend mit Verwirklichung eigener zukunftsorientierter Ideen. Besteht die Eignung in Richtung Praxisausübung und erscheint die Schule als möglichst rasch und erfolgreich zu absolvierende Notwendigkeit, dann lerne ich erfolgreicher und schneller im Team. Will ich mich für Menschen direkt einsetzen oder liegen meine Stärken und Wünsche eher im Bereich der Produktion, sollte ich die Ausbildung für mich möglichst eigenbestimmt absolvieren. Welche Art der schulischen Ausbildung entspricht den eigenen Vorlieben und kommt meinen Talenten besser entgegen?

Alles Fragen, denen sich die Kinder ebenso stellen und sie beantworten müssen wie die Eltern, Enrico und Nelly, oder ergänzend und unterstützend Berufs- beziehungsweise Schulberater begleiten.

Besondere Bedeutung kommt schließlich auch stetigem Lernen, Förderung der Intelligenz durch kognitive Stimulierung zu. Es steigert die Chancen für beruflichen Erfolg, fördert die geistige Gesundheit und bietet Vorteile für das Alter. Immer wichtiger erscheint, ein ganzes Leben lang dazuzulernen und eigenständig Informationen einzuholen, die Kompetenzen auszubauen, die gesamte Lebenszeit sich Neues anzueignen, zu erkunden. Entscheidende Faktoren für die Fähigkeit zur Menschenkenntnis sind zudem Lebenserfahrung, Intuition, Intelligenz, Weisheit. Die eigene Menschenkenntnis übt man am Besten im Umgang mit Menschen durch genaues Beobachten; Mimik, Gestik, Sprechweise, Körperausdruck der Mitmenschen und dadurch, die Signale des Ausdrucks bewusst zu erleben mit offenen Augen und Ohren. Damit sind die Sinne für die Nuancen zu schärfen, mimische Reaktionen bei Interviews zu studieren, Personen zu beobachten, die sich sachlich mitteilen, oder bei Gesprächspartnern zu entdecken, ob sie ihre Mitteilung tatsächlich verstecken oder nur beabsichtigen, dass man über ihre Ansichten im Unklaren bleibt. Damit einher geht auch die Prüfung und ein Lernerfolg, um diplomatisches Geschick zu entwickeln.

Zukunftsweisende Pädagogik, nachhaltiger Aufbau digitaler Kompetenzen, Mehrsprachigkeit ergänzen die schulischen Grundlagen.

Neue Lebensweisen erfordern neue Berufe; sie klingen exotisch, finden sich jedoch in der Praxis umso häufiger als Aquaponik-Fischfarmer (zuständig für die Aufzucht von Wassertieren) oder Tele-Chirurgin. In den vergangenen Jahrzehnten hat sich die Arbeitswelt verändert; sie ist digitalisiert, globalisiert, fordert Mobilität, Flexibilität in einem früher unbekannten Ausmaß, verlangt Humanisierung, umfasst die Berufsbilder kleinteilig, interdisziplinär, integriert und führt verschiedene Teilbereiche zu einem weiten umfangreichen und komplexen Arbeitsfeld zusammen.

Als Beispiele: Der Happiness-Manager oder die Managerin, zu Deutsch: Wohlfühl-Organisator, fördert, überwacht die Mitarbeiter-Zufriedenheit, kümmert sich um die Arbeitsatmosphäre, tritt als Vertrauensperson, männlicher oder weiblicher Ratgeber, Veranstaltungsorganisator oder Vermittler für seine Kollegen auf; der Chief Remote Officer, also der Chef im Homeoffice wiederum definiert sich schon aufgrund seiner beziehungsweise ihrer Beschreibung nach für die Personalabteilung der ausgelagerten Mitarbeiter. Darüber hinaus erlaubt Homeoffice eine bessere Vereinbarkeit von Familie und Beruf und ein Arbeiten jenseits von festen vorgeschriebenen Zeiten und Orten. Der Urban Farmer, der Beruf des oder der städtischen Bauern mit der Ausbildung in der Pflanzenpflege und Erfahrung in urbaner Lebensführung sucht nach platzsparenden Möglichkeiten, um Lebensmittel auch in der Stadt herzustellen und sie auf kurzen Wegen zu den Kunden in den Ballungszentren zu liefern.

Fachkräfte sind in verschiedenen Branchen gesucht. Sie arbeiten in der Technischen Produktionsplanung und Steuerung, in der Luft- und Raumfahrttechnik, in speziellen Versicherungs- und Finanzdienstleistungsbereichen. Begehrt erscheinen Arbeitsplätze in der Informationstechnologie und Datenanalyse, als Business Operator, und im Ingenieurwesen. Der Pflegebereich ist regelmäßig unterbesetzt und bietet eine sofortige Arbeitsaufnahme. Der Beschäftigungsrückgang in manchen Branchen, interessanterweise auch in Digitalisierung und Dekarbonisierung, wurde wettgemacht durch den riesigen Bedarf von Fachkräften im Bereich Informationstechnologie und die Berufswahl für Lehrer, Ärzte, Krankenpfleger und Ingenieure bietet derzeit lebenslange Beschäftigung. Vorausschauende Politik hat früh die Probleme fehlender Fachkräfte erkannt wegen Alterung der Bevölkerung und gleichzeitigem Geburtenrückgang verbunden mit mehr Belastung im Beruf, längeren Arbeitszeiten, mangelnder Kinderbetreuung, mit dem Zwang, dass beide Elternteile wegen steigender Lebenshaltungskosten arbeiten. Die Schulpolitik, die Arbeitswelt haben mit den beschriebenen Maßnahmen in der Ausbildung, in der Praxisgestaltung mit handwerklichem Bezug und den Berufsangeboten erfolgreich gehandelt und gegen den Fachkräftemangel gewirkt.

Die Unternehmen bieten ihren Mitarbeitern Perspektiven, Unternehmenskulturen, die für Vertrauen stehen, für Partizipation und Menschlichkeit, setzen für die Beschäftigten Prioritäten. Die Führungskräfte bauen zu den Mitarbeitern unternehmensfördernde Beziehungen auf, die den Zusammenhalt fördern, Zugehörigkeit vermitteln; sie schaffen, unterstützen damit die Interaktion und die Kreativität, bilden Gruppen, um sich in der Gesellschaft, in der Gemeinschaft selbst zu verwirklichen.

Die Menschen sind verschieden und dieser Umstand ist positiv besetzt. Unterschiedliche Blickwinkel helfen, unterschiedliche Kunden, unterschiedliche Geschäftspartner zu verstehen und unterschiedliche Aufgaben bestmöglich zu erfüllen. Dies alles wirkt sich vorteilhaft auf den Unternehmenserfolg aus. Arbeitsteams werden demzufolge nach den individuellen Stärken zusammengesetzt, treten ein für Vielfalt, sind bereit für notwendige

Veränderungen, konzentrieren sich auf erfolgreiche Geschäftsbeziehungen und Interaktion, vereinen die unterschiedlichen Interessen, führen zu Innovationen. Diversität und Zusammenwirken vereint, um das volle Potenzial im Unternehmen auszuschöpfen. Das Verhandeln, die Zusammenarbeit in den Gruppen; dies alles bringt den größten Erfolg. Die Teamarbeit gestaltet sich auf natürliche Weise und wird gefördert zwischen Homeoffice und Bürotätigkeit wie von Homeoffice zu Homeoffice oder innerhalb der großen Büroräume vornehmlich für das Tagesgeschäft, wie im kleinen Besprechungszimmer für die langfristigen Strategien; die Arbeitsumgebung dient als Begegnungsstätte sowie als Kultur- und Identitätsstifter. Betont wird dabei der kollegiale Umgang, das Vertrauensverhältnis mit Führungskräften, der offene Umgang mit Fehlern, die gemeinsame Beschreibung von Unternehmenszweck und Unternehmensziel.

Alle diese Umstände der Zusammengehörigkeit und Zusammenarbeit in der Gemeinschaft des Unternehmens wirken sich auch vorteilhaft auf den Ztusammenhalt in der Familie wie bei Enrico und Nelly mit den Zwillingskindern, auf das Wohlbefinden und die Lebenseinstellung allgemein aus.

Im Bereich der Technik hat sich die Ausbildung in der Additiven Fertigung und der nachhaltigen Energieerzeugung etabliert. Additive Fertigung mit Bauteilen aus dem 3-D-Drucker ergänzt bestehende Fertigungsverfahren, führt zur Optimierung technischer Produktion mit weniger Material, weniger Kunststoffe und Zeiteinsparung, also insgesamt geringer Ressourcenverbrauch. Bauteile werden passgenau und zeitsparend vor Ort produziert;

diese Technik kommt in allen möglichen Branchen zum Einsatz, der Luft- und Raumfahrt, Medizin- und Zahntechnik, im Maschinen- und Anlagenbau, Werkzeugbau, Automobilindustrie, der Architektur, sogar in der Mode- und Textilindustrie. Bedarf für diese Betätigung in der Ausübung besteht beispielsweise bei Fotovoltaik-Anlagen, Elektro-Tankstellen, Elektromobilität allgemein, beim Heizen und Kühlen von Gebäuden.

Alte und neue Wege ins Ausland. Für Auslandssemester in der Ausbildung gilt eine verbesserte Form des früheren Erasmus-Programms durch Nutzung der digitalen Möglichkeiten. Es beginnt damit, dass man sich digital kennenlernt, ins Ausland zum gewählten Studienort geht, dort gemeinsam an einem Projekt arbeitet und die gewünschten Vorlesungen und Seminare besucht und dann digital in der Heimatregion weitermacht, eine Art „blended Digitalisierung" (verbundene, nachhaltige Digitalisierung). Urlaubsplanung, Urlaubsfreuden, für jeden aktiven Bürger bedarf es der Erholung, des Kraftschöpfens, des geistig und körperlichen Abstands von der Tretmühle Arbeit, mit größtmöglichem Nutzen in der Gemeinschaft der Familie.

Fuhr der Sommerfrischler, der Tourist, in Urlaub beziehungsweise in die Sommerfrische, ging es anfangs, vor über hundert Jahren, in die nächstliegenden Urlaubsgebiete, in Europa die Alpen, dann schon weiter nach Italien, sodann in alle möglichen Teile des Kontinents, schließlich mit der Möglichkeit weite Strecken schnell zu überbrücken zu entfernten Zielen und in alle Ecken der Erde, sei es per Schiff, Flugzeug, auf jahrelangen Reisen sogar mit dem Fahrrad.

Urlaub und seine Planung haben ihre Bedeutung nicht verloren. Neben den weiterhin erfolgreichen Studienreisen, zur Erbauung und Erweiterung der auch geistigen Kapazitäten, hat sich der Urlaub zuhause in der eigenen Region wieder stärker etabliert.

Die Menschen reisen nach wie vor gerne, jedoch bewusster und sorgfältiger geplant, per Schiff, per Bahn, zuweilen fliegen die Urlauber zu Destinationen, die Abenteuerlust versprechen, zur begrenzten Beobachtung der Wildtiere, ohne sie zu stören, die Eisbären in der Arktis, die Pinguine in der Antarktis, betrachten die Jäger unter den Tieren wie auch deren Opfer in Afrika, Amerika oder Asien, immer aus gesicherten und für die beobachteten Tiere geschützten, störungssicheren, der Umwelt und Natur angepassten Schutzständen, zum Beispiel aus Holz mit kleinen ausreichenden Gucklöchern, um die Tiere beim Fressen, bei der Jagd oder sogar bei der Paarung zu beobachten.

Wie immer musste auch hier die dem Menschen eigene Unvernunft und Leichtfertigkeit bekämpft werden. Nebenerscheinungen wie der Wunsch mit dem benutzten Fahrzeug möglichst nahe an den Ausgangspunkten der Touren oder den Beobachtungsstandorten zu parken, führte zu entsprechender notwendiger Informations-Aufklärung und Bewusstseinsbildung, im Zweifelsfall zu Parkverboten. Der Problemfall mit hinterlassenem Müll von mitgebrachten Essensresten und Verpackungen, sogar in landschaftlich reizvollen Gebieten, bedarf aber immer noch ständiger Kontrolle und Überwachung.

Schon die Jugend ist modebewusst, mehr als je zuvor. Turnusgemäß wiederholt sich die Mode oder was der

Mensch darunter versteht, in regelmäßigen, gleichbleibenden Zeitabschnitten. Ist man einer bestimmten Moderichtung überdrüssig, wird sie bald durch eine andere Modeerscheinung ersetzt. Auch daran hat sich in den letzten fünfzig Jahren nichts geändert. Die neue Mode, was heißt neu? Sie hat mit Sicherheit vor Jahren, manchmal Jahrzehnten bereits die Modewelt erfreut und begeistert. Kleine, aber für den Konsumenten in der Werbung durchaus bedeutende Änderungen, Applikationen, unscheinbare Verbesserungen, nur vermeintlich Neues, schaffen dann einen neuen Blickwinkel auf das Kleidungsstück, den Anzug, den Mantel, die Bluse oder auch die Länge des Rockes.

Aus Umweltschutzgründen meiden die meisten Menschen Kleidung, deren Materialien von bedrohten Tierarten stammen, von Pelztieren, auch wenn deren Population als Erfolg der Renaturierung und des allgemeinen Umwelt- und Tierschutzes wieder zugenommen, fast schon den Stand wie vor 200 Jahren erreicht hat. Die Winterzeiten bescheren den Menschen durch die vor fünfzig Jahren verschärfte Klimakrise und die langsame Erholung der Umwelt und Natur nicht mehr derart strenge und kalte Winter, dass man zum Schutz gegen Kälte auf Pelzwaren zurückgreifen müsste. Außerdem bieten Konfektionshersteller Kleiderstoffe aus Baumwolle oder auch künstlichen Stoffwaren wie Polyester in derart hochentwickeltem Zustand an, dass sie mindestens gleichwertig gegen Kälte schützen wie in früheren Zeiten Pelzwaren.

Die Sommermode hat sich außer den Wiederholungen im Aussehen ohnehin kaum verändert.

Arbeitswelt und Aufgabengebiet

Nelly übt ihren Beruf als Software-Entwicklerin für Anwendungen und Systemsoftware in einem internationalen Konzern vorwiegend im Homeoffice aus, in dessen mittlerem Management zusammen mit ihren weiblichen und männlichen Kollegen, Dateningenieuren, Verfahrensanalysten, sowie Data Scientists im Bereich Künstlicher Intelligenz, Quanten- und Informationstechnologie und im wichtigen Medizinwesen. Ein Teil dieser Beschäftigung ist in ihrem Fall verpflichtend als Homeoffice vereinbart, da die meisten Arbeiten und Serviceleistungen problemlos in der eigenen Wohnung erledigt werden können. Diese Auflage gilt nicht in Ausnahmefällen wie notwendiger gemeinsamer Besprechungen oder sonst erforderlicher Anwesenheit im Firmenbüro. Andererseits bedeuten persönliche Treffen höhere Kreativität und Videokonferenzen lassen Konflikte nur unzureichend lösen. Deshalb sind jeweils monatlich, manchmal wöchentlich berechnet, bestimmte Bürozeiten einzuhalten, stehen aber meist zur freien gemeinsamen Auswahl der Mitarbeiter.

Die arbeitsrechtlichen Regelungen für den Betrieb im Homeoffice sind zwischenzeitlich vollständig ausgereift. Geklärt hat der Gesetzgeber sowohl Fragen des Versicherungsschutzes, im Arbeitsschutz, bei der Überlassung der gesamten Büroausstattung durch den Dienstleistungsbetrieb als auch die steuerliche Absetzbarkeit des häuslichen Büroraums mit den im Bürobetrieb nutzbaren Nebenräumen. Die Kommunikation zwischen den Kolleginnen und Kollegen erfolgt über das Homeoffice ausschließlich digital.

Verwendet wird eine „kollaborative" Software. Sie ist ähnlich aufgebaut wie ein Chatprogramm, in dem Nutzer in verschiedenen Kanälen oder in Privatnachrichten miteinander schreiben oder Dokumente teilen.

Ein Anspruch auf zumindest teilweises Arbeiten im Homeoffice und der vom Mitarbeiter vorgeschlagenen Zeiteinteilung besteht allgemein bei allen Arbeitsmodellen mit der familiären Betreuung von Kindern bis zu deren Volljährigkeit. Allgemein bieten die Wohnverhältnisse eine technisch und organisatorisch ausgestattete häusliche Büro-Einrichtung. Außer in den wenigen Notfällen nicht vorhersehbarer Ereignisse im Betrieb oder schwerer Betriebsstörungen (Unfälle, Brände, Streiks) sollen die Mitarbeiter außerhalb der vorgegebenen beziehungsweise vereinbarten Arbeitszeiten mit Anrufen, Kurznachrichtendienst oder Kontaktaufnahme über Internet, der arbeitsrechtlich zulässig geregelten Überwachung verschont bleiben. Die Vorteile des Homeoffice werden weitgehend genutzt, die Erkrankungsgefahr unter den Mitarbeitern ist vermindert, die üblichen Ausfallzeiten, auch wegen Kinderbetreuung sind rückläufig.

Um den Wünschen der Mitarbeiter und zugleich des Unternehmens gerecht zu werden, gilt in Nellys Unternehmen ein abgestimmter Wechsel zwischen Homeoffice und Bürotätigkeit. Diese Strategie stützt sich auf ein eingeübtes Fundament und dient dem dauerhaften Vorteil, verbessert die Wettbewerbsposition, erhöht die Produktion und Kreativität. Dabei kommt der Zusammenarbeit mit dem Innovationsmanager, eine altbewährte Berufsbezeichnung, besondere Bedeutung bei. Er begleitet neue Projekte, Ideen, aber auch neue Produkte von der ersten Idee hin bis zur Markteinführung auf der Grundlage digitaler Technologien und Künstliche Intelligenz.

Gesundheit und Sicherheit von Mitarbeitern und Kunden stellen die Unternehmen in den Mittelpunkt der zuständigen Abteilungen. Der Wandel der Arbeitswelt, die Digitalisierung hat das Verlangen nach Sicherheit, Privatsphäre und flexiblen Arbeitsmodellen der Mitarbeiter gefördert. Sie können sich per App Bürozeiten zur Erleichterung der Organisation buchen und mit Kommunikationsbrücken werden der nahtlose Informationsfluss, die effiziente Zusammenarbeit und ein transparenter Kontakt vereint. Die digitale Transformation führt zu Vertrauen der Kunden und Mitarbeiter, sorgt für Resilienz und langfristiger Konkurrenzfähigkeit. Auch die Einstellung der Mitarbeiter hat sich gewandelt. Sie erwarten, dass die Arbeit sinnvoll und sinnstiftend angeboten und ausgeführt wird; Flexibilität ist gefragt, Auslandseinsätze sind von beiden Seiten erwünscht; regelmäßiges, zumindest wöchentliches Feedback benötigen die Mitarbeiter zur Bewertung ihrer Leistungen.

Arbeitsrechtliche Richtlinien schützen all jene, die nach bestem Wissen auf Missstände hinweisen, die unter das allgemeine für sämtliche Beschäftigungsverhältnisse geltende Arbeitsrecht fallen, außerdem zu Umwelt- und Tierschutz, Produktsicherheit, Datenschutz, Geldwäsche, Terrorismusfinanzierung. Der Schutz gilt für den privaten wie den öffentlichen Sektor, seien es Dienstnehmer, Beamte oder Selbstständige. Wenn der Betreffende einen offensichtlichen Verstoß meldet, besteht Kündigungsschutz und er darf nicht genötigt oder diskriminiert werden. Andernfalls, auch wenn die Identität gegen den Willen des oder der Hinweisgeber offen gelegt wird, drohen dem Unternehmen Bußgelder und Schadensersatzzahlungen.

Wie sieht nun das Büro, Smart Office, der Gegenwart näher betrachtet aus? Der optimale Arbeitsplatz bietet ein Umfeld für die unterschiedlichsten Bedürfnisse und verhilft zu mehr Effektivität und Produktivität, verlangt Flächen, die Ruhe und Konzentration erlauben, andererseits aber auch genügend Platz für Teamwork, Besprechungen und dynamische und kreative Prozesse. Für den Trend sind Co-Working und Shared-Offices entscheidend und auch heute noch wesentlich für die Unternehmensbindung. Dort ermöglichen technische Weiterentwicklungen neue Arbeitsmethoden in Büros mit sich verändernden Bedürfnissen und Herausforderungen. Marktanalysen, Nutzerumfragen, die Einbindung der Kunden in die Planung soll zu einer hohen Nutzenzufriedenheit führen.

Die bei Mitarbeitern und gleichermaßen Personalleitern geschätzten Corporate Newsrooms, kamen aus dem Journalismus und eroberten bald die Konzerne; wie auch viele andere zwischenzeitlich als modern geltende Formen des Zusammenlebens im Unternehmen, der Arbeitsplatzgestaltung, passend abgewandelt in den kundenfreundlichen Verkaufsräumen des Einzel- und Großhandel, der Warenhäuser. Corporate Newsroom, in der Mitte das Datencenter, und ringsum angeordnet die Fachbereiche. Es bestehen in der unteren und mittleren Führungsebene grundsätzlich keine abgeschotteten Abteilungen mehr, alle sind nahe beieinander angesiedelt, damit vor allem die Informationen schneller und reibungslos fließen, die jeweiligen Mitarbeiter sich abstimmen und austauschen können, gegebenenfalls im Rahmen kleiner Einheiten, als Organisationseinheit, gebildet aus dem Gesamtkonzept des Unternehmens und gestärkt durch die damit erzielten Erfolgserlebnisse in der Zusammenarbeit und der Beschleunigung aller Arbeitsprozesse.

Das Smart Office soll zudem mit modernster Gebäudeplanung und höchster Klimaeffizienz überzeugen, beim Heizen und Kühlen ohne externe Energieversorgung auskommen durch die Nutzung eigener Wärmepumpen, großer Fotovoltaik-Anlagen auf den Dächern, außerdem dreigeschossigen Tiefgaragen mit Elektro-Tankstellen für Autos und Elektro-Fahrräder. Bedeutsam erscheint immer noch die direkte Anbindung des Unternehmens zu öffentlichen Verkehrsmitteln.

Im Hausbau setzt man auf gemischte Nutzungskonzepte, die Wohnungen, Büros, Hotels, Gewerbe und Gastronomie umfasst. Nachhaltigkeit wird neben der umweltfreundlichen Energiegewinnung bewiesen durch den Einsatz von Wärmerückgewinnung, Geothermie, Regenwassermanagement, Grundwassernutzung und Bauteilkühlung, alles Errungenschaften europäischer Ingenieurskunst.

Es entstehen immer mehr Bürogebäude, oder werden nachträglich ausgebaut, mit sogenannten „Himmelsgärten" oder nach wie vor modern mit Anglizismen „Skygärten" genannt wie es die Werbung so schön und aufregend formuliert. Grüne Oasen hinter Glas, ähnlich Wintergärten, die in die Fassade eingerahmt sind.

Bepflanzte Dachterrassen – zum Beispiel in Bayern mit Alpenblick – und hochwertigen Anlagen, auch Wasserspielen. Büromitarbeiter können sich dort erholen oder informelle Business-Meetings unter freiem Himmel abhalten. Die Innenbereiche enthalten zu den Newsrooms ergänzende flexible Raumlösungen, gestaltet nach den jeweiligen individuellen Anforderungen der Nutzer, Räume mit unterschiedlichen Zuschnitten und Funktionen, vom offenen Loft mit verglastem Raum-Design bis zu großflächigen Räumen für multifunktionale Produktionsabläufe und kleinere Einheiten je nach Wunsch und Vorstellung. Besondere Maisonette-Flächen sind beliebt, bei denen aufgrund einer lichten Raumhöhe von mehr als sechs Metern eine zusätzliche Galerie integriert ist. Die Nachhaltigkeit wird bestätigt von der speziell geltenden staatlich unterstützten und geregelten Zertifizierung.

Innerhalb der Arbeitszeit und bei vollem Gehalt beziehungsweise Lohnausgleich werden die neu angeworbenen Mitarbeiter im Unternehmen auf die künftigen Tätigkeiten vorbereitet, angelernte und ungelernte Arbeitskräfte gleichermaßen. Qualifizierungsinitiativen genannte Fortbildungskurse bereiten auf künftige Bereiche im Unternehmen vor – innerhalb der eigenen Firma, und das ist die Errungenschaft der nunmehrigen Arbeitsethik, auch beim bevorstehenden Wechsel zum Arbeitsplatz in ein anderes Unternehmen. Damit wird dem Abbau von Arbeitsplätzen durch technische Neuerungen, Digitalisierung, Transformation entgegen gewirkt und arbeitslose Zeit vermieden. Die Politik unterstützt die Maßnahmen durch finanzielle Zuschüsse und soweit begründet durch Übernahme der Fortbildungskosten.

In der Transfergesellschaft, so wird die Zeit zwischen dem Arbeitsplatzwechsel innerhalb des Unternehmens oder auch Berufswechsel zum neuen Dienstherrn genannt, erhalten die gekündigten wie ebenso die freiwillig ausscheidenden Mitarbeiter ihren Lohn vom bisherigen und nach abgeschlossenem Firmenwechsel vom künftigen Betrieb ohne Unterbrechung weiter. Die Firmen übernehmen die Fortbildung, um den Start in den neuen Beruf zu erleichtern, oder an einen anderen Standort oder in eine andere verbundene Firma zu wechseln. Zusammen mit der Arbeitsagentur, den Sozialpartnern, Wirtschaftsverbänden, Universitäten, auch einzelnen Firmen aus der Region klären die betroffenen Unternehmen überbetrieblich den Bedarf ab, organisieren Umschulungen, Informationsveranstaltungen. So verhilft diese Einrichtung zum Beispiel beim Wechsel vom „Band ans Bett", also vom Produktionsbetrieb in das Arbeitsfeld der Pflege. Denn gerade dort sind regelmäßig zahlreiche Arbeitsstellen unbesetzt.

Der Bedarf an Fachkräften, auch in Nellys Unternehmen, besteht im Bereich Künstlicher Intelligenz, in der Technologie, in der Medizin, dem Ingenieurwesen und der Wissenschaft, insbesondere auch im so bezeichneten MINT-Bereich, (also Mathematik, Informatik, Naturwissenschaften, Technik), der schon bei den Jüngsten unter den Bürgern gefördert wird.

Für die Berufsbildung muss jedoch nicht immer ein Studium vorausgehen. Jahrelang hatte man versucht und das Ziel ausgegeben, mehr Studenten an die Universitäten, an die Hochschulen zu bringen. Dann aber wurden in Ausbildungsberufen händeringend Fachkräfte und Auszubildende gesucht und manch ein Politiker und Bildungsforscher warnte vor einem Akademisierungswahn. Die Quote der Schulabgänger eines Jahrgangs, ein Studium aufzunehmen, sank dann aber mit entsprechender staatlicher Regulierung und schulbehördlicher Unterstützung stark ab und erhöhte sich entsprechend für eine anschließende Berufsausbildung. Das verzerrte Bild, die Arbeit in Ausbildungsberufen sei in Fabrikhallen oder im Freien körperlich anstrengend, bedeute schlechtere Berufschancen, weniger Einkommen und sei stärker von Arbeitslosigkeit bedroht, ist nicht erst im Jahre 2071 widerlegt. Handwerk bereitet immer noch „goldenen Boden" und Karriere macht auch der Meister, Techniker und Fachwirt. In allen Bereichen bestehen keine Verdienstunterschiede zwischen den Handwerksmeistern, den beruflich höherqualifizierten Fachkaufleuten und Betriebswirten sowie Bachelor-Absolventen an der Universität. Die Angleichung von Titeln tat ein Übriges zur Vereinheitlichung der verschiedenen Berufsbilder sowie zur Gleichwertigkeit von beruflicher und akademischer Ausbildung beigetragen. Für die heutigen Jugendlichen zählen zudem soziale Anerkennung, die bei allen beruflichen Möglichkeiten zwischenzeitlich gleichwertig erscheinen und das Handwerk gilt in der Gesellschaft genauso angesehen wie ein Studium; dieses Bewusstsein ist in der Gemeinschaft angekommen.

Nelly begann nach dem Studium an der Wirtschaftsuniversität im Controlling, weil dies am Ehesten ihrer Ausbildung entsprach und wechselte danach vorübergehend ins Marketing mit den größeren Gestaltungsmöglichkeiten. Ständig ist man in diesem Beruf Änderungen ausgesetzt, hat Wachstum, Marktanteile zu gewinnen. Merger (Fusion, Zusammenschluss) und Rebranding (Umbenennung einer Marke), Skalieren (Umsatzsteigerung ohne Investitionen oder zusätzliche Arbeitszeit) sind die Stichworte. Der Markt steht niemals still und fordert ständig neue Strategien, Transformation, Veränderung, ständiges Neu-Erfinden. Sie hatte regelmäßig Qualifizierungsstrategien für die digitale Arbeitswelt auszuarbeiten und stellte ihre Ergebnisse dem Dienstherrn als Teil ihres Arbeitsgebietes zur Verfügung.

Ihre aktuellen Arbeitsaufgaben betreffen nach dem Stellenwechsel innerhalb des Unternehmens die Verbesserung und Vereinheitlichung der elektronischen Brieftasche. Die Bürger besitzen eine digitale Identität und alle wichtigen, persönlichen Daten und Dokumente, „von der Wiege bis zur Bahre", nach neuem Sprachgebrauch „von der Geburtsurkunde bis zum Testament" sind elektronisch festgehalten. Die ständig bedeutsamen Fragen beziehen sich regelmäßig darauf, dass diese Daten nicht in die falschen Hände geraten und wer bekommt für den Gebrauch den laienhaft bezeichneten „Zweitschlüssel"? Es sind alle amtlichen Dienste online verfügbar; der Staat besitzt eine digitale Kopie des Bürgers, das heißt genau genommen eine digitale Identität, der die Verwaltung die amtlichen Bescheinigungen zuordnen kann.

Auch im Gesundheitswesen besteht mit der elektronischen Patientenakte eine zusammenhängende Identität. Und Nelly ist mit ihren Fachkollegen außerdem beauftragt, das Authentifizierungsverfahren mit der Patientenakte weiter zu sichern, dazu alle digitalen Identitätslösungen der privaten Akte zusammen mit der

Gesundheitsakte und der von der Finanzverwaltung entwickelten eigenen Steueridentitätslösung zu verbinden und zu verknüpfen.

Dabei haben Nelly und die Kollegen den häufig bestehenden Kontakt des Bürgers über einen Identitätsdienstleister zu beachten, mit dem sich der Bürger in aller Regel gegenüber dem Amt ausweist. Diesem Identitätsdienstleister zeigt der Bürger über die Webcam einmalig seinen Ausweis, Dokumente und Nachweise vor. Die Behörde speichert diese Informationen und beglaubigt sie, wenn der Bürger sie von Amts wegen vorlegen muss. Der Arbeitsauftrag gegenüber Nelly und den anderen Mitarbeitern betrifft die Notwendigkeit, neben dem Log-in-Button für das Onlinekonto bei der jeweiligen Behörde weitere Buttons (hier: Schaltfläche auf dem Bildschirm zum Aktivieren durch Mausklick) zu verwenden, um sich über verschiedene Identitätsdienstleister auszuweisen, nun aber einen Weg zu finden, den Vorgang auf einen einzigen Dienstleister beschränken zu können.

Im Team von Nelly sitzen zu diesem Arbeitsumfang zusätzlich Vertreter der Bahn, der Luftverkehrsgesellschaften, der Banken, Mobilfunkanbieter, Hotelketten und Onlinehändler, um eine umfassende Regelung zu erarbeiten, die bei all diesen Unternehmen genutzt werden kann. Beim Hotel-Check-In soll sich der Kunde wie bisher auch schon per App und QR-Code ausweisen, allerdings mit einer angepassten, verbesserten Identitätslösung.

Ihr Arbeitsfeld umfasst demnächst einen weiteren Auftrag, bestehende Systeme digitaler Identitäten weiter zu entwickeln zu gemeinsamen technischen Schnittstellen, über die man sich als Nutzer verschiedener Dienste digital ausweisen kann, integriert in die staatlichen Ausweise und Bescheinigungen. Dabei ist der bei den Logins anfallende Datenschutz zu gewährleisten.

Es bestehen bereits speziell gesicherte Speicherchips in bestimmten Handymodellen nach der Distributed-Ledger-Technologie, auch vor vielen Jahren schon als „Blockchain" bekannt. Dieses System ermöglicht es, Daten zu signieren, damit sie später nicht gefälscht werden können. Die beauftragten Fachleute berufen und stützen sich bei der Aufgabenstellung auf die Prinzipien der „Self-Sovereign Identity", das bedeutet, technisch ineinander überführbar. Sobald sich ein Standard durchsetzt, können die Nutzer mit den Inhalten ihrer elektronischen Brieftasche dorthin umziehen. Nutzbar vom Steuerzahlen bis zu Gesundheitsdaten beim Fahrradfahren. Die Bürger können damit selbst kontrollieren, welche Daten ausgetauscht und wie sie gemäß bestehender Standards für Datenschutz und individuelle Datensouveränität verwendet werden.

Nun sollen Nelly und die Kolleginnen auch die Brücke von der sicheren europäischen Identität zur transnationalen digitalen Identität bauen und dabei das Projekt „Known Traveller Digital Identity" mit berücksichtigen, ein Projekt unterstützt von einem Konsortium aus Airlines und Flughäfen. Es sollen sich weit mehr Flugreisende als bisher digital ausweisen können nur mit ihrem Gesicht. Nur ein einziges Mal zeigt der Reisende seinen digitalen Identitätsausweis vor, ein Mitarbeiter speichert die darauf enthaltenen Daten ab, auch die biometrischen Daten, die Buchung des betreffenden Fluges ist damit bestätigt. Der Reisende geht an der Eingangskontrolle vorbei, denn das System kennt ihn.

Integriert sind im digitalen Ausweis außerdem, beschränkt auf den jeweiligen Vorgang, in dem die Vorlage dieser Daten erforderlich ist, Meldebescheinigungen, Schulabschlüsse, Impfnachweise. Verwertbare polizeiliche Informationen, einschließlich biometrischer Daten können in falsche Hände gelangen. Das zu verhindern ist ebenfalls eine Aufgabenstellung für Nelly zusammen mit ihrem Fachkollegium.

Ein weiterer Arbeitsauftrag für die Zeit danach enthält eine umfangreiche Expertise aus den Bereichen öffentlicher Verkehr, Finanzierung und Gesamtlösung für die Vorarbeiten eines großstädtischen U-Bahn-Projektes.

Eine Großstadt will nicht vermeidbaren Verkehrsstau und Lärm auf den Straßen verhindern, gegen etwaige Luftverschmutzung vorgehen und plant eine Untergrundbahn. Analysiert werden sollen die Linienführung, die Wirtschaftlichkeit, die Auswirkungen des Bevölkerungswachstums, der Nutzen für die Region und die Bodenbeschaffenheit. Der Auftrag für Nelly mit Ihren Kollegen betrifft die mit Software berechenbaren Teilbereiche.

Die örtlichen baulichen Gegebenheiten in der betreffenden Kommune setzen für den öffentlichen Verkehr unüberwindliche Grenzen, sodass eine Verkehrsalternative nur in den Untergrund verbleibt. Aktuelle Fragenstellung mit weitreichenden Folgen: Wie viele Verkehrskilometer können im Zusammenhang mit dem bestehenden Nahverkehrssystem und dem öffentlichen Autoverkehr eingespart werden und wie verhält sich das Kosten-Nutzen-Verhältnis? In welchem Umfang können durch die Verwirklichung der unterirdischen Bahn Schadstoffe reduziert werden, wie viele Bäume müssen im Vergleich mit ebensolcher Reduzierung der Umweltbelastung ohne U-Bahn-Bau angepflanzt werden?

Dazu sollen Berechnungsvorschläge ergeben, in welchem Umfang durch weniger Autoverkehr frei werdende Flächen für Fußgänger, den Radverkehr und grüne Zonen genutzt werden könnten. Wie berechnet sich der Vorteil der bestehenden öffentlichen Verkehrsmittel durch die Untergrundbahn insgesamt?

Schließlich interessiert die Kommunalverwaltung nicht zuletzt die Kostenberechnung dieser Verkehrspläne als Grundlage für die Finanzierungsverhandlungen mit der Regionalverwaltung und amtlichen Stellen in der Finanzverwaltung immer unter dem Aspekt, dass der mit dieser Bahn bezweckte Klimaschutz und Naturschutz die größten und wichtigsten Herausforderungen darstellt und daneben zur Beruhigung der gesamten Verkehrssituation beiträgt.

Weltweit locken die Unternehmen Fachkräfte an, nicht nur hochqualifiziertes Personal von überall her für die Berufe in der Informations- und Kommunikationstechnik als Schlüsselbranche für die Digitalisierung, auch von Firmen, die besonders begehrte Gesundheits- und Pflegekräfte vermitteln, bei ausreichender Berufserfahrung gleich ob mit oder ohne Diplom. Und die betreffenden Unternehmen fördern den Familiennachzug, bieten bei fehlenden Sprachkenntnissen Unterrichtung an, meist schon am bisherigen Familiensitz, bevor die Mitarbeiter an oder in die Nähe des Firmensitzes beziehungsweise an den Arbeitsort wechseln.

Wie sieht nun gute Unternehmenskultur im Jahre 2071 aus? Erfolg, Vertrauen in die Mitarbeiter, flache Hierarchien, Diversität und Feedback sind Bestandteil jedes auch von Kunden, Anteilseignern und Investoren gleichermaßen geschätzten Betriebes. Mitarbeiter müssen kundenorientiert agieren und auf Marktgegebenheiten schnell, grundsätzlich sofort reagieren. Die jeweiligen Arbeitsteams sind dabei um rasche Umsetzung bemüht, sorgen laufend dafür, die Kunden zufriedenzustellen und bieten bestmöglichen Service. Innovation, das heißt, neue Produkte schaffen, Ideen fördern, dem Kunden immer den neuesten technischen Standard offerieren, als Wettbewerbsfaktor langfristigen Erfolg suchen.

Flache Hierarchien bedeuten demokratischen Führungsstil für die Mitarbeitermotivation. Familiär gestaltete Arbeitsverhältnisse unter den Mitarbeitern bringen besonders angenehmes Betriebsklima mit sich und Zusammenhalt bei Projekten und den täglichen Herausforderungen, führen dazu, gemeinsam neue Wege zu gehen und stetig Verbesserungen zu schaffen. Breiter Handlungsspielraum fördert zudem Kreativität, die Entwicklung neuer Konzepte. Spezialisierung für interessierte Bereiche, das Ausnutzen der Stärken einzelner Mitarbeiter, regelmäßige Feedback-Runden mit dem Führungsteam bringen optimalen betrieblichen und wirtschaftlichen Gewinn.

Das erfolgreiche Team steht nicht nur für ausgezeichnete Arbeitsplanung, sondern auch für enorme Flexibilität. Bei neuen Herausforderungen und Themen organisieren die Teammitglieder untereinander eine schnellstmögliche und durchstrukturierte Aufgabenverteilung und reibungslose Umsetzung. Anerkennung und Prämien für besondere Leistungen, Gutscheine zu besonderen Anlässen sind ebenso wichtig für den sichtbaren Erfolg wie gemeinsamer Mittagstisch für den Zusammenhalt, um sich besser kennenzulernen, zumal die Teams in den Unternehmen in aller Regel aus Personen unterschiedlicher Länder und Muttersprachen bestehen. Dies führt häufig sogar dazu, gemeinsam verschiedene Bräuche der jeweiligen Kollegen aus den nahen und fernen Ländern kennenzulernen, zu würdigen und in kleiner oder auch größerer Runde zu feiern.

Dabei beachten Nelly und ihre Mitarbeiter im Rahmen ihrer Aufgabenstellung und im Rahmen der allgemeinen Bürotätigkeit Umwelt, gesundheitliche Bedingungen, den Klimaschutz durch die Anwendung der neuesten Technologien. Im öffentlichen Verkehr beweist man moderne Lebenseinstellung durch Verzicht auf die „motorisierten privaten Bewegungsmöglichkeiten", das heißt schlicht auf die Fahrt mit dem eigenen Auto, überhaupt in der Energieeinschränkung in öffentlichen Räumen, nicht zuletzt auch in den privaten Haushalten aller Mitarbeiter, bei der Vermeidung des Überflusslebens beim Warenkonsum, dem naturnahen Wohnen, in der Nutzung von betrieblichen und privaten Dienstleistungen. Auch die Bürozeiten, Arbeitspausen, Arbeitsschutz und Sicherheit im Betrieb berücksichtigen den Menschen als Mittelpunkt.

Die Ausgestaltung der Mittagspausen und sogar die gesunde, auf Naturprodukte beschränkte Nahrungsaufnahme, das früher etwas abwertend bezeichnete Kantinenessen geschehen denn überall in den Betrieben nahezu identisch. Und in den entlegensten Gegenden finden sich naturnahe, biologische Einrichtungen für frische landwirtschaftliche Produkte zur Essenszubereitung in der Firma. Zahlungen jeglicher Art werden in den Betrieben empfohlen mit WhatsApp oder sogar mittels Gesichtserkennung und die Anbieter solcher Serviceleistungen betonen die Vorteile des kontaktlosen Bezahlens mit der Einfachheit, Schnelligkeit, Vielseitigkeit und Sicherheit.

Mitarbeiter, die in den kundenorientierten Verkaufsläden, Supermärkten und Großhandelsgeschäften früher an der Kasse ihren Dienst versahen, helfen den Kunden bei der digitalisierten Bezahlung, sind in der Kundenbetreuung tätig, unterstützen im Bedarfsfall ältere Menschen beim Einkauf. Durch den Einsatz von Technik für den Bezahlvorgang wird damit für diese gewonnene Zeit der zwischenmenschliche Aspekt zwischen Kunde und Mitarbeiter gefördert, die Wertschätzung des Kunden und seine Zufriedenheit gesteigert. Und die Kosteneinsparung kommt der Preisgestaltung zugute, so die Begründung der Geschäftsleitung.

Diesen wechselnden Einsatz der Kassenkraft für die Betreuung der Kunden bezeichnet man mit Gamification, also die eintönige, monotone Tätigkeit an der Kasse mit der Kundenbetreuung zu ersetzen und ihr spielerische Elemente zu verleihen. Die Umstellung in der Tätigkeit des Mitarbeiters soll für den Handel zudem Vorteile bringen. Denn die bei der digitalen Bezahlung von den Kunden überlassenen Daten werden für Werbezwecke eingesetzt und gewähren Einkaufsrabatte. Diese zweifelhafte Regelung ist allerdings äußerst umstritten.

Zu den geschilderten Möglichkeiten bieten kassenlose Supermärkte auch an, außer mit Gesichts-Cams zu bezahlen, sich Chips mit biometrischen Daten unter der Haut einsetzen zu lassen und damit den Bezahlvorgang zu vereinfachen und zu beschleunigen; besonders interessant für den Mitbürger, der immer auf dem neuesten Stand sein will. Oder der Digitaleuro. Er befindet sich in einer elektronischen Geldbörse (wallet), ist auf dem Handy gespeichert und kann von dort zum Bezahlen an der Supermarktkasse eingesetzt werden.

Also Bargeld ade. Bei vielen Menschen führen jedoch Hackerangriffe, Stromausfälle, auch wenn solche Eingriffe durch vorsorgende Maßnahmen auf ein Minimum beschränkt sind, zu Unsicherheit. Außerdem ist selbst in diesen volltechnisierten Zeiten die Bargeldzahlung für manche Zeitgenossen immer noch wichtig. Deshalb führen die meisten Verkaufshäuser tatsächlich zweierlei Kassenwege mit Bargeldzahlung und der kostensparenden Kartenzahlung wie bisher oder des sonstigen kontaktlosen Bezahlens.

Die Abschaffung von Bargeldzahlungen, begonnen mit dem Verbot großer Banknoten, sodann Obergrenzen für Barzahlungen und danach Meldepflichten für grenzüberschreitende Bargeschäfte, verhinderten vor Jahrzehnten schon Volksbegehren einiger Länder beziehungsweise verschiedener Regionen.

Die neuste, jedoch zweifelhafte Behauptung, Bargeld fördert den heimischen Standort. Mit Kartenzahlung unterstützt man lediglich Zahlsysteme aus Übersee oder in Asien und begünstigt solche Unternehmen. Mit Bargeld aus der landeseigenen Münz- und Bargeldstation und deren Wirtschaftsbeitrag zu Arbeitsplätzen und Steuerzahlungen finanziert man aber den Haushalt seines Landes beziehungsweise der Region.

Neuartig besteht sogar die Möglichkeit der digitalen Spenden an Straßenmusiker oder auch einer für die

Anerkennung ehrenamtlicher Arbeit eigens ausgegebener gesonderter Wertmarken als begrenzte Geldmittel, mit der Möglichkeit, diese Währung für Einkäufe in Geschäften um die Ecke wieder einzusetzen beziehungsweise auszugeben.

Der Einkauf des Kunden wird, soweit nicht für die Barzahler nach herkömmlichen Abläufen eingerichtet, auch digitalisiert angeboten. Preise und die Frische von Lebensmitteln lassen sich von zuhause aus am Head-up-Display ablesen. Roboter sortieren die Waren, ausgesucht und gekauft wird per Handy-Scanner, die Bezahlung erfolgt wiederum per App oder über einen Scanner. Der Lieferservice schließt mit der Warenanlieferung den Einkaufvorgang ab.

Die Supermärkte werden in manchen Verkaufsstellen verkäuferleer betrieben. Das automatisierte Ladenformat funktioniert ohne Personal, ist rund um die Uhr geöffnet und die Waren werden per App eingescannt und bezahlt. Auch der Zugang zum Supermarkt geschieht in diesen Bereichen per App oder Bankomat- bzw. Kreditkarte, oder wie immer häufiger anzutreffen mit Handauflegen, sofern die jeweiligen Daten hierzu gespeichert sind, oder mit den hinterlegten biometrischen Daten ohne Kassenzahlung durch automatische Abbuchung. Die Lebensmittelunternehmen fordern regelmäßig zur Datenspeicherung auf wie seinerzeit zu Kundenkarten. Denn zum einen lassen sich die Kunden dann an den jeweiligen Supermarkt binden und andererseits werden Personal und Personalkosten eingespart, dies alles zum preislichen Vorteil der Kunden, behauptet jedenfalls die Werbung der Unternehmen.

Und eine weitere Kaufvariante: Vielerorts kann daheim ein Barcode unter dem Bild des jeweiligen Produkts gescannt werden und schon ist die Ware unterwegs nach Hause.

In manchen Verkaufsstellen werden die Waren nicht gescannt, sondern von Sensoren erfasst, sobald sie der Kunde aus dem Regal nimmt; immer unter den wachsamen „Augen" der ausgeklügelt platzierten Kameras.

Eine andere Möglichkeit des Einkaufs. Kunden bestellen zu Hause über das Internet im Geschäft, legen alles in einen virtuellen Einkaufswagen und die wirkliche Ware wird dem Kunden sofort zugestellt.

Der Handel bietet dem Kunden unter all diesen verschiedenen Kaufmöglichkeiten Mehrwert und ein besonderes Einkaufserlebnis, bedingt durch die Technisierung und zum Zweck der schnellen, kundenfreundlichen Bedienung der Konsumenten.

Andererseits reagieren doch viele Bürger auf diese Errungenschaften argwöhnisch ob der damit verbundenen Überlassung von persönlichen Daten, eine Problematik, die schon vor einem halben Jahrhundert zu staatlichen Maßnahmen gegen Monopolunternehmen führte, die mit den erworbenen Daten ohne Skrupel Geschäfte betrieben und nur die eigene Vermehrung der Profite verfolgten.

Den Wareneinkauf des Händlers erfassen Sensoren und Künstliche Intelligenz steuert den Nachschub und die Sortimentsgestaltung. Der Handel selbst besteht nur noch aus einer Kombination mit Automatisierung, Datennutzung und Künstlicher Intelligenz.

Enrico besitzt durchaus Sympathie für die Bargeldzahlung, Nelly schwört demgegenüber schon von Berufs wegen auf digitale Bezahlung. Und die Kinder reihen die Barzahlung in den Bereich von alten Märchen ein.

Abschluss

Ein Lebensausschnitt aus einer intakten Familie, zu der häufig auch noch Großeltern gehören, die in aller Regel weiterhin beruflich tätig sind, selbstverständlich eigenständig wohnen, reiselustig und geneigt, den Lebensabend zu genießen. Dieser Ausflug in den privaten Bereich besagt wenig über die Welt außerhalb einer solchen erfreulich typischen am Häufigsten bestehenden Gemeinschaft, hat aber Einfluss auf die Gesellschaft, formt auch das Leben außerhalb der Familie mit und dient durchaus als Vorbild.

Diese alltäglichen Paarbeziehungen wie bei Nelly und Enrico, sie bezeichnen sich selbst als Familie, bestehen regelmäßig aufgrund notarieller Partnervereinbarungen, leben häufig räumlich getrennt und viele verzichten sogar auf eine Beurkundung der gegenseitigen Absprachen, oft überhaupt auf schriftliche Erklärungen zur familienähnlichen Verbindung. Dies gibt im Streitfalle dann allerdings Anlass für juristische Auseinandersetzungen und führt dann nicht selten zu widersprüchlichem und gegensätzlichem Vortrag, zu rechtlich kaum lösbaren Problemen.

Nelly und Enrico haben ihre Gemeinschaft vorausschauend auch rechtlich geordnet.

Kriminalität

Die Kriminalität, die Schattenseiten des Lebens im Jahre 2071 sollen nicht verschwiegen werden. Kriminelle Energie lebt auch in unserer Zeit weiter und lässt sich trotz verbesserter technischer Möglichkeiten der Vorsorge, der Strafverfolgung und Ahndung wohl niemals ausmerzen. Auch heute befinden sich noch Straftäter in unserer Gemeinschaft, die eine Gefahr für die Gesellschaft darstellen, vor allem dann, wenn sie in der Anonymität leben.

Die dunkle Welt der Geheimdienste hat die ureigene Daseinsberechtigung zum Schutz eines Staates zwar verloren – Staaten im bisherigen Sinne bestehen nicht mehr –, Schutzfunktionen für die Gesellschaft bedarf es dennoch weiterhin, auch zur Abwehr von örtlich begrenzten Auseinandersetzungen gewaltsamer Art oder der Verfolgung technischer Angriffe über Internet-Verbindungen oder weiterhin versuchter und vollendeter Cyber-Angriffe. Im Rausch der Macht kommen offensichtlich auch örtliche Regionalverwaltungen, „Landesfürsten", immer wieder zum vermeintlich eigenen Vorteil in Versuchung, zur Bespitzelung von Konkurrenten, missliebigen politischen Gegnern oder unabhängigen Medien. Es hat sich im Vergleich zur Vergangenheit, im Rückblick der letzten Jahrzehnte im Grunde erkennbar nicht viel geändert. Glücksspiel, Pornografie, in bestimmten Bereichen verboten oder im gesetzlichen Rahmen erlaubt, zumindest geduldet, blühen nach wie vor immer wieder zu ungeahnten Höhen auf.

Wirtschaftsverbrechen verführen hierfür anfällige Menschen zu finanziellen Schäden bei Mitarbeitern, Anlegern und des wirtschaftlichen und politischen Umfelds unter Beteiligung und mit Unterstützung gutgläubiger wie ebenso strafrechtlich aktiver Politiker, verführt, begeisterungsfähig für das Nachtleben, mit vermeintlichen und wirklichen Oligarchen und weiterhin einflussreichen Menschen, die sich zuweilen sogar offenherzig und geständig der Kontakte zur Unterwelt rühmen.

Eine große Bedrohungslage besteht ohnedies weiter in der Cyberkriminalität, der sich wirtschaftliche Konkurrenten ebenso bedienen wie politische Machthaber zu eigenen Zwecken des wirtschaftlichen oder politisch motivierten Vorteils.

Kein seltener Einzelfall ist die Geschichte des Schwagers, der in die kriminelle Unterwelt abdriftet, und da zunächst unbekannt, dann unabsichtlich vom eigenen Verwandten als Mitarbeiter von Interpol, der länderübergreifenden, überörtlichen und globalen Polizeistruktur, gestellt, sich im Wege der Erstverfolgung im Netz der Strafverfolgungsbehörden verfängt. Seit sich auf den Straßen nur noch Elektroautos bewegen, gibt es zwar keine Dieselaffären mehr. Weit gefehlt, wer nun von der sauberen Luft auf den Straßen auf die Sauberkeit in den Mangerstuben der Autoindustrie, oder überhaupt von Großkonzernen schließen möchte. Manipulationen werden dennoch immer wieder entdeckt. Dafür müssen dann Manager aus der zweiten Reihe die Verantwortung übernehmen und werden entsprechend bestraft, vom Unternehmen jedoch heimlich versorgt. Sofern solche betrügerischen Handlungen überhaupt bekannt werden, sind sie oft schon wieder verjährt und der Verfolgung entzogen. Politische Lügen und Lügner gibt es allerdings seit den Zeiten eines Psychopathen, immerhin der Präsident der Vereinigten Staaten, in diesem Ausmaß nicht mehr; aber kleine Unwahrheiten oder Notlügen erfreuen sich immer noch großer Beliebtheit, sind keineswegs verschwunden – muss man deshalb verwundert oder überrascht sein?

Die Unterhaltungsindustrie bietet viele Gesichter der Nacht- und Negativseiten. Immer wieder berichten Betroffene von sexuellen Übergriffen für die Förderung und den erfolgreichen Durchbruch von Künstlern in der Musik- und Filmbranche. Und die Manipulation von Endergebnissen aus Sportveranstaltungen, ein besonders reiches Feld der Wetten-Manie unter den Menschen, den süchtigen Spieler auf dem Sportplatz oder im Wettbüro, birgt große Gefahren der Einflussnahme, zum Nachteil der Sportlichkeit und der Gutgläubigkeit der anständigen Wett-Teilnehmer.

Firmen in Kolumbien, Brasilien und auf den Philippinen hatten über einen Zeitraum von einigen Jahren professionelle Killer beauftragt, Umweltschützer auszuschalten. Denn die Nachfrage nach billigen Produkten, Lebensmittel, Energie, sowie Mineralien, die in Laptops wie ebenso in Autos verbaut werden, treibt die Jagd an, auf Landnahme und Bodenschätze, natürliche Ressourcen. Gold und Silber gelten als Krisenwährung und sind deshalb bei unlauteren Zeitgenossen in der Gewinnung mit kriminellen Methoden ebenso gefragt. Die Regierungen in den Gebieten mit Bodenschätzen, lokale Funktionäre, Sicherheitskräfte ermitteln auch heutzutage nicht immer konsequent, wenn sie den Bestechungsversuchen nachgeben, treten mitunter sogar als Komplizen krimineller Gruppen auf. Rücksichtslose Räuber oder betroffene Unternehmen, vor allem im Bergbausektor, streiten, kämpfen um wertvolle Mineralien. Die strafrechtlichen Helfer sind oft aufgefordert, selbst nach den begehrten Schätzen zu suchen und die wertvollen Minen zu schürfen und legten in der Vergangenheit heimlich ganze Landschaften brach, meist überführt durch die Bewachung mit den Satelliten aus dem Orbit, hinterließen vergiftetes Grundwasser und umweltzerstörende Wassertümpel. Die Regenerierung dauert danach oft Jahre und belastet die staatlichen Finanzen.

Drohungen, Hasskampagnen, Attacken. Betroffene schwiegen aus Angst. Angriffe und sogar Morde geschahen in abgelegenen Gegenden. Killerkommandos suchten ihre Opfer zu Hause auf und bedrohten ganze Familien, besonders verwerflich die Kinder der Familien. Hinter den Aktionen standen nicht nur die jeweiligen von den kriminellen Vorgängen profitierenden Unternehmen, auch die Geldgeber und Investoren. So planten auf den Philippinen internationale Geldgeber Staudammprojekte und ließen mit den altbekannten Gewaltmaßnahmen bis hin zu Morddrohungen die indigene Bevölkerung unterdrücken mit der beabsichtigten Folge des Stillhaltens.

In Brasilien hat der vor einem halben Jahrhundert regierende Populisten-Präsident illegale Holzfäller geschützt und maßgeblich zur Regenwaldzerstörung beigetragen. Gestürzt wurde er allerdings nicht wegen der verschuldeten Umweltvernichtung, sondern weil er seinerzeit das Coronavirus geleugnet und lebenserhaltende Entscheidungen für die ihm anvertraute Bevölkerung verweigert hatte und im Übrigen wegen sagenhaft ausufernder Korruption. Die Europäische Union hatte ob all dieser Verfehlungen damals den geplanten Handelspakt mit Brasilien gestoppt und unter anderem mit dem verabschiedeten Lieferkettengesetz Vorkehrungen getroffen, Regelungen zum Schutz nachhaltiger Leistungen bestimmt.

Seitdem weltweit eine Dokumentationspflicht für umweltbetroffene Vergehen und Aktionen eingeführt ist und gilt, sind auch frühere Umweltverbrechen mit Bedrohung und Tötungsabsichten gegenüber den Umweltschützern ausgeschlossen.

KAPITEL 4

Die Lebensgeschichte Enricos verlief in seiner Jugendzeit keineswegs ohne Probleme, mit einigen belastenden Tiefpunkten, seit der Beziehung mit Nelly und der Geburt der Zwillinge aber erfreulich stabil.

Lebensgeschichte

Wir gehen viele Jahre zurück. Enrico sah sich erheblichen Schwierigkeiten ausgesetzt. Die Herausforderung hätte ihn und sogar seine Eltern verletzen, sein Leben ruinieren, kosten können.

Lange vor der Partnerschaft mit Nelly und der Gründung einer Familie mit den beiden Zwillingen, hatte sich Enrico als junger, ehrgeiziger Weltverbesserer, wie manch einer dieser überaktiven Jugendlichen, schon früh als Zwölfjähriger, für die Umweltbelange interessiert und eingesetzt. Natürlich hatte er davon gehört, im Schulunterricht zuerst nur vage, mehr Einzelheiten aus Erzählungen und Unterhaltungen seiner Eltern mit flüchtigen Bekannten, deren Verwandte bedroht worden waren, weil sie sich Umweltgruppen angeschlossen hatten, die sich vehement gegen jegliche Zerstörung und Belastung unserer Umwelt einsetzten, die zu diesen Zeiten wieder vermehrt durch ruchlose Profiteure gefährdet war.

Nun war Enrico, fasziniert von solchen aus seiner Sicht aufregenden Abenteuern, erst nur örtlich bekannt für seine Ansichten, die er bei jeder passenden Gelegenheit offenbarte, für die er sich verbal und dann auch mit Aktionen einsetzte, wie er und seine Freunde sie verharmlosend nannten, da er gelernt hatte, wie stumpf Worte alleine nur wirken. Einzäunungen für geplanten Raubbau an der Natur nieder zu reißen, sichernde Pflöcke aus der Verankerung gewaltsam zu lösen, waren die ersten noch bescheidenen Angriffe gegen die Obrigkeit und gegen Umweltzerstörer, gemeinsam mit von der Notwendigkeit und Berechtigung des Vorgehens überzeugte Freunde. Gerechtfertigte Aufgabe für die Jugendlichen und Auftrag zugleich waren es, die bedrohte Natur zu schützen, und zu diesem Zweck nächtliche Streifzüge zu unternehmen, Schutzzäune für Baumfäll-Arbeiten eines geschützten Waldes zu zerstören, getragen auch von jugendlichem Leichtsinn und Gedankenlosigkeit.

Dieses Verhalten blieb nicht unbeobachtet, je häufiger Enrico mit seinen Freunden gegen geplante Naturzerstörungen durch Beschädigung der Schutzmaßnahmen vorgegangen war, errichtet für Rodungen, Grabungen, für die Gewinnung von Bodenschätzen. Die Aktionen der Jugendlichen bestanden wesentlich aus ungesetzlichen Maßnahmen; für sie bedeutete es jedoch ein geeignetes Mittel gegen die weit mehr belastenden Naturzerstörungen mit der befürchteten Beseitigung ganzer intakter Waldgebiete und gerade dort bestehender jahrtausendealter Flora und Fauna.

Freilich hatten die Jugendlichen nicht damit gerechnet, dass ihre Gegner skrupelloser, gefährlicher, gewaltsamer waren als ihre Vorstellungskraft ermessen konnte.

Es begann mit vermeintlich harmlosen Telefonanrufen bei der Familie. Nachdem sich diese Kontakte mit „falsch verbunden" häuften, war Enrico zwar zunächst verwirrt. Die Anrufe endeten aber ebenso abrupt und signalisierten offensichtlich Entwarnung etwaiger Ängstlichkeit als aber danach umso häufiger Bettler vor der Wohnung erschienen sind, erneut Angstgefühle verbreiteten und beim Betteln um Geld mit Bemerkungen prahlten über Enricos Einstellung zu Naturschutz und den Kampf dafür, „sie wüssten sehr genau, dass er, der Sohn, oft verbotene Dinge mache, Sachen anderer Leute beschädige mit Freunden, die solche Vergehen schon aufgegeben hätten, weil sie sonst dafür büßen müssten." Einer davon „sei erst vor kurzem zusammengeschlagen worden, dass er in das Krankenhaus eingeliefert werden musste" Enrico war tatsächlich ein solcher Vorfall bekannt, eines befreundeten Mittäters, der früher beim Entfernen von Zäunen beteiligt war, sich von der Freundesgruppe, für die anderen erst unverständlich, entfernt hatte; jetzt wusste er den Grund des Fernbleibens.

Dass nun aber so häufig verschiedene Bettler vor der Wohnungstür standen und alle immer dieselben Worte benutzten, Andeutungen machten, war dann doch zu merkwürdig und verängstigte Enrico. Die versteckten, zuweilen auch offenen Drohungen steigerten sich deutlicher und bedrohlicher. Dazu wurde Enrico aus heiterem Himmel bei jeder passenden und unpassenden Gelegenheit, auf der Straße, vor dem Einsteigen in den Bus, den er für den Schulbesuch benutzte, auf öffentlichen Veranstaltungen, sei es auf dem Fußballplatz oder beim jugendlichen Treffen im Park, von Unbekannten, nicht gerade angenehm wirkenden, unhöflichen Schlägertypen angesprochen, bedroht, „wir wissen schon, wer du bist und was du machst, willst du eigentlich weiter leben, wissen deine Eltern, dass du kriminell bist?" Unverhohlen spielte dabei jede dieser merkwürdigen Gestalten entweder vermeintlich zufällig mit einem Klappmesser oder einem angeblichen Spielzeug, deutlich erkennbar in der Form einer Pistole oder steckte sich abwechselnd, während er die Drohungen ausstieß, einen Schlagring an die Hand. Auch diese Anfeindungen endeten plötzlich und sollten wohl den Eindruck hinterlassen, der beleidigenden Bedrohungen sei es nun genug, aber bald darauf lagen vor der Wohnungstür mehrmals tote Katzen.

Dann erhielten Enricos Eltern anonyme Schreiben, in denen Enrico Straftaten wegen Beschädigung fremden Eigentums vorgeworfen und sein Leben bedroht wurde mit Worten wie: „Ihr böser Sohn wird seine Untaten büßen. Sorgen Sie also dafür, dass er sich anständig verhält. Wir garantieren sonst für nichts." Enrico hatte auf dringendes Bitten seiner vollends verängstigten Mutter dann von weiteren geplanten Aktionen gegen umweltzerstörerische Machenschaften in der nächsten Umgebung tatsächlich abgelassen, gegen seinen inneren Willen zwar, nicht aus Überzeugung des gerade einmal Vierzehnjährigen, aber aus Vernunftgründen der Mutter zuliebe.

Aber wer kann einen übermütigen, von seiner Sache überzeugten, temperamentvollen jungen Mann von seinen Absichten fernhalten, ihn zu Unrecht zügeln, denn die bisherigen Belästigungen bis hin zu den offenen Drohungen waren dann längere Zeit offensichtlich wieder vorbei, vergessen, also doch nicht ernst zu nehmen. Natürlich, selbstverständlich verfolgte Enrico seine Ideale weiter. Wenn nicht mit den eingeschüchterten Freunden, dann zielstrebig alleine. Er beschäftigte sich auch weiterhin wie bisher schon damit, Schutzzäune für vorgesehene Abholzungen in unmittelbarer Nähe mit seiner eigenen Körperkraft gewaltsam umzulegen, mit Hilfe von passenden Werkzeugen möglichst große Löcher in den robust stehenden Teil der vergitterten Zäune zu schneiden.

Das war den Häschern der Bergbaufirmen aber dann doch zu viel. Als nun die Drohungen sich in anonymen Schreiben auch gegen das Leben der Eltern richteten, nicht mehr nur gegen Enrico selbst, als zwei- oder dreimal Totenkränze vor der Wohnungstür lagen, auffällig bestückt mit Todesanzeigen Enricos und auch gesondert mit der Mutter und dem Vater, musste eine endgültige Entscheidung getroffen werden. Bevor sie sich zu einer irgendwie vernünftigen Reaktion entschließen konnten, fanden sich Enricos Name und auch die Namen beider Elternteile auf einer Todesliste, vor die Wohnungstür gelegt. Nun verständigte die Familie die Polizei von den böswilligen Anfeindungen; Enricos Eltern übergaben dort alle im Zusammenhang der Angriffe zweifelhaften und noch vorhandenen Gegenstände, ließen sich auf polizeilichen Vorschlag eine neue Identität geben und verzogen, unbekannten Aufenthaltes, in ein anderes Gebiet, zugleich unsicher darüber, ob man der Polizei überhaupt voll vertrauen konnte. Gerüchteweise hatten viele Polizeibeamte Bestechungsversuchen nachgegeben.

Jedenfalls blieb die Familie zukünftig von solchen Anfeindungen verschont, auch weil Enrico nun tatsächlich einsehen musste, dass er andernfalls sein eigenes Leben und das Leben seiner unschuldigen Eltern ernsthaft riskieren und gefährden würde.

Erst als er Nelly kennenlernte, die Situation sich insgesamt zum Vorteil der Umwelt gebessert hatte, kehrte bei Enrico die Lebensfreude zurück und war mit der

Geburt der Zwillinge vollkommen. Nelly hat bislang die Geschichte über die bedrückende und gefährliche Vergangenheit Enricos nicht erfahren, und zum eigenen Schutz, zur Sicherheit auch der Kinder und natürlich zur Beruhigung der noch lebenden Eltern diese mysteriösen, alptraumhaften Erlebnisse nie wieder erwähnt. Irgendwann wird er seiner jungen Familie von den einschneidenden jugendlichen Erlebnissen erzählen.

Wir wissen also jetzt auch, dass Enrico ursprünglich anders hieß, behalten dies aber für uns und bewahren dieses Geheimnis weiter.

KAPITEL 5

Wie steht es im Jahr 2071 um die Zukunftsfragen? Wohlstand, Sicherheit, gesellschaftlicher Frieden!

Gelingt weiter eine nachhaltige Wirtschaft, eine naturverträgliche Landwirtschaft, die klimafreundliche Energieversorgung für die nächsten Jahre, Jahrzehnte, eventuell Jahrhunderte? Wie greift die Digitalisierung der Verwaltung und der öffentlichen Struktur? Hält die Organisation und Finanzierung eines belastbaren Gesundheitssystems? Können wir auf eine langfristige und stabile Rente bauen und vertrauen? Bleiben die demokratischen Einrichtungen stabil, vor allem der politische Horizont gewählter Volksvertreter und Regierungsverantwortlicher, der weiter reichen sollte als bis zum Ende einer Legislaturperiode und dem ausschließlich beengten Blick des Politikers auf eine Wiederwahl ohne Zukunftsvisionen?

Haben sich die Menschen zu ihrem Vorteil verändert oder herrschen immer noch die alten Verhaltensmuster? So einfach wie es scheint war der Weg bisher zu einer globalisierten vernetzten Welt gerade nicht. Selbst in der modernen Zeit des späten 21. Jahrhunderts und in den zwischenmenschlichen Beziehungen bleibt im Grunde trotz der technischen Erneuerungen und dem Wegfall der politischen Grenzen, alles Menschliche mit ihren Tiefen und Höhen, mit Sorgen, Zuversicht, Schmerz, so wie es immer war.

Denn im Verhalten der Menschen selbst hat sich nichts Grundlegendes geändert. Die Masse ist friedliebend, genießt die Freiheit, setzt die technischen Errungenschaften zu ihrem Vorteil im Beruf, für die Familie und die Freizeitbeschaffung ein, lebt vorwiegend gesund, von Lebensmitteln aus dem biologischen Anbau, vermeidet zu viel Fleischverzehr, nur aus rein biologisch gezüchteter und nachhaltig geführter Tierhaltung. Fisch steht vorne auf der Speisekarte, die Meere sind wieder nahezu vollständig gereinigt von Plastik, Müll und sonstigen nicht regenerativen Rückständen der menschlichen Rasse. Gibt es Fortschritte im Zusammenleben der Menschen, im Verhältnis der Über- und Unterordnung vom Staatsorgan zum Bürger, von einem Land oder einer Region zur anderen, der politischen und wirtschaftlichen Weltmacht zum kleineren Nachbarn?

Hat sich die Menschheit insgesamt versöhnt? Es ist wohl menschlich, aber nicht entschuldigt, wenn weiter untereinander Neid, menschliche Untugend, Angriffe auf fremdes Eigentum existieren – beklagenswert, da immer noch Vermögensdelikte in jedweder Form geschehen; die Gefahr von Leib und Leben des Nächsten, des Mitbürgers ist nicht ausgerottet trotz hoher Strafen und damit verbundener Abschreckung und alle diese Straftaten erscheinen auch heutzutage zutiefst verstörend. Streitigkeiten, gewaltsam drohende Auseinandersetzungen zwischen Landregionen, früheren Staaten vergleichbar, oder nationalen Gruppen werden von der einzigen Streitmacht der UNO-Truppen sofort, gegebenenfalls gewaltsam beigelegt. Machtkämpfe zwischen internationalen oder nationalen Unternehmen, zwischen den einzelnen

Staatslenkern der Nationen – den vorhandenen Landesfürsten – um den besseren Erfolg, um den größeren Einfluss lassen sich offensichtlich nicht vermeiden, solange die Welt mit dem Menschen darauf existiert.

Die massive Korruption früherer Jahre ist eingedämmt, auch wenn nicht vollständig unterbunden. Wer friedlich sein Leben gestalten will, kann im Grundsatz auf den rechtlichen Schutz der Gerichte vertrauen, sich auf die Unterstützung gemeinnütziger Nichtregierungsorganisationen verlassen, mit der Hilfe kommunaler und regionaler Verbundgemeinschaften rechnen, sich unabhängigen politischen Gruppierungen zuwenden, gesellschaftliche Veranstaltungen besuchen. Für jeden Sinn, jeden Geschmack lässt sich etwas finden, selbst apolitische Diskussionsrunden, Ratgeber-Organisationen und auch gemeinsame Reiseveranstaltungen stehen im Angebot.

Wer sich mit politischen Streitereien sachlich auseinandersetzt, Hahnenkämpfe unter überehrgeizigen Männern meidet, sich nicht einmischt in überflüssige Kabalen, kann ein vergnügliches, harmonisches Leben in und außerhalb einer Partnerschaft führen. Die Teilnahme an der politischen Gestaltung für alle Bürger ist grundsätzlich erwünscht. Frauen, auch ohne Quotenregelung, sitzen mindestens zum hälftigen Anteil in politischen und wirtschaftlichen Führungspositionen und bedürfen nicht der männlichen Schaukämpfe.

Die Gesundheitsversorgung und die Vorsorge werden aus Erfahrung amtlich geregelt und geführt und sind gesichert, bedeuten zwischenzeitlich eine hohe Lebenserwartung der Menschen. Der Unterschied, er liegt bei Frauen grundsätzlich höher als bei Männern, hat sich erhalten.

Die Nutzung des öffentlichen Verkehrsverbundes ist nun allgemein weltweit für alle kostenfrei. Eine wirkliche Verbesserung für die freie Beweglichkeit zum Erhalt der Umwelt.

Auf diese Art und Weise könnte die Menschheit noch viele Jahrhunderte überleben und bestehen, wenn nicht eines Tages doch ein skrupelloser Machthaber, ein verirrter Geist den gesicherten Atomknopf des weltweit noch geringfügig vorhandenen atomaren Waffenarsenals drückt oder Terroristen, Extremisten eigene Atomwaffen zu diesem Zweck heimlich herstellen sollten. Die Abschaffung, die Entsorgung auch dieser letzten verbliebenen Teile der Atomwaffen ist mit den früheren Atommächten noch nicht endgültig abgeschlossen.

Die Menschen hoffen jedenfalls zuversichtlich und erwartungsvoll auf die Zukunft und erwarten das kommende, wünschenswert friedliche 22. Jahrhundert.

Epilog

Wie geschildert oder ähnlich könnte uns die Welt im Jahre 2071 vorkommen. Nicht wesentlich abweichend von der aus der Situation des Jahres 2021 fortgeschriebenen Entwicklung für die nächsten übersprungenen 50 Jahre unseres Jahrhunderts.

Zugegeben, diese Beurteilung der Weltgeschichte stammt aus der Sicht eines Deutschen und überzeugten Europäers, auch wenn die Grundlagen der Europäischen Union von Anfang an mit erheblichen Konstruktionsfehlern behaftet, im weiteren Verlauf reichlich kompliziert gestaltet worden waren und die Union umständlich eine rechtliche und politische Einheit anstrebte. Nach langjährigen immer neu erprobten Entwicklungsstufen und Versuchslösungen ist die EU erwachsen und hat sich zum angestrebten Ziel eines gemeinsamen Bundesstaates gebildet, als gleichwertig mit den anderen Machtblöcken.

Wer die Welt in fünfzig Jahren anders beurteilt oder wer es besser wissen will, kann sich ebenfalls in dieser Zukunftsschau versuchen. Vielleicht liegen wir gar nicht so weit auseinander, oder ergänzen uns in der Prognose, im Allgemeinen, in Einzelheiten oder erfreuen uns sogar in unterschiedlichen, gegensätzlichen Anschauungen. Die meisten Leser erleben diese Vorausschau ohnehin nicht mehr, sodass ich keine ernsthafte Kritik befürchten muss oder die Schande, vollständig widerlegt zu werden. Dieser Umstand beruhigt ungemein.

Soweit die Situation bis zum Jahr 2021 geschildert und abgehandelt ist, entstammen sämtliche Informationen den allgemein zugänglichen Pressemitteilungen, Zeitungsberichten, aus Prospektmaterial zu den jeweiligen Themen und Fachbereichen sowie aus deutschen und englischen Fachbüchern. Aus der Gegenüberstellung dieser Informationen aus dem Jahr 2021 mit der Entwicklung der letzten fünfzig Jahre bis zum Jahr 2071 ersieht man, was alles falsch gelaufen ist, erneuerungs- und reformbedürftig war, einer grundsätzlichen Änderung und Anpassung bedurfte.

Der Autor

Der Autor, ein Jurist und früher Rechtsanwalt, hat erst spät, im Alter, angefangen, Selbsterlebtes, Lebensberichte und Lebensbeichten von Zeitzeugen niederzuschreiben, aber auch, wie hier, versucht, eine Jahre zurückreichende Idee umzusetzen und eine Zukunftsprognose über die Menschheit zu wagen.

Der Verlag

novum VERLAG FÜR NEUAUTOREN

*Wer aufhört
besser zu werden,
hat aufgehört
gut zu sein!*

Basierend auf diesem Motto ist es dem novum Verlag ein Anliegen, neue Manuskripte aufzuspüren, zu veröffentlichen und deren Autoren langfristig zu fördern. Mittlerweile gilt der 1997 gegründete und mehrfach prämierte Verlag als Spezialist für Neuautoren in Deutschland, Österreich und der Schweiz.

Für jedes neue Manuskript wird innerhalb weniger Wochen eine kostenfreie, unverbindliche Lektorats-Prüfung erstellt.

Weitere Informationen zum Verlag und
seinen Büchern finden Sie im Internet unter:

www.novumverlag.com